CONCERTO CARIOCA

ANTONIO CALLADO

CONCERTO CARIOCA

4ª edição

JOSÉ OLYMPIO
EDITORA
Rio de Janeiro, 2014

© Teresa Carla Watson Callado e Paulo Crisostomo Watson Callado

Reservam-se os direitos desta edição à
EDITORA JOSÉ OLYMPIO LTDA.
Rua Argentina, 171 – 3º andar – São Cristóvão
20921-380 – Rio de Janeiro, RJ – República Federativa do Brasil
Tel.: (21) 2585-2060
Printed in Brazil / Impresso no Brasil

Atendimento direto ao leitor:
mdireto@record.com.br
Tel.: (21) 2585-2002

ISBN 978-85-03-01209-6

Capa: Carolina Vaz

Livro revisado segundo o novo Acordo Ortográfico da Língua Portuguesa.

CIP-BRASIL. CATALOGAÇÃO NA PUBLICAÇÃO
SINDICATO NACIONAL DOS EDITORES DE LIVROS, RJ

	Callado, Antonio, 1917-1997
C16c	Concerto carioca / Antonio Callado. – 4ª ed. – Rio de Janeiro:
4ª ed.	José Olympio, 2014.
	528 p.; 21 cm.
	Estudo crítico e perfil do autor
	ISBN 978-85-03-01209-6
	1. Romance brasileiro. I. Título.
14-15744	CDD: 869.93
	CDU: 821.134.3(81)-3

SUMÁRIO

I. Xavier   13

II. Jaci   177

III. Bárbara   421

"... O mundo começa aqui no Cais da Glória ou na rua do Ouvidor e acaba no cemitério de São João Batista. Ouço que há uns mares tenebrosos para os lados da Ponta do Caju, mas eu sou um velho incrédulo."

Machado, *Esaú e Jacó*

Ah! Um urubu pousou na minha sorte!
Também das diatomáceas da lagoa
A criptógama cápsula se esbroa
Ao contato de bronca destra forte.

Augusto dos Anjos, *Budismo moderno*

À memória de minha filha Tony

Para minha mulher, Ana Arruda,
que morou no Jardim Botânico.

I

XAVIER

1

Xavier sabia de antemão que a entrevista que ia ter com o diretor do Serviço — e que podia ser seu julgamento, a primeira instância do seu processo — não passava de pura formalidade, dele se esperando apenas que apresentasse sua versão do ocorrido, *uma versão* do ocorrido, de preferência uma versão em que ele batalhasse por provar, pela simples e cega negação do crime, sua total inocência, ou, na pior das hipóteses, fincasse pé na tese da legítima defesa. Mas isso, esse gostinho, ele não ia dar ao seu velho amigo — velho conhecido, para ser exato — Teodoro, que, praticamente sem sair do Rio, tinha chegado à chefia do Serviço e que agora, chocado, sem dúvida, mas sorridente, disfarçando bem, escutava o que ele dizia, tamborilando com os dedos no tampo de vidro que, recobrindo sua mesa de trabalho, deixava ver por baixo um vasto mapa do Brasil Central. Xavier precisava aproveitar, pois afinal de contas era só com ele, só falando com o diretor Teodoro, que podia, sem incorrer num verdadeiro e estúpido risco de prisão e julgamento, admitir o crime, recapitular o tiro, acrescentar pormenores: eliminado o risco de castigo, Xavier saboreava uma doce e crescente sensação de prazer e poder à medida que ia acentuando — como se não pudesse se controlar, como se o desejo de confissão fosse mais forte do que ele — seu perfil, sua personalidade de réu de crime de morte que, assumida a culpa, não pretende colocar panos quentes...

— Eu não pretendo colocar panos quentes, Teodoro, em cima do corpo, em cima do morto, daquele cadáver de homem nu.

— Meu caro Xavier — disse Teodoro —, que... que palavras, que... que maneira de falar, ou, simplesmente, vamos e venhamos, que maneiras, pelo amor de Deus. Vou dizer a você uma coisa que é a mais cristalina das verdades: num caso como esse em que você está envolvido — caso acontecido lá onde o judas perdeu as botas, a mais de mil quilômetros do Rio —, nem o promotor, se você fosse julgado num tribunal local, falaria em termos assim tão crus, porque, para começo de conversa, respeitaria o Serviço, sabendo, como haveria de saber, em que condições duras, quase intoleráveis, homens como você trabalham. Além disso, dificilmente uma causa como essa chegaria ao tribunal, pois o inquérito, a formação de culpa, levaria anos de idas e vindas a lugares ínvios, a depoentes broncos, tudo isso debaixo da vigilância do nosso departamento jurídico, é claro, pois o Serviço trata sempre de preservar, desde que foi fundado, nos primeiros anos do século, seu bom nome.

— Eu sei — disse Xavier —, e lembro muito bem que mesmo o inquérito maior, aquele que acabou fazendo o Serviço trocar de nome, rola por aí há quase vinte anos sem nunca chegar a qualquer conclusão, a uma única condenação que fosse.

— Ah — disse Teodoro —, nem fale nisso, nem mencione esse espectro que felizmente terminou dividido em fantasmas pequenos e assombrações menores, as quais, por sua vez, graças ao nosso departamento jurídico, pegaram no sono em dezenas de gavetas de arquivo, onde hão de dormir para sempre, na paz do Senhor.

Seguro, nestas alturas, da sua total impunidade, Xavier sentia quase uma embriaguez, uma volúpia em repisar, insistir, quase exagerar sua culpa, uma boa culpa, sem dúvida, à qual era grato, um bom crime, que tinha deixado ele tão mais livre, lépido.

— Sim, claro — disse Xavier —, mas eu não ressuscitei o tal espectro com o intuito de, por analogia, querer dizer que nenhum inquérito consegue chegar a conclusões e condenações. Eu quis, ao contrário, sublinhar que aquele mastodonte de investigação envolvia dezenas, talvez, no total, uma centena de pessoas — sendo que todas se diziam inocentes —, e que tanto a área geográfica do processo quanto o período de tempo gasto na pesquisa foram imensos. Mas no caso presente, Teodoro, no *meu* caso, houve, num determinado posto do Serviço, um crime de morte, apenas um, e o autor do crime está na sua frente, dizendo que foi ele mesmo quem apertou o gatilho e provocou a morte.

— Meu caro Xavier, não vá agora descambar para a deformação da verdade que a gente atinge quando quer apresentar tudo com exagerada simplicidade, preto no branco, tim-tim por tim-tim: é como se você, ainda que sem essa intenção, tivesse trazido aqui à nossa sala o espectro do outro inquérito apenas para colocar você mesmo no polo oposto, o polo da virtude absoluta. Por favor, por favor, não me interrompa antes que eu complete a comparação: os outros, as massas, as multidões envolvidas no tal inquérito que você com propriedade chamou mastodonte, tentavam confundir tudo, baralhavam nomes, cifras, datas, acontecimentos, cidades, enquanto davam dinheiro, ou sumiço, a testemunhas válidas, e arrolavam bandos de pessoas que até por uma média com pão e manteiga eram capazes de jurar que os algozes nunca tinham visto as vítimas. Agora, meu caro Xavier, sente-se, mentalmente, nesta minha cadeira, e trate de ter diante dos seus olhos aquilo que tenho diante dos meus: um homem sério, honesto, com três lustros de uma vida de dedicação a este Serviço e de privações pessoais, no meio da floresta, dizendo e repetindo, insistindo que não passa de um assassino. Muito bem, continue, por favor, na minha cadeira e sinta meu lado rigoroso, severo, de homem que tem o dever de ir ao fundo dos atos, e das culpas, se existirem, dos funcionários do Serviço que dirige: aqui estou eu, ouvindo sua confissão e lhe dizendo que, já que você matou um homem, complete a confissão dizendo o que é desse homem, quedê ele, como se diz, cadê o morto, o corpo, o cadáver?

— Você tem, Teodoro, e teve desde o primeiro minuto, desde que o fato aconteceu — tão longe daqui, é verdade, mas tornado tão próximo pelo rádio —, comunicados e informações pormenorizadas a respeito.

— Tive, tenho, é claro, pois nosso Serviço, para abranger como abrange os recantos mais perdidos do país, não haveria de descuidar da pronta comunicação: mas exatamente por isso, meu caro Xavier, digo e repito que eu percebi, desde o primeiro instante, que, do ponto de vista do Código

Penal, o episódio seria, na pior das hipóteses, um exemplo corriqueiro de legítima defesa.

— Um momento, Teodoro, um momento.

— Um momento mais lhe peço eu, para terminar o raciocínio, como se diz quando não se quer ser interrompido: seu gesto *seria* considerado de legítima defesa por qualquer juiz singular, júri, corte administrativa, militar, eclesiástica, *se* — e este é o ponto —, *se* houvesse uma vítima, se o morto tivesse o nome de João dos Anzóis Carapuça, ou Beltrano da Silva, identidade número tal, e residisse em tal rua, de tal cidade e estado. Esse morto palpável é que você não consegue apresentar, um cadáver com registro civil, impressões digitais, título de eleitor, e o Serviço, meu caro Xavier, positivamente se recusa a criar um cidadão póstumo, a inventar, para um obscuro bugre, uma personalidade civil que ele nunca, em vida, teve, só para que um funcionário exemplar como você seja incluído em algum ilícito penal e nosso Serviço caia, uma vez mais, na boca do povo. Tenho dito, Xavier, e espero que você tenha ouvido e que não me peça mais "um momento", já que seus argumentos, disso estou certo, se esgotaram. Seu caso vai para os arquivos do Serviço e de lá espero que não saia nunca. Você, até que se aposente, fica trabalhando no Rio, para nós, como sempre.

Xavier suspirou, dando de ombros como alguém que cansou de tentar convencer um interlocutor obstinado, mas na realidade sentindo o alívio do crime expelido, saído de dentro dele, e a vaga tristeza de não saber quando poderia desfrutar outro momento assim, de desafogo e bem-estar. Talvez, quem sabe, pudesse contar tudo, ou quase tudo, a Lila, um dia desses, depois de espasmos e desafogos de outra espécie. Mas não, não devia arriscar, correr esse perigo, pois Lila era pessoa transitória em sua vida e nunca se sabe o que vai fazer e contar, depois de abandonada, uma mulher que se imaginou dona da gente, que, como uma noiva de outros tempos, fez até enxoval para casar com a gente.

— Pelo visto — disse afinal Xavier —, você quer que eu continue cuidando da biblioteca do Museu do Índio, na minha salinha da rua das Palmeiras, em vez de não cuidar de nada em alguma cela da Polícia, na rua da Relação, aguardando julgamento.

— Não diga mais tolices e se resigne a assumir como efetivo o cargo que já ocupa no Museu. Pode deixar que eu cuido dos trâmites burocráticos de sua transferência definitiva para o Rio, depois dos longos, exaustivos e — me permita acrescentar — heroicos anos dedicados ao Serviço e ao país nos nossos sertões. *Voilà!*

— Tá, Teodoro, pelo menos uma palavrinha sua em francês estava tardando, mas por favor dispense a ironia — disse Xavier que, no íntimo, aceitava, vagamente ébrio como se sentia, mesmo um elogio como aquele, direto, desfechado à queima-roupa, feito um tiro.

— Eu escrevo — disse Teodoro —, escrevo o que acabo de dizer, assino embaixo e levo depois para o ministro assinar e distribuir aos jornais por intermédio da sala de imprensa.

— Basta mandar publicar no *Diário Oficial* minha transferência para o Museu. Bem, só me resta agradecer...

— Não resta agradecer nada, Xavier, e antes de você sair eu é que gostaria de merecer um pequeno favor seu, pedindo a você, ou reforçando o pedido que já fiz, de você me dar uma mãozinha mais... mais permanente, digamos, nesse caso do menino internado na Casa dos Expostos, no tal orfanato da Santa Casa, o Jaci, que está dando uns aborrecimentos e que vem — você deve estar lembrado — exatamente da zona em que você serviu, no Araguaia.

— Claro que me lembro, Teodoro, e estive nos Expostos uma vez, mas andava meio sem cabeça, preocupado com essa história do processo, que parecia assim iminente, inevitável, mas deixe, daqui em diante, por minha conta que eu me encarrego de tudo, vejo qual é a situação do rapaz e mantenho você informado, pode deixar comigo.

Agora, com o crime colocado com firmeza entre parênteses para sempre — ou, do ponto de vista do Serviço, trancado pelo Teodoro numa gaveta, num arquivo de aço —, podia retomar sua vida anterior, reencontrando Solange para dominar, submeter, e em seguida amar Solange de verdade, completando, afinal, o desenho principal, o da tampa da caixa de cubos coloridos que, quando menino, tantas vezes tinha armado, e que só desmanchava para armar de novo. Depois de apurar, ao regressar ao Rio, onde moravam Solange e seu marido Basílio, Xavier pensou em simplesmente ir bater à porta do casal, ainda que só pretendesse — aos poucos, é claro — desmanchar o casal, retirando Basílio, como quem desfaz um jogo de armar que saiu errado, ou no qual foram introduzidos cubos fora do lugar, ou falsos, pintados, para compor, com imitação tosca, uma cena inexistente.

Xavier compreendeu, porém, que não tinha cabimento esta forma grosseira, esquemática, de restabelecer a verdade da vida: a paz e durabilidade da sua futura relação com Solange dependiam da intervenção — fabricada, sem dúvida — de um acaso, de alguma circunstância que qualquer pessoa diria fortuita, de uma trabalhada, cavada naturalidade que transformasse em capricho da sorte — em "vejam só!", em "quem poderia imaginar?!", em "Deus escreve direito por linhas tortas" — aquilo que carecia — para vingar a contento, medrar direito, pegar para todo o sempre — de muito preparo e constante zelo.

Várias vezes, em horas diferentes, Xavier tinha deixado seu trabalho no Museu do Índio, rua das Palmeiras, para montar um cerimonioso cerco à rua de Solange e Basílio, saltando do ônibus no Jóquei, subindo a rua das Acácias e descendo a dos Oitis, como um morador do bairro que flanasse a esmo, em algum momento de folga. Chegou mesmo, num desses passeios de residente do bairro, a observar — e a sorrir, por dentro, da própria observação — que nunca descia a rua Major Rubens Vaz, na qual desembocava a rua de Solange, pelo lado par, que era o da Delegacia Policial. E sorriu mais ainda, ainda mais por dentro, ao descobrir que, ao contrário do que tinha imaginado, ou vagamente pensado, antes de um exame aprofundado dos próprios motivos, que não evitava a calçada, e portanto a excessiva proximidade da Delegacia, por causa do seu crime, ou, pelo menos, por causa do crime passado, já cometido, e podia dizer até absolvido, pelo Teodoro, arquivado: pensava em coisas a vir.

De qualquer forma, no dia em que se tranquilizou definitivamente quanto a esse crime "cometido", como o chamaria daqui para a frente durante suas cismas e introspecções, saiu do Museu para sua primeira visita de peito aberto à rua de Solange. Ou relativamente aberto, já que, depois de resolvido a aguardar, ou semear, adubar o acaso, não pretendia invadir, estabanado, a ruinha e tocar a campainha da porta. Para começo de conversa não se tratava bem de ruinha, de rua, e sim de uma vila, ou quase se poderia dizer viela particular, onde moravam funcionários do Ministério da Agricultura a serviço do Jardim Botânico. A vila, que na realidade ligava o Jardim, ou trazia pessoas e veículos do Jardim à rua Major Rubens Vaz, só tinha casas, casas de moradia, umas quarenta delas, avaliou Xavier, contadas todas, aos dois lados, residências modestas mas aprazíveis, já meio imersas nas matas do Corcovado, Dois Irmãos, Tijuca. Era, pensou, uma rua de chácaras, ou minichácaras, vá lá, mas ainda assim chácaras, uma rua digna de conter Solange, a casa de Solange sendo precisamente... Se acercou para localizar a casa, pelo número da placa, e o ruído de alguém que saía quando ele quase que literalmente esticava o pescoço para enxergar bem, na parede, o número sombreado por uma árvore, fez com que ele se assustasse e caminhasse rápido em direção ao grande portão do fundo da vila, com a guarita onde ficava o vigia do Jardim Botânico.

Mas Xavier não se sentia frustrado, não tinha mais pressa, e encarava como uma espécie de dança nupcial aquele sítio e assédio à pequenina chácara, e mais de uma vez só de chegar ali, só de saltar da condução no Jóquei, era invadido por um túmido bem-estar, uma meia ereção, que era uma espécie de parte oculta da sua vigilância, enquanto ele flanava pela rua Orsina da Fonseca, só de pedestres, mais uma praça na verdade, fechada por frades de pedra, ou quando tomava, na hora do calor, um chopinho no Café e Bar Hipódromo, cortejando o acaso, que ele sentia iminente, a aparição, ali na esquina, a qualquer momento, de Solange, que diria: "Mas... Não é possível, Xavier! Você? Que coincidência..." Aliás, no dia em que, de pé, comia um sanduíche no Arnaldo Lanches, Xavier viu, atravessando a praça, um homem grisalho, bastante gordo, mas que, pelo jeito de encolher, enquanto andava, os ombros largos, devia ser, quase certo era, o Basílio, mas Xavier preferiu não apurar, já que não era aquele o acaso dos seus sonhos. Ao contrário, resolveu mesmo fugir, e, sem interromper o sanduíche, que foi comendo pelo caminho, saiu da praça, andando em direção à Ponte de Tábuas, sem querer conferir, olhando para trás, se aquele possível Basílio vinha na mesma direção, e, ao deparar com o portão principal do Jardim Botânico, entrou, como se não fosse outro o seu objetivo, comprou um bilhete de admissão e foi, como qualquer carioca de folga, visitar o parque.

2

Disposto a cumprir sua parte do acordo com Teodoro, enquanto aguardava que sua vida natural, a que viveria ao lado de Solange, assumisse pleno vigor e impusesse sua ordem ao resto, Xavier foi à Casa dos Expostos para, pela primeira vez, não apenas visitar, mas — suspirou — levar Jaci para um passeio, uma saída. Ainda no vestíbulo do orfanato, à sombra da estátua de S. Vicente de Paulo, que ficava em frente a outra, da Caridade, e à vista de uma franzina irmã-porteira, que fez ele lembrar as freirinhas do Araguaia, pensou, entre aborrecido e conformado, em como agir dali em diante para se envolver o mínimo possível com Jaci e algum outro resto da sua vida entre parênteses. O curioso é que, bem na esquina do beco Visconde do Cruzeiro, onde ficava antigamente a roda, a borboleta em que as mães colocavam os filhos que enjeitavam, Xavier tinha visto uma mulherzinha que lembrava irmã Jacqueline. Claro que não era, não podia ser, pois irmã Jacqueline estava longe, na terra dela, e se a mulher vista de relance tinha apresentado tal semelhança, era sem dúvida devido à preocupação com a visita a Jaci, que predispunha ele a pensar nos tempos araguaianos, quando as irmãzinhas de Jesus tumultuavam bastante o trabalho dele, e dos antropólogos visitantes. Xavier não tinha, nem podia ter, a menor lembrança de Jaci entre os recém-nascidos, imperfeitos ou não, que eram frequentemente salvos, ou poupados, pelas irmãzinhas e que acabavam crescendo e se aculturando no terreiro do Posto, nas hortas das freiras, e nos jardinzinhos, às vezes inconsciente, ridiculamente europeus, que elas armavam perto das palhoças em que moravam e que eram, estas sim, exatas cópias das malocas.

Xavier se aborreceu ao perceber que, de espanto, devia ter arregalado os olhos quando a irmã-porteira dirigiu a palavra a ele: absorto, imerso como estava nas recordações, imaginou ter diante de si a própria irmã Jacqueline.

— Sim, sim — disse Xavier, se esforçando por se enxugar daquelas águas araguaianas de outrora e voltar ao presente, irritado por constatar que os anos rejeitados ainda tinham vigor, ainda subjugavam ele a ponto dele cair numa distração profunda assim.

A irmã-porteira, é claro, falava em Jaci, e novamente Xavier se consolou pensando que não era o passado que ainda demonstrava força e sim o presente que levava ele, a contragosto, de volta a plagas extintas, drenadas de qualquer vida. Fosse como fosse, o que a irmã-porteira contava, olhando para o primeiro lance da escadaria que desembocava no vestíbulo — sem dúvida para ver se Jaci surgia, pois parecia querer evitar, a todo transe, ser apanhada pelo menino falando nele —, é que Jaci era uma criança, um rapazola encantador, vivo, inteligente, mas que — ainda que ela não desse ouvidos às histórias de dormitório do inspetor Barreto — parecia se ressentir, criado à solta como tinha sido, feito um bicho da floresta, parece até que despido, não é mesmo, nu, do peso dos muros altos e do estrito comportamento imposto ali no educandário.

Enquanto a irmã-porteira continuava falando, Xavier escapou de novo, dizendo a si mesmo, com certa transigência, que em princípio nem seria tão ruim assim que irmã Jacqueline não estivesse na Europa, que porventura fosse de fato ela a pessoa entrevista. Ela poderia, sabe-se lá, cuidar de Jaci, ou, na pior das hipóteses, dar uma mão a ele, Xavier, já que, nos velhos tempos ora entre parênteses, a Jacqueline insistia tanto em proteger tudo quanto fosse enjeitado — aliás quase todos afilhados dela e das outras irmãs — sempre que as mães naturais se recusavam a receber de volta alguém da ninhada. Mas o reaparecimento de Jacqueline, se fosse possível, e tudo indicava que não era, seria a ameaça maior, o caminho mais certo não apenas para a demolição, a derrubada dos parênteses, mas também para coisa pior. Inevitáveis seriam, caso ela retornasse à cena, e se encontrassem os dois em torno de Jaci, as reminiscências, a vida requentada, a troca de mútuas informações e de informações sobre outras pessoas, e depois o relato, ou pelo menos o resumo do que tinha ocorrido no Posto depois da partida, ou melhor, da expulsão dela: quem teria partido também, ou lá ficado, ou casado, ou morrido, ou sido assassinado, e de que maneira, flecha ou tiro, e por mão de quem.

Xavier soube que Jaci devia ter assomado no alto da escada menos por avistar o menino do que pelo estancamento da voz que falava, por não estar mais ouvindo a tagarelice da irmã-porteira, a história que ela contava de Jaci punido por ter sido pilhado no chuveiro errado, o das meninas, mas punido injustamente, segundo ela, porque...

Jaci se aproximou de Xavier e da irmã-porteira, e, apesar do seu escasso entusiasmo pela ideia de levar a passeio um menino — e menino de uniforme, uma vaga camisa cinzenta e calça preta, ou apenas mais escura, talvez mais suja do que a camisa —, Xavier teve que conceder que nunca tinha visto, em cara de gente, uma representação tão nítida e expressiva do que se poderia chamar a expectativa do passeio: expectativa nos olhos pretos rutilantes, no sorriso fixo e tenso de quem tem medo de esperar demais, ou de afinal ser deixado em casa.

— Eu tive um cachorro — disse a irmã-porteira —, igualzinho a você, Jaci, e não digo isso só porque ele era marrom, forte e bonito como você, não, mas principalmente porque, quando ele me via pronta para sair e ouvia o estalo da correia dele, dava um uivo fino e chegava a tremer nas patas, até ficar ele todo uma tremedeira só.

No rosto castanho do menino o sorriso claro saiu um pouco comprimido, como se a própria contração do corpo machucasse e pisasse sua ânsia de sair, e, quanto a responder à irmã-porteira, quanto a falar, Jaci nem pensou em conseguir tal coisa, na sua extática devoção à ideia de passear.

— Ah, Jaci, perdoe — disse a irmã —, mas em primeiro lugar aquele meu finado cão, o Trajano, não era um bicho, era um menino, era feito um menino que eu amava muito, e em segundo lugar eu estava comparando duas forças, sabe, duas vontades iguais de ir para a rua.

Xavier sentiu, quando chegou com Jaci à praça José de Alencar, onde tomariam uma condução — ele não sabia ainda para onde —, que fechar aquele menino num ônibus, ou, valha-nos Deus, no metrô, era como enfiar um coelho vivo numa caixa e esperar que ficasse quieto, e, depois de considerar, por um segundo, a possibilidade de consultar Jaci, de perguntar aonde ele queria ir, lembrou, com assombro, que Jaci simplesmente não sabia nada de nada quanto a ir aqui ou ali, que desconhecia a cidade absolutamente, e que ele, Xavier, tinha nas mãos apenas a pura tensão e intenção, em alguma nova encarnação, de um falecido cão da irmã-porteira. Antes fosse apenas um cão, pensou Xavier, pois nesse caso ele poderia abandonar Jaci ali mesmo, ao pé da cadeira de bronze de José de Alencar, mijando numa perna da cadeira, no pedestal do monumento, onde fosse, em lugar de considerar o que fazer com esse bicho-gente, que vestia calças e que agora, por exemplo, enquanto olhava as pessoas, os carros, um helicóptero que passava rente aos prédios altos, fazia tilintar alguma coisa nos bolsos, moedas, sem dúvida, e Xavier, à falta do que dizer, ou propor, a Jaci, perguntou, vago e desinteressado:

— Dinheiro?

Jaci levou alguns segundos para ligar a pergunta do homem — de certa forma um homem admirável, pois tinha o poder de tirá-lo daquele casarão para passear — ao ruído que provinha do bolso dele, e à ideia, ainda mais difícil de aceitar, de que ele fosse dono de moedas, mas afinal extraiu dos dois bolsos e exibiu, na palma da mão direita e na da esquerda, as chaves que colecionava, velhas, enferrujadas, achadas aqui e ali.

O plano meio desesperado de Xavier era dar um sorvete a Jaci para irem depois, vagamente, a alguma praia, talvez até, quem sabe, num esforço maior e mais altruísta, ao cinema, ali mesmo pelo Catete ou largo do Machado. É claro que antes de todas as escolhas possíveis Xavier tinha pensado em dar alguma coisa de comer a Jaci no Arnaldo Lanches, ou no Café Hipódromo. Mas não só era meio longe, e o lugar sem graça para ficar algum tempo com um menino a quem nada tinha a dizer, nem o interesse de saber o que o menino pudesse falar, como, sobretudo, não pretendia arriscar um primeiro encontro, o reencontro com Solange, com, ao seu lado, quase pela sua mão, um menino índio, que ao menos no primeiro instante Solange podia imaginar filho seu, trazido das matas, que horror.

Não, ia levar Jaci, isto sim, à rua das Palmeiras, ao Museu, onde tinha espaço, quintal grande, onde Jaci podia fazer um lanche e onde encontrariam Lila, a mulher que ajudava ele, Xavier, ainda que sem conhecer esta sua função e missão, a esperar exatamente o instante do reencontro com Solange.

Havia ainda a vantagem de que à rua das Palmeiras podiam ir a pé, de que em menos de meia hora chegariam, sem qualquer pressa, ao Museu, de que a caminhada serviria para abrandar a sofreguidão, a sede de exercício que, mais um pouco, pensou Xavier, poria aquelas chaves a vibrar sozinhas nos bolsos do menino. Ao desembocar da rua Marquês de Abrantes na Praia de Botafogo, Xavier avistou, no canteiro central, umas três senhoras que passeavam seus cachorros, e, intimamente divertido com a ideia de que ia fazer exatamente o mesmo, atravessou a rua, com Jaci pela mão. Não contava, porém, com o concentrado ardor do cão que conduzia, cujas manhas ainda não conhecia, e, principalmente, que não levava preso a uma trela e coleira:

quando Jaci se pegou diante da perspectiva dos jardins botafoguenses — a terra fresca, as árvores, a alameda verde e viva como uma serpente engaiolada à direita pelos prédios, as lojas, os cinemas, e à esquerda pelo manso mar juncado de veleiros —, antes que Xavier tivesse tempo de uma advertência que fosse, de uma exclamação de "cuidado!" ou de "olha os carros!", o menino tinha, literalmente, disparado. Ao perceber que Jaci, sem olhar para lado nenhum, atravessava o primeiro cruzamento que seccionava o jardim, o da rua Farani, de um salto, de um bote, feito um galgo de corrida na trilha da lebre mecânica, e prosseguia, e ia em frente, Xavier, primeiro, reteve o fôlego, com a intenção de, disparando ele também, tentar acompanhar a carreira louca de Jaci, ou correr e gritar, pedindo a alguém que detivesse o menino antes que morresse despedaçado pelos carros numa esquina daquelas. Logo em seguida, porém, apesar de sentir o coração batendo forte, se conteve e continuou a andar, ainda tentando avistar Jaci, que era um ponto se dissolvendo na distância, pelas alturas da rua Marquês de Olinda, mas já então perguntando a si mesmo, composto, intimamente calmo, se não seria uma solução, se o acidente não seria a coisa mais explicável, a mais compreensível que se pudesse imaginar. À irmã-porteira, primeiro, a Teodoro, em seguida, convenceria de que ninguém no mundo poderia prever a explosão vulcânica, ou o estouro da boiada, o fuzilar de raio ou lá que comparação de fulminante surpresa fosse mais certa e apta — ele escolheria a melhor — que tinha sido a carreira de Jaci, sem qualquer aviso ou indicação, carreira que só podia acabar, como infelizmente tinha acabado, naquele pavoroso acidente, trágico, sangrento, ceifando em golpe bruto aquela flor das matas brasileiras, aquela criança a quem qualquer um se afeiçoava à primeira vista, como ele, Xavier, ao ver assomar no alto das escadas, no vestíbulo da…

De repente o choque de um braço se enfiando no seu, do seu corpo dando quase uma volta inteira com a força da chegada de Jaci ao ponto de partida, suado, sorridente, cansado e repousado, isto é, a tensão, a contração, desarmadas, feito uma corda de arco frouxa depois de atirada a seta, e o relato arquejante, entrecortado de risos e mímicas, do som de carros freando de súbito enquanto ele, Jaci, varava a praia inteira de Botafogo, subia o elevado, fazia a curva e voltava pelo outro lado, pelo outro canteiro, até chegar ali, a Xavier.

Xavier não ralhou, não passou pito, não repreendeu, pensando, ao dar mentalmente de ombros, em futuras caminhadas, em outras carreiras com travessia de pistas de alta velocidade. Pela primeira vez, sorriu, mesmo, para Jaci e — também pela primeira vez parecendo amigos — subiram os dois, ali adiante, a rua São Clemente.

Logo que atravessaram o portão do casarão do Museu e se aproximaram da escada do fundo do jardim, vermelho de hibiscos, Lila se destacou de uma das entradas do rés do chão, avançando para os dois, sorridente, um pouco sem cor e sem vida em comparação com os hibiscos escarlates, mas, ao atingir a zona do sol, seu cabelo castanho-claro crepitou em súbitas fagulhas e seu sorriso foi tão acolhedor que Jaci de pronto sorriu de volta.

— Já sei que é o Jaci, só pode ser — disse Lila, beijando o menino no rosto.

Xavier tinha falado em Jaci, descrito como um encargo que caía aos poucos, a cada nova conversa com Teodoro, nos seus ombros, sem, contudo, acrescentar por que Jaci seria assim irrecusável, por que devia cuidar dele, um vago menino índio entre outros salvos de infanticídio no Araguaia e que só por acaso ele, Xavier, conhecia — ou cujos pais talvez tivesse conhecido —, fazia muitos anos. Pouco importava, se dizia Lila, o motivo, a razão de Xavier aceitar uma obrigação, uma responsabilidade que não parecia trazer a ele qualquer entusiasmo: o que, do ponto de vista dela, importava é que o menino Jaci, crescendo, ocupando mais lugar na vida de Xavier, poderia crescer igual e proporcionalmente na vida *dela* com Xavier: que, por outras palavras, Jaci podia ser um elemento de regularização da vida de Xavier, a qual ela não conhecia tanto quanto gostaria de conhecer e na qual gostaria de ocupar um espaço muito maior e reinar de forma muito mais clara, se é que, mesmo com boa vontade, alguém chamaria reino àquela sua relação de trabalho, cinema eventual, cama de vez em quando, entusiástica, é verdade. Pouco sabia ela quem seria de fato aquele Xavier um tanto áspero, mas atraente, que tinha trocado de repente sua carreira de sertanista por um trabalho burocrático, e que um dia, no Museu, tinha dito a ela que acabava de arranjar um apartamento jeitoso, em Laranjeiras: ela não gostaria de conhecer o apartamento? Tinham ficado amantes, e, depois de algumas sessões de amor, e de passeios pelo Silvestre, ela tinha ganhado um apelido, um nomezinho amoroso. Esse apelido é que era provavelmente o responsável por esperanças maiores, já que ele, o apelido, correspondia a alguma ideia obscura mas forte, em Xavier, de estabilidade entre árvores, alguma imagem da infância dele, talvez.

    O apelido tinha nascido num dia em que, no apartamento de Xavier, tinham os dois feito uma refeição ligeira e lavado em seguida a pouca louça, os talheres. Mas Lila, suavemente carregada pelas doçuras do trabalho caseiro — ela que, morando sozinha, achava detestável lavar, para si própria, o copo em que bebia pela manhã seu leite frio —, tinha começado a guardar panelinhas deixadas pela faxineira, a limpar de migalhas de pão a mesa da copa, a estirar bem os panos de prato nos pregos da parede, para que secassem, e, afinal, desolada diante de dois jarros de flores da sala, vazios, tinha enfiado em cada um deles uma folha da gorda alface encontrada na gaveta da geladeira. E então Xavier tinha sorrido e dado um beijo nela, dizendo:

— Nhã-Lali.

— O que é isso?

— Seu nome. Um apelido de afeto, que acaba de nascer.

— É coisa ruim ou boa?

— Muito boa. Você é uma sobra linda de dias de outrora, quando as crianças brincavam horas com jogos de paciência, de armar, e quando todo o mundo morava em casas.

— Hum! Sobra? Você disse sobra. Sobra pode ser coisa que a gente preze e estime, coisa de alguma valia?

— Eu disse — falou Xavier — sobra *linda,* de tempos em que o Rio era todo perfumado de chácaras onde cresciam mangueiras e jambeiros e floriam os pés de jasmim. E no momento em que essas chácaras, habitadas por um casal novo e apaixonado, viviam seu momento de esplendor — sombrias, cheias de fruta, de flor, de beijos —, a dona da casa, a flor amorosa de que falava o chorinho da época, era sempre uma Nhanhã, como você, que por isso foi nomeada minha Nhanhã-Lali.

— Pelo jeito fui extinta pela especulação imobiliária.

Isso é o que ela tinha dito da primeira vez, tentando assumir uma postura de moça moderna, que sabe das coisas e dos homens; mas da segunda vez em que Xavier a chamou Nhanhã-Lilá, ainda envolto nela, ainda meio perdidos cada um de si, meio enrolados ainda um no outro, a voz dela tinha soado terna, grata e franca na sua gratidão:

— Olhe, Xavier, esses nomes ficam tão bonitos quando você me chama por eles — Nhanhã, Nhã-Lali, Nhã-Lilá — que eu amo saber que eles são meus, que eles são eu, que eles me contêm, porque eu estou dentro deles, e me descrevem por fora também, quando você me chama assim, de Nhanhã, Nhã-Lilá.

Quando passaram a primeira noite juntos e ela se levantou de manhã — muito mal coberta pelo leve roupão que tinha deixado no apartamento dele para não desfilar pelada diante das janelas do edifício fronteiro —, Lila pensou, enquanto esperava que fervesse a água do café, que Xavier fosse pedir a ela para ficar morando ali, com ele, e que assim os dois fundassem, senão chácara, pelo menos um convívio que transformasse ela na definitiva Nhã-Lilá. O convite não tinha vindo naquela ocasião, nem em nenhuma outra, e Lila agora via como um bom prenúncio o aparecimento, afinal, em sua vida, de Jaci, chegando, como devia chegar, como era certo que chegasse, pela mão de Xavier.

Lila não teria escolhido o Museu para cenário dessa entrega simbólica, e sim seu apartamento, no Flamengo, ou o dele de Laranjeiras, mas o importante é que estivesse despontando ali, graças a Deus, o dia do encontro deles três, já que Xavier, quisesse ou não, fosse qual fosse a razão que impelia, ou obrigava ele a se encarregar do menino, iria assumir papel de pai e portanto sentir em breve a ausência, a falta de, ao seu lado, uma Nhã-mãe, pelo menos para dividir cuidados e amolações.

Depois das canseiras, emoções e frustradas esperanças do passeio, foi para Xavier um alívio a chegada ao Museu, ao remanso daquele velho palacete carioca que certamente tinha tido seus dias de chácara e onde Lila, desaparecendo como acontecia agora nas entranhas penumbrosas do vasto porão habitável, fazia figura de Nhanhã, flor de sombra, que buscasse alguma sala de costura onde fiar o enxoval. Um alívio, transferir Jaci para os cuidados de Lila e — no papel de alguma mucama de outros tempos que houvesse oficiado por ali — da recepcionista Rita, a mocinha que se sentava à mesa da portaria, solicitando aos visitantes que assinassem o livro do Museu e oferecendo aos interessados o folheto com o plano das salas e a lista das peças em exposição. A capa do folheto era a foto de um rapazola índio que, de pé na forquilha de uma árvore que se debruçava no rio, esticava a flecha na corda do arco, esperando peixe, e Rita, ao avistar Jaci, se levantou, olhos arregalados, livro erguido alto, na mão, para mostrar a Jaci e Lila a semelhança.
 — É ele — disse Rita a Lila —, deve ser você — só pode ser você, disse a Jaci —, se virando para ele.

Lila sorriu, olhando Jaci, olhando a capa do livro, para comparar, dizendo depois a Rita que a parecença de traços nem era assim tão grande e que ela estava, isto sim, sentindo, na capa e no Jaci, o índio, os índios. Quando a Rita, uma vez mais, olhou Jaci e olhou a capa, Lila acrescentou, rindo:

— É que você, Rita, só vê índio de foto, de desenho, de cerâmica, índio de Museu e não o próprio, o artigo genuíno. Você, por falar nisso, que trabalha aqui, nesse ambiente, cercado de índios de papelão, devia ir aos lugares onde o Jaci nasceu e onde Xavier passou anos e anos de sua vida.

Lila procurou com os olhos Xavier, para que falasse um pouco sobre as experiências dele, sobre a vida no Araguaia, sobre a tribo do Jaci, para que ele, em suma, viesse tomar parte na conversa, mas Xavier tinha se deixado ficar muito para trás, olhando, pareceu a Lila, um pote, urna, tacho ou coisa semelhante. Na realidade, o que ela não podia adivinhar, Xavier pensava nela, Lila. Menos nela, aliás, do que no amor que sentia por ele e que a princípio ele tinha aceitado quase com indiferença, amor de passagem que era, amor de espera, mas que tinha adquirido, para ele, um lado tocante quase desvanecedor, no dia em que — um domingo —, visitando Lila no apartamento dela, descobriu que lutava com um problema de espaço no lar, como tinha dito, com gravidade cômica, ela própria: tinha comprado, explicou, uma arca, um móvel pesado, quadrado, que não cabia no quarto de dormir e que ela não conseguia acomodar na sala. O móvel, assim como o problema criado pelo móvel, pareceram a Xavier igualmente absurdos, e ele, na sala, continuou vagamente perdido na leitura de um jornal, à espera da hora de irem ao cinema, teatro, ou que outro programa Lila tivesse inventado para encerrarem o dia da semana que costumavam passar, inteiro, juntos, e que em geral parecia, no fim, a Xavier, sempre comprido demais. Quando Lila, diante da penteadeira do quarto, dava os últimos retoques na pintura e no cabelo para saírem, Xavier, menos por curiosidade do que por falta do que fazer, tinha levantado a tampa da arca, dentro da qual descobriu, a um ligeiro exame, uns dois lençóis, uma fronha, uma peça de roupa, camisola, parecia, tudo branco, de linho, e o mundo que essas roupas evocavam era o mundo do enxoval, dos antigos enxovais de tias solteironas, como a dele, Lavínia, sua mãe de criação. Recebendo de dentro da arca um bafo, um hálito bom de alfazema, Xavier arriou com delicadeza a tampa — para que Lila não soubesse que tinha tido seu segredo descoberto — e mergulhou, não pela primeira vez, numa fantasia sobre os enxovais dos longos noivados de noivas antigas, ardentes, enervadas, tomando água de melissa para os suores frios, usando cristal japonês para a enxaqueca, aguardando que o noivo afinal marcasse o dia que seria o do casamento, o dia da noite brutal.

— Xavier! — disse Lila, se acercando dele, falando em tom baixo mas categórico, de quem chamou mais de uma vez, sem ser ouvido, e de quem, ao mesmo tempo, não quer que outros escutem.

— Que foi?

— Estou querendo saber de você o que é que vamos fazer com ele, com o Jaci.

— O que vamos fazer? Ora, que pergunta, meu bem. Não temos praticamente nada que fazer, além de esperar que, dentro de muito pouco tempo, ele, com seus papéis na mão, seus documentos, se arrume, encontre uma posição, um emprego, um ofício qualquer, sei lá.

— Xavier — riu Lila —, preste atenção que eu não estou falando sobre o futuro do Jaci, a longo prazo, e sim aonde é que a gente leva o Jaci hoje, agora, se ao cinema, ao Pão de Açúcar, à praia, coisas desse gênero. Não me diga que você tirou seu pupilo índio do orfanato para deixar ele trancado no Museu do Índio.

— Ah, sim, desculpe, agora compreendo. Eu pensei muito num cinema mas acho que está ficando meio tarde, tempo meio apertado, e não sei bem a que horas fecham o portão da Casa dos Expostos. E também, por outro lado, não quero que o Jaci se habitue a passeios no bondinho do Corcovado, a fazer montinhos de areia na praia, ou dar voltas na roda-gigante do parque de diversões. Ele está um homem, Lila, e só não se pode dizer homem barbado porque, de raça, quase não tem barba, mas está, sem dúvida alguma, pronto a viver a vida dele, e pretendo mesmo conversar a respeito com o Teodoro, pois temos de encaminhar logo o Jaci para que ele próprio se cuide e se vire, como se diz, veja o que quer fazer. E agora, por favor, faça companhia ao Jaci um instante que preciso dar um pulo à minha sala antes de tomarmos rumo, antes de levarmos o Jaci de volta, se é que você gostaria de vir conosco.

Xavier se afastou, e Lila, considerando o escasso entusiasmo com que ele tinha acolhido a sugestão de algum programa para entreter Jaci, imaginou pelo menos promover um sorvete na esquina, um sanduíche, mas ao voltar os olhos para a mesa da recepção achou que talvez o melhor era não interromper a conversa de Jaci com Rita. Lila sorriu, mesmo, por dentro, se sorriu a si mesma, e pensou em dizer à Rita, mais tarde, que o quadro formado por ela, sentada à mesa e ouvindo, com ar devoto, o que Jaci contava, e pelo Jaci debruçado sobre a mesa, sobre a moça, falando e falando, de fato lembrava a ela, Lila, a capa do folheto: o índio, debruçado sobre o rio, parecia ter descoberto, na água transparente, o peixe que sua flecha procurava.

3

No dia em que entrou no Jardim Botânico para evitar algum possível encontro com Basílio — encontro que, vindo antes do reencontro com Solange, seria uma espécie de desencontro cronológico e sentimental —, Xavier pretendia apenas, como se diz, entrar por um lado e sair pelo outro. É claro que se procurasse, pela esquerda, o portão de serviço do Jardim, iria dar exatamente na ruela, na viela da vila de Solange e Basílio, e Xavier ficou, por um momento, tentado: Basílio, quando avistado há pouco por ele, parecia estar saindo de casa, e não voltando a ela, mas também podia estar dando uma volta por perto, comprando cigarros, com a ideia de voltar logo para casa e ficar, por exemplo, vendo televisão, pesadão, olhando e olhando as imagens sem pensar em nada. Xavier, de qualquer maneira, adivinhar não podia, e o mais seguro era dar uma olhadela ao Jardim, que há muito não visitava, se é que algum dia tinha visitado direito, e ir tranquilamente para casa em Laranjeiras, de onde podia telefonar a Lila para saírem, para irem a um cineminha no largo do Machado e jantar depois, ou simplesmente, sem maiores introduções, para dormirem juntos, depois de uma omelete na mesa da copa.

Ia, portanto, tal como havia resolvido, entrar por uma porta e sair pela outra, mas quando levantou os olhos, na aleia central do Jardim, para as palmeiras imperiais, altíssimas, que iam do portão ao grande chafariz, no fundo, começou a se deixar andar, a se deixar ficar, sentindo que antigas ideias suas se confirmavam ali vindas de fora, não mais saindo de sua cabeça, e sim entrando pelos seus poros: a principal era de que, quando arrumamos a contento a vida, tudo que acontece passa a dar certo, a encontrar seu lugar e seu sentido. O que as pessoas em geral não viam é que a vida de cada um só vale a pena de ser vivida quando, deixando de ser uma floresta, um matagal idiota, é podada de circunstâncias e pessoas adversas e enxertada das pessoas e circunstâncias apropriadas. Daí em diante — concluiu, lançando a vista ao ponto em que se cruzavam com as palmeiras as azaleias de uma sebe transversal — nós e a vida ficamos frente a frente como dois jardins que se olham, satisfeitos um do outro, vigiando-se um ao outro para não saírem do respectivo alinhamento e darem, nas estações esperadas, quase no dia marcado, as planejadas flores.

Quando chegou ao chafariz que barrava o caminho, a estrada real, Xavier constatou, ainda mais encantado, que a aleia, como se tivesse se refrescado e criado força nova nas bacias de bronze que recebiam água do repuxo, seguia avante, continuava, indo morrer agora, no fundo, à porta de um templo apoiado nas únicas colunas, as jônicas, que Xavier distinguia das outras, pois as jônicas, com aqueles rolos do capitel voltados para dentro, lembravam a ele os bandós do cabelo de tia Lavínia.

À medida que se aproximava — sempre caminhando entre os dois renques paralelos de palmeiras exemplares, bem-criadas, bem-comportadas —, Xavier ia percebendo com espanto, mas, sobretudo, grandemente divertido, que o templo que coroava, rematava a perspectiva da alameda, era um logro, era pura porta, nada mais do que porta por trás da qual não havia templo nenhum, era, na melhor das hipóteses, uma mágica, um santuário edificado, devia ser, para abrigar a deusa brisa. Quando chegou perto confirmou, em detalhado exame e com um muxoxo, que ali estava a muralha do portal, a sólida porta do templo entre as respectivas e vigorosas colunas: do outro lado, transposto o umbral, havia apenas palmeiras, bambus, lianas. Mas atenção, disse Xavier a si mesmo no momento em que, fazendo meia-volta, deu as costas à porta do templo que era só porta: olhando dali o caminho percorrido, qualquer um podia constatar, como ele constatava, que o templo-porta é que mantinha em ordem, em perfeita arrumação, as incontáveis palmeiras imperiais, tanto as do eixo central, perfiladas antes e depois do chafariz, como as que se estendiam do portão da vila de Solange ao muro da rua Pacheco Leão, no eixo transversal.

Maravilhoso parque, que a proximidade de Solange provavelmente tinha tornado encantado, pensou Xavier, a cabeça leve, andando agora sem rumo, sem pressa, pelas aleias, contemplando, entre a folhagem, estátuas mitológicas e bustos de naturalistas e botânicos, estufas de orquídeas, cascatas artificiais, sentindo crescer o tempo todo a impressão tônica de um mundo feito a régua, no qual qualquer pessoa podia encontrar seu lugar, previamente demarcado, quase com o nome gravado numa placa de metal, como as árvores ali plantadas. Depois da longa caminhada, e adiando o instante de ir embora, Xavier lançou os olhos pelo parque disciplinado, buscando, aqui e ali, as pessoas que vagavam, que paravam para identificar as árvores, para ler o nome inscrito no pedestal dos bustos, ou que se sentavam, como numa exposição de quadros, para olhar trechos do Jardim. Ele também se sentou, calmo, contente, como se fosse a criança de outros tempos e estivesse se sentando para armar, entre os jogos de paciência da sua caixa, aquele do piquenique interrompido pela chuva, vultos recolhendo da relva uma toalha, apanhando cestos com a comida do farnel, garrafas, copos, e, num canto, um menino dentro de um rio bravo, cheio de corredeiras, e outro menino na ribanceira, como se esperasse o primeiro, ou — tinha sido sempre a impressão de Xavier — como se tivesse empurrado o outro para dentro d'água e impedisse agora a volta dele à margem.

Xavier se levantou tão pacificado que, ao se retirar afinal do Jardim, e apesar de se achar nas cercanias da casa de Solange, nem sequer procurou Solange com o olhar, pois se ela não estava à vista é que não tinha soado ainda a hora, o dia, que talvez fosse o de amanhã. Parando no primeiro orelhão que surgiu no seu caminho, Xavier tirou uma ficha do bolso e discou o número de Lila, sua Nhã-Lilá.

4

A irmã-porteira Cordulina suspirou, ao ver Xavier, que acenava de longe, do portão, apontando Jaci, que trazia de volta e sem dúvida querendo dizer, com o gesto, que não desejava subir. Era provavelmente errado da parte dela, seria até pecado, ela desconfiava às vezes, o cuidado muito maior, o desvelo com que cuidava das crianças mais... mais o quê? inteligentes? Não, não era bem o caso, que até o crioulinho "Felisberto todo certo", ou "aquela magrela chamada Marcela", como berravam as outras crianças quando esses dois chegavam ao pátio do recreio, eram mais inteligentes, ou pelo menos aprendiam mais depressa do que um menino feito o Jaci, ou aquele Heleno amigo dele, que alguns, num sussurro, chamavam "Leninha". Ela se sentia atraída, dava mais atenção, gastava mais tempo com crianças que também eram inteligentes, claro, ou que de burras não tinham nada, mas que principalmente eram, ou pareciam sér, mais... perigosas? não, não era isso, mais... capazes de correr perigo? sim, talvez, isso fazia mais sentido, capazes de se machucar, sim, sim, eram as crianças que subiam mais alto nas árvores e falavam mais alto nas aulas. E — o que parecia pior ainda, e fazia com que a irmã-porteira se sentisse quase culposa, cúmplice de crianças que más não diria que fossem, ora essa, porém seriam menos boas, ou boazinhas, do que as outras — é que frequentemente faziam essas travessuras, ou afoitezas, de propósito, por querer, isto é, não por distração, estouvamento ou sem-jeitismo, e sim por vontade de...

— E então, Jaci, passeou muito, fartou-se de rua?

— Fartar não fartei, mas que passeei, passeei, irmã Corda, visitei gente, ganhei uma amiga chamada Lila, que é amiga do Xavier, e lá no Museu tem outra moça chamada Rita, e perto tem uma lanchonete onde a gente come um prato que é um pedaço de pão de forma com um bife em cima, uma rodela de queijo em cima do bife, uma lasca de tomate em cima do queijo, um broto de alface em cima do tomate e um baita dum ovo estalado em cima disso tudo. Depois eu pedi e o Xavier mandou vir um pudim de leite com ameixa preta em cima e só a Lila me acompanhou, mesmo assim comendo um sanduichinho de presunto com suco de laranja. O Xavier ficou no café, não passou dum café, ou porque ele é que ia pagar ou porque acho que ele vive pensando em outra coisa, sentado com a gente mas sempre com cara de quem já foi embora, ou de quem não consegue esperar a hora de ir embora, e vai ver que é por isso que ele não consegue escolher o que é que quer comer. Quem já foi embora já comeu e quem está doido pra ir não tem tempo pra comer.

— Você dobre a língua e não diga bobagem, Jaci, que o Sr. Tobias Xavier se interessa muito por você e a prova é que ele acaba de dar a você o maior bife, o maior prato que eu já vi alguém descrever na minha vida e que até me fez ficar morta de fome, com água na boca, juro.

O mal dela, pensava irmã-porteira Cordulina, fazendo exame de consciência, é que ela às vezes ainda estava falando e já sabia que era mentira o que estava dizendo e mesmo assim continuava falando, embora pudesse alegar em sua defesa que de vez em quando eram outras pessoas que faziam ela, diante dela mesmo, passar por potoqueira. Por exemplo, muito mais do que seu Xavier, quem eu acho que gosta mesmo do Jaci e que é capaz de ajudar e socorrer ele se ele, estabanado como é, fizer uma besteira mais grossa, é a tal da dona Jacqueline, irmã Jacqueline, sei lá direito o que é que ela é e o que que é dele — diz que é "madrinha" e é capaz de ser mãe do Jaci, a sonsa, não duvido nada —, mas não me deixa contar ao menino que ela anda por perto, rondando, que vem aqui fora de horas, falar comigo, mas me pede porque pede para eu não dizer nada ao Jaci que ela tem medo de que, se metendo demais na vida dele, protegendo ele demais, ele não estude, não aprenda um ofício direito, não saiba depois cuidar de si mesmo. Ela até que pode ser boa coisa, a Jacqueline, parece gostar de verdade do menino e traz coisas pra ele e tudo, mas gringo é gringo, tem sempre alguma falha com gringo que deixa a gente desconfiada, feito anel todo bonito que a gente olha mas fica com a suspeita de que a pedra pode ser que seja falsa.

— Uau! Uau! Au! — ladrou de súbito Jaci, de quatro no chão, primeiro ao redor do grupo em bronze de S. Vicente cercado de crianças pobres, de órfãos, de enjeitados e expostos e, logo em seguida, numa carreira doida, durante a qual derrubou com estrépito uma cadeira que por sua vez se chocou com o majestoso móvel de madeira lavrada, no canto do vestíbulo, cercou de latidos e botes curtos a Caridade, enquanto tentava com a cara, o nariz — o focinho, mais propriamente falando — levantar as saias brônzeas da estátua.

Enquanto a irmã-porteira gritava com Jaci, mandando ele acabar, imediatamente, com a palhaçada e o alarido, ele proclamava, ainda ladrando, que o nome dele era Trajano-uau, Trajano-au, e de pronto, se sentindo a mais infeliz das mulheres e a mais dolorida de todas, como se sete punhais se houvessem cravado ao mesmo tempo no seu coração, viu Cordulina o mal que tinha feito, comparando ao seu cão Trajano o pobre menino Jaci.

— Perdão, Jaci, desculpe essa pobre doida que não pensou, nem em sonhos, em ofender você, quando se lembrou de Trajano, que era, como eu disse, repito e juro, muito mais do que um cachorro na minha vida, onde pouquíssimas outras pessoas, duas ou três no máximo, ocuparam lugar tão terno, tão importante, na minha vida e no meu coração.

Jaci, deixando a posição de quatro em que se prosternava aos pés de Vicente e da dama Caridade, ficou de novo em pé, bípede e espantado, as mãos, no entanto, ainda dobradas contra o pulso, no antebraço erguido, como as patas dianteiras dum cão de pé nas de trás.

— Foi uma das ideias das mais ótimas da sua vida, irmã Corda — disse Jaci —, se lembrar do Trajano e me falar no Trajano, porque assim eu também tive uma ideia-mãe quando cheguei lá num jardim, ou numa porção de jardins, no meio da rua, com o Xavier, de brincar fingindo mesmo de Trajano e corre que corre que ninguém me pegava nem me via e o Xavier ficou plantado no mesmo lugar feito uma das estátuas que tem por lá, plantadão que nem deu pra ele saber o que é que estava acontecendo.

A irmã-porteira Cordulina, puxada de um lado para o outro por emoções, ia fazer perguntas a Jaci a respeito da carreira pelos jardins, mas infelizmente já chegava ao vestíbulo, saído das entranhas do casarão, atraído sem dúvida pelo barulho, a algazarra, o alvoroço, o inspetor Barreto, que primeiro parou, ouvindo Jaci e olhando Cordulina, e em seguida, antes de qualquer palavra, foi apanhar, num canto, de pernas para o ar, a cadeira de braços que Jaci tinha derrubado. Afinal, apontando no canto o velho móvel — uma escrivaninha de amplo tampo de mesa e costas altas, cheia de gavetas —, perguntou:

— Não sabe o menino Jaci, ou acaso não terá lido na placa que afixamos a este móvel, um esplêndido exemplar mineiro de marcenaria de meados do século XIX, que ele pertenceu a Alberto Santos Dumont e foi doado à Casa dos Expostos pela família do sábio inventor e desportista brasileiro? Como está mais do que na hora de você subir, Jaci, vá me explicando, se não achar muita impertinência de minha parte, por que razão atira cadeiras para o ar — quando elas são especialmente previstas e fabricadas para assentarem no chão — e quem foi Santos Dumont.

Com o inspetor Barreto dois degraus atrás, Jaci foi subindo a escadaria se desculpando, murmurando uma história de como, imitando um cachorro que tinha visto no jardim, muito assanhado e presepeiro, tinha acabado esbarrando na cadeira, com tanta força e tanta falta de jeito que a cadeira... Mas a partir do segundo lance, longe das vistas da irmã-porteira Cordulina, virou-se para o Barreto e perguntou se podia dizer um segredo, contar uma história, para mostrar como ele sabia das coisas, aprendia as lições, decorava os nomes, e o Barreto, olhando para um lado e para o outro, para baixo e para cima, pelas escadas, desassossegado, curvou-se para Jaci, que falou ao ouvido dele, enquanto o Barreto arqueava, no ar, a mão direita, como se fosse pousar nos ombros, ou nas espáduas, de Jaci, a mão, que no ar permaneceu.

— A cadeira voadora, claro — disse Jaci —, era pra homenagear o pai da aviação, não é mesmo, o cara que, como falou a professora Zulmira, sentado naquele móvel bolou tudo quanto é avião, olhando pra Caridade e jogando pro ar a cadeira.

Jaci, rindo, escapou da sombra da mão trêmula do inspetor Barreto, que, como se continuasse modelando no espaço a forma do seu corpo, baixou ao nível da cintura, e a seguir baixou mais baixo ainda, de longe, sempre de longe, como se fosse acabar enlaçando, envolvendo, puxando para si o menino. Jaci sabia que não, mas, participando do jogo já seu conhecido, se curvou um pouco, feito quem foge de um abraço iminente, e saltou adiante, galgando, apoiado no corrimão, três degraus duma vez só, e assim, aos saltos, prosseguiu para lavar as mãos, o que era obrigatório, e comparecer à ceia, ficando o Barreto, ainda por um instante, com a mão no ar.

O que Jaci de fato desejava era encontrar logo o amigo Heleno, para conversarem a respeito do passeio, já que ao Heleno gostava de confiar tudo, desde, praticamente, o dia em que tinha chegado ali, vindo do Araguaia depois do desaparecimento da madrinha. O sumiço da madrinha tinha sido repentino e absoluto, e, como pouco depois ele embarcava para o Rio, para os Expostos, num avião da FAB, Jaci fundiu as emoções do desaparecimento com as do primeiro voo, resolvendo, temporariamente, que a madrinha estava no céu, provavelmente em férias, e ficaria transtornada se, de regresso ao Araguaia, não achasse ele lá. O que mais fazia nos primeiros dias, vagueando pelo casarão dos Expostos e se escondendo, o melhor que podia, do Barreto, era olhar, uma por uma, as portas da casa, só as portas, e, como entendia de chaves, examinava, quando não havia ninguém por perto, as fechaduras: por uma daquelas portas, na primeira oportunidade, havia de sair, para voltar ao Araguaia.

Quem acabou por dar tranquilidade a ele, começando por observar, com ar de profunda sabedoria, que embora não soubesse onde ficava o Araguaia jurava que era do outro lado do mundo, foi o amigo Heleno, que já estava internado havia tempo, que não parecia ter pressa maior de sair dali, e tinha um jeito maneiroso, simpático. Era bom de bola, o Heleno, quando jogavam no recreio, bom de luta também, mas quando andava pelos corredores era num passo preguiçoso, vagaroso, e Jaci disse logo a ele, quando se conheceram, que era parecido — mas muito, muito mesmo — com alguém, só que ele não conseguia lembrar quem era.

— Quando eu olho pra você — disse Jaci — quase me lembro, quase que vejo ele, assim mesmo, bem moreno, olho verde, andando devagar, como quem está chateado, sem saber o que fazer, mas que de repente, subindo uma árvore, perseguindo capivara e jacaré na beira do rio, disparando pelo campo atrás duma ema, fica ligeiro, perigoso.

— Virgem! — disse o Heleno —, segura essa bicharada que bicho eu só aguento morto, quer dizer, transformado em número, escrito no papel, na fezinha, e desses bichos que você está falando aí só mesmo o jacaré, o quinze, está na lista, Jaci, tem dó.

No dia em que o Heleno falou assim, um garoto desabusado, que ia passando, disse ao Heleno que ele entendia, podia falar de cadeira era de bicha, de bicho não, e o Heleno, sem nem parar de falar, aplicou no outro uma cotovelada certeira, na boca do estômago, e aí o Jaci lembrou.

— Se você não gostar, porque é bicho — disse Jaci —, paciência, mas você tem a maior parecença possível é com uma onça que a gente tinha, um filhote de onça, que a gente guardou numa gaiola de varas no meio do terreiro até grandinha, e ela brincava com a gente, quando a gente soltava ela por ali.

O Heleno — como qualquer um podia ver pelo sorriso dele, pelo olhar, até pelo jeito que ele deu às mãos, que fechou pela metade, como se fosse mão de onça, de gato — tinha gostado da comparação.

— Sei — disse o Heleno —, sei, onça, não é mesmo, bicho meio pintado, meio de riscas, entre o quatorze e o vinte e dois.

E o Heleno tinha começado a instruir o Jaci:

— Pare de olhar fechadura, corrente e tranca que assim você se dá mal, Jaci. O melhor aqui é a gente se conformar e se comportar, fazer o que eles mandam, aprender o que eles ensinam, que assim daqui a pouco a gente tem ofício, profissão, ou finge que tem, espera até eles cansarem da gente e decidirem que a gente pode ir embora, numa boa, que a gente já está grande demais pra continuar aqui. Negócio de querer fugir é que é besteira, porque aí eles sapecam a gente no tal do reformatório, que é o nome que o Barreto dá a tudo que é febem e funabem da vida, tudo que é dureza no couro da gente. Se o Barreto um dia ameaçar você com reformatório, virando do avesso aquele olho lá dele e botando a mão na sua cabeça, fazendo cara do S. Vicente de Paulo que está na portaria, faz qualquer coisa que ele queira — e não custa nada alegrar ele que ele só quer que a gente fique pelado no dormitório ou no banheiro e que a gente finja que não sabe que ele está olhando, olhando —, porque o tal do reformatório é fogo, Jaci.

E o Heleno também sabia ficar sonhador, esquecido de onde estava, esquecido da vida, de tudo, quando falava a Jaci num amigo que tinha lá fora, amigo e xará, chamado Heleno, assim feito ele, só que uns anos mais velho do que ele.

— Quando falo que o Heleno está lá fora, é simples modo de dizer, porque se eu estou internado aqui, nos Expostos, o meu Heleno está internado na Ilha Grande. A gente foi pego num flagrante muito injusto, sabe, na praça Mauá, e o pobrezinho foi parar na Ilha porque é homem feito, mas está quase de sentença cumprida e eu quero sair daqui antes dele sair de lá pra preparar a surpresa da vida dele, dar a ele um presente que ele não vai esquecer nunca mais.

Que presente era, que surpresa, o Heleno não dizia, mas sempre que falava no assunto caía naquele enlevo, suspirava, e passava logo a falar no risonho futuro que preparava e na vida bacana que se podia viver lá fora, no Rio, que é melhor que todos os Araguaias do mundo.

— Jaci, Jaci — dizia o Heleno —, o mundo lá fora é espaçoso, cheio de sol, de gente, e é até bom a gente passar um tempo trancado aqui só para sair depois e descobrir tudo de novo, porque é revendo o mundo, pisando de novo o Cais do Porto, com aqueles navios no mar, que a gente descobre o que perdeu e aí a gente fica de mãos postas e joelho no chão. Quando você sair daqui — há de ser depois de mim, Jaci, que eu já estou arrumando tudo para ir embora, para preparar a surpresa do meu Heleno —, você, para me encontrar, que eu não sei direito para onde vou, procure minha tia Carlotinha, dona Carlotinha, como é chamada. Eu não sei ainda onde vou morar, enquanto espero que o Heleno saia da Ilha, e de qualquer jeito estou sempre indo ver a tia, que mora nos altos da rua Pacheco Leão, quase na Dona Castorina, e ela, no quintalzinho dela que acaba num riacho, planta rosas e planta maconha, que os dois plantios rendem muito bem, e a tia está quase sempre lá, é difícil encontrar a casa vazia.

Jaci ficava imaginando a casa de dona Carlotinha, com o caminho da rua e o caminho do rio, pois, como dizia o Heleno em sua sabedoria, é sempre bom a gente ter, na vida, mais de uma saída à mão, apesar de dona Carlotinha nunca ter precisado — mas nunca, mesmo — fugir de ninguém, benquista que era no bairro e na delegacia distrital, e sabendo muito bem misturar as lavouras no quintal. Não só era difícil separar ou distinguir, na terrinha dela, o maconhal do roseiral, como as folhas da maconha dela tinham cheiro de flor e o chazinho que dona Carlotinha preparava com as rosas que punha para secar fazia — o Heleno jurava — o bebedor do chá virar ele mesmo uma rosa, de tanto que sonhava, um atrás do outro, sonhos muito delicados, que iam, o dia inteiro, se desprendendo dele, feito pétalas.

Jaci não encontrou o Heleno, nem na ceia nem na reza, quer dizer, na capela dos Expostos, toda de vitrais coloridos, cada vitral trazendo o nome de quem tinha comprado o vidro, o doador, chamado. É que como andava preparando, com jeito e empenho, sua definitiva saída dos Expostos, o Heleno, sem dúvida, estaria prestando algum serviço extra à irmã-porteira, na copa, servindo de criado ao Barreto ou teria até sido mandado à rua, pois assim era testada a capacidade de ir e vir dos que desejavam e podiam ir de vez.

Jaci foi, na fila, para o dormitório, e na pequena cama se deitou, olhos abertos, respirando quieto, pronto, como sempre, a escutar, vindos de algum lugar, de algum leito em algum canto, ruídos leves, de gente também acordada, sinais e avisos que se cruzavam e que em geral eram seguidos pelo ruído levezinho de pés no chão de ladrilho, que só era escutado pelos que não dormiam. Percebendo que o vigia de plantão era o próprio Barreto, Jaci ficou ainda mais atento, interessado, porque o Barreto era severo e estrito na vigilância, não dormia quando estava de quarto, e certamente não tolerava nem admitia barulho, algazarra, alvoroço, nem aturava voz nenhuma, nem mesmo vozes baixas, em conversa sonolenta, nada: em compensação não se incomodava nem um pouco se alguma cama ficava, de repente, vazia, e numa outra havia, de repente, mais de uma pessoa. O Barreto continuava em sua ronda mansa, que ouvir ninguém ouvia, pois em noite de vigília dele calçava uns velhos chinelos de lã, que produziam menos som no assoalho do que a respiração coletiva da meninada já adormecida, e só se detinha ao pé de camas onde houvesse um acasalamento, para ficar olhando, olhando, sempre de um jeito tão ausente — respeitoso, era o caso de dizer — que, austero e ranheta como era durante o dia com todos, à noite podia se transformar numa presença quase amiga, vagamente cúmplice, apenas olhando, olhando, olhando.

5

E quando acaba — cismou Xavier mais tarde, recapitulando o capitoso dia —, quando acaba reencontrei Solange não no Jardim Botânico, como estava rigorosamente previsto, no meu planejamento do acaso central da minha vida, e sim, vejam só, no meio da rua, ou dentro de uma loja. De qualquer maneira, um resplendente acaso, muito casual, independente do cerco que ele fazia ao bairro, à vila, à casa de Solange: o acaso da vitrine de cristal, como mentalmente ia ficar batizado em homenagem à canção que ele tinha guardado de outros tempos, dos tempos do Leme, ressoando em sua memória no fervor da voz de Sílvio Caldas:

> *Eu vi numa vitrine de cristal*
> *sobre um soberbo pedestal*
> *uma boneca encantadora.*

O fato é que, ao sair, no centro da cidade, da repartição — tinha ido dar a Teodoro notícias de Jaci, tranquilizadoras, e fazer o relato do passeio dado com o menino, das conversações que tinham tido e da camaradagem estabelecida —, Xavier se deixou flanar pela rua do Ouvidor, contente de se sentir murado pela estreiteza da rua, aspirando o cheiro das perfumarias, das lojas de fazendas e tabacarias, observando o truque imemorial dos vendedores de gasparinhos da loteria — deixando cair um bilhete no chão para que o passante pense que a sorte se atira aos seus pés —, e só acelerando a marcha, irritado, impaciente, diante das lojas de discos, estentóricas. E foi então, ao passar por uma porta de onde saía um tufão sonoro, que a própria música hostil fez ele lembrar a boneca da vitrine de cristal, as madrugadas do Bolero, do Wonder Bar, e, sonhador, atravessou Gonçalves Dias, Uruguaiana, pensou, vagamente, em sentar, como os moradores das redondezas, nos bancos do largo de S. Francisco, parou um instante, distraído, diante de uma vitrine da Casa Sloper, e, olhando para dentro da loja, avistou Solange no pleno fulgor do dia em que ela tinha nascido das ondas na frente dele, no banho de mar, Solange dentro da loja, examinando um corte de seda cor de água do mar. Xavier empurrou a porta de vidro, entrou, olhou de novo Solange, e, sorrindo mas quase sem voz, murmurou:

— Solange.

A moça arregalou os olhos negros e grandes, levemente amendoados, largou no balcão a fazenda que examinava, e, dando as costas a Xavier, pegou outra peça de tecido, adiante. Ao sentir, examinando Xavier de soslaio, que ele não se limitava a pregar nela olhos úmidos, enternecidos, e sim que, feito um sonâmbulo, dava outro passo na direção dela, afastou-se decidida, andando entre os balcões de panos como se, ligeira, costurasse um no outro, até que, chegando a uma jovem senhora que mirava, contra a luz, um vestido de brancos e escarlates, parou brusca e enfiou o braço no braço dela, feito uma agulha que, completada a bainha e dado o nó na linha, se espetasse na almofada da costureira.

— Solange! — disse Xavier, meio embriagado por pronunciar em voz alta, no mesmo minuto, por duas vezes, o nome que durante anos e anos tinha apenas vivido mudo dentro dele, sem ter a quem se dirigir. Só que agora identificava, no braço da falsa Solange, avistada através da vitrine de cristal, a vera Solange, a madoninha da praia antiga, que ele não tinha chegado a conhecer madona, e que agora, tão bonita ainda, os olhos brilhantes, os cabelos mostrando honestamente uns fios de prata, poucos, nas têmporas — dentro da negra cabeleira lustrosa e viçosa como sempre —, ainda parecia representar mal seu papel de mãe, de braço dado com...

— Olha se não é o Xavier! Pensei que não fosse mais sair das matas — disse Solange, alegre, risonha, fazendo Xavier reconhecer com alívio os mesmos dentes de outrora, exatos, muito alvos, só com um dos molares, à direita, levemente acinzentado pelo tempo.

— Quem é vivo sempre aparece — disse Xavier, que pigarreou, para disfarçar o tremor que sentia na própria voz. — Quem é vivo, volta.

— Deixe eu apresentar você a Bárbara, minha filha — disse Solange pondo a mão nos ombros da mocinha.

— Claro que só podia ser, ou que não podia deixar de ser, disse Xavier, sorrindo. No primeiro momento, palavra que cheguei a pensar que era você, mas compreendi, logo em seguida, que ela... que Bárbara só podia estar ali, perto da entrada, para me levar a você, para me levar, a partir do passado, a você, hoje.

Xavier sentia que Bárbara agora olhava para ele, depois do susto inicial, com curiosidade e, mesmo, um leve sorriso, talvez suspeitando que entre ele e a mãe alguma coisa devia ter havido. Se fosse de todo possível, Xavier teria ficado dentro da loja muito tempo, ou por um tempo indefinido, ouvindo, como fundo musical, Sílvio dissolvendo em melodia os versos delirantes ("seus olhos eram circúnvagos, no romantismo azul dos lagos") e mirando o milagre lentamente ocorrido da transposição, em outro, de um ser humano ("mãos liriais, uns braços divinais") digno de, como aquelas estátuas ("enfim eu vi nesta boneca uma perfeita vênus") que os arqueólogos extraem das cavernas e que, parideiras, se multiplicam pelos museus e praças. Bárbara ia ter, era fatal, como filha, uma outra Solange, uma réplica, e esta uma outra e uma outra para que ele, Xavier, ficasse famoso e as pessoas dissessem: este molde de gente (seus lábios "eram dois rubis serenos, dois símbolos carmenos de felicidade"), esta mulher Solange, quem retirou ela do mar do Rio, ali no Leme, pingando água, cuspindo sal, meio tonta do mergulho, foi o Xavier. Perdeu ela depois, em terra firme, para um ser inominável, mas conseguiu chegar, passados anos e anos de meditação e disciplina, à leitura, nos paralelos e meridianos, do ponto exato do reencontro, que era a encruzilhada de Ouvidor-Uruguaiana.

— Você tem aí papel e lápis? — perguntou Solange. — É facílimo chegar lá em casa, apesar da nossa rua não ter nome, imagine só. A gente mora num corredor de casas do Jardim Botânico, sabe, porque o Basílio nunca deixou o Ministério e agora mesmo é que não vai deixar. Para as crianças tem sido ótimo. Eu tenho esta moça e um rapaz, o Bernardo. Naé, como a gente chama ele. Ih, mas estou fazendo uma grande confusão em vez de ensinar a você o caminho da casa. Você pega, indo da cidade, qualquer ônibus que vá até o Jóquei, a praça Santos Dumont, salta, logo à direita você entra na rua Major Rubens Vaz e daí...

Xavier tinha tomado nota, prestando, aparentemente, atenção às instruções de Solange, mas na verdade concentrado só na música, na embalagem de som em que chegavam aos ouvidos dele os pormenores tão conhecidos, o nome austero de Orsina da Fonseca, o ouro de Acácias, a fronde ramalhuda de Oitis, o sopro de cobre marcial de Major Rubens Vaz.

Bárbara tinha se afastado, para examinar, agora em paz, a seda verde que acariciava quando tinha aparecido aquele homem que parecia gago, ou mudo, mas que, falando com a mãe, tinha desatado a língua, cara simpático — continuou, sentindo a fazenda verde, que esfregava de leve entre o polegar e o indicador —, queimadão de sol, olho meio encovado, encorujado na órbita, cinzento, pensando que eu era a velha, olha só, e, pelo jeito, se a velha Solange não estivesse à mão ia ser difícil convencer o cavalheiro que eu não era ela, porque ele veio porque veio nas minhas águas, olho vidrado, sem olhar pra lado nenhum e passando entre os balcões como se nunca tivesse feito outra coisa na vida.

Há tanto tempo conheço ou conheci este homem, pensava Solange, e sempre conheci ele tão pouco, sempre soube tão pouco sobre ele que, estou percebendo agora, *me* conheço quase nada em relação a ele, se é que me explico bem a mim mesma. Acho, julgo, imagino que ele gostava de mim, ou alguma queda tinha, porque quando nos víamos, nos encontrávamos na praia, no Bar Alpino, na Fiorentina, eu sentia logo os olhos dele procurando os meus, eu era capaz de jurar, mas quando eu criava coragem e também olhava firme, mirava, como se diz, a miração dele resvalava pelo meu cabelo, meu ombro, e se perdia na parede, na distância. Ficou tudo assim tão vago que eu nem sei se gostei um pouco dele, se correspondi, por nem saber direito se tinha alguma coisa que corresponder, ou talvez minha impaciência... Você só pensava em homem, Solange, e você não tinha, praticamente não tem, nunca teve (ou será que, agora, um pouco?) coragem, iniciativa, e por isso ficava na dependência dos destemidos e desabridos que apresentavam você de supetão ao homem que eles eram, que metiam a mão entre roupa e pele, blusa e seio, e principalmente guiavam a minha mão para onde ela queria ir mas não podia dar a entender, confessar que queria, precisando que outra mão...

— Olhe — disse Solange —, o melhor dia para você vir lá em casa é para o almoço de domingo, aliás, o ajantarado de domingo, que sai lá pelas três da tarde porque Basílio, tanto quanto os meninos, não dispensa o banho de mar até as tantas.

Xavier notou, com alívio, que Solange não tinha reparado na folha do livro de notas em que ele acabava de escrever a direção, o endereço da família, porque, sem prestar atenção ao que fazia, meio idiotizado, tinha traçado um esquema do bairro muito mais pormenorizado do que a descrição dela, inclusive com a localização dos Bombeiros e da Delegacia. Tratou de enfiar o livrinho no bolso enquanto Solange explicava, em relação ao banho de mar, que, se Xavier preferisse, podia vir mais cedo, trocar de roupa e ir também, com a família, ao Leblon, para um mergulho. De qualquer forma ele tinha agora endereço, telefone, e, se resolvesse juntar-se à família para a praia, podia dar uma ligada antes, contanto, contanto, tinha Solange acentuado, que viesse domingo, não deixasse de vir, e ele podia ter absoluta certeza de que dar com o nariz na porta não dava. Desde cedo estariam lá os sogros dela, dona Emília e o velho Elpídio, gente muito boa, e aos domingos os dois vinham da casa deles, no Grajaú, de manhã, depois do café, e ficavam até de noite. O velho aproveitava e às vezes dava uma volta pelo Jardim Botânico, ou ia tomar um chope ou fazer uma aposta de corrida de cavalo num barzinho ali perto, chamado Arnaldo, mas dona Emília se sentava na varanda, tricotando, ou cuidava das plantas, coitadas, que durante a semana não tinham muito quem se preocupasse com elas, de maneira que se Xavier chegasse antes da família voltar do banho, bastava se apresentar que os velhos já saberiam que ele estava convidado: era só chegar e pegar na geladeira uma cerveja.

6

Ao enfrentar, no futuro, horas menos agradáveis, e mesmo ao viver, pouco adiante, horas até mais agradáveis como realização prática de satisfações longamente adiadas, Xavier teve sempre a honesta clareza de reconhecer que os primeiros tempos de sua vida no interior da casa, no regaço da família de Solange, foram, entre todos, os melhores. Esse tempo extraordinário coincidia com a expansão serena e controlada de seu amor pelo Jardim Botânico — o espaçoso quintal da casa de Solange —, amor que levava ele a preguiçosas leituras na biblioteca do Museu, primeiro, e na do próprio Jardim, depois, frequentemente interrompidas pela cisma em que mergulhava quando, quase sem querer, começava a recapitular, nos pormenores, nos pequenos prazeres, suas visitas, ou sua última visita à casa da vila. E chegava mesmo a saborear o perigo — um perigo inventado, é claro, e cuja única função era fazer ressaltar a perfeita segurança com que preparava, gravitando ao redor de Solange, o desfecho, que viria em breve — de querer ficar para sempre, como agora, desfrutando o calor do ninho em que tinha se introduzido, hóspede permanente, rei secreto, como o chupim, o gaudério, que tinha descoberto no dicionário dos bichos: "Não constrói ninho próprio, aproveita-se do trabalho já feito por outros pássaros, principalmente do tico-tico, mas também vai ao ninho da pombinha-das-almas, dos sanhaços, dos papa-capins e dos canários-da-terra. Clandestinamente põe seus ovos na postura já começada e o pobre do tico-tico, sem dar pela coisa, consagra todo o seu carinho a estes ovos alheios. Tendo de crescer mais, o filho intruso também precisa comer mais e o tico-tico dá-lhe as rações dobradas, algumas vezes preterindo os filhos legítimos, que não conseguem erguer-se tanto do ninho. Devido à variação da cor dos ovos dos chupins, acham alguns naturalistas que eles conseguem imitar a própria casca do ovo do pássaro hospedeiro para poderem pôr, com tranquilidade, seus ovos no alheio ninho."

Era ele, pensava Xavier, fechando o livro e os olhos, esse pássaro sutil, libertado das forças naturais e estúpidas, e, como um vago exercício não sabia bem de quê, Xavier se concentrava, meio de burla, para se imaginar gaudério gerando ovo com a determinação de pintar a casca dele de forma disfarçada, para que perdesse suas características gaudérias e não fosse reconhecido como ovo estranho pelo bronco, confiante, basílico tico-tico. Era ele, era ele, andando pela sala de jantar e a de visitas, ambas abertas para as árvores do lado da casa que ele antes tinha sitiado como se sitia uma fortaleza e onde agora entrava, se instalava, se alimentava de corpo e de espírito, sentindo o calor melhor, que é o do ninho aquecido, que não espera que a gente aqueça sua pluma e sua palha para apenas então nos aquecer de volta.

No dia do primeiro ajantarado Xavier tinha chegado meia hora depois de voltarem da praia, no carro da família, Solange, Basílio e os dois filhos, meia hora exata, de relógio, pois tinha se colocado atento no café da esquina, como tantas outras vezes, só que agora com certo orgulho de calmo e discreto triunfador: passou tranquilo diante do Café Hipódromo, reparou, pela primeira vez — a visita de outro dia ao Jardim Botânico tinha tornado Xavier sensível à presença aqui e ali, no Rio, de palmeiras imperiais —, que na frente do prédio ao lado do Arnaldo Lanches quatro imperiais, por assim dizer na ponta dos pés, olhavam ali perto suas mil irmãs do Jardim. Fez questão de descer a rua Major Rubens Vaz, passando pela porta dos Bombeiros e da Delegacia, antes de entrar sereno na vila dos seus desejos, e, afinal, na casa que era a própria jarra que tinha contido durante todo o tempo a flor da sua vida, que ele estava prestes a colher, mas sem pressa: ele queria ainda sentir que picava, por dentro, a casca, e saía aos poucos do ovo no ninho macio e quente que tinha escolhido.

Ainda estranho de todo na família só havia, para Xavier, o menino Naé, um ano mais moço do que Bárbara, pois Basílio — era ele de fato que Xavier tinha avistado na praça do Jóquei — estava gordo e grisalhante, mas era o mesmíssimo Basílio, ainda com aquele ar convencido, machão, o mesmo bigodinho antigo emoldurando o sorriso cínico que tinha encantado Solange e outras moças do Leme. Naé, embora não deixasse de lembrar o pai, no jeito de rir, na conformação dos ombros, era, de traços, mais delicado, mais parecido com Solange, pelo menos até que se atentasse em Bárbara, porque, agora ainda mais do que no primeiro encontro, a parecença dela com Solange era inacreditável, sobretudo para quem tinha, como ele, Xavier, gravada na lembrança exatamente a imagem da mãe na idade que tinha agora a filha. Se no encontro da loja a semelhança tinha levado, no primeiro momento, a uma verdadeira confusão (Xavier sabia, se parasse para pensar, que quinze anos não passam por coisa nenhuma, que dizer por uma mulher, sem deixar pegada ou traço, mas ainda bem que tinha aceitado como verídico, durante segundos, o milagre), agora o conhecimento dos fatos, do fenômeno científico previsível — rosa linda se repetindo em rosa linda no mesmo pé de rosa —, tornava o milagre mais saboroso porque mais engenhoso. Como estava diante de Solange e Bárbara chegadas do banho de mar, queimadas de sol, tal como tinha ficado na sua lembrança Solange saindo das águas, Xavier quis aprofundar a razão da sua alegria diante de Solange e réplica, Solange e Bárbara, mas depois deixou que o espírito se distendesse, deu sorvos gulosos na cerveja que Basílio oferecia, exclamando, no seu íntimo, sem voz, mas como se fosse um risinho brando, a simples verdade que acabava de se apresentar como axiomática explicação: a saber, que a existência de duas Solanges era naturalmente melhor que a de uma só.

7

— Como é que uma mãe podia, tinha coragem de fazer uma coisa assim, meu Deus do céu, um gesto desses: pegar a carne dela mesma, do ventre dela, o filho, enrolado em cueiros, numa manta, num xale, botar ele numa prateleira, rodar, e pronto, pé no caminho, ir embora sem olhar pra trás? E olhe bem, dona, se este móvel continuasse lá embaixo, na rua, no beco aí do Visconde do Cruzeiro, não ia faltar mãe desnaturada e mulher desalmada para agir igualzinho às de antigamente, eu garanto e juro, só que o desavergonhamento de hoje, quando moça nenhuma tem pejo de dar à luz filho sem pai, de emprenhar de qualquer um, liquidou a roda, acabou com ela, que não tem mais serventia nenhuma.

Deixada, domingo pela manhã, na porta do seu edifício, no Flamengo, por um Xavier que, pela terceira semana de enfiada, domingo de tardinha estava sempre de almoço marcado com um querido amigo de infância, ou de juventude, tal de Basílio — Xavier ia apresentar Lila a ele, mas ainda não tinha surgido, ao que parecia, ocasião —, Lila avisou, quando se despediam, que pretendia ir tirar Jaci dos Expostos para uma volta, um passeio. Xavier a princípio ouviu a proposta com algum espanto, as sobrancelhas se buscando na testa franzida, mas logo a seguir tinha, pelo contrário, achado boa a ideia, muito boa mesmo, como previsto por Lila. Xavier havia de sentir, ou, pelo menos, podia sentir algum remorso, ou preocupação, por não levar o menino a passeio num domingo: encontrar, portanto, quem fizesse o trabalho de babá, sobretudo em nome dele, era uma solução simpática, sem dúvida.

Agora, na portaria da Casa dos Expostos, Lila examinava, ouvindo as histórias de irmã Cordulina, o estranho móvel, feito uma cantoneira, uma meia coluna, que outrora se embutia no muro, entre o beco sem saída de Visconde do Cruzeiro e a casinhola da longa alameda de entrada dos Expostos, rua Marquês de Abrantes.

— O pobre do enjeitadinho, está vendo — continuava Cordulina —, era colocado na prateleira aberta, do lado do beco, e a mãe desnaturada fazia girar a prateleira para dentro, para que as freiras, sempre de vigília na casinhola, recolhessem para sempre, sem nada verem, ouvirem, perguntarem, o fruto do ventre da desmiolada que, Deus me perdoe, tinha ventre mas entranhas não tinha.

Irmã Cordulina, com um gesto dramático, empurrou o segmento central daquela coluna aparentemente inteiriça e o segmento rodou no seu eixo, apresentando o escaninho, o oco ventre de pau em que se depositavam os desamados e não queridos — e de trás da coluna saiu Jaci, sorrindo, mas meio sem jeito, contrafeito, a expressão ambígua, esquisita.

— Eu ia aparecer — começou a dizer Jaci —, quer dizer, eu tinha feito um plano de... Me escondi para de repente aparecer e dar um susto em vocês duas, mas aí me distraí, me esqueci, mudei de ideia, sei lá, e acabei aparecendo assim.

— Ah — disse Cordulina, balançando a cabeça, batendo com as mãos na saia branca, dura de goma —, aí, em vez de dar o susto que você tinha imaginado, você ficou ouvindo e ouvindo o que eu estava falando e falando, tagarela como sempre e... Olhe aqui, Jaci, eu estava contando a dona Lila para que é que esta roda servia *antigamente,* quando os tempos eram outros, tanto assim que nem tem mais roda hoje e isso aqui virou móvel de museu, feito a secretária aí do Santos Dumont, feito a cadeira que você derrubou quando saiu da outra vez, para correr nos jardins de Botafogo.

Jaci fez que sim com a cabeça, riu, abrindo os braços, como se a irmã-porteira estivesse fazendo de quase nada um bicho de sete cabeças, e se aproximou da mesa, mostrando, ou aparentando interesse por um velho peso de papel e pelos folhetos que viviam ali, com informações sobre a Casa dos Expostos e a Ordem das Vicentinas, e Lila ia encerrar, saindo logo, aquele momento meio embaraçoso, mas Cordulina, pelo visto, nem sabia como se explicar nem como calar a boca.

— Você sabe, não é mesmo, Jaci, que o que eu estava contando a dona Lila não tem nada que ver com você, com o seu caso, porque você não foi colocado em gaveta nenhuma, de nenhuma roda. Você entrou pela porta grande, trazido pelo pessoal do Serviço, que o Dr. Teodoro encarregou de pegar você no avião que veio lá da sua terra, e se você não se lembra bem de tudo é que já foi há bastante tempo e você era muito menor, mas eu estou vendo como se fosse ontem, você com sua trouxa, o olho meio arregalado mas rindo, falando no voo...

Quando afinal saíram, Lila percebeu de pronto, com alívio, que a nuvem que tinha envolvido Jaci se dissipava, graças à simples perspectiva do passeio, ou, mais provavelmente, varada pela força solar de uma certa gema de ovo: tantas foram as indiretas de Jaci, logo que chegaram à rua, sobre o sanduíche que tinha comido na lanchonete da esquina do Museu — com evocação do pão, do bife, dos vários outros elementos sobre os quais reinava, estrelado, um ovo de régia gema —, que Lila resolveu começar o dia pela refeição. No entanto Jaci, uma vez afastado o prato vazio, mostrou menos interesse por algum plano imediato de atividades e divertimentos do que por uma conversa cerrada, cheia de curiosidades e indagações a respeito de pessoas, a respeito dela, Lila, do Xavier, de Rita, ao mesmo tempo que falava, ainda que Lila não tivesse perguntado nada, sobre a irmã-porteira, o inspetor Barreto, a crioulinha Marcela e, principalmente, o Heleno, o amigão Heleno, e até uma certa tia do Heleno, Carlotinha, de nome.

Lila achou animador o começo da conversa, sentindo que Jaci estava tratando de se situar — com auxílio das respostas dela, das reações que ela ia tendo ao que ouvia dele, das informações que ia retirando dela — no mundo em volta dele.

— O Heleno, sabe — disse Jaci —, não vai durar muito lá nos Expostos, quer dizer, ele está fazendo tudo direito, e na hora certa, para ir embora, numa boa, como ele fala, e para cuidar da vida dele, na casa dele, no trabalho dele.

— Ah, sim, pelo jeito ele tem boa cabeça — disse Lila. — E que ofício ele vai seguir, qual é o tipo de emprego, de ocupação que ele vai procurar para se sustentar, ganhar a vida?

— Bem, ele aprendeu datilografia, bate máquina depressa que só vendo, e além disso é bom de fazer conta também, de calcular coisas de cabeça, de dar um troco depressa, e ele fala muito em se empregar, logo que sair, no comércio, numa loja grande, numa firma, mas aqui entre nós — entre nós mesmo, que isso é segredo —, o negócio dele é o bicho, Lila, já *era* o bicho antes de internarem ele e vai ser de novo, que ele e o Heleno são é do jogo do bicho.

— Ele *e* o Heleno? — riu Lila. — Ele *é* o Heleno, não é assim?

— Ah, aí é que a gente tem que saber das coisas, como eu sei. O Heleno, o nosso, esse lá dos Expostos, tem um amigo, muito amigo mesmo — você está me entendendo, não é Lila —, que também se chama Heleno, e juntos é que eles, aos poucos, com jeito, vão voltar ao negócio do bicho, unha e carne os dois, morando juntos, essas coisas.

Vagamente assentindo com a cabeça — e lutando contra um vago mal-estar que achava descabido, tolo, pois a experiência de vida do Jaci só podia ser uma coisa assim, nada mais natural —, Lila acenou ao garçom para que trouxesse a nota, e, com a intenção de não aprofundar o assunto, prolongando a conversa, propôs ao Jaci um programa, um cinema, quem sabe, mas Jaci disse que preferia ver onde ela morava, conhecer a casa dela, o apartamento. O primeiro impulso de Lila foi o de simplesmente dar uma desculpa qualquer, inventar um motivo, mesmo que o Jaci percebesse que era invenção, já que a ela parecia tola, e quase impertinente, a ideia de, em lugar de darem um passeio, irem conversar os dois num apartamento: pior do que o Xavier, levando Jaci para o Museu. Lila só se conteve, no seu meio arrependimento e meia irritação de ter planejado, sem um programa definido e sem a assistência de Xavier, aquela saída, por lembrar que Jaci provavelmente ainda estava mal refeito da perturbação, ou que nome tivesse, com que tinha ouvido irmã Cordulina falando de enjeitados e mães desnaturadas.

— Bem — disse Lila —, podemos dar um pulo lá em casa, se você acha a ideia interessante, mas fique sabendo que só tenho, para oferecer, café, biscoito e televisão.

— Eu pedi isso a você — disse Jaci —, porque tenho muita vontade de saber como é que as pessoas moram, de conhecer apartamento por dentro, de ver que coisas a gente usa numa casa, porque eu fico pensando, nas conversas com o Heleno, que mais dia menos dia eu também vou sair dos Expostos, e se eu não me arrumar com ele, com eles dois, os Helenos, como pode ser que eu tenha que fazer, não sei, vou ter que arranjar o meu lugar, minha casa, meu apartamento, porque o Heleno falou que negócio de pensão ninguém aguenta.

Lila sentiu um confrangimento, uma espécie de remorso: Jaci tinha feito de repente ela entrar no problema vital dele, que era o da solidão, o do futuro vago, escuro, principalmente porque, como ela podia comprovar, o Xavier — e portanto ela — nem parecia entrar nas cogitações de Jaci, nos planos dele de vida, e o assombroso é que ela, sem se dar conta, ia se habituando com a ideia de que Xavier de fato não pensava em adotar o menino. Se ela, Lila, não se pusesse em campo com grande empenho...

Foram para o apartamento e Lila quase sorriu, depois dos temores que tinha tido de não saber como entreter o hóspede oferecido, porque Jaci — como se fosse um oficial de Justiça encarregado de fazer uma lista de objetos para venda judicial, ou um leiloeiro, avaliando as peças que vai apregoar mais tarde, a golpes de martelo, ou um detetive de comédia, catando em cada objeto impressões digitais que tenha guardado — começou seu exame da casa praticamente pelo capacho da porta de entrada e foi até as bordas da banheira, os vidros de xampu, de óleo de praia. E Lila realmente sorriu, sentindo, meio maravilhada, um toque de assombro, quando Jaci — encerrado o exame do local, e como se iniciasse um interrogatório, ou retomasse o fio de alguma pesquisa anterior, que acabava de ganhar novas luzes devido ao inventário realizado no apartamento — perguntou:

— Agora me diga, Lila, a rua Senhor dos Passos fica perto daqui?

— Rua Senhor dos Passos? — respondeu Lila, rindo agora francamente, com despreocupação. — Em primeiro lugar, por que a pergunta tão repentina? E por que essa rua? Que mistério é esse?

— Uai, podia ficar aqui perto, não podia, não?

— Claro, Jaci, desculpe, eu só fiquei assim meio espantada, e achando graça, porque você, depois de examinar tanta coisa e ainda com uma escova de banho e uma saboneteira na mão, emendou logo essa pergunta sobre a rua Senhor dos Passos, que eu só conheço vagamente, que fica lá no centro, zona da rua Uruguaiana, rua dos Andradas, sei lá, aquele miolo do Rio. Você conhece alguém que...

— Eu não conheço ninguém — disse Jaci dando de ombros —, mas devia saber que a tal rua só podia ficar no centro da cidade porque o Heleno, do Rio, acho que só gosta mesmo daquelas bandas que ele diz que frequenta, de Presidente Vargas, praça Tiradentes, praça Mauá. E quando fala na rua Senhor dos Passos o Heleno fala até sério, sabe, porque é lá que fica o consultório do Dr. Faninho, e esse doutor garanto que você conhece, não conhece?

Lila agora estava preparada para ouvir perguntas insólitas e firmemente resolvida a aceitar, sem risos ou gesto de espanto, qualquer indagação.

— Faninho? Dr. Faninho? Não, não me recordo, mas quem sabe já ouvi falar, e o nome me escapa agora. É só isso mesmo, o nome dele, Faninho?

— É assim que o Heleno chama ele, Faninho pra cá, Faninho pra lá, e pensei que você conhecesse, ou que todo o mundo conhecesse, pelo jeito que o Heleno fala nele e na fama que o Dr. Faninho tem, de muito amigo dos pobres, sem nada dessa história de só operar quem tem dinheiro pra pagar na hora, sem discutir preço.

— E o Heleno, ele é cliente do Dr. Faninho, foi operado por ele, se tratou com ele, ou é só amigo dele, admirador, ou coisa desse gênero?

— Não é cliente, não — disse Jaci —, ou ainda não, mas acho que vai ser, quer ser, porque todo o mundo precisa, por um motivo ou por outro, ele falou, de médico assim, e o Heleno acha que eu também devo ir e ele vai falar de mim com o Faninho pra eu ir lá quando sair dos Expostos. Por isso é que eu perguntei a você se a rua Senhor dos Passos ficava perto daqui, viu, porque se fosse, talvez desse pra gente dar um pulo até lá e pelo menos ver a rua, ler o nome do Faninho na placa que diz que tem na porta.

— Bem, hoje não dá, mas quem sabe a gente combina, Jaci, apesar de que, na minha opinião, se você quer saber, o melhor era a gente apurar direito quem é o médico, ouvir outra opinião sobre ele, além da do Heleno, você não acha? Você disse que ele é operador, cirurgião, é isso? E a especialidade dele, qual é?

— Especialidade?

— Sim, ele, por outras palavras, opera o quê, coração, moléstia do peito, o quê? Hoje em dia todo cirurgião tem uma área do corpo, opera esse ou aquele órgão, se *especializa* numa operação determinada.

— Ah, sim, o Heleno diz que ele opera problemas, problemas que a pessoa tem, o Heleno falou.

— Sei, sei, vamos ver melhor, indagar, não é, Jaci? Talvez o próprio Heleno conte mais a você, a nós, e depois então, quem sabe, podemos até ir, se for o caso, ao Dr. Faninho, você e eu. Hoje, ainda que a gente quisesse ir lá, e ainda que fosse só para olhar a placa, como você diz, não dava tempo, é longe, fora de mão.

— Tudo bem — disse Jaci sorrindo, e ostentando, praticamente pela primeira vez no dia, seu ar mais de menino, menino travesso —, já que não dá para ir ao Dr. Faninho, que tal alegrar o domingo da Rita e fazer uma visita a ela no Museu? Ah, que bom, vamos! Já vi pela sua risada que vamos, que isso pode, dá pé, e palavra que a Rita vai gostar de me ver, me ver de novo, e se você me dá dois minutos eu mato, antes, a vontade que me atacou de experimentar o seu chuveiro, que parece ser dos bons, muito melhor do que os chuveiros dos Expostos, que estão todos com a água saindo do cano, sem aquele ralo de regador que faz a água chover. Um banho rapidinho e tocamos para a Rita.

Depois que Jaci entrou no banheiro Lila ficou parada, absorta, esperando que, na sua cabeça, cessasse o rumor, o entrechoque de impressões que se empurravam, se acotovelavam, querendo chamar a atenção dela. Tinha imaginado e se preparado para uma tarde que devia transcorrer calma, um tanto chata, uma espécie de excursão de governanta encarregada de pajear um pupilo um tanto grande, taludo, sem dúvida, mas que seria fácil conduzir, distrair, enquanto o tempo, razoavelmente ligeiro, passava, e chegava logo a hora de levar o menino de volta. Quando acaba, e por motivos ainda maldefinidos, imprecisos, a tarde tinha se transformado numa série de conversas, a excursão projetada, o imaginado passeio virando uma espécie de seminário sobre pessoas e situações, tudo isso entre umas meias revelações que ela, aliás, preferia deixar assim mesmo, pela metade. Mas a uma conclusão, pelo menos, útil e, ela esperava, fecunda, tinha chegado: o Jaci positivamente merecia uma atenção muito maior do que a que estava recebendo, e, para isso, cabia a ela, Lila, realizar um grande esforço, com o objetivo de despertar o senso de responsabilidade de Xavier, criando nele um interesse real pelo menino, que não devia ser considerado um fardo, um peso morto, um trambolho que se aceita de má vontade, mesmo porque, até do ponto de vista da personalidade... física, digamos, da presença, propriamente dita, o Jaci...

Lila sentiu primeiro, sem mover a cabeça, o cheiro de água-de-colônia, a colônia dela, que Jaci devia ter usado à vontade, depois do banho, e foi voltando a cabeça na direção dele devagar, quase com cuidado, já que tinha sentido perto, na nuca, a respiração dele, mas mesmo assim Jaci, sem dúvida para que ela sentisse melhor o perfume, tinha se aproximado demais, tinha se aproximado tanto que ela tocou em cheio com o rosto no dele, a boca contra a face dele. Lila se levantou de pronto e, mobilizando toda a naturalidade de que era capaz, alegou pressa, falou na hora já meio tardia, se pretendiam ainda entrar no Museu, que fechava às cinco, e, agora sim com ar e gestos de governanta, pegou a bolsa, abriu a porta e foi impelindo Jaci para o corredor, o elevador, a rua.

8

A ideia de introduzir Lila na casa de Solange e Basílio — que agora já era, também, a de Bárbara — a princípio tinha contrariado intensamente o senso da justa proporção, o sentido de harmonia, ou, mais precisamente, de sincronia de Xavier. O ambiente da casinha do Jardim Botânico, mais do que ligado ao período anterior da vida dele, o período Leme, era, na verdade, contíguo: suprimidos, postos entre parênteses os anos intermediários, aqueles dois blocos de tempo constituíam os dois quartos de uma casa só. Sendo, como era, uma simples cópia, repetição, reprodução em seda de Solange, Bárbara, naturalmente, pertencia tanto àquela atmosfera, ao genuíno ambiente, quanto ele, quanto Solange e até Basílio que, enquanto durasse e perdurasse, era, sem dúvida, ainda que só como móvel, alfaia, utensílio, parte do cenário. O próprio Naé — produto ainda vago, escassamente conhecido de Xavier, dispensável em si mesmo, quase excessivo, como uma sapopemba em árvore solidamente estabelecida — pertencia também, de certa forma, ao conjunto, embora não constituísse um adorno valioso ou contribuísse claramente por sua qualidade ou equilíbrio. Mas Lila? pensava Xavier de início, perturbado, quase escandalizado e chocado com a ideia de introduzir numa terra cultivada há tanto tempo, tão estabilizada, num pomar tão definido, uma planta não só nova em si, como de outro clima, ele diria, outra região, requerendo outro solo e um trato diferente, nada que ver, aberrante como uma macieira no pomar duma chácara, uma parreira enroscada em alpendre carioca.

Entretanto, ao fim da terceira visita à casa da vila, à sua casa, ou que sua seria, Xavier já pensava de outro modo e se dizia que não há nada de mau, intrinsecamente, nada, no fundo, de prejudicial em contemporizar com extravagâncias, desde que sejam efêmeras, em aceitar disparates e contradições que podem muito bem servir, antes que cesse sua vida útil, à nobreza de uma concepção maior. Ele já estava convencido, ou os próprios acontecimentos impunham esta conclusão prudente, mais satisfatória do que sua vaga ideia anterior, que era a de agir com rapidez, com uma presteza implacável para, suprimido o obstáculo, conseguir em pouco tempo o objetivo: essa ideia pecava, entre outras coisas, pelo seu desconhecimento de novos elementos no meio em que ele agia. Tinha simplificado demais o problema só levando em conta os elementos conhecidos seus, ou seja, as pessoas de Solange e Basílio, num esquema que agora apresentava mais de um vestígio de abstração, bastando para isso o simples fato de que havia mais uma pessoa a levar em conta, Bárbara, ou duas, pois se Naé era de escassa, ou nenhuma importância, precisava também ser computado, claro.

Ora, para uma campanha prolongada — embora não fosse ser nada tão mais longa assim — Lila, Nhã-Lilá, mesmo sendo macieira desgarrada em chácara, onde só podia dar pomos verdes, tinha um papel, sim, e temporariamente importante, a representar. Conferindo normalidade à vida dele, como caso dele, como noiva, como, por hipótese, futura mulher, Lila suprimia, cancelava qualquer suspeita que pudesse vir a ter aquele pobre Basílio — tão enxundioso, atolado na própria banha que parecia incapaz, inclusive, de suspeita, desconfiança ou de qualquer operação mental dependente de observação mínima e sensibilidade a mais vaga que fosse — ou mesmo algum outro amigo da casa, ou os velhos, dona Emília e o Elpídio. Em relação a Solange, Xavier sentia que ela vinha vindo, vinha entrando, doce, no seu jogo de armar, mas sabe-se lá com que resistências íntimas e com que dúvidas, ou com que certeza de vencer em seus termos, dela, que podiam ser o de convencer Basílio lentamente, ou de esperar que, sem maiores abalos, e pelas costas de um Basílio já de si abúlico e que se transformava a olhos vistos num composto de cerveja e toicinho, fundassem um triângulo amoroso que Xavier considerava, de antemão, inaceitável: bastava, e sobrava, o extravagante tempo de duração da presença daquele intruso, daquele ser inominável, entre ele e Solange para que agora ele fosse sequer considerar a desonra, a baixeza de uma partilha, uma divisão, uma espada, ou tabique, no meio do legítimo leito que teriam Solange e ele, Xavier, ora essa. Bastava lembrar a fúria que tinha sentido ao ouvir de Solange, no domingo anterior, que Basílio, que só tomava em casa, além da cerveja, batida de coco, só tomava batida de coco preparada por ela: todo o santo dia, chovesse ou fizesse sol, Solange tinha que misturar cachaça e creme de coco, com suas longas mãos de princesa, para o maior embrutecimento diário daquele polvo que tinha se grudado nela um dia, nas rochas do Leme, e que teria agora, afinal, os tentáculos cortados, um a um, por ele, Xavier.

Lila chegou, na companhia de Xavier, com uma braçada de rosas vermelhas para Solange, sentou-se depois na varanda, entre Basílio e dona Emília, e em pouco tempo, libertada pela conversação fácil, pôde se observar e comprovar que, de corpo como de espírito, experimentava um decidido bem-estar, feito em partes iguais de conforto — de se sentir bem sentada, o corpo em sossego, quase contente de se dar conta de uma força que não precisa ser usada mas está ali, às ordens — e de uma certa tristeza, nada de muito triste, não, uma tristeza comedida e sensata. Essas constatações não ocorriam em esferas assim tão diferentes, ou separadas, como Lila viu logo em seguida, ao perceber que fisicamente se limitava a identificar o perfume que há muito tempo não sentia, de flor de manacá — tinha crescido ao lado de um pé de manacá, no palmo de quintal da casa dos pais, na Tijuca —, e era na imagem, na lembrança, quase sem cheiro, do cheiro da flor de manacá, que residia sua emoção, o lado relativamente espiritual, que era a sensação de se encontrar, o que há tempos não acontecia, no meio, no seio de uma família.

Bonita moça, pensava Basílio, conversando com Lila e dividindo sua atenção entre o copo de cerveja, o cigarro e o prato de torresmos — que Solange achava, embora essa extravagância fosse só dos domingos, que estavam engordando ele demais —, e espero que o Xavier esteja fazendo bom proveito, já que ele antigamente era, nas jogadas de mulher, meio retraição. Bom sujeito, e a gente ficou admirando muito ele quando deu nele a louca de ser sertanista, de trocar a moleza por um trabalho de durão, bandeirante: quando quiseram dar a ele, no Ministério, um serviço de sertanista moderado, em Cuiabá ou coisa assim, Xavier pediu, exigiu mato-mato, brenha grossa, e a gente precisa de caras assim, que vivem num duro desses não por imposição de batente, mas por achar que alguém tem que dar plantão, tem que prestar serviço, em vez de ficar só no torresmo, mas ainda bem que ele resolveu topar um descanso, viver um pouco da *dolce vita,* traçar uma Lila, que não é de ninguém mandar pro bispo, com esse cabelo castanho folheado a ouro, essa boca rasgada, fresquinha.

— Saúde — disse Basílio para Lila, levantando o copo de cerveja.

— Saúde — respondeu Lila, que aceitou um torresmo, sorriu de volta a Basílio e depois envolveu a casa, a família reunida, num olhar amplo, de Elpídio a Naé, e aí pensou em Jaci, perguntando a si própria por que Jaci não estava também ali, mais perto de Xavier e da vida dele, já que sem dúvida Xavier tinha gostado de reencontrar os amigos de outros tempos, num ambiente que ela, Lila, gostaria de criar em torno dele, e de Jaci, e de algum filho que viessem a ter, ela e Xavier.

— Sua cerveja vai ficar quente, tanto tempo no copo — disse Solange a Lila, segurando a mão dela —, ou será que você prefere mudar, tomar outra coisa, um vinho tinto, talvez.

— Estou felicíssima com a cerveja, e bebo tudo assim, devagar, aliás pouco, também — disse Lila, sorrindo, retribuindo o leve contato de mãos e olhando o rosto bonito diante dela, os olhos puxados, tão negros e doces.

— Nós — disse Solange — éramos, e nunca deixamos de ser, mesmo perdendo ele de vista, e agora somos de novo, muito amigos de Xavier e queremos ser seus amigos também, que a vida da gente é curta e amigos a gente quer que durem, não é mesmo?

— Mãe — disse Bárbara —, olhe o Naé, me fazendo as mais sinistras ameaças só porque eu descobri o esconderijo do diário dele e quase sem querer li o que ele dizia a respeito... Mãe, ele está querendo me tapar a boca... das sardas da Bernadete.

Naé, que tinha de fato feito em direção a Bárbara gestos ameaçadores, de cômica truculência, agora apenas sorria, olhando a irmã, o que imediatamente fez Bárbara se arrepender e se aquietar.

— Desculpe, maninho, eu não li nada, ou quase nada, e se soubesse que se tratava do seu secreto diário não tinha nem lido as três linhas que li, mas quem manda você esconder o caderno no meio dos dicionários, feito quem esconde dinheiro. E além disso, nas três referidas linhas você mencionava, na sua guarita do Jardim, o Lidanor...

Bárbara se aconchegou a Naé, se aninhou na poltrona em que ele tinha se sentado, e só então Xavier reparou que havia uma intimidade especial entre os dois, terna, física, a ponto de, depois da vaga briga, continuarem conversando animados, em voz baixa, ambos abandonando, por um momento, a companhia dos outros. Xavier pensou, com um suspiro, que pela primeira vez Naé parecia menos desnecessário de um modo geral, menos sobrante, supérfluo, entre as coisas do mundo, como se aquela fraternização com Bárbara, filha de Solange, outorgasse a ele, ainda que de forma pálida, reflexa, um parentesco com furnas de algas, ostras e mariscos, e com o roçar de linhas e sedas na encruzilhada de Ouvidor e Uruguaiana.

Há famílias frágeis, pensava Lila, ou mais intolerantes entre seus membros, menos pacientes, talvez, como a dela, que ela própria, o pai viúvo e os irmãos tinham deixado que se esgarçasse e se rasgasse para lá de qualquer cerzidura, e, pela parte que a ela tocava, pouco importava: Lila achava tudo em ordem. Mas Xavier — que tanto falava na tia Lavínia, na mãe de criação, com os cabelos que dividia ao meio, com risca impecável, e arrumava em dois bandós que se dobravam para dentro na altura das orelhas —, Xavier, evidentemente, sentia falta de família à sua volta, e esse era o trunfo, pensou Lila, o trunfo.

Bárbara, pensava Naé, tem lá, como sempre, uma certa razão, quando diz que eu escondo o diário feito quem esconde dinheiro, mas eu pretendo dizer a ela que isso é só enquanto o diário está, digamos assim, quente, abordando assuntos ainda quentes, recentes, que não acabaram de acontecer. Daqui a pouco não vai ter importância que qualquer pessoa leia o que foi escrito, porque tudo aquilo passou, virou outra coisa, perdeu o perigo, deixando de ter importância que eu tenha tido ou não razão de escrever o que escrevi. Se eu me levantasse daqui agora e, em vez de ir ao encontro de Bernadete, fizesse a asneira de me trancar no quarto para escrever meio metro de diário a respeito deste ajantarado, teria medo de ser lido por qualquer das pessoas aqui presentes, já que a gente escreve sobre aquilo de que desconfia, ou supõe, fareja, sobre o que não está explicado. Se eu fosse apenas tirar, com uma máquina, um retrato, tudo bem: aí estão o pai; a tal da Lila, noiva do Xavier, sertanista de olho encovado, que, como a Bárbara me contou, reconheceu a mãe numa loja, virou frequentador da casa e agora veio apresentar a noiva; aí estão os avós, já meio ausentes, pela idade; Bárbara, presentíssima. Pronto, o grupo foi fotografado, as pessoas estão apresentadas por fora, e não teria nada de mais se, no diário, eu dissesse que estavam aqui comendo, bebendo cerveja. Mas é claro que não é isso que estão de fato fazendo, e sim tramando cada um sua trama, e, se é fácil a gente ver que o pai, como sempre, está de olho na mulher presente, no caso a Lila, já existe um risco se eu escrever que a Lila é muito mais de matutar, de ruminar as coisas do que de falar, isso provavelmente por estar preocupada com alguma coisa, o noivo, será? que não casa por quê? se levarmos em conta que os dois não são mais crianças? Bárbara, igualmente, está cansada de saber que mantenho um diário e só partiu para implicar comigo a respeito dele por desejar saber, a respeito do Lidanor, mais do que encontrou escrito, enquanto a mãe está excepcionalmente doce, hoje, como se estivesse comovida com alguma coisa que...

Naé se levantou de repente, apressado, como quem se lembra de um compromisso, e não houve esforço de Bárbara que detivesse ele.

— Naé — disse Bárbara —, você jurou que não passava de hoje nossa ida ao orquidário, praticamente do outro lado do nosso muro, e agora sai correndo: quando você decidir ir lá, não vai mais haver flor. Lembranças a Sardete — gritou ainda, pois Naé saía —, e tranque à chave seu diário, que se eu encontrar o caderno de novo leio tudo.

— O inimigo se ataca mesmo quando bate em retirada, não é isso? — disse Xavier a Bárbara, sorrindo para disfarçar o fato de ter sido surpreendido por Bárbara de olhos presos nela. Não deixava de ser curioso, pensou ele, que outrora olhava Solange da mesma maneira furtiva com que olhava Bárbara agora. Os motivos eram totalmente diferentes: não tinha querido, outrora, ser surpreendido em estado de contemplação, e não podia hoje ser surpreendido por Bárbara, pois sua única explicação seria que a semelhança dela com a mãe era de tal maneira indescritível que olhar para ela, abstraído o passar do tempo, era muito mais como olhar Solange do que olhar a própria Bárbara.

É engraçado, pensava Solange, mas cada vez que vejo Xavier aqui em casa, sentado na varanda, falando com os velhos, ou com a Bárbara, como agora, fico pensando em como ele... como nós... O que é que faz com que as coisas sejam como são e não como podiam ter sido, principalmente quando a gente sabe que não resolveu, não escolheu tanto assim, quer dizer, que não teve qualquer certeza maior ou convicção tão grande de ter feito o que não podia deixar de ter feito? De forma que podíamos, se é que tem algum sentido pensar assim, estar como estamos aqui, apenas sem a Lila, naturalmente, e sem Basílio também, claro, evidente, e sem...

Ela deve ter, a Lila, mais ou menos a idade de Solange, pensava Basílio, ou um pouco menos, uns poucos anos mais moça, e, apesar de todo o respeito que tenho pelo Xavier, se a Lila, cansada de heróis do sertão, quiser... Mas, francamente, você deveria ter vergonha, Basílio, de estar desejando, quase paquerando a noiva dele, a mulher do sertanista, e o melhor que você pode fazer é inventar, mais tarde, um carteado e ir ao apartamento da teteia da Alzira, que me ama todinho com todos os pormenores, e esquecer que esta Lila, de pé, andando, exibe umas nádegas de eguinha-potra.

— Solange — disse Lila, se afastando de Basílio —, eu conheço você de hoje, de ainda agora, se não contar as vezes que, nas últimas semanas, o Xavier me falou em você, na sua casa, na sua família, nas relações de vocês antigamente, mas a verdade é que sinto como se tivesse conhecido você há muito tempo, como se fôssemos amigas íntimas, e por isso tomei coragem de pedir que você me ajude. Eu acho que você tem sobre o Xavier uma espécie de influência que eu não posso ter e...

Que será, pensava Solange, o coração batendo mais forte, que deseja esta moça simpática, Lila, que será que ela descobriu? Haverá alguma coisa que descobrir em mim, em Xavier, em nosso jeito quando juntos, quando perto um do outro? A gente não sabe, não pode saber o que é que deixa transparecer num gesto, na expressão, e, por menos que deixe, ninguém melhor para reparar, ou desconfiar, do que uma pessoa, como é o caso da Lila, interessada, apaixonada, como imagino que esteja, por Xavier, que, sem favor nenhum, qualquer moça...

— Nós — disse Lila — cuidamos, quer dizer, o Xavier cuida, se responsabiliza e eu ajudo, de um meninote, um rapazola índio, órfão, o Jaci, mandado da terra dele para a Casa dos Expostos, a antiga roda, e que eu gostaria enormemente que você convidasse para vir cá, domingo, um domingo desses, de ajantarado. Em primeiro lugar, o Jaci, coitado, depende de nós para ter um mínimo de vida, digamos, normal, comum, aqui fora, entre pessoas como nós — e eu tenho a impressão, pelo pouco que tenho ouvido dele próprio, que o ambiente nos Expostos é pouco saudável, ou mesmo malsão, meio escabroso, sabe —, como ainda porque ele, o Jaci, pode servir, entre o Xavier e eu, de... como dizer?... ponte, traço de união, de tal forma que...

Sentindo-se, de súbito, extraordinariamente bem, Solange estendeu as duas mãos para Lila: ela se dispunha certamente a ajudar a outra, a noiva de Xavier, e ao mesmo tempo tinha ímpetos de agradecer a Lila o fato de reconhecer nela o poder de influenciar Xavier, Xavier como velho amigo dela, é claro, mas isso era bom, fazia bem.

— Conte comigo, Lila, eu farei tudo que estiver ao meu alcance, pois desejo muito que o Xavier seja feliz e me parece evidente que você é a pessoa que há de fazer isso. Vou dizer a ele que estivemos conversando e que domingo que vem eu gostaria de ter aqui conosco, em volta da nossa mesa, o menino Jaci.

Declinava o dia quando Basílio, com ares de quem faz um esforço grande para sair do seu conforto, do seu bem-bom, e cumprir um dever, se levantou, dizendo que não podia decepcionar os parceiros de pôquer, e, com um gesto circular de despedida e um beijo em Solange, tomou o caminho do portão, da ruinha da vila.

Foi bom o dia de hoje — pensou Bárbara olhando o jardim onde o crepúsculo parecia subir do chão, feito um cansaço das plantas e até das cadeiras no pequeno quintal —, um dia de banho de mar, um dia bonito e forte como o Lidanor, que, pelo visto, perdeu mesmo a Bernadete, que já vem voltando da rua com o Naé.

— Mamãe — disse Bárbara a Solange —, olha o Naé e a Sardete de volta, se olhando sem parar, quase sem poder andar, porque não enxergam o caminho, mãos dadas, e pelo jeito dela é capaz de não passar de hoje: garanto que daqui a pouco ela pede a você a mão do seu filho em casamento.

Mas Lila e Xavier se levantavam, se despediam, e Solange pouca atenção prestou ao que Bárbara dizia, dizendo, ela própria, a si mesma, que gostaria muito de, agora, na hora dos adeuses, separar Lila e Xavier. Separar, bem entendido, por um breve instante, só para poder, segurando nas suas as mãos de Lila, tocando com os lábios o rosto dela, confirmar que estava com ela, que ia fazer tudo que fosse necessário à união dela e Xavier; e para, em seguida, olhos nos olhos de Xavier, um sorriso tímido nos lábios, comunicar a ele, no mais puro dos planos espirituais, naturalmente, que a ele desejava, na companhia de Lila, a felicidade que porventura tivessem podido ter, ele e ela, Solange, nos tempos em que haviam se perdido um do outro, para só agora de novo se encontrarem. Qualquer outra pessoa, no mundo, poderia achar difuso, confuso, o que ela, num olhar, pretendia dar a entender, mas Xavier entenderia tudo, num só clarão, ela sabia.

Infelizmente se despediu dos dois ao mesmo tempo, sem poder transmitir, com a devida intensidade, os recados, as mensagens individuais, e só quando ambos transpunham o portão é que Solange, lembrando o que tinha entreouvido de Bárbara, sorriu para a filha, olhando Bernadete, que, pelo braço de Naé, distribuía beijos de cumprimentos aos presentes, Bernadete pálida e ruiva, sardenta, de *jeans* e blusa de malha vermelha, tudo apertado como se um perito embrulhador de loja de moda tivesse comprimido a moça em embalagem de presente, justinha.

— Por favor, Bárbara — disse Solange sorrindo a despeito de si mesma —, chame a menina pelo nome que os pais deram a ela na pia batismal, Bernadete, nome de santa, em vez de usar esta gozação de apelido.

No quintal que exalava os calores do dia e o perfume das flores o velho Elpídio cochilava numa poltrona de vime, ao lado da sua Emília, quando viu de repente, entrando no seu sono como uma aparição, curvando-se para dar nele um beijo, Bernadete, esticada nos ossos bem armados a pele do rosto delicado, sarapintado de sardas como um ovinho de codorna. Acabava o dia, acabava a festa, pensou Elpídio, que, apesar de sonolento ainda, não dormiu mais, seguindo através das pálpebras entreabertas o neto Naé, que, braço direito no ombro da aparição, da... como se chamava? Sardete?... ia para baixo do manacá, para o banco debaixo do manacá, e, depois de murmurar sem dúvida juras e ternuras no ouvido dela, dava um primeiro mergulho no pescoço da moça, roçando nele de leve com o nariz, arrepiando as penas da codorna, pensou Elpídio. Cerrando de novo as pálpebras, Elpídio disse a si mesmo que não guardava nenhum rancor da vida, não tinha nenhuma queixa maior do modo como tinha sido tratado pela vida, mas achava que idílios fulminantes e objetivos como esse de Naé e a codorna custavam muito mais a começar, antigamente, e que, de um ponto de vista cronológico, embora ele se orgulhasse muito de ter um neto interessante, atraente como o Naé, preferiria, em lugar dessas alegrias de avô, estar ele próprio — neto do neto, neto de si mesmo — sentado, naquele preciso momento, no banco debaixo do manacá. Uma lufada de vento quente despencou do manacá pétalas brancas que caíram feito mariposas nos cabelos ardentes de Bernadete, e o velho Elpídio, cochilando de novo, se viu de fato transformado em Elpídio-neto, abraçado à moça e melancolicamente observado, de longe, por Elpídio-avô estirado numa cadeira de vime.

9

De toda a família era Bárbara quem mais aproveitava o fato de, por assim dizer, residir no Jardim Botânico, de entrar e sair dele como quem abre uma cancela nos fundos da casa e passa ao quintal. Mesmo em dias, ou horas, de fechamento do Jardim, ou cedo pela manhã, antes de sua abertura ao público, ela podia, em geral carregando um caderno e um livro, para preparar algum dever, ou simplesmente levando um álbum de desenho e um punhado de lápis enfiados no bolso, ir à Cabana do Pescador, ao Chapéu-de-sol Japonês, ou até, em dias de aspirações maiores, de se abancar, na colina de frei Leandro, à Mesa do Imperador, ou sentar-se, à moda ioga, em cima dela. Quando Naé resolvia ir com ela, carregando também, ao menos para constar, material de estudo, o frequente resultado era regredirem ambos a uma quadra infantil e desperdiçarem o tempo na cata de cajás e jabuticabas ou em passearem descalços pelo leito do rio dos Macacos.

Nesse dia de segunda-feira, Bárbara atravessou o portão do Jardim para, pela primeira vez, olhar com atenção uma estátua que tinha visto mil vezes sem nunca reparar direito nela: a do tal Caçador Narciso. A classe dela tinha sido encarregada, pelo professor de História, de fazer o levantamento da vida e da obra de Mestre Valentim, obra que, segundo o dito professor e para estupefação de Bárbara, estava representada principalmente no Jardim Botânico. O famoso chafariz que Mestre Valentim construiu para a rua das Marrecas, no século dezoito, foi um dia desmembrado — "como o Tiradentes", disse, com voz cava, o professor —, e sobraram suas duas principais estátuas, a de Eco e a de Narciso, que alguma alma caridosa transferiu para o Jardim Botânico. Com a finalidade de travar relações pessoais com o Narciso, e talvez até fazer um desenho dele e juntar ao seu trabalho, Bárbara foi ao Jardim, e, como àquela hora Lidanor não estava de guarda na sua guarita, ela suspirou, dizendo a si própria que bem melhor seria se encontrasse, entre as árvores, em lugar de Narciso, Lidanor.

Desde que tinha, quase como parte do seu cerco à casa de Solange, começado a explorar o Jardim Botânico, Xavier, sobretudo em dias de angústias e receios, se limitava a passar pelo Museu do Índio de manhã e, depois de pedir a Lila que anotasse algum recado na sua ausência, pegava o ônibus para o Jardim. Não importava sequer que estivesse chovendo, pois muito mais do que sua biblioteca do Museu do Índio gostava de frequentar a do Jardim, espaçosa, instalada nos grandes salões do primeiro prédio, com seu ar de aquário pousado à entrada do parque. Não seria, por parte de Xavier, um caso de amor desinteressado, pois queria apurar, sem precisar fazer perguntas a ninguém, se havia entre as espécies do Jardim sua prezada auaí-guaçu, que os castelhanos que tinha encontrado no mato chamavam de *lechero* e cujo nome científico ele ainda ignorava. Mas era também gostoso, ali, ler a respeito do Jardim na própria livraria do Jardim, como se ele fosse uma célula da cabeça do Jardim pensando em si mesmo, rememorando sua própria vida e a vida dos que tinham trabalhado nele: dos que naquelas terras tinham cultivado, séculos atrás, cana e anil, sob a invocação de Nossa Senhora da Conceição da Lagoa, até o frade que tinha sido o primeiro diretor do Jardim, e até ele, Xavier, que aguardava o reaparecimento, entre as palmeiras, de Solange: não seria mais *o* encontro inicial, já ocorrido, mas o encontro do recomeço do amor do Leme.

Nessa manhã de segunda-feira, Xavier, sem sequer pensar na biblioteca, começou a andar pelo Jardim, pois o ajantarado da véspera tinha deixado nele uma impressão de festa com música, de concerto de chorões em fundo de quintal, e ele queria ver se, no Jardim, não tinham sobrado pelos cantos ecos dos bandolins da véspera. Xavier se sentia tão bem que nem pensou em evitar, como às vezes fazia, o lago das ninfeias e vitórias-régias, tão parecido com o lago da gravura que havia na parede da tia Lavínia, ambos coalhados de flores brancas, ressoantes de abelhas e fisgados pelas libélulas. Xavier às vezes passava longe, ou simplesmente não olhava o lago, porque, dependendo do dia, o menino — que sem dúvida era ele quando era pequeno e comia debaixo da gravura — ficava desagradável e até bruto, agressivo. Naquele momento, por exemplo, o menino estava de mau humor, querendo saber se Xavier não achava infantil estar passeando sem rumo no Jardim em lugar de procurar, sem descanso, a árvore, a arma que havia de existir em alguma parte.

Xavier se afastou, aborrecido, mas passou a perguntar a si mesmo, a meia-voz, por que baixava o nível do seu ódio em relação a Basílio? por que Basílio já não dava a impressão — o que era totalmente incompreensível — de constituir um obstáculo tão sério, a ser afastado do caminho com urgência? o que é que teria mudado para que de repente o afastamento, a extração, a — por que não empregar a palavra certa? — eliminação de Basílio, indispensável à colheita de Solange, parecesse de repente menos importante? por quê...?

— Desculpe se preguei um susto em você — disse Bárbara sorrindo —, juro que foi sem querer.

Durante um instante Xavier não conseguiu evitar que o parêntese se fechasse à sua volta, porque muitas e muitas vezes, na floresta, apesar de saber que era impossível, tinha se voltado, certo de que ia ver Solange, e agora *era* de fato Solange.

— Ah, imagine só — disse Xavier —, Bárbara. Saindo não sei de onde. Eu estava tão...

— Se vai dizer distraído fique sabendo que é pouco, disse Bárbara, e espero que tenha uma boa explicação para estar aqui numa segunda-feira, e tão cedo.

— Estou devendo explicações, sem dúvida — disse Xavier —, já que me encontro no parque da sua casa. Mas fique informada de que tenho autorização até para visitar a biblioteca fora de dias ou de horas de frequência pública, sabia? Eu gosto muito do Jardim, ou do seu jardim, desculpe, e fico lendo coisas a respeito dele e das plantas que existem aqui.

Xavier sentiu, preocupado, que, normalmente, ele de fato devia ter alguma coisa a fazer ali, como Bárbara devia ter, com aquele livro, ou caderno embaixo do braço, e que o lógico, o natural, é que ele se despedisse, cada um tomando seu caminho, a menos que ele encontrasse, sem perda de tempo, algum assunto muito interessante e inesperado a abordar. Poderia talvez dizer a Bárbara, em relação ao lago, que ele estava sempre para apurar se foi o pintor Monet que esteve no Rio e o pintor Manet que pintou um quadro gigantesco, apinhado de flores aquáticas, boiando feito aquelas ali, numa lagoa ou num brejo imenso, ou se foi, ao contrário, Monet quem pintou o lago e Manet que esteve no Rio. Mas isso, falando com franqueza, podia despertar o interesse de Bárbara? Ou seria mais curioso mencionar a plantação de chá que frei Leandro tinha empreendido, usando lavradores chineses, exatamente ali por onde eles estavam andando agora?

Tinham caminhado um pouco a esmo e, quando chegaram à alameda central, das palmeiras, Xavier viu que Bárbara, dobrando resolutamente à direita, ia se despedir dele, que não encontrava o que dizer, mas criou ânimo novo ao avistar de longe, dominando a aleia dos paus-mulatos, a estátua, que surgia no meio da vegetação, de Eco.

— Aquela estátua — arriscou Xavier, se sentindo meio ridículo, meio guia — é da ninfa que, como falava demais, virou eco. Acabou sendo a primeira estátua fundida no Brasil.

— Por causa dela vim hoje aqui — disse Bárbara —, ou, mais exatamente, por causa da estátua do namorado dela, tal de Narciso, que eu nem sei bem onde está, de tão escondido que ficou num bosque perto do portão principal. Meu trabalho aqui, para o professor de História, é entrevistar o Narciso e fazer um retrato dele, um desenho.

— Pois vou deixar você em paz — disse Xavier — com seu trabalho, dizendo só que ninguém sabe, e a biblioteca não conta, por que Narciso e Eco, ao serem transferidos para o Jardim, foram colocados tão longe um do outro, contrariando as amorosas intenções de Mestre Valentim — que colocou o casal se olhando, no mesmo chafariz — e pondo de novo em vigor a maldição que impediu o amor dos dois.

— Fique sabendo que vou tomar minhas providências para que tal crueldade seja corrigida e os namorados se reúnam para sempre no *meu* Jardim — disse Bárbara sorrindo, ao se despedir, e batendo, a um só tempo, com o pé direito no chão e a mão direita no caderno de desenho. — Lembranças à nossa amiga, que ontem encantou a todos lá em casa, Lila, uma pessoa adorável.

Xavier se afastou pisando leve, temendo, vagamente apreensivo, que Eco e Narciso, obedecendo ao imperioso comando de Bárbara, fossem, para tombarem nos braços um do outro, varar um quilômetro de parque, derrubando árvores, galgando canais, arrebentando viveiros e estufas até se chocarem no estrondo dum abraço de bronze. Xavier dizia a si mesmo que não podia mais negar, sonegar à sua percepção que, desde que Bárbara tinha chegado perto dele, inda agora, no lago, ele tinha encontrado, ou reencontrado a verdadeira Solange, que — ao contrário de Eco, que não passava de uma estátua, só insensível ao correr do tempo por ser bruta e dura — tinha prendido, por assim dizer, a respiração, o fôlego, durante o tempo necessário para, estátua por um tempo apenas, esperar por ele na mesma idade que tinha ao se separarem os dois.

Ficava, inclusive, explicando por que, um momento atrás, Bárbara tinha batido tão firme com o pé no chão e a mão no caderno: Solange se movimentava, se flexionava, exercitava os membros enquanto ria um pouco da dormência acumulada durante os séculos de pedra em que tinha aguardado o momento de voltar à companhia dele, Xavier, à beira do lago e à vista das flores que talvez fossem, afinal de contas, de Manet.

10

De alguma coisa valia sua relação, já nem tão breve assim, com Xavier, pensou Lila, ao relembrar o jeito que ele tinha, meio ingênuo, meio obcecado, de... de que, ao certo? de, quase ranzinza, organizar de antemão o que queria que acontecesse ou achava que ia acontecer, com todos os detalhes, minúcias, pormenores. Outro dia, por exemplo, antes de irem os dois para o ajantarado da Solange, Xavier tinha descrito, ou imaginado, com tais cuidados e pressuposições, como ia tudo transcorrer, e como se comportariam as pessoas, que Lila tinha sorrido e dito, com apenas leve ironia mas talvez carregando um pouco no tom, que quase não precisavam mais ir, de tal maneira já se sentia ida e ajantarada. Tratou logo de beijar e acariciar Xavier por ver nos olhos dele um lampejo brusco, que podia ser irritação, ou mesmo alguma cólera, e não pagava a pena, por tão pouco, provocar, quem sabe, um daqueles arrufos que recentemente tinham começado a ocorrer.

Agora, porém — em parte por achar que os tais arrufos provinham da indecisa situação deles —, Lila, discípula, é que preparava, com mil pormenores e até certo ponto em segredo, a festa do seu noivado com Xavier: tão em segredo que nem o próprio e pobre do Xavier sabia. É claro que ela não pretendia se levantar, taça de champanha na mão, e comunicar aos presentes que ela e Xavier tinham decidido ser mulher e marido; mas pretendia — pretendia mesmo — forçar Xavier a, como se diz, uma atitude, perguntando, na frente dele, a Solange e Basílio se aceitavam ser padrinhos do casamento, cuja data não estava ainda acertada mas se realizaria em breve. Estava resolvida a correr o risco, pois, caso contrário, Xavier podia ainda levar meses, um ano, sabia lá, medindo o presente, avaliando o futuro, calculando o incalculável. Se não desse certo!... Mas dava, dava certo, e, para maior certeza, ao vinho que Xavier tinha comprado para o jantar que haviam combinado dar, ela acrescentou uma compra secreta de champanha. E Lila tanto punha mentalmente a mesa, dos guardanapos às xicrinhas de café, como previa, à moda de Xavier, ou de uma jogadora de xadrez, os estágios e lances da reunião em que Jaci figurava como pretexto, ou salada introdutória, e seu proclama de bodas constituía, em verdade, o prato principal. Desde que, no curso do ajantarado, tinha falado com Solange a respeito de Jaci, que Solange ia até convidar para ir à casa dela, Lila tinha planejado matar os dois coelhos de uma cajadada só. Assustada, no meio das confabulações consigo mesma, com o que parecia ser seu calculismo frio — em relação a Jaci como a Xavier —, apressou-se em se tranquilizar alegando que, nem que ela quisesse, conseguiria passar para um segundo plano Jaci, que, apesar de ser menino, "enfeitava", como se dizia antigamente, a olhos vistos. Não: Jaci entrava no esquema quase como um filho que ela e Xavier tivessem tido e que só agora, com o casamento dos dois, ia ser publicamente reconhecido, oficializando, ao mesmo tempo, o casamento dos pais.

A festa, um jantar, sábado, seria dada no apartamento de Xavier, e Lila tinha procurado o síndico para garantir o acesso dos convidados ao terraço do edifício, onde havia plantas em potes pelos cantos, cadeiras, uma mesa grande, de pingue-pongue, mas que Lila ia adornar com um grande centro de renda, e, o tempo ajudando — como tudo indicava que ia ajudar, depois da chuvarada da véspera —, as estrelas do céu e uma vista excelente do Corcovado. Lila ficou um tanto agastada com Xavier pelo pouco interesse que demonstrou pela arrumação do terraço, como se, pensou ela, não fosse trabalho de homem levar coisas pelo elevador, para baixo e para cima. Ele tinha resolvido se limitar, em matéria de arranjar e adornar o terraço, em aparecer, no fim da faina, com *uma* flor comprada na florista da esquina e pomposamente trazida por ele, como se fosse uma grande coisa, num cartucho de papel branco.

Chegado o dia, o momento da festa, Lila percorreu com a vista a ala do apartamento, a mesa posta, Xavier olhando a rua, debruçado à janela, quieto, ar calmo — também pudera, com o trabalho que tinha tido, resmungou Lila, que no entanto já perdoava tudo, pensando apenas na festa —, e Jaci, que Lila positivamente havia encadernado de novo em calças de zuarte, mocassim preto e camisa branca, e que, segurando as costas da cadeira que devia ocupar, sem dúvida rememorava, olhando a mesa, o que Lila, com tato, tinha dito e repetido quanto ao uso dos talheres, de comida e sobremesa, do copo de água e de vinho, de uma certa colher para o sorvete e de como se servir dos pratos que iam ficar no aparador. Ali estava sua gente, disse Lila a si mesma, sua família, o quase marido taciturno, às vezes um pouco difícil de entender mas que seria inteiramente seu, logo que perdesse as esperanças que pudesse ter de continuar solteiro, e aquele filho bonito, nascido ela jamais saberia, exatamente, onde e de quem, inquietante por uma espécie de, digamos, excessiva presença física mas a quem, quando morassem os três juntos, se habituaria e se afeiçoaria como mãe, com um afeto apropriado, ajuizado, e não com a ternura difusa, meio indefinida, ou desarrazoada de agora.

A ideia do terraço demonstrou, na prática, ter sido fundamental, pois se o jantar, no apartamento, foi bom em si, agradável, a conversa, durante a refeição, todos sentados à mesa, não foi assim tão generalizada e alegre, sem contar que havia um inegável acotovelamento ao pé do aparador, na hora das pessoas se servirem.

Em compensação, no terraço — e isso Lila sentiu logo que lá chegou o grupo depois do jantar —, a verdadeira festa ia se realizar. Lila chegou mesmo a imaginar — o coração batendo forte — que Xavier teria adivinhado, entendido a razão secreta da reunião, pois a tal flor que ele tinha comprado, sua contribuição única, era uma rosa esplêndida, cor-de-rosa, a qual — colocada no centro de renda da mesa, sua comprida haste verde mergulhada na água de uma jarrinha comprida e magra — parecia, com suas tantas pétalas, olhar para todos os lados, feito esses retratos a óleo que nos seguem por todos os cantos de uma sala.

Aliás, de certa forma foi Jaci, exatamente ele, a pessoa com sensibilidade bastante para imediatamente descobrir, e, por assim dizer, aplaudir a rosa; sendo, por outro lado, uma pena que, ao exprimir sua admiração, tivesse uma ideia estapafúrdia, ou até lamentável.

— Puxa — disse Jaci —, que rosa! Tão baita e tão linda só pode ter sido criada no meio da maconha.

Todo o mundo resolveu, tácita, sensatamente, não fazer perguntas a Jaci, ou todos resolveram fingir que nem tinham escutado a bobagem, e não faltaram outras exclamações, elogiosas, sobre os humildes mas viçosos tinhorões e antúrios do edifício, colocados em vasos pelos cantos, sobre as estrelas que se acendiam no céu e o Cristo que cintilava no alto do morro, lavado pela chuva para a festa, alvo como um fauno de mármore. O fato é que, no terraço, a reunião criou vida, talvez um pouco de vida demais, pensou, na hora, Lila, não sem um sorriso, pois, olhando ao seu redor, via as pessoas alegres, satisfeitas, e tudo correndo bem, muito bem mesmo, só que com uma certa "pressão". Ela diria que, até chegarem ao terraço, a festa podia ser comparada ao vinho que tinham tomado no jantar, sem gás, sem bolinhas, e, chegados todos ao ar livre, nos altos do prédio, tinha ficado espumante feito a champanha que ela tinha comprado no supermercado e que, impaciente, parecia ajudar, de dentro da garrafa, o saca-rolhas, para se destampar mais depressa e sair pelo gargalo, fria e fervente ao mesmo tempo.

A si mesma Lila jurava que — analisando e analisando a festa, como tinha feito mais tarde — os demais presentes provavelmente não encontrariam nada de fora do comum a relembrar no comportamento deles próprios ou de quem fosse. Só mesmo ela, com seus nervos de dona de casa que quer que tudo corra às mil maravilhas, acima de qualquer porém ou ressalva, sentiria, mais do que veria ou constataria, a espécie de atmosfera que se formou, transparente mas palpável, uma fina película, tênue como a de uma bolha de sabão, envolvendo de repente aquela série de conversas e posturas. Dentro dessa redoma, no bojo da reunião no terraço, tinham acontecido coisas menos entre as pessoas do que dentro das pessoas, a começar por ela própria, que, apesar de sóbria e tranquila, simplesmente tinha deixado de fazer aquilo que, antes, justificava, como sua parte secreta, o jantar, servia de motivo ao jantar: o convite que ia fazer a Solange e Basílio. Ela literalmente tinha posto de lado a ideia, não depois de alguma luta interior, discussão consigo mesma, decepção, revelação: a ideia tinha deixado de caber, de ter, no sentido exato, cabimento na festa, tinha se tornado, ali, um corpo estranho. Lila recapitulava os lances — como, por exemplo, dentro da indefinível estranheza geral a estranheza da contribuição de Jaci — com isenção, como se estivesse assistindo a um filme sobre pessoas desconhecidas e sem qualquer comentário externo, narração. A partir da chegada ao terraço, Lila, rememorando, começava a rodar a película a partir de Basílio.

— Há muito tempo não janto tão bem — tinha dito Basílio, encostando-se no parapeito do terraço, fazendo a ela um brinde com a champanha e acrescentando, depois de baixar a voz uma oitava —, e há mais tempo ainda não vejo uma mulher tão elegante, tão bonita, e recebendo tão bem quanto você hoje, palavra. Saúde — terminou Basílio, depois de uma pausa e um bater de cabeça, em voz de novo mais alta.

— Saúde — tinha respondido sorrindo e erguendo a taça, pois, ainda que não considerasse Basílio seu tipo de homem, Lila agradecia aos céus a existência do tipo a que ele pertencia, dos sedutores permanentes, instintivos, que, pelo sim, pelo não, e sempre na esperança de que uma manifestação de concupiscência possa acabar em rendição e posse, fazem, estejam onde estiverem, toda mulher desejada saber que está sendo desejada. — Saúde — Lila repetiu.

No entanto, notou logo que, além de Basílio, cujas mãos — ela sentia, ela via — se aprestavam para segurar as suas, a própria Solange, se dirigindo a Xavier, falava não exatamente mais alto, mas com uma intensidade, uma carga de emoção na voz que tornavam o que dizia mais audível:

— Que jantar esplêndido, Xavier — dizia Solange —, e que dona de casa extraordinária você arranjou, que mulher, que esposa maravilhosa daqui a pouco, é claro. Você levou tempo, anos e anos, a escolher porque sem dúvida sabia o que queria, o que procurava, não é mesmo, Xavier, e você não estava querendo e procurando pouca coisa, não, ou, por outras palavras, só queria o melhor, só aceitava acertar em cheio, como, aliás, acho que foi sempre do seu feitio, não?

— O feitio da gente é a gente que vai fazendo o tempo todo, você não acha, Solange, a gente faz o feitio e ele por sua vez exige a forma que... que sempre desejamos? Que nos completa?

— A forma que a gente sempre desejou? Que nos completa? É assim que a gente procura o que quer, já quase sabendo de que, ou de quem, se trata?

Xavier, Lila achava, tinha visto com o rabo do olho mais de um brinde feito a ela por Basílio e, por sua vez, ergueu a taça em homenagem a Solange, enquanto, com a própria mão direita levantada para a saúde, tocava o ombro de Solange, guiando Solange, ou sugerindo que fosse para onde ele queria ir, a saber, na direção do grupo formado por Bárbara, Jaci e Naé, no qual Bárbara ria, bebericando champanha, e os dois rapazolas...

Que faziam, exatamente, os dois? perguntou a si própria Lila, depois de acompanhar com a vista Xavier e Solange. Pernas afastadas, mãos espalmadas, girando um ao redor do outro, Jaci e Naé pareciam dar os passos iniciais de uma luta de judô ou caratê, mas lá com umas cortesias especiais, ensinadas, talvez improvisadas, inventadas por Jaci, as quais se, por um lado, diminuíam a impressão um tanto absurda de uma luta em cima daquele duro chão e naquela semiobscuridade, por outro lado davam à peleja, ao combate, um ar — Lila aqui hesitou — discutível? represensível?

— A gente aplica o golpe — dizia Jaci —, mas sem nunca derrubar o outro, quer dizer, dá rasteira no outro, faz ele perder o pé, vira ele, empurra, mas não deixa cair, não deixa ele ir ao assoalho, segura ele antes que bata com as costas no chão, para ele no ar.

— Você é o árbitro da partida? — perguntou Xavier a Bárbara —, é você quem, depois desse cai não cai, vai não vai, nomeia o vencedor, decide quem é que ganhou, para então dar o prêmio da luta, que eu não sei qual seja?

Bárbara, pensou Lila, tinha, ao ser interpelada, positivamente desgrudado os olhos dos dois contendores, quase como se houvesse para ela, dentro da transparente redoma maior, outra, dentro da primeira, igualmente translúcida mas independente. Fixou, primeiro, Xavier, como se procurasse saber quem era, como se identificasse, procurasse reconhecer alguém, antes de responder.

— O prêmio eu sei qual é, ou o que é — disse Bárbara —, é um gole de champanha, mas as regras do jogo acho que Naé ainda está muito por fora delas, e duvido que mesmo o Jaci saiba tanto sobre o jogo quanto ele diz que sabe ou que aprendeu na Casa dos Expostos: agora, imagine eu! Cada vez que um dos dois balança o outro, pondo o outro na beiradinha duma queda certa, que vem porque vem, ganha ponto; mas, atenção! atenção! se deixar cair o outro no chão, perde não só o ponto que ameaçava ganhar como perde a própria luta, pelo menos foi isso que eu entendi, olhe só, veja lá.

Lila viu Xavier olhando, Solange também, e viram todos que o pé direito de Naé acabava de calçar por trás, num golpe, as pernas de Jaci, e, com a força do golpe aplicado, Naé não teve tempo, agilidade, para segurar, na queda, as costas de Jaci, que se estatelou no chão.

— Ponto! Ponto! — bradou Bárbara—, ponto para o Jaci, que meu irmão deixou escapulir, derrubando o bravo adversário, ponto para o Jaci ou não entendo nada desse combate e não me chamo Bárbara.

— É isso mesmo — disse Naé, dando a mão a Jaci, para, sacudindo a cabeça, batendo com o pé no chão, levantar o adversário —, mas deixa pra lá que estou aprendendo e com um pouco mais de treino fico o fino, o campeão.

Sorridente, os olhos mais reluzentes do que nunca, mesmo na penumbra, e apesar de serem tão pretos, Jaci se aproximou da mesa, esperou que Bárbara enchesse uma taça e bebeu, ou começou a beber, seu gesto interrompido no ar, agora por Solange, quase como se as regras do combate começassem a extravasar para outras áreas.

— Devagar com o andor — disse Solange, autoritária mas ao mesmo tempo passando a mão na própria testa, e procurando o braço de Xavier —, que vocês não estão tomando guaraná nem coca-cola. Onde é que já se viu servir bebidas alcoólicas a atletas, dona Bárbara, no meio de um jogo, e onde é que já se viu lutadores dividirem etapas de luta, *rounds* ou como se diga, com champanha, oxente?

Jaci se perfilou diante de Solange, como quem acata uma ordem, obediente, molhou, simbolicamente, os lábios no copo, voltou-se em seguida para Naé, que esperava por ele, e, enquanto Bárbara se preparava, atenta, para acompanhar o novo lance da luta, Lila, um pouco com o intuito de evitar que os ardores de Basílio adquirissem um caráter por demais explícito, quase ativo, alinhou as espreguiçadeiras para que se sentassem, num grupo, Basílio e ela, Xavier e Solange.

Xavier, conduzido por Lila, sentou-se ao lado de Solange, deixando o canto em que se travava a luta, mas apesar de conversar com os outros, sem dúvida, de rir nas horas corretas, pareceu a Lila ter a atenção presa ao canto distante, do qual acabava de ser exilado, no qual se realizava o combate. Bárbara, a princípio, estimulava ora um ora outro dos lutadores, menos magistrada, achou Lila, do que espectadora sem partido, determinada a tocar fogo, atiçar, feito uma mensageira de rixas, encarregada de prolongar lutas. Lila percebeu quando Bárbara passou a torcer menos, a aplaudir pouco, a intervir quase nunca, a puramente seguir os movimentos da peleja, a taça dela esquecida, pousada no parapeito, e ela, toda ela, uma imagem de discórdia desatendida, derrotada, pois o combate, de tão preciso, era agora cordato e harmonioso, quase amigo.

Solange que, sempre que podia, buscava os olhos de Xavier, e frequentemente abaixava os seus, já que os dele estavam em outra parte, resolveu acompanhar a linha de atenção deles e viu também como a luta de há pouco se transformava em outra coisa, mais acabada, estilizada, como se não fosse apenas uma medição de forças e sim um jogo que encantava os contendores e cujas regras talvez só eles soubessem.

Mas de repente cessou a magia, e, rasgada a película, rompida a casca fina, foi de pronto interrompido, suspenso o combate, a dança, o espetáculo ou que nome tivesse, e Bárbara, saindo do seu enleio, do esquecimento de si própria — mão apoiada no parapeito, ao pé da taça, lábios entreabertos —, riu de novo, enquanto Naé e Jaci, cansados, arquejantes, pediam não mais a bebida, o troféu da disputa, e sim água, água da fonte, da bica, da geladeira.

É que Basílio, seguindo, por sua vez, a linha da mirada de Lila, tinha também fixado a atenção por um instante na luta que se travava lá no fundo, tinha emborcado, enquanto olhava, outra taça de champanha, e, um tanto como o espectador pouco tolerante, que se impacienta com o que acontece — ou não está acontecendo — no palco e resolve se manifestar, falando alto, da plateia, fez ouvir sua voz:

— O que é isso, meninos? Estão dançando tango?

Todos se levantaram, rindo, esvaziando taças, e só então é que Lila tomou, com gosto, seu próprio vinho, o champanha que devia ter sido o da participação, da oficialização do noivado. Fica para a próxima festa, disse a si mesma, sorvendo a bebida gelada, levando consigo a taça, enquanto baixavam todos ao apartamento de Xavier em busca de um copo d'água para os contendores, da bolsa das mulheres. Baixaram todos, depois, ao térreo, ao jardim da frente do edifício para as despedidas, e Lila, se sentindo frívola e levemente desapontada, permitiu que Basílio, ao dar boa-noite, fizesse resvalar a boca para a dela, e, em honesta compensação, nem voltou os olhos para Xavier e Solange, quando se despediam.

Nesse ponto pararam todos, pois, por alguma razão, entre eles não se achavam nem Jaci, nem Bárbara ou Naé. A ausência de Jaci não tinha nada de mais extraordinário, ou podia ser explicável, já que ele devia pernoitar, como Lila, no apartamento de Xavier, mas onde haviam ficado os dois irmãos? Xavier — anfitrião talvez apenas fatigado, como todo o mundo, mas que se diria um tanto aborrecido — voltou ao vestíbulo para chamar o elevador, para subir ao apartamento, mas mal se aproximou viu que o elevador, embora às escuras, apagado por dentro, estava ali no rés do chão, parado. O elevador foi aceso, foi aberto quando Xavier aproximou o rosto do postigo gradeado da porta, e de dentro dele saíram os três que faltavam, Jaci entre Bárbara e Naé, entre os dois, abraçando os dois pela cintura, muito juntos os três, caras se tocando, rindo um pouco como se prosseguisse a dança de há pouco, no terraço, apenas com mais um figurante agora.

Ao chegarem ao quarto, Lila, já se despindo para dormir, não ficou exatamente entusiasmada ao ouvir de Xavier que ia ao terraço, recolher as taças, o centro de renda da mesa, e, no seu jarro, a rosa, tinha acrescentado. Ia, além disso, verificar se tinha tudo ficado em ordem, para a inspeção matinal que o síndico não deixaria de fazer. E, embora não ficasse entusiasmada, reconheceu que a ideia dele era correta. A si mesma disse que havia de esperar a volta dele, para que, já que o jantar não tinha sido de esponsais, ao menos a noite não fosse de solidão, e quase, no meio do seu cansaço, disse alguma coisa assim a Xavier, ficando mesmo tentada a confiar a ele que, sem saber, ele quase tinha ficado noivo oficial, de aliança na mão direita, mas Xavier já tinha partido para o terraço e ela só esperava que, ao voltar — sem a aliança mas com a rosa na mão direita —, ele desse um sinal de vida, como se diz, um sinal amoroso de vida, pois ela despertaria logo e se amariam.

11

Xavier achou melhor, chegando ao quarto, arranjar o pretexto de voltar ao terraço porque precisava ficar só e queria sentir, feito uma compressa fria, o ar da noite na cabeça que doía, como, por falar nisso, também doíam suas juntas e músculos. Eram dores de mudança, como dizia sua tia quando mudava de casa, de apartamento, dores de empacotar, engradar, amarrar, empurrar a cama, o aparador, e, depois de tudo pronto para os carregadores, enrijar braços e pernas, cerrar punhos e contrair o corpo inteiro como se assim se pudesse ajudar os homens que içavam no ar o velho piano que, a qualquer choque maior, se desmancharia no chão, num último acorde de teclas, martelos e cordas.

O centro da vida dele, assim como a rosa que tinha colocado no centro da mesa, era eterno, imutável, mas tudo mais em torno desse centro tinha que sofrer uma mudança, tinha que ser arrumado de novo, e a própria rosa — ai de mim, gemeu Xavier — precisava ser, digamos assim, *informada*.

Ao chegar ao terraço sentiu, de forma quase física, o perigo da situação que vivia: viu de novo Bárbara seguindo os lances idiotas da luta de há pouco, Bárbara à beira do perigo, como se, contra as quinas do parapeito do terraço, rugisse alguma antiga ressaca do mar do Leme e ela estivesse em cima duma rocha, hipnotizada pelo mar, já meio cuspida de sal, de maresia e até de sujos sargaços, meio alterada, perturbada, tanto assim que, pouco depois, ao saírem todos, nem tinha se despedido dele direito, metida em estúpida traquinada com o irmão, com Jaci.

Xavier tinha comprado a rosa — a rosa que lá continuava, no seu centro de mesa, olhando agora só para ele — com a finalidade de... Não, não era bem assim: estava à sua espera, na florista, aquela rosa específica, pois a ideia dele tinha sido a de comprar um buquê grande de flores para botar na mesa do terraço, uma cesta, talvez, de cravos, rosas ou dálias, o que fosse, mas nisto avistou a rosa, que olhava para ele, como agora, a rosa que era tão parecida com Bárbara. Comprou só a rosa, na esperança de ter, durante a festa, um momento para fazer ver a Bárbara como se assemelhavam, ela e a rosa, e iniciar assim, discretamente, a última e definitiva etapa do assédio que ia do Leme à casa da vila, ao Jardim. Por tudo isso tinha sido como um insulto pessoal, uma lama atirada à cara dele, o espanto de Jaci diante da rosa e aquela sua boçalidade de misturar a rosa com maconha, remexendo, não podia ser outra coisa, em suas lembranças de viciado.

Cuidado, Xavier, disse a si mesmo Xavier, cuidado que hoje, agora, neste terraço, dá para ver, mais do que nunca, com nitidez exemplar, como um destino magnânimo manteve nas águas do tempo Solange inalterável, imutável, para ser entregue a você. Mas não esqueça o preço a pagar, o preço que o destino vai cobrar em astúcia de sua parte, Xavier, em sagacidade, numa sustida competência, isenta de hesitação, sem erros. E Xavier se orgulhava do fluxo, dentro dele, de um raciocínio perfeito que varria, feito uma implacável vassoura, o lixo do passado, que empurrava para um canto os trastes velhos, a serem, nessa hora de mudança, jogados fora. Perdia importância, como ele via agora com clareza, a morte de Basílio, por exemplo, já que na sábia alteração do tempo que o destino tinha operado a seu favor, era agora Bárbara e não Solange o centro, a rosa, o que transformava Basílio — aqui Xavier não pôde deixar de rir um riso breve — de rival em sogro. Mas não era, ainda, tempo de riso e sim de cumprir com certeira sutileza o que seu raciocínio comandava para que Bárbara passasse à sua guarda e ao seu amor e se encerrassem os quinze anos durante os quais ele, sem saber, tinha esperado que Bárbara crescesse, tinha virado a cara para que ela crescesse. Xavier se via, se vivia naquele instante em que fitava a rosa, como um cego que abre os olhos, afinal curados, e compreende que ficou durante tanto tempo cego porque sua vista não suportaria o espetáculo de Bárbara crescendo — pétala após pétala —, e que só agora possuía nervos de visão e pupila capazes de contemplar Bárbara feita, a rosa pronta.

Contemplar e *colher,* naturalmente, essa era a questão, e Xavier estava de acordo com o alto preço imposto pelo destino, que deixava ele colher a rosa nova, em vez da rosa usada, Solange, meio crestada, que tinha protegido a outra com sua sombra, que tinha filtrado, nas suas folhas e espinhos, os orvalhos que nutriam Bárbara. Não tendo podido ser colhida por ele, Solange, por instinto, para se realizar, tinha transferido, aos poucos, para a filha sua cor e seu perfume.

Bem, bem, disse Xavier meio irritado consigo mesmo e suas divagações, seria o cúmulo se, depois de tantos anos de espera, fosse se deixar afogar, todo piegas, naquele "mar desfeito em rosas onde se desfolha a lua cheia" do *Luar de Paquetá,* ficar, por outras palavras, mais rudes, cheirando Bárbara de longe, e arriscando, assim, repetir, numa insuportável circularidade, o fracasso do Leme, que não podia acontecer de novo.

Xavier decidiu que ia, a partir do dia seguinte, isto é, de daqui a pouco, agir com serenidade, sem dúvida, mas sem esbanjar um segundo. Não podia, no mesmo dia, ou sequer na mesma semana, se desvencilhar de Lila e de Solange — que cada dia dava mais mostras de querer ficar no centro da sua vida —, pedindo a Solange, ao mesmo tempo, que concedesse a ele, Xavier, a mão da filha.

O mais importante, na ordem das prioridades, era portanto montar o cerco — fulminante mas terno, delicadíssimo — a Bárbara, marcando com ela um encontro no Jardim, para fazer com que visse e aceitasse o papel que, de qualquer maneira, estava fadada a representar na vida dele, no destino dele. Para isso tinha que pensar claro e sério, em lugar de se debater, imprudente, em sufocantes mares de pétalas e luas cheias desfolhadas. E Xavier, lento, preciso, meteu o nariz na taça colhida no parapeito e depois, virando alto, no ar, a taça, deixou escorrer pelos seus lábios, pela boca adentro, as últimas gotas deixadas ali pela boca de Bárbara.

12

Altas horas da madrugada, o tempo — como se, na véspera, só tivesse aberto suas nuvens para descortinar o dossel de estrelas de um leito de esponsais — repôs no céu, em rápidos e atarefados trovões, as nuvens e chuvas do dia anterior. Lila, acordada pelo ruído da chuva, levou um segundo para se situar, como acontece quando não dormimos em nossa própria cama, e constatou que estava no apartamento de Xavier, na cama de Xavier, e que Xavier ressonava ao seu lado. Mas logo pensou, também, que o leito não era de esponsais, ou pelo menos *ainda* não, embora não houvesse nada de trágico ou drástico nisso, e sim, na pior das hipóteses, um adiamento.

Lila voltou a dormir e só acordou quando, às sete, Xavier se levantou, seguindo a rotina que Lila conhecia das vezes em que ali dormia: o ruído da cozinha, o cheiro de café feito na hora e tomado puro, a porta que abria e Xavier que saía para uma andada e a busca do jornal e do pão para o segundo café, mais substancioso. Os ruídos matinais estavam, nessa manhã de domingo, diferentes e portanto perturbadores, pois soavam vozes na cozinha, e nem poderia ser de outra maneira, tranquilizou-se Lila, já que em seguida a Xavier tinha se levantado Jaci, depois de dormir na saleta que servia de escritório a Xavier e tinha o apelido eufemístico de quarto de hóspedes. O primeiro hóspede ali abrigado — tanto quanto Lila sabia — era exatamente Jaci, cuja voz tinha ouvido um breve instante na cozinha, brevíssimo, para dizer a verdade, como se fosse mínimo o assunto entre ele e Xavier. Lila lembrou, de repente, que Xavier, na véspera, antes de jantar, tinha comunicado que cedo, de manhã, levava Jaci de volta aos Expostos, em lugar de deixar que passasse o domingo com eles, e ela foi energicamente contrária à ideia. Agora, enquanto os dois falavam na cozinha, Lila tinha começado, temendo que Xavier fosse carregar o menino de volta sem mais dizer nem indagar, a encolher as pernas para empurrar de si, com alguma irritação, o lençol e a coberta, disposta a dizer a Xavier que podia deixar que ela ia, mais tarde, levar Jaci de volta: mas esticou-se de novo, grata e esperançosa, ao ouvir o telefone, raríssimo, tanto quanto ela soubesse, de tocar naquela casa, ainda mais àquela hora, ainda por cima num domingo.

Do fundo do travesseiro, Lila, olhos beatificamente cerrados, percebeu, pela primeira fala de Xavier, que ao telefone estava Solange — que ou era madrugadora, como Xavier, ou que, ainda mais do que ela, Lila, tinha ficado com a festa por trás das pálpebras —, o que trazia bons augúrios, cedo confirmados por Xavier: estavam os três convidados não para ajantarar e sim para almoçar, informou ele à porta do quarto, já que o banho de mar familiar estava, pela chuva, cancelado. Ouviu ainda Xavier dizer que saía para o pão e o jornal, que em seguida isto ou aquilo, e que, enquanto isso, Jaci iria isto ou aquilo, e que finalmente, depois de se acertar isto ou aquilo...

Lila acordou, depois do seu último quinhão de sono daquela manhã, com a sensação agradável da cálida respiração de Xavier contra sua face, seu ouvido, e se voltou no travesseiro, erguendo afinal as pálpebras, mas recuou espantada, puxando instintivamente o lençol contra o peito, porque não havia nenhum Xavier no travesseiro ao seu lado: de pé junto da cama, curvado para ela, Jaci sorria.

— Desculpe — disse Jaci —, mas fiquei até com pena de acordar você, Lila. Xavier me disse que trouxesse o pão e o jornal, que comprasse leite também, e voltasse aqui para dizer a você que ele já vinha, que ia procurar não sei que revista que não tinha na banca daqui e...

— Sei, sei — disse Lila —, mas da próxima vez você bate na porta antes de entrar, que é como as pessoas fazem, sabe, batem, perguntando se podem entrar.

— Mas eu bati, Lila, bati de leve, pra dizer a verdade, mas bati duas vezes e fiquei pensando que você tinha se levantado, talvez até saído, e aí resolvi abrir um pouco a porta, e, como eu estava dizendo, me deu pena de acordar você, fiquei sem saber de que jeito eu ia acordar você sem dar um susto, essas coisas.

— Sim, tudo bem, por essa vez passa, e agora você por favor saia que eu vou me levantar para tomar café.

Lila se levantou, mas, em lugar de começar a manhã pelo café, ainda de roupão, como gostava de fazer aos domingos, tomou primeiro uma chuveirada e se vestiu, dos pés à cabeça, menos para ficar logo pronta do que para estar, quando fosse conversar com Jaci, no mais alto decoro e autoridade, do ponto de vista da indumentária como da faceirice, ou, melhor dizendo, da nenhuma faceirice: mesmo o leve carmim que usava nos lábios deixou para depois, para antes de saírem. Quando se sentaram — não na varandinha minúscula do apartamento, molhada de chuva, mas pelo menos bem perto dela, à vista das árvores próximas e dos morros distantes — ela disse a Jaci que esperava, estava praticamente certa de se casar com Xavier, muito em breve, e que queria, fazia mesmo questão que Jaci viesse morar com eles, na mesma casa, não como hóspede, como acontecia naquele momento, e sim como filho deles, adotivo, Xavier o pai e ela a mãe.

— Mãe bonita — disse Jaci —, sorrindo como sempre que falava com Lila.

— Mas mãe, Jaci, antes de tudo mãe, sua mãe, adotiva.

— Mãe bonita e que não é nem tia, nem prima, nem nada da gente, só casada com pai que também não é pai, nem tio, nem primo?

— Escute aqui, Jaci, e falando com toda a seriedade, dizendo só a verdade: todo o mundo nasce sem pedir a pai ou mãe para nascer e às vezes pai e mãe não estão pensando em ter um filho, quando concebem um filho, e a gente acaba nascendo feito uma fruta, um bicho. Agora, às vezes, por uma série de circunstâncias, a gente *escolhe* um filho, filho de outra gente mas que a gente resolve fazer filho da gente. Isso só acontece quando a gente quer mesmo o filho.

— Então — sorriu Jaci —, você me *quer* mesmo?

— Quero — disse Lila, achando que talvez estivesse perdendo o seu latim e não querendo dar a Jaci ocasião de, como ele era bem capaz de fazer, ela comprovava uma vez mais, encaminhar uma conversa, usar à maneira dele uma palavra, como estava, ou parecia prestes a fazer com a palavra querer. Ela ia completar a frase dizendo, seca, a Jaci, que queria sim, queria adotá-lo, e queria também que ele estivesse pronto para saírem os três logo que chegasse Xavier, mas foi surpreendida pelo tom doce, sem qualquer malícia, com que Jaci falou.

— Será que você me quer, ou vai me querer tanto quanto a mãe que eu tenho, ou que eu tive, que saiu um dia de perto de mim mas jurou e prometeu que não estava me abandonando, que ia voltar no dia em que eu precisasse dela de verdade?

— Quem é, Jaci? Você nunca me falou nela, nunca me disse nada.

— E quantas vezes a gente já se falou? — perguntou Jaci encolhendo os ombros. — O que é que você sabe de mim ou eu sei de você, ou da sua mãe, do seu pai? Como é que você ia saber da minha madrinha, que cuidava de mim lá na floresta, minha madrinha Jacqueline? Você estava aí falando e falando em pai e mãe que quer a gente, o filho, ou não quer, que pensa ou não pensa que vai ou não vai ter o filho, e eu estava cá comigo pensando onde é que você aprendeu tudo isso sem ter ficado sem pai nem mãe feito eu, que sabia que eles eram o índio Tampiri e a índia Mariampi que tinham decidido que eu tinha que morrer logo que nasci, como muita gente me contou e minha madrinha Jacqueline não disse que sim nem que não, o que quer dizer que era sim, só que ela não queria que eu ficasse chateado, sei lá, e eu não estava chateado não porque eu tinha minha madrinha e pouco se me dava ser filho fosse lá de quem fosse e até gostei, quando disse isso à minha madrinha, porque ela nunca me beijou tanto e me fez tanto carinho.

Lila, que tinha se levantado antes da história, da confissão de Jaci, sentiu a onda de ternura que invadia ela e, embora quisesse sobretudo ouvir mais sobre a madrinha de Jaci, e perguntar como fazer para achar ela, puxou Jaci primeiro pra si, encostou o rosto no dele, enquanto Jaci, passando o braço pela cintura dela, mergulhava o rosto no seio de Lila, contra a blusa macia, de seda creme, entre os seios de Lila, que pensou, por um momento, que o menino estivesse talvez chorando. Jaci levantou para ela, aberta num sorriso largo, uma cara radiante, com uma expressão que pareceu a Lila cobiçosa, ávida.

— Ainda bem — disse Jaci — que você me escolheu e me quer de verdade, não é, mãe Lila?

Jaci, que ela tinha empurrado pelos ombros, suave mas firmemente, já estava bem afastado dela, bem separado, e Lila diria mesmo que o braço com que tinha distanciado Jaci da blusa, do peito, já tinha voltado à posição normal, ao longo do seu próprio corpo, no momento em que Xavier entrou. Mesmo assim Lila se sentiu obrigada a falar, a dizer que Jaci acabava de contar histórias de sua madrinha, pessoa de quem ele sentia muita falta, e Xavier fez que sim com a cabeça, dizendo que se lembrava da irmã Jacqueline, muito, até, mulher interessante, inteligente, mas — e aqui Xavier olhou Jaci, que tinha os olhos no chão, e bateu na fronte com o indicador — um tanto… dada a fantasias. Era amiga dos índios, principalmente das crianças, e ninguém levava mais a sério do que ela o lema e princípio da ordem religiosa dela, que era, veja só, disse Xavier sorrindo, da "ineficácia".

— Ineficácia? — disse Lila, satisfeita de ver surgir assunto tão diferente daquele que ela temia ver abordado, tão longínquo, no espaço e no tempo, mas ainda assim estimulante, dando uma ideia de como seria essa madrinha que significava tanto para Jaci.

— É para você ver — disse Xavier, dando de ombros —, negócio de não contar com resultados, de não se meter na vida dos outros, de deixar viver, deixar pensar e não sei mais o quê. Irmã Jacqueline acabou expulsa do Brasil na mesma leva em que partiu o tal do padre François.

— Uai — disse Lila —, por pregarem a ineficácia, por serem ineficazes?

— Por serem ineficazes entre os selvagens, que, segundo as freiras e o padre, não deviam mais ter a cabeça feita por ninguém e teorias assim, mas o tal do François — e a Jacqueline andou se metendo até às orelhas — foi adquirindo, achavam lá os prefeitos e os fazendeiros, uma eficácia bastante apreciável entre posseiros, os índios mais sabidos, essas coisas.

Xavier ainda falava na irmã Jacqueline — Jaci ouvindo o tempo todo de olhos baixos, quieto, recolhido, evidentemente perdido em saudades da madrinha — quando olhou o relógio no pulso, bateu no mostrador, para lembrar que era mais do que hora de se prepararem para o almoço de Solange e Basílio.

O que se viu, ou se comeu, afinal, nesse domingo, não foi o almoço planejado por Solange em lugar do ajantarado de costume, e sim um ajantarado, como de costume, só que tirado ainda mais tarde, por artes e travessuras de Jaci, como diria a própria Solange, para afugentar o mau humor das pessoas, provindo em parte da fome resultante do atraso, em parte dos próprios acontecimentos. Quando chegaram — Lila, Xavier, Jaci — à casa da vila, a chuva tinha cessado, e, se nada indicava que não fosse recomeçar a qualquer momento, havia, filtrado embora por nuvens que iam do cinza ao carvão, um arremedo de mormaço, o que levou à proposta, feita pela dona da casa, de uma volta pelo Jardim Botânico antes de se sentarem para o aperitivo e o almoço.

Ainda que a companhia fosse lamentavelmente tão grande, Xavier sentiu que, à simples notícia de que Bárbara ia aparecer, frei Leandro devia estar polindo o próprio busto e brunindo o sino imperial; Eco lustrando, curvada, o pedestal em que assentava, enquanto desfazia, para secagem ao vento, os cabelos molhados de chuva; e finalmente Monet — caso não fosse Manet — devia estar aprontando os pincéis para retocar e reavivar os brancos, verdes e rosas de lótus, vitória-régia, mururé.

Bárbara e Naé, com Jaci entre os dois, iam na frente, distanciados dos mais velhos, e ficava difícil, impossível mesmo a Xavier deixar a companhia de Solange e Lila, que conversavam, para se juntar a Bárbara. Mesmo porque, como poderia ele, como outro dia, ao encontrar Bárbara à beira do lago — era o primeiro segredo que compartilhavam, pensou, pois não tinha ouvido de ninguém menção, que fosse, do encontro dos dois —, falar naquele Jardim como haviam então falado, havendo, como agora, um grupo inteiro ao redor deles? Pior ainda ficaram as coisas quando Bárbara, Jaci e Naé começaram, ao cruzar a aleia central, a positivamente correr, e, no Jardim molhado, vazio de gente, a subirem, o que era naturalmente proibido, nas árvores, que sacudiam, derrubando ao mesmo tempo frutas e torrentes de gotas d'água, a se alvejarem, já no chão, com as frutas tombadas. Solange meneou a cabeça, ainda rindo, sorrindo, mas um tanto alarmada, escandalizada com aqueles exageros das "crianças", o que fazia Xavier antecipar, com preocupação, o dia próximo em que ele, de preceptor, se transformaria em pretendente, o amigo tantos anos distante em genro aspirante, o amante de Lila em noivo oficial de Bárbara — a menos que, o que provavelmente viria a ser o caso, ele e Bárbara, como um romântico e sofrido casal de outrora, fugissem, desaparecessem.

Desapareceram — a partir do momento em que tentavam escalar o próprio chafariz da aleia das Palmeiras — Bárbara, Jaci e Naé, ou foram ainda entrevistos quando corriam na direção de Eco e do rio dos Macacos, e já então, ao recomeçar um chuvisco, a ideia dos mais velhos era voltar a casa, pois de qualquer forma o passeio estava dado, o exercício feito e a qualquer momento a garoa podia virar chuva de verdade.

— As crianças que se arrumem — disse Solange —, já que nós, que não vamos nos encharcar à toa, por causa delas, não vamos também deixar Basílio nos esperando a perder de vista e se encharcando de batidas.

Tanto ela quanto Lila, no entanto, acharam boa a ideia de Xavier, de subirem o cômoro de frei Leandro para obterem, do alto, uma vista mais ampla dos arredores, e, de fato, de lá, pouco depois, avistaram Naé, que corria ao encontro deles e que ao se deter, arquejante e sorridente, contou façanhas de Jaci quando brincava de esconder, com ele e Bárbara.

— E os outros dois — perguntou Solange —, os restantes, onde é que estão escondidos, que sumiço levaram? Será que não viram, não sentiram que está chuviscando, que tudo indica que vai chover forte de novo e que de qualquer maneira está na hora de ir para casa, na hora do almoço, e que seu pai está esperando, mais vó Emília e o velho Elpídio?

— Eles no fim se esconderam de mim, os danados, primeiro na Cabana do Pescador, lá perto do Narciso, e custei a encontrar e desentocar os dois, depois pararam naquela aleia de baixo, a Barão de Capanema, e aí, sem nem a Bárbara ver, nem eu, o Jaci — fiu! — trepou ligeiro num buriti e começou a jogar coquinho pra baixo, na cabeça da gente, feito um mico.

Bárbara agora vinha chegando, correndo também, feito uma moleca, pensou Xavier, uma cigana, menina de rua, de favela, ou, corrigiu — aflito consigo mesmo, com os termos grosseiros com que qualificava Bárbara —, uma menina que alguém tivesse embriagado com algum maldito vinho de coco de buriti, e agora vinha bêbada e molhada de chuva, os sapatos, as pernas enlameadas, rindo também, como o irmão, mas um riso, o dela, mais para aflito, nervoso. Tinha vindo disparada, contou Bárbara, para nem ver Jaci, que depois de subir no buriti, no abricó, no cajá, tinha começado, aos saltos, feito um sapo, uma pererera, a trepar numa palmeira imperial, a mais alta, alta de dar vertigem, da altura dum edifício inteiro.

— Fechei os olhos — disse Bárbara —, assim, como estou fechando agora, para nem ver o Jaci subindo aos botes, aos pulos, feito um doido, um saci-pererê, sem medo nenhum de escorregar, de resvalar lá de cima, e se estourar, se esborrachar no chão, ai que peste, que susto, fugi para nem ver ele desaparecendo no teto da palmeira.

Xavier mirou primeiro Bárbara, despenteada, suja de barro, corada da corrida e do susto, a blusa grudada no peito de tão molhada, retraindo e salientando o tórax dela, os peitos despertos, e ergueu os olhos em seguida para as copas das altas palmeiras, altíssimas, ondulando ao vento, e, durante um momento delicioso, viu, literalmente viu cair de cada uma delas um corpo de Jaci, desgovernado, braços bracejantes, pernas esperneando, girando no ar, e ouviu até o estalido de ossos que se partiam, quando o corpo, melhor dizendo, os corpos afinal bateram no chão.

Certa, antes, de saber em qual das palmeiras Jaci tinha trepado, Bárbara começou, quando se aproximavam todos do renque central, perto do pórtico das Artes, a hesitar entre uma e outra, a apontar, com segurança, primeiro aquela, palmeira-padrão, que exibia no solo, ao pé do tronco, a placa que identificava todas, *Oreodoxa oleracea,* depois a da esquina, ali perto, Bárbara retificou, a palmeira onde devia estar Jaci, a menos que — ela vacilava de novo — fosse aquela, mais alta ainda, vizinha.

No Jardim deserto, gotejante de chuva, formou-se de repente aquele grupo, meio desnorteado, quase apatetado, todos de nariz no ar, olhando para o alto, para o céu, enquanto a chuva, ainda fina mas insistente, tornava mais absurda a presença de tantos esquadrinhadores de, ao que tudo indicava, coisa nenhuma.

— Bem — disse Xavier —, eu também, como Solange, não vejo a menor razão para continuarmos nos molhando enquanto, com essa molecagem, Jaci certamente se diverte à nossa custa. Se ele de fato subiu à copa de uma dessas palmeiras, o que eu duvido, deve saber descer, mas se quiserem saber o que é que eu acho mesmo, o Jaci deve estar acocorado aí atrás dum chafariz, duma pedra ou duma estátua, e, assim sendo, a única coisa que temos a fazer é tocar para casa, onde há conforto e almoço.

Acontece que, nesse instante, sem jeito, arriscando-se a levar um tombo, desaparecia Naé no bojo duma árvore fronteira às palmeiras e ao pórtico, tentando ir bem alto, o mais perto possível do nível das palmeiras, para abranger com a vista as copas, o que fez Solange, nervosa, gritar para Naé que descesse, que largasse o tronco escorregadio, e fossem todos ao portão principal do Jardim pedir socorro. Lila, aflita por sua vez, tensa, achava que Jaci devia ter sofrido algum acidente, atacado por algum bicho, podia ser, e perdido os sentidos: quem sabe, sugeriu, se a Polícia não podia ajudar, mandando, talvez, um helicóptero para sobrevoar as árvores, as palmeiras? Isso levou Bárbara, pálida, beiço trêmulo, quase em lágrimas, a dizer e repetir que era dela a culpa, pois tinha ralhado com Jaci e se afastado dele, quando ele trepava na palmeira, e mesmo antes, e jamais se perdoaria se alguma coisa de ruim tivesse havido com ele, como dizia a Lila, só pedindo que alguém ficasse por ali, para arranjar socorro imediato, enquanto ela ia em busca de um amigo que era um ás da asa-delta. Ele havia de descobrir, planando por cima das palmeiras, onde estaria o pobre Jaci, talvez ferido, como dizia a Lila, desmaiado, talvez, quem sabe, morto.

Apesar de nutrir uma distante mas fagueira esperança de que Jaci pudesse de fato estar naquele momento se esvaindo em sangue no pico duma palma, unhado talvez por um tamanduá dos grandes, dos que realmente abraçam às vezes um homem, ou algum bicho pior ainda, Xavier, cético, rememorando algarismos decorados há pouco, falou pausado, sarcástico, olhos fitos principalmente em Bárbara:

— Cálculos, ou contagens, razoavelmente atualizados, dão a este renque da aleia central do Jardim Botânico um número aproximado de 128 oreodoxas, a palmeira real do senhor D. João, que passou a chamar-se imperial no tempo do nosso primeiro senhor D. Pedro. Na aleia que acompanha o traçado da rua Jardim Botânico, há, por sua vez, cerca de 142 delas, o que perfaz o total respeitável de 270 palmeiras imperiais que podem, qualquer uma delas, esconder, neste momento, um maroto que provavelmente não se acha em nenhuma delas, e que não merece, de nossa parte, o sacrifício de uma pneumonia coletiva.

Embora ainda temerosas, Solange e Lila riram, com certo alívio, do discurso de Xavier, comicamente pausado, informativo e grave, e resolveram apressar o passo, rumo à vila, conseguindo que um Naé agora realmente sujo — a roupa enodoada do verde de folhas, nas pernas o barro pegajoso, onde se prendiam raspas de casca de árvore — fosse também andando, enquanto inspecionava as mãos arranhadas, os joelhos esfolados.

Entretanto, parada na chuva, olhando para o alto, tão imóvel quanto, umas quadras adiante, Eco, e também como Eco cada vez mais despojada, mais desnudada, ou detalhada pela chuva, que fazia reluzir, aos olhos de Xavier, o bronze da ninfa e a carne da mocinha, Bárbara tinha ficado parada, surda e muda, até os braços, os quadris, sem mudar de posição, viva apenas nos olhos fitos no espaço, no alto daquelas colunas onde parecia quase pousado o céu baixo e escuro.

De Lila, Solange, Xavier e Naé só este olhava, de tempos em tempos, para trás, sem prestar atenção ao que diziam os outros, que tratavam de aparentar calma. Quanto a Xavier, era ele talvez, dos outros três, quem mais falava — inclusive, como se estivesse discutindo com Bárbara, ria-se do absurdo de imaginar um piloto de asa-delta alçando voo num dia medonho como aquele —, mas sem prestar quase atenção ao que dizia, ou ao pouco que ouvia de Solange e Lila, todo ele concentrado nos dois esforços que envidava, de, respectivamente, não se voltar para trás, e de tentar captar algum sinal, à retaguarda deles, de passos, de, em suma, Bárbara se aproximando, se reunindo a eles, caminho de casa, acalmada, contrita, mandando Jaci às favas, à merda.

— Jaci! Jaci!

O que Xavier afinal ouviu, o que ouviram Solange, Lila, Naé, foi esse grito que proclamava, ao mesmo tempo, a volta, a presença de Jaci, e a alegria de Bárbara: os três se voltaram e viram ainda quando, muito mais vagaroso, muito mais suave do que uma palma seca quando cai da copa, Jaci baixava, deslizava pela palmeira, apenas a tocar o tronco com os pés, enquanto suas mãos nem pareciam encostar na casca rugosa da palmeira: feito um anel que se enfiasse no dedo dum gigante, pensou Lila, feito um rito, um casamento, a menos que — e Lila sorriu intimamente, de alívio com o reaparecimento de Jaci e de troça consigo mesma —, a menos que essa ideia adoidada que tinha tido fosse mero reflexo da sua atual mania de alianças e bodas.

13

No dia seguinte, desde que se levantou, e mais ainda a partir da hora do café, tomado como sempre pela família inteira, à mesma hora, Solange ficou rezando para que ninguém se atrasasse. Não é que a incomodasse, por alguma razão especial, a presença de Basílio, ou das crianças, ou que carecesse de repouso físico, como era o caso quando passava dias sem empregada, por exemplo, ou mental, como quando Basílio inventava histórias para chegar tarde e entrava em casa, e na cama, fedendo a bebida, duas, três noites em seguida. Tratava-se, apenas, para ela, do fato de ter diante de si, para assimilar, para dissolver na corrente normal de sua vida, um dia estranho, diferente, que exigia exame e tratamento especiais. Naé, que não tinha aulas de manhã, se meteu no quintal, para ler ou escrever; Basílio dava, antes de sair, depois de lida a parte esportiva do jornal, uma espiada nas fúnebres, e Bárbara, em desespero, continuava procurando tanto o leotardo como as sapatilhas da aula de dança, quando Solange, se fechando aos outros, ao resto da casa, mergulhou no assunto que seria o da sua solidão.

Jaci ainda se encontrava, feito um bicho, encarapitado lá em cima, no olho da palmeira, pensava Solange, e cá embaixo ela descobria, além de qualquer dúvida, que Xavier cercava as crianças, Naé e Bárbara, com um firme e sereno cuidado que só se poderia qualificar de paternal. Ela não pretendia, por coisa nenhuma deste mundo, tirar daí conclusões audaciosas, descabidas, sem pé nem cabeça, como se Xavier, praticamente noivo de Lila, uma mulher encantadora, lamentasse não ter, um dia, tomado rumo diferente na vida, não, nada disso. No entanto o fato óbvio em que ela se baseava, para mostrar a si própria que não interpretava erradamente o que tinha visto, é que Xavier, apesar de legalmente responsável por Jaci, ou quase isso, não podia, não conseguia e não tentava se interessar mais por aquele de quem era tutor, guardião, ou que nome tivesse, do que pelos filhos dela. Friamente, com palavras irônicas, quase cortantes, tinha feito Bárbara ver, e Naé também, que ele, Xavier, se preocupava mais com eles, que afinal estavam longe de qualquer perigo, do que com Jaci momentaneamente desaparecido. É claro que, já tendo tomado o pulso de Jaci, sabendo que se tratava de menino travesso além da conta, endiabrado, talvez, até, meio endemoninhado, precisando de uns passes, tratava de, como responsável, impedir exatamente que Bárbara e Naé saíssem, sabe-se lá, prejudicados por Jaci. Mas não haveria um pouco mais do que isso, não se poderia dizer, sem forçar nada, sem qualquer exagero, que a tensão do momento, o "desaparecimento" daquele capeta e o nervosismo das crianças, tinha revelado em Xavier, tinha trazido à tona dele — feito aquelas pencas de mariscos que o mar bravo arrancava das rochas do Leme e vinham rolando até a praia — certos momentos, talvez mal vividos, ou pouco vividos, do passado dele? Afinal de contas, por alguma razão, por algum motivo também pessoal, e não puramente idealista, Xavier tinha enterrado os anos de sua mocidade nas matas perigosas do Brasil, no meio daquilo que, se dizia Solange com um arrepio, tantos chamam inferno verde.

Ah, ainda bem que agora, depois de Basílio, Bárbara também já tinha saído, sapatilhas na mão, porque ela, Solange, precisava de toda a sua solidão para ver o que enxergava à luz dos grandes clarões que saíam do escuro do passado, não — isso é que era curioso —, não do passado dela, tão medíocre e sem importância, mas evidentemente do passado dele, Xavier, que tinha sido um moço de recatados sentimentos e nobres escrúpulos. Mais curioso ainda, mais estranho é que esses clarões do passado de outra pessoa — ela precisava conversar com Mãe Cabinda a respeito — iluminavam lembranças dela, soltas, pobres, que ela agrupava, combinava, costurava e cerzia, onde necessário, compondo aos poucos com os míseros retalhos uma tapeçaria na qual, invariavelmente, ela surgia como a donzela má, sem coração, e Xavier como o jovem sonhador, que, ainda agora, silenciava, ou transferia secretos sentimentos para Naé, e sobretudo para Bárbara, num momento em que precisavam do rigor, da severidade de um pai.

Solange não queria, não podia ir muito longe nessas cismas mas gostaria de falar a respeito com alguém que pudesse entender esse envolvimento vital, e, concentrando-se mais nisso, no alguém com quem falar, Solange chegava, por estranho que pudesse parecer, à conclusão de que a pessoa que gostaria de ter como parceira, como confidente, era — mistérios da alma humana — Lila, ninguém menos do que Lila, a prometida de Xavier, comprometida com ele. Ao mesmo tempo isso, o fato de eleger Lila como ouvido de suas confissões, cofre, depositária, tinha um elemento de consolo, de bálsamo: não fazia dela, Solange, uma mulher má, originária da donzela má que tinha sido, e sim uma mulher purificada, perplexa, e que esperava, procurando Lila, consolidar sua força de não ceder à tentação.

De qualquer forma, teria coragem de procurar Lila para — era isso, naturalmente — discutir Jaci, animalzinho que, sem saber mas pela sua raça, sua selvageria, nos força a nós, que somos civilizados, brancos, a certas... definições? sim, definições, como no caso de Xavier que se colocou, ontem, no Jardim, ao lado dos meus filhos, que podiam aliás ter sido nossos, dele e meus. O pretexto — pretexto vírgula, que essa palavra intrometida não tem nada que fazer naquilo que estou lealmente pensando —, o motivo que eu teria para procurar Lila é Jaci, exatamente Jaci, pois podemos ajudar Xavier ajudando Xavier a criar Jaci, a domar Jaci, e sinto, tenho certeza, desde o jantar que ela deu, que ela própria se esforça para ajudar nosso Xavier com esse menino de quem a gente sente pena mas que às vezes a gente tem vontade de acorrentar a uma árvore no quintal, com um prato de comida e uma cuia d'água perto, feito um cachorro que, solto, não deixa ninguém sossegado.

Solange recapitulava, entre assombrada e amedrontada, as sucessivas, vertiginosas imagens de Jaci: primeiro, no Jardim, a do reaparecimento dele — e Solange nunca tinha visto nada mais parecido com um coco-da-baía caindo, absurdo, do alto de uma palmeira imperial do que Jaci escorregando por aquele tronco abaixo —, e depois, quando ele, feito um pé de vento (graças a Deus que Basílio estava num porrinho alegre, fase ascendente), tinha irrompido com

Bárbara e Naé pelo jardim da casa adentro, seguidos os três por ela, apreensiva, pela Lila, meio zonza, e por um Xavier que disfarçava mal, o pobre, seu desgosto, sua inquietação com o menino que tudo deve a ele e não parece se preocupar de todo com ele. Cheio de batida e cerveja Basílio não tinha estranhado que Jaci — numa repetição do episódio do elevador — entrasse enlaçando pela cintura Bárbara e Naé, dançando os três, rodopiando entre as árvores e — só mesmo rindo, como Basílio tinha rido, às gargalhadas, a bandeiras despregadas, como se dizia antigamente — atraindo à ciranda de doidos vó Emília e Elpídio, santos céus! as três crianças e os dois velhos brincando de roda e se atropelando em cima da grama empapada, debaixo do manacá que se debulhava em flores e gotas d'água por cima dos possessos.

Durante o almoço meio caótico que se seguiu — o velho Elpídio, coitado, tendo que afagar e consolar, como se fosse neta dele, Bernadete, tristíssima, imagine, porque Naé só dava atenção a Jaci —, Lila oferecia, para o comportamento de Jaci, uma explicação que, se não era verdade, era razoável e favorável ao capeta: Lila dizia que Jaci tinha ficado tão preso no asilo lá dele, nos Expostos, que naturalmente sentia falta das matas, das florestas da sua infância, e tinha se expandido demais, ido um pouco além, ao se pegar dentro do Jardim Botânico. Matas ou não matas, asilos ou não, a verdade é que ela, Solange, nunca tinha visto nada parecido com as maluquices e reinações não só de Jaci como, era forçada a dizer, de Naé e Bárbara, contagiados pela força do outro — ou, Deus que tivesse compaixão dela se estivesse errada, envenenados pela peçonha do outro —, inclusive pelo que parecia ser a "especialidade" de Jaci: os desaparecimentos, os sumiços súbitos, ora com Naé, ora com Bárbara, no gramado da frente da casa, no sopé do morro que fechava o quintal, e até nos quartos, no pequeno sótão da casa.

Quando acabou — dando uma derradeira ajeitada nos cabelos negros e, como sempre fazia, tentando quase contar os fios de prata que teimavam em aparecer nas têmporas —, Solange não havia decidido ainda se ia ou não tentar se encontrar a sós com Lila. Saiu sem telefonar à outra, sem combinar nada, perdida no seu enleio, no seu enlevo, adiando a decisão, e tomou, isto sim, no Jóquei, um ônibus circular, que levaria ela até a praia, pois Solange se sentia feito um barco deixado a meio caminho do mar e do qual a maré montante aos poucos, subindo a cada franja de onda, umedecendo cada vez uma extensão maior de areia seca, vai se acercando, lambendo, lambendo o flanco, envolvendo, tirando o peso da madeira, levantando e afinal carregando o barco, levando para dentro, para o fundo, para longe. Solange saltou do ônibus no Leme e — agindo contra sua natureza cautelosa, que fazia sempre com que, antes de agir, ela pensasse no que os outros iam pensar, os que estariam olhando — desceu da calçada de mosaico à praia, à areia, e tirou os sapatos para ir andando, andando, até sentir a planta dos pés lambida pelas ondas, ela toda feito um barco lambido pelas ondas e arrastado para o fundo do mar.

Naé constatou com satisfação, depois da sua volta pelo jardim e quintal, que não havia mais ninguém na casa, que até a mãe tinha afinal saído, e, indo em linha reta à mesa de cabeceira, tirou de lá o caderno de capa preta. Ou bem ele arranjava um canto para escrever em paz — o sótão era escuro demais —, ou se habituava a escrever em qualquer lugar, sem se incomodar com quem estivesse entrando ou saindo: depois do escarcéu que Bárbara tinha feito, ao descobrir o diário dele escondido, bem que ele podia passar a escrever até na mesa da sala de jantar, assumindo sua condição de... diarista? Uai, não tinha pensado nisso. Diarista não é o cara que ganha por dia? Memorialista? Memorialista era uma palavra bonita mas dava impressão de coisa velha, papel amarelo, antigo, e deve haver um nome bacana para quem escreve... jornal? Aí é que são elas. Já vi *jornal* usado como sinônimo de diário, mas, ao que eu saiba, tanto diarista como jornalista são coisas que... Bem, é preciso verificar tudo isso, pelo menos para eu ficar sabendo o que é que sou, ao manter um diário, principalmente agora que não estou mais querendo simplesmente anotar datas e fatos, a seco, sem... sem o quê?... sem uma interpretação, um comentário. É claro que as notas podem ter muita serventia, mais tarde, se a gente quiser, como se diz, voltar ao assunto, escrever com mais espaço, pois as notas, mesmo que sejam apenas lembretes, conservam a memória (daí *memorialista)* das coisas ocorridas. (Verificar, no dicionário, *mnemônico.)* Mas a verdade é que eu começo a sentir que certos acontecimentos se ajeitam mal dentro de simples notas, ficam apertados, feito o sapato quando o pé da gente cresceu. Por exemplo: dizer, no diário, que o Jaci se escondeu na copa da palmeira imperial não basta, pois não fica, assim, anotado que o Jardim virou outra coisa, criou uma vida diferente a partir do momento em que a gente sabia que o Jaci estava dentro dele, continuava no Jardim, sem sombra de dúvida, mas tinha ficado invisível. Outro exemplo seria que Jaci, ao subir numa das não sei quantas palmeiras que existem no Jardim (consultar Xavier), já tinha se tornado invisível *a mim*, se escondendo de mim na companhia de Bárbara, e que, ao se tornar invisível a nós dois... Aliás, para que as notas do diário não fiquem quase ininteligíveis, mais tarde, de tão resumidas, conviria até que eu anotasse impressões minhas a respeito dessa relação que está se estabelecendo entre nós três, Jaci, Bárbara e eu, e em seguida conferisse com Bárbara (nós dois usando, o que até agora não fizemos, de uma franqueza natural entre irmãos) para depois... Falar com Jaci acho que não adianta, porque em dois tempos, em lugar de responder, ele envolve a gente em tais chamegos e trapaças que... Bem, eu fico por aqui, isto é, fico na observação de que ser diarista, memorialista, jornalista é uma escolha entre manter notas que no máximo lembrem uma composição de colégio (tipo "Um dia no Jardim Botânico") ou deixar que elas se estendam e reparar, de repente, que se estenderam demais, ou pelo menos invadiram terrenos... meio proibidos? A verdade é que se a gente parte para escrever tudo, contar tudo, surge o problema, que sempre me perseguiu, de ter que esconder o diário. Difícil, difícil, pensou Naé olhando a página em branco e chupando o cabo da esferográfica, difícil pra caramba.

14

Lila sentiu, no meio da semana, saudades de Jaci, e um certo despeito em relação a Xavier, que, desde o domingo da chuva e das façanhas, no Jardim, de Jaci — façanhas palmeirenses e arborícolas, como tinha dito Basílio às gargalhadas, ao ouvir a história e fazer um brinde de batida a Jaci —, Xavier tinha resolvido, fosse qual fosse a razão, se tornar invisível. Tanto assim que Lila, quando tentou em vão encontrar ele, ou ao menos falar com ele pelo telefone, já que ele ao Museu não estava vindo, tinha resolvido, quando afinal se vissem, fazer uma brincadeira: ia dizer que, provavelmente imitando Jaci, ele tinha dado para desaparecer, e que ela estava cansada de procurar por ele em duas palmeiras, a saber, o apartamento de Laranjeiras e o próprio Museu, mas ambas essas copas de oreodoxas estavam desocupadas, vazias, viúvas, como ela própria, de Xavier.

Finalmente, dando de ombros, foi à Casa dos Expostos, e, ainda no jardim, ao pé das escadarias, julgou avistar no topo, magrinha e empertigada em seu hábito branco, a já amiga Cordulina, a irmã-porteira. Mas não havia ninguém sentado à mesa da portaria quando Lila entrou e uma noviça servente — que passava o espanador no móvel da antiga roda, e que sem dúvida tinha passado a flanela, que levava presa à cintura, na secretária de Santos Dumont, reluzente no fundo do vasto vestíbulo — disse que não, que ainda não havia posto os olhos em irmã Cordulina. Gente que não sabe mentir não devia nem tentar, não devia se meter a fogueteira como essa menina, pensou Lila com certa irritação, pois a servente, depois de falar, tinha inutilizado, por assim dizer, a informação, permitindo que um rubor exagerado, despropositado, se originasse nas maçãs, já de si salientes, de seu rosto, e se enfiasse, com pejo do próprio excesso, por baixo das raízes dos cabelos: escondeu a vergonha na cabeleira, pensou Lila.

— Bem — falou Lila —, eu, quando vinha chegando, quase juro que vi na porta irmã Cordulina, mas, pelo que você me diz, seria certamente uma outra irmã, a que eu vi: pois eu gostaria de falar com essa outra, que deve estar no lugar da irmã-porteira.

A servente, o rosto agora descolorido, ou com apenas nuvenzinhas de carmim em fundo branco, abriu os braços, espanador na mão direita, como se fosse fazer uma mesura absurda, com um chapéu de plumas, e tentou falar alguma coisa, enquanto tirava da cinta, com a mão esquerda, a flanela, o que afinal amoleceu o coração de Lila: se eu disser mais alguma coisa, pensou, ela chora e assoa o nariz no pano de pó. Lila se voltou disposta a, deixada em paz a mocinha, se embrenhar pela casa em busca de irmã Cordulina, quando avistou, guardando, ao que tudo indicava, o acesso ao prédio — pois se postava no primeiro degrau da vasta, imponente escadaria interna, de onde comandava igualmente o acesso, pelos lados da escada, aos demais cômodos do pavimento em que se encontravam — o inspetor Barreto. E esse sim, era fácil ver, não se encontrava ali para corar e torcer uma flanela como, nos antigos folhetins, pessoas em estado de aflição esmagavam na mão lenços de cambraia: frio, sorrindo um vago sorriso, o Barreto, no centro do primeiro degrau, estava no seu posto natural de sentinela e bedel.

— Irmã Cordulina — foi falando o Barreto, como se tivesse ouvido tudo e soubesse previamente de tudo — já esteve de fato aqui, vagando pela Portaria, mas só de obstinada e teimosa que é — além de trabalhadeira, naturalmente —, pois anda tão indisposta, adoentada, que o médico da casa ordenou que guardasse o leito, e foi precisamente o que ela fez, há pouco, se não por obediência ao médico, por imposição, eu diria, do próprio corpo, que pedia cama. Em que posso servir a senhora?

— Eu vim buscar o Jaci para dar uma volta, para passar o dia comigo e com o Xavier, do Museu do Índio, onde somos colegas, e...

Lila sentiu, quando ainda falava, que alguma coisa, do pouco que havia dito, não devia ter dito, pois a macia, melosa alegria que viu no rosto do Barreto era sinal certo de que ela, feito um passarinho desastrado, tinha sem dúvida derrubado o rolete de pau em que se articulava a porta, a tampa de uma arapuca.

— Claro, claro, a senhora se refere ao Sr. Tobias Xavier, funcionário, bibliotecário do Museu do Índio, e que é o responsável recente pelo interno Jaci Deodato, pensionista nosso desde que veio, há uns anos, de um posto indígena no Araguaia — é bem desse Sr. Tobias que se trata, não?

Frígida e altaneira, Lila se limitou, embora soubesse muito bem que já estava trancada no alçapão, a responder que sim, com curto aceno de cabeça, levando o Barreto a prosseguir, numa voz que tinha a densidade de um azeite que escorre, untuoso.

— Se estranhei o seu pedido, como noto que a senhora estranhou minha resposta, é porque foi precisamente o Sr. Xavier, Tobias Xavier, que tem a guarda do menino Jaci Deodato, quem me comunicou, na presença da irmã-porteira, que toda e qualquer saída do dito Jaci Deodato estava suspensa até segunda ordem, sem que dissesse, ou pelo menos a mim não disse, os motivos que levaram à suspensão. E, como não me compete indagar quais as razões que conduzem a decisões que só me compete acatar, executar, estranhei — nada mais do que isso, é claro — que alguém, exatamente em nome do Sr. Xavier, e que, ao que tudo indica, não traz nada do punho dele que revogue, por escrito, as instruções que ele me deu…

Lila assentiu de novo com a cabeça para calar o Barreto, enquanto — sem muito se preocupar com o que dizia, e com o ar, o mais possível, de grande dama distraída, meio desdenhosa — alegava que de fato não tinha estado, antes de se apresentar ali, com o Sr. Xavier, o que passaria em seguida a fazer. E deu, nessa altura, as costas ao Barreto, sem com isso conseguir que ele não retomasse o fio do seu enjoativo e cantante discurso. Lila foi, ao sair, tentando pôr as ideias em ordem, sentindo, pela primeira vez, uma real indignação em relação a Xavier, que não tinha e não podia oferecer qualquer explicação que fosse para o fato de haver tomado em relação a Jaci — tacitamente considerado filho adotivo de ambos, parte da família que, bem ou mal, fundavam — uma providência tão drástica, brutal mesmo, sem sequer discutir, ou mesmo mencionar o assunto em conversa com ela. Por culpa de Xavier, por pura desconsideração, descaso dele, tinha sido submetida ao descaso e à desconsideração daquele inominável bedel, daquele Barreto pegajoso, que tinha Jaci à sua mercê e podia castigar o menino como entendesse, com prévia sanção do indigitado curador, de nome Xavier, Tobias Xavier. Confrontada pela ideia que acabava de invocar, do meigo, doce Jaci entregue a um batráquio como o Barreto, Lila, pondo cada vez mais lenha na fogueira em que ela própria se transformava, passou a considerar Xavier abominável, prometendo a si mesma se queixar do comportamento dele às autoridades do Museu, do Ministério do Interior, da Agricultura, do...

De repente — no instante em que, trêmula de raiva, se sentava em sua cadeira no Museu, depois de entrar sem ver, por trás do livro de visitantes, Rita que a cumprimentava — Lila relembrou, sentiu de novo no peito, entre os seios, o calor do rosto de Jaci, e reviu o momento em que, ao empurrar Jaci para descolar ele, era bem o termo, de si mesma, deu de cara com Xavier, que voltava da rua, antes de partirem os três para a casa de Solange.

Então, pensou Lila, era isso, devia ser isso, certamente seria esse — ciúme, desconfiança, amor-próprio ofendido — o motivo que tinha levado Xavier a enclausurar, trancafiar Jaci, que era assim punido por uma, no máximo, criancice, ou uma ousadia, admitamos, um atrevimento, mas é claro que a ela, Lila, cabia se defender, ou corrigir o pobre menino talvez meio estouvado, assanhado. De qualquer maneira, porém, todas as tensões, contrações e crispações de nervos de Lila se desfizeram, desmancharam, derreteram numa geral volúpia, como se seu corpo, retirado hirto de águas geladas, duro de cãibras, fosse molemente mergulhado em grande banheira, quase piscina, de águas quentes e perfumosas, as águas do amor reconhecido, verificado, do ciúme atestado como zelo, da certeza do desatino do outro, do sofrimento do outro oriundo da carência de nós, daquilo que somos, que representamos, a beatífica confirmação de sermos insubstituíveis, indispensáveis. Se Xavier tivesse naquele preciso momento aparecido, Lila, sem pensar em nada, sem pedir contas de nada, sem nada dizer ou perguntar, se limitaria a cair nos braços dele, a se enroscar — muito mais do que Jaci entre os seios dela — nele, contra o peito dele, para ele sentir que o amor era recíproco, a dependência, nele, dela, igual, a mesma que a dele nela.

Saiu da sua sala se sentindo, dos pés à cabeça, um armistício, uma reconciliação, e, enquanto dava um atrasado mas efusivo bom-dia à espantada Rita, olhava em torno as vitrines e os armários de vidro, pensando que se organizasse uma exposição retrospectiva da sua vida, o dia de hoje, com o momento da revelação do amor de Xavier, teria seu nicho e rótulo, e os visitantes se deteriam no exame das concentradas horas em que ela, sem saber o que fazia, apenas para fugir de um chão de lama e lesmas, tinha se encontrado de repente rodeada de céu, no topo e trono de uma imperial palmeira.

Chegou ao apartamento pensando, como poucas vezes antes, no seu corpo, no corpo a preparar para o amante com o banho, os perfumes, as joias, certa que estava de que um dia assim só podia acabar quando caíssem, ela e Xavier, nos braços um do outro, e disposta, caso ele não aparecesse, não desse sinal de vida, a achar Xavier, onde quer que se encontrasse, para que ali na cama dela, ou na dele, em Laranjeiras, se banqueteassem um do outro, se servissem um do outro. Lila ainda arrepiava o cabelo, a partir da nuca, para que o bafo quente do secador chegasse ao alto da sua cabeça, quando ouviu soar a campainha e, sem surpresa, desligou o aparelho. Ajustou sobre o corpo nu, antes de abrir a porta, o roupão de toalha e, se olhando um instante no espelho, constatou que estava bonita, fresca do banho, se sentindo feito uma fruta acabada de lavar, e aquela campainha no fim da tarde só podia querer dizer que Xavier, não encontrando ela no Museu e sabendo talvez da visita dela aos Expostos, chegava, contrito, à sua casa.

 Lila abriu a porta e, de tão habituada que estava à visita quase que exclusiva de Xavier, à estatura dele em cima do capacho, na moldura da entrada, se espantou de não encontrar, na altura do costume, o rosto dele. Baixou um pouco o olhar, que se ajustou ao nível da mulherzinha miúda, cabelos grisalhos, blusa cinzenta e saia preta, bolsa de pano a tiracolo. Teve dificuldade em reconhecer a recém-chegada sem o hábito e a touca e quase perguntou, aborrecida de ver que em lugar de Xavier aparecia uma velhota, quem era, que queria, imaginando que se tratasse da cobradora de alguma instituição de caridade.

— Cordulina, dona Lila, a irmã-porteira.

Foi só mesmo no primeiro momento do choque e decepção de não ver, na sua frente, Xavier, que Lila ficou olhando Cordulina com uma espécie de tristeza diante da negligência, da incúria do destino em organizar as entradas e saídas de personagens na vida da gente: por mais que ela e Xavier ainda fossem viver juntos, amorosamente, anos e anos de vida, até, ela esperava ainda, a morte, era evidente que naquele instante, ao abrir ela, naquela hora, de roupão, depois do banho, aquela porta, ele é que devia estar ali, lógico. Registrado, no entanto, seu mudo protesto, Lila acolheu com muito boa graça irmã Cordulina — as duas trocando desculpas, Lila por ter vacilado em reconhecer Cordulina à paisana, Cordulina por ter fugido da Portaria ao avistar Lila, horas antes —, oferecendo cadeira para ela se sentar e até, depois, um chá com biscoitos.

Em estado de graça, como se achava, Lila se sentia pouco inclinada a levar muito a sério observações, ou certas indiretas de Cordulina que envolviam Xavier, na história, ou nas histórias que ela ia enfiando umas nas outras, baralhando com frequência o fio da meada, e se embaraçando ela própria no novelo, mas de qualquer maneira disciplinando e delimitando o relato em torno de três pessoas: o ostensivo vilão da história, que era o inspetor Barreto, Xavier, que Cordulina classificava como pessoa excelente, homem de boas intenções, ainda que pouco inclinado, como tutor, a velar por essas intenções, e, finalmente, como um raio de sol entrando pelas grades do cárcere dos Expostos, Jaci, tratado por Cordulina com uma espécie de desconfiada, aflita ternura, de um afeto enorme mas que parecia temer surpresas e ciladas que nem ela mesma se arriscava a dizer quais seriam.

— Não é boa coisa o inspetor Barreto — disse Cordulina —, ainda que eu, se fosse falar de experiência própria, nem soubesse dizer por que é que ele não é coisa boa. Por mim, sempre achei um enjoado de marca maior, mas não tenho, guardada, nenhuma ofensa vinda dele, nem nunca vi, com meus olhos, ou ouvi, com as orelhas, nada que ele fizesse, ou falasse, que me revoltasse a vista ou o ouvido. Mas, por exemplo: não é à toa que, desde que um menino, o Heleno, bota tempo nisso, chamou ele Dedo-mole, que todo o mundo, nos cantos do recreio ou de dormitório de menino ou menina, só chama o Barreto de Dedo-mole.

— Dedo-mole? — disse Lila, lembrando que Jaci tinha usado esse apelido e que ela, por incuriosidade, ou prudência, ou por não querer dar corda, dar força a Jaci quando a pessoa de quem ele falava mal era o chefe de disciplina, tinha deixado no ar a expressão meio disparatada, ou alcunha maldosa, posta a circular em sala de aula, ou, pior ainda, em banheiro de internato.

— Pois é, o contrário de Dedo-duro, não é mesmo — disse Cordulina, em tom tão final e irrefutável que Lila, paciente, aguardou a explicação, a continuação. — Dedo-duro é o que chamam o alcaguete — foi falando Cordulina —, o olheiro, o sujeito que fica bisbilhotando para delatar, para contar à Polícia, e o Barreto, não, ele é o Dedo-mole, é só xereta e espiador, abelhudo para nada, só para olhar e ver, e um menino muito disfarçado, o Heleno, que — com a graça de Deus, louvado seja seu santo nome — acaba de ir embora...

A irmã-porteira se deteve no meio da frase, vendo, talvez, a cara do Heleno, ou revendo transtornos que ele teria aprontado nos Expostos e que teriam deixado em Cordulina marcas que ainda doíam, ou pelo menos coçavam, incomodavam.

— Desculpe — dona Lila —, eu de repente começar a falar num Heleno que já se foi, e que não tem mais nada a ver nem com meus problemas, que são tantos, que dizer com os da senhora, mas a verdade é que se eu ando glorificando os céus porque o menino afinal partiu, faço isso, em grande parte, porque, estando o Heleno ainda com a gente quando Jaci a nós aportou, armou logo, com ele...

Aquecida, na alma, pelo doce calor do amor correspondido, e, no corpo, pelo calor fragrante do chá que Xavier tinha comprado, especialmente para ela, Lila se sentia, ao mesmo tempo, capaz de todas as compreensões e, sem magoar Cordulina, dos maiores descontos, na narrativa dela, do que parecesse fruto do exagero, ou da ingenuidade da narradora. Encorajou Cordulina, sorrindo para ela e oferecendo mais um biscoito.

— A senhora sabe, dona Lila, aquelas crianças — algumas como o nosso Jaci, já bem crescidinhas —, por mais que a gente atente nelas, vigie e separe, crescem meio bravas, e muito empilhadas umas em cima das outras, e esse modo de falar, uma em cima das outras, às vezes... Aí, como eu ia contando, logo que o Jaci chegou aos Expostos eu ouvi — e olhe, pode ser lorota, fofoca, ou exagero dos grandes — que o Barreto fazia vista grossa quando... Quer dizer, o tal do Heleno, que muitos chamavam "Leninha", tinha sei lá que esquisitices de corpo, de conformação, ou insuficiências, parece, e o nosso rapaz, menino então, o Jaci...

Foi talvez o ruído, meio brusco, da xícara de Lila depositada no pires que fez Cordulina levantar os olhos para ela e se deter, sentindo talvez, em Lila, que até então tinha parecido risonha e à vontade, uma resistência, uma expressão de surpresa e quase náusea ao ouvir a história. Cordulina compreendia que um assunto assim talvez parecesse doentio, sufocante para quem vivia uma vida leiga e livre, o que apenas confirmava sua convicção de que gente fora das ordens religiosas não aguentava se embrenhar muito pelas coisas difíceis e penosas da vida, das pessoas. Ela tratou de, sem abandonar o fio, abrandar, maneirar a história, como diziam os moços, retomar o relato contornando, ou evitando tocar no ponto, ou pontos, que pareciam menos aceitáveis.

— Mas — continuou Cordulina —, eu fecho os ouvidos a essas histórias e hoje em dia então nem quero mais saber, mas naquele tempo, logo que fui trabalhar lá, eu ficava mais revoltada e quis até denunciar, sei lá, falar com gente de mais força e autoridade do que eu sobre o Dedo... sobre o Barreto, quer dizer, mas o Heleno riu na minha cara e disse para eu deixar pra lá, que, antes do Barreto, havia um chefe de disciplina pior, que vivia... fazendo o que não devia, lá pelas camas, e conseguindo o que queria para tirar, do castigo que ele próprio decretava, os que estivessem na cafua, sozinhos. O Dedo-mole, não, Heleno falou, porque "ele não dá no couro", ele falou, não pega em ninguém, nem quando "a gente provoca ele", e que, sendo assim, só de olhar, ele merecia o apelido, o nome que tinha ganhado, codinome, de olhar, apenas, ficar olhando, o que "não tira pedaço de ninguém", o Heleno tinha dito.

Lila não deixou de achar uma certa graça no Heleno, que não conhecia, apesar de, em seguida, com mais seriedade, resolver tratar, o mais cedo possível, com Xavier, do caso do Barreto, pois Cordulina, embora causasse a Lila mais repugnância, com certas histórias do Barreto, do que real temor de vagos horrores que pudessem acontecer, acabou dizendo uma coisa que continha mais objetividade e comunicava uma ideia mais intencional de perigo. Cordulina se preocupava com a sorte de Jaci por achar que ele, mais do que qualquer outro menino ou menina, parecia estar sempre na mira, na atenção, no centro da mania olhadeira e bisbilhoteira do Barreto.

— Sabe, dona Lila — disse Cordulina, como quem chega afinal aonde queria chegar —, desde que o Heleno falou aquelas coisas assim meio horríveis, meio engraçadas, eu não podia deixar de reparar, e comprovar, que esse sujo do Barreto olha muitas vezes, até na minha frente, meninas e meninos assim devagar, pastoso, feito um pincel, uma broxa, pintando uma parede, mas com o Jaci é diferente, dona Lila, palavra, porque o Jaci acho que acende ele mais, anima, sei lá, e ele fica feito um satanás mais velho, um diabo desses que, em vez de tentar gente, peca direto, esconde o rabo, o pé de cabra, o cheiro de bode e vira gente entre gente.

Expressa, descrita essa visão do demônio, Cordulina se levantou, afastando de si a cadeira, com cuidado, olhos fitos na mesa, como se quisesse deixar ali, entre as xícaras usadas e o farelo de biscoito, a imagem assustadora que acabava de trazer à vida com suas palavras.

— Para dizer tudo, até o fim, porque eu confio na senhora, no seu modo de ser, na sua cara honesta, direita, e porque eu gosto, às vezes até contra mim, contra minhas melhores disposições, do Jaci, o que eu acho mesmo é que o nosso Jaci padece, dona Lila, de muita ausência de siso e tino, o que leva ele, até fagueiro, sabe, para coisas, sei lá, proibidas: pense bem, dona Lila, ponha o Jaci na frente dos olhos, agora que ele está longe deles. Por isso, acho eu, salvo melhor juízo, é que o Barreto, o Dedo-mole, é o tipo de gente-diaba, tinhosa, capaz de fazer o Jaci pender para os desvarios da natureza dele, para o lado ruim, que é forte nele, dona Lila, como é no tal do Heleno também, como é nas pessoas que têm vida sobrando, e por isso estão sempre fervendo, como ainda agora sua água do chá, respingando, borbulhando.

Lila, finalmente, sentia vontade de pedir à irmã-porteira que se fosse, pois ela queria tirar a mesa, o pouco que havia a tirar, passar uma água na louça e se vestir, já não era sem tempo, para ir para Laranjeiras cumprir o programa nobre do dia: assediar Xavier, acolchoar o caminho dele, se fosse preciso, para saírem, se ele quisesse, ou para simplesmente ficarem em casa, fazendo nada, pois, no caso, o nada significava irem logo para a cama, se perderem cada um de si, se acharem cada um no outro.

Falando ainda, Cordulina tirava da bolsa, da sacola, um bloquinho de notas, uma esferográfica, e escrevia um nome, um telefone, punha, já um pouco sem jeito, sentindo que seu tempo estava esgotado, o papel em cima da mesa.

— Eu acho que seria uma boa ideia — disse Cordulina, sem que Lila tivesse retido o princípio da frase —, porque o Jaci fala muito nela, no amor e carinho dela, na autoridade dela, madrinha dele — ah, como ele enche a boca ao falar na *madrinha!* —, e ela, que foi amiga, ou pelo menos trabalhou junto com Seu Xavier, devia ser chamada, sei lá, avisada.

Foi com alívio que Lila beijou Cordulina nas duas faces, e viu que ela finalmente transpunha a porta do apartamento, desaparecia, no corredor, rumo ao elevador, e sequer pensou mais em tirar a mesa, ou menos ainda em lavar louça, só pensando em pegar num pente, no pente grande, do banheiro, pois pentear o cabelo — pensou, enquanto enfiava o papel de Cordulina na gaveta do aparador — era o primeiro estágio da toalete, de se vestir e se enfeitar, do sair, em suma, em busca de Xavier.

15

Andando, horas a fio, pela rua, inteiramente sem destino, mas — para disfarçar, para enganar algum conhecido que encontrasse, ou a si mesmo — num passo rápido, objetivo, de quem sabe aonde vai e tem pressa de chegar, Xavier consumiu praticamente dois dias de vida sem aparecer no Museu, só parando em casa tarde da noite, para dormir, determinado a não ir à porta se alguém tocasse a campainha e a não atender o telefone, se chamasse. Sua única ação propriamente dita, depois de, domingo, levar Jaci aos Expostos na companhia de Lila, tinha sido voltar cedo aos Expostos, dia seguinte, sem Lila, para, aparentando um máximo de calma e compostura, dar ordens estritas à irmã-porteira e ao inspetor Barreto.

Seu impulso original, inicial, em relação a Jaci — desde que o Teodoro, em troca de uma absolvição, tinha lhe passado Jaci como penitência —, tinha sido o de evitar que esse bugre e bicho do mato se intrometesse na vida dele e das pessoas à sua volta, feito, sei lá, um torrão de brenha e mata virgem que um guindaste doido trouxesse da floresta e largasse inteiro por cima do bonito largo de S. Francisco. Mas

Lila, primeiro, tinha insistido para que Jaci participasse do jantar de sábado, no apartamento dele, e depois tinha sido contra levar o Jaci bem cedo, domingo, para os Expostos, resultando dessas teimosias e disparates, a correria insensata do Jardim Botânico e a vontade que tinha dado nele, Xavier, quase irresistível, de simplesmente acabar com Jaci, só faltando, em verdade, para que ele chegasse a isso, uma organização cuidadosa de circunstâncias: caso contrário, isto é, sem essa organização, ele seria preso e condenado, o que era uma tolice sem nome.

Exausto, ao fim do segundo dia, parado no largo de S. Francisco, vagamente faminto, incapaz de lembrar quando tinha feito a última refeição, Xavier se aproximou de uma baiana e seu tabuleiro. Mastigando um beiju, de pé, olhou, lembrando Eco, a estátua do centro da praça, e percebeu que não era, como costumava ser, a do Patriarca da Independência, nem a da ninfa, e sim de Solange, que, olhando para ele com um sorriso terno e um tantinho zombeteiro — de quem gosta muito de uma pessoa que, não obstante, dá provas às vezes de compreensão lenta e cabeça dura —, desceu do pedestal e foi andando pela rua do Ouvidor até chegar à primeira esquina, Uruguaiana, onde, sem despertar a atenção de ninguém, se perdeu na multidão: Solange mostrando a ele como se deve andar na cidade, no meio de uma porção de gente, depois de quinze anos na floresta. Engolindo o resto do beiju Xavier apressou o passo, descendo no encalço de Solange, mas Solange, de longe, sorrindo, dizia a ele que continuasse sozinho, pensando em gente, pensando nas muitas pessoas que era preciso levar em conta numa cidade grande, e na importância de conhecer bem as pessoas mais próximas, todas elas, e não apenas aquelas que interessavam mais a gente, num determinado momento. Ele, Xavier, andava, segundo Solange, pensando muito em Bárbara, Bárbara, Bárbara, quando bem podia voltar sua atenção, no caso do Jaci, Jaci, Jaci, para Naé: e ao chegar ao nome de Naé — antes de desaparecer em definitivo na multidão que da rua Ouvidor desaguava na avenida Rio Branco — Solange tinha fixado em Xavier olhos aflitos.

Já em casa, mais serenado, disposto a atender porta ou telefone, Xavier tratou de arrumar as ideias em torno daquilo que sem dúvida era, de imediato, o essencial: lidar peritamente com Lila, de quem, afinal de contas, ele estava fugindo há dois dias e que, amante dele, apaixonada, meio noiva dele, teria tido tempo e vagar de, quem sabe, com as argúcias do despeito, descobrir, ou, na pior das hipóteses, suspeitar que a irritação dele em relação a Jaci se prendia a Bárbara, tão sem modos, no Jardim, a corcovear feito uma potra ao redor de Jaci.

Xavier não teve, felizmente, tempo, na sua avaliação do que dizer a Lila, de relembrar uma vez mais os incidentes do Jardim, que ainda davam nele espasmos de fúria: a campainha da porta retiniu. O toque pareceu áspero, como se quem apertava o botão já estivesse exigindo explicações e definindo culpas, e, ao olhar pelo visor e ver Lila à espera, Xavier se preparou para, às primeiras palavras dela, fornecer explicações as mais suaves e bem-humoradas sobre a tarefa que a ela competia, de educar e controlar duas pessoas: Jaci, selvagem pela própria natureza, e ele próprio, Xavier, asselvajado por tantos anos de floresta, residência em malocas e repouso noturno em redes de buriti, de modo a que fossem ambos dignos, um dia, talvez ainda remoto, de ser adotados por ela, Nhã-Lilá, e devidamente aculturados em sua chácara do Flamengo.

Mas Xavier de pronto viu, ao abrir a porta, pela expressão dela, e, mais ainda, pela fome de amor dela, que estava tudo monotonamente bem na relação dos dois e que ele podia, em sã consciência, cortar, reduzir a um mínimo a projetada cena de argumentos defensivos e chamegos, mantendo, para não perder coerência e prestígio, uma posição, em relação a Jaci, severa mas magnânima, que não levaria ele, em nenhuma hipótese, a desculpas e apologias ou mesmo excessivas meiguices e pieguices. Em plena e fogosa sessão amorosa Lila tinha dado a entender que imaginava ele magoado, ferido, talvez um pouco perturbado porque Jaci — Xavier não descobria bem quando — tinha roçado nela, se encostado nela, mas sem, ela jurava, qualquer intenção maldosa, mais por estouvamento, falta de maneiras. Não custava, pensou Xavier, deixar sem resposta o que Lila dizia, ou responder apenas com uma carícia, ou, melhor ainda, um monossílabo, fazendo perdurar, assim, algum mistério em relação a possíveis reações da parte dele: não esclarecer quase nada, ou só esclarecer muito pouco, era menos enfadonho, naquele momento, e podia, no futuro próximo, ter, quem sabe, alguma utilidade.

Importante, na conversa com Lila, um tanto tumultuada pelos eróticos transportes dela, tinha sido a informação de um telefonema, para ela, de Solange, que, com seu jeito suave e reticente, tinha encaminhado uma conversa simpática — simpática principalmente para ele, Xavier — sobre a necessidade que sentia de ajudar a ele e a ela, Lila, na educação, na adaptação de Jaci à vida urbana, civilizada.

— Sabe, Xavier — disse Lila, se sentando na cama contra os travesseiros, o que Xavier apreciou, pois estavam nos braços um do outro há algum tempo, Lila ainda interessada e ele com muito calor —, a Solange tem realmente ideias *práticas* a respeito de como nos ajudar a lidar com o Jaci, palavra.

— Por exemplo?

— Por exemplo o seguinte: você já tinha começado a pensar — eu confesso que não, pela parte que me toca — em que fazer com Jaci a longo prazo, que rumo dar à vida dele, que escolhas propor a ele, como estudo, carreira, sobretudo se você decidisse adotar, de fato, Jaci, e ele viesse morar com você. Pois a Solange lembrou que seria uma ideia excelente arranjar um emprego para o Jaci de guarda, de vigia no Jardim Botânico, enquanto ele aprende um ofício numa escola técnica, por exemplo, para ser, sei lá, mecânico, tipógrafo, a menos que você tenha para ele outros planos, de educação mais formal.

Já seguro de si mas cauteloso, ponderado, e poupando a Lila o escárnio com que gostaria de tratar o ultraje que era a proposta dela de trazer Jaci para morar com ele, na casa dele, Xavier respondeu, moderado e justo, que tinha sido levado a disciplinar Jaci devido ao comportamento dele no domingo, e não ia chegar agora ao extremo oposto de trazer o molecote, sem transição, para morar com ele e ter casa, comida, carinho. Mas a ideia do emprego, de um estágio no Jardim Botânico — Jaci continuando, como até agora, a dormir nos Expostos —, esta parecia viável, boa, mesmo.

Dar a Jaci essa oportunidade — pensou Xavier agora inteiramente calmo, pensando, judicioso, na próxima jogada — ia sem dúvida fazer com que mesmo aqueles que pareciam simpatizar com ele se curassem em breve, pois disso o próprio Jaci se encarregaria, não só com suas artes e malas-artes de cafajeste do mato, como mais, muito mais ainda devido a certas inclinações suspeitas, muito suspeitas. Durante a nítida visão que fome e fraqueza tinham criado nele, no largo de S. Francisco, Solange havia lembrado, aflita, angustiada, o nome de Naé, e Xavier descobria agora, plácido e nu, na cama ao lado de Lila, que Solange tinha usado sua angústia maternal para fazer com que ele, desviando sua obcecada atenção de Jaci e Bárbara, enxergasse o que já devia ter entrado pelos seus olhos adentro: o comportamento de Jaci em relação a Naé era, qualquer um concordaria, muito mais censurável pelo que apresentava de inesperado, chocante, do que as liberdades que tomava com Bárbara. Por aí — exultou Xavier, afagando, distraído, um seio de Lila, que cerrou os olhos —, por esse caminho seria perfeitamente possível arranjar para Jaci não um estágio, um ofício, e sim um bom reformatório, ou, melhor ainda, um retorno ao Araguaia, o que, por outras palavras, significava enfiar, arquivar Jaci, que era um mero intruso, comparsa menor na vida dele, Xavier, no período apropriado, antigo: o período entre parênteses.

Enquanto isso, leve e alegre, tão leve e alegre que sentia de volta, espontânea e declarada, apesar do calor, a tesão por Lila, Xavier, enquanto se perdia de novo nela, agradecia a Solange o terno amor que provava ter por ele, dando a ele a mão no meio da multidão para que ele encontrasse, ao lado de Bárbara, a ventura que não tinha tido ao lado de Solange, boa, exemplar Solange.

16

Antes mesmo de chegar à calçada, à praia do Flamengo, ainda no elevador que descia com ela do apartamento de Lila, irmã Cordulina dizia a si mesma: minha culpa, minha culpa, minha máxima e exclusiva culpa, pois a Lila é moça direita, muito interessada na sorte do Jaci, e, sendo assim, quem me mandou falar em tantas outras coisas, antes de falar na madrinha do menino, santo Deus? Por que não aproveitei o princípio da conversa para tratar do que era importante, ainda mais que qualquer um podia ver que a Lila, quando eu cheguei, estava se preparando para sair, de banho tomado e roupão felpudo, minha Nossa Senhora? Eu fui lá para dizer: "Olhe, acho bom, dona Lila, a gente ligar logo de uma vez para esta freira que esteve lá no Araguaia, que viu o Jaci nascer, salvou ele de morrer, parece, batizou ele como madrinha, cuidou dele no berço e tudo mais, só deixou ele já bem grandinho, lembrando muito bem dela, e prometeu ficar de olho nele, não perder ele de vista, pois isso é que é papel de madrinha. E eu estou aqui porque o Jaci está precisando dela e ela me disse que podia chamar ela se fosse indispensável, se houvesse problema grave com o Jaci, e acontece que para mim é meio difícil telefonar, me meter muito diretamente no assunto, porque as coisas lá nos Expostos andam meio encrencadas. Eu tenho aqui o número do telefone da irmã Jacqueline e a senhora, que tem aí o seu aparelho telefônico, à mão, pode ligar para ela, ou, se preferir, eu tomo coragem e chamo ela daqui em meu nome mesmo, porque estou ficando muito preocupada com o Jaci."

Em vez de falar assim, dum jeito objetivo, que uma moça como a Lila ia entender, ia apreciar, pegando sem perda de tempo no telefone para resolver o problema, o que é que ela tinha feito? Tinha misturado alhos com bugalhos, Jaci com Helenos e Barretos, e, antes mesmo de molhar o primeiro biscoito no chá da Lila, já tinha se barafustado pelos becos e vielas das historinhas malcheirosas, com catinga de dormitório em noite de verão, o resultado sendo que a Lila tinha se fechado, se encolhido para dentro dela mesma, feito essas plantas sensitivas quando a mão da gente chega perto. Se ela, Cordulina, fosse menos incompetente, menos tapada, podia ter falado, em primeiro lugar, de cara, na Jacqueline, para então chegar aos Helenos e Barretos e aos cochichos inconvenientes, vexatórios, de um jeito mais natural, sem assustar a Lila, sem fazer ela fechar as folhas.

Aliás, o caminho suave, cheio de curvas e surpresas, de chegar, a partir da própria Jacqueline, às esquisitices do Jaci, era aquela história do nascimento dele, meio bruta e meio ingênua, talvez. Não esclarecia tanto assim o assunto, e vai ver até não esclarecia coisa nenhuma, mas era, antes de tudo, uma história diferente, cheirando a mato, a horta, em vez de ter bodum de lençol suado, usado, e de latrina de casarão velho, de orfanato.

A Jacqueline tinha contado a ela o caso da banana inconha, da mandioca idem, das espigas de milho filipinas exatamente depois de ouvir dela, Cordulina, histórias de Jaci e Heleno, como se o milho e a banana realmente — na hora Cordulina tinha engolido tudo, como se diz, e como se, no caso, se tratasse mesmo de fruta, de milho cozido, e tinha quase "entendido" ela nem sabia mais o quê — fossem uma razão, ou dessem uma explicação. Naturalmente que não eram, não davam, mas podiam, metidas de repente na conversa, impressionar a Lila como tinham impressionado ela.

O caso, contado pela Jacqueline, era que quando o Jaci tinha nascido, não havia lá na oca dele, maloca, ou como se chamasse, e mesmo na aldeia inteira, na taba, posto ou o que fosse, duas opiniões entre os índios: logo que olharam ele nascido, parido, e antes de cortarem o cordão do umbigo dele, mandaram Mariampi, a mãe dele, enterrar ele num buraco que cavaram embaixo da rede dela. E essa renegada dessa Mariampi disse logo amém a todos — isto é, Deus me perdoe, amém como se diz na religião dela, na língua dela — porque o filho que ainda estava amarrado nela, pendurado dela, provava que ela, desrespeitando todos os avisos e proibições, tinha não só comido banana inconha como milho também: como se o tal desejo ardente, o tal capricho furioso, que ataca mulher que vai parir, de comer determinado alimento, tivesse plantado nela a mania de comer tudo que nascia do chão em dobro, tudo que saía gêmeo da terra, grudado um no outro dentro da mesma casca, do mesmo sabugo de espiga.

Ela, Cordulina, bem que podia ter vendido o peixe à Lila pelo mesmo preço — preço de aceitar a explicação que afinal não esclarecia nada, de se curvar, atônita, diante da razão apresentada, desarrazoada mas que tinha tido, no momento, uma força misteriosa — pago por ela à Jacqueline pelo privilégio de saber que a Mariampi tinha comido banana inconha e espiga idem antes de cair de dentro dela o Jaci.

Aliás — pensou Cordulina entrando nos Expostos, se benzendo diante de S. Vicente e a si mesma dizendo que aquela era sua hora de expiar pecados de estupidez e de esquecimento —, ela não devia ter deixado Jaci, que se dizia doente, sozinho, durante tanto tempo, naquele preciso dia em que a Casa dos Expostos ressoava, quase tremia, de alto a baixo, com sussurros e fofocas, feito uma colmeia de abelhas que perdessem a receita de fazer mel mas guardassem a mania do zumbido. Apesar do muito tempo e paciência que tinha investido num procedimento irrepreensível, de maneira a ostentar sempre, no boletim, distinção e louvor na coluna do comportamento, o Heleno, afinal, tinha saído dos Expostos meio às pressas. É verdade que, segundo o zumbido da Casa, tinha saído com os papéis em ordem e as bênçãos do Barreto, já que, afastado o Heleno, se afastava o principal depoente do inquérito instaurado para apurar a verdade acerca dos famosos torneios que o Barreto armava na água-furtada dos altos do prédio.

O inspetor Barreto, como por um passe de mágica, nunca estava por perto quando alguém falava em tais torneios, ou sumia chão abaixo, se nimbando, antes de afundar, daquele ar, que adotava durante crises assim, de santidade ofendida e virtude caluniada, que ele parecia copiar — o ímpio — da imagem de S. Vicente. Na única vez em que tinha sido chamado a se explicar diante da diretoria, o Barreto, humilde, olhos pregados no assoalho mas com a voz embargada de nobres sentimentos, tinha explicado que sim, costumava levar ao sótão para uma sessão de ginástica meninos que, cumprindo castigo, não tivessem acesso ao recreio: não era algo assim, perguntou, sem elevar a voz, o que se praticava mesmo em presídio de homicidas, para que corpos sãos, privados de exercício, não tornassem ainda mais degeneradas mentes que já não eram assim tão recomendáveis?

O que ela, Cordulina, sabia dos tais torneios, de ouvir contar, era que tinham muito a ver com briga de galo, porque briga de galo era a única forma de jogo, competição, esporte que o Barreto apreciava, frequentador que ele era de rinhas, e criador, outrora, de galos de guerra, verdadeiros gladiadores — dizia ele, explicando aos meninos o que eram gladiadores —, galos que, quando derrotados, morriam de tristeza e vergonha no canto do terreiro em que caíssem. No entanto, em relação aos meninos — ainda frangos, que só precisavam, por enquanto, da teoria da briga — o Barreto não queria bicadas, esporadas e sangueira, e sim, apenas, a dança, os primeiros botes e os curtos voos verticais dos galos frente a frente, a subirem no ar, bico contra bico, feito copos se chocando e tilintando em brindes por cima da mesa.

Suspirando e infringindo um tanto as regras severas da Casa, Cordulina resolveu aproveitar exatamente a zoeira que havia em parlatório, salas e corredores para ir visitar Jaci doente, no seu canto do dormitório, com um ar de quem conta, aplicado, as tábuas do teto. Ao chegar, e se sentar ao pé da cama, ela praticamente já se arrependia de estar ali, violando os regulamentos internos, pois o Jaci, em geral tão doce e descuidado, parecia ter pela primeira vez absorvido o mofo, o bolor do ambiente, como, pensou a irmã-porteira, aquele livro dos Evangelhos, todo cheio de gravuras, que tinha pegado umidade no móvel do Santos Dumont e acabado feito uma pasta de letra preta, cabelo louro de santa e rubro sangue de mártir.

— Então onde é que nós estamos, Jaci, que cara é essa, como é que mesmo você, que parece uma bola de azougue, está aí com essa tromba de poucos amigos, de dia do Juízo Final ou da Sexta-Feira da Paixão?

— Eu queria e dava tudo — disse Jaci —, era para ter saído daqui com o Heleno, nunca mais ver essa prisão, me virar, lá fora, com o Heleno, na praça Mauá, com a tia dele, dona Carlotinha, na rua Pacheco Leão, me soltar no Jardim Botânico, com a Bárbara e o Naé, com Lila-Lilá no Flamengo.

— Em primeiro lugar, Jaci, não comece a misturar pessoas e bairros que você se dá mal, não confunda gente de bem com qualquer um e não perca de vista que você tem que ficar com a gente boa, que tem amor a você, a gente certa, como seu Xavier e dona Lila, que de qualquer jeito têm que aturar você, mesmo quando você fica uma peste, como acontece com frequência.

— Eu quero minha madrinha — disse Jaci —, que eu quando escuto a palavra amor quero falar com ela, com minha madrinha, que amor, amor mesmo ela é que tem por mim e sempre teve e sempre há de ter, só ela.

Ai, gemeu Cordulina, falando consigo mesma, que voto de silêncio, que ato de contrição, que remissão de que pecado seria essa que levava irmã Jacqueline, uma pessoa, estava claro, direita, devotada ao Jaci até não poder mais, a se esconder, a não acorrer, não aparecer o tempo todo, a criar mistério, a deixar um número de telefone que só devia ser usado em caso de crise quando o Jaci era, até certo ponto, uma crise incessante?

Mas só de conversarem, de falarem muito, principalmente a respeito da madrinha, Jaci foi melhorando, desanuviando, voltando à alegria de costume, e riu seu velho riso de sempre quando irmã Cordulina, mencionando as maledicências do dia, opinou que afinal de contas, pelo que contavam a ela, os famosos torneios da água-furtada tinham regras cavalheirescas e podiam constituir um jogo esplêndido, uma competição digna de dia de festa nacional ou de encerramento do ano. Jaci riu mais ainda e concordou — mas já aqui com um ar que pareceu à irmã Cordulina de santo de pau oco —, afirmando que também achava isso, como não, os torneios eram bonitos. Mas tinha uma coisa: como jogo, no meio do recreio e em dia de feriado, ele achava que os torneios não iam dar certo, não, ou pelo menos o resultado, o efeito no público, era difícil de prever. No sótão, Jaci continuou, logo que o pega, a briga esquentava um pouco, depois dos primeiros golpes e toques, os dois lutadores iam tirando os esporões, as penas e a crista, como dizia o Barreto, quer dizer, pela ordem, sapato, camisa, e depois o calção — quanto mais roupa os contendores usassem no princípio da luta, melhor, informou Jaci —, e depois até a cueca tiravam.

— Aí — disse o Jaci, de pé em cima da cama, se empolgando, se entusiasmando, fendendo o ar com golpes — a luta ficava mesmo um pega pra capar, e quanto mais os lutadores se agarravam, se abraçavam, se calçavam em rasteiras e se paravam no ar, se debruçando um por cima do outro, mais parecia que o Barreto, em pé, no canto dele, de juiz, balançando a cabeça, pra baixo e pra cima, feito um cavalo cansado, ia pegar no sono, mas ele continuava olhando, olhando, e aí...

E aí irmã Cordulina interrompeu, levantando os braços, Jaci, que, depois de despir a camisa de meia, se preparava, segurando os cós das calças, pra tirar calça e cueca dum golpe só, e implorou a ele que não esquecesse que estava doente, que não podia ficar nu senão ficava doente mesmo, pegava uma gripe de verdade. Ele que ficasse quieto, se deitasse na cama enquanto ela voltava à Portaria, de onde — como segredou a si mesma — não devia ter saído. Mesmo assim, e no meio de todas as suas dúvidas e receios, agradeceu a Deus, e ao santo Vicente de Paulo, por haverem, por intermédio dela, praticamente curado — talvez até um pouco além da conta — o enfermo Jaci Deodato. Afinal de contas, relembrou Cordulina, ao reassumir, afogueada, um tanto afrontada, seu posto à mesa da entrada, Vicente de Paulo foi o primeiro diretor de almas que teve a inspiração de liberar irmãs de caridade da vida claustral para atirar elas, feito sementes, entre os pecados e os pecadores do mundo, com a instrução explícita de abominar os primeiros e amar profundamente os segundos, tal como ela amava Jaci.

17

O homem põe, Deus dispõe; mais vale quem Deus ajuda do que quem cedo madruga; Deus escreve direito por linhas tortas: interminável, pensou Xavier, a lista dos ditados e adágios em que o homem, por preguiça e fatalismo, solta no pescoço da montaria as rédeas do próprio destino. É claro que há pessoas que não pensam nunca, em nada, nem mesmo nos termos dessa filosofia barata dos provérbios, rifões e refrões a proclamarem que paciência excede sapiência e que de hora em hora Deus melhora, gente como o Basílio, ao meu lado, ou o Teodoro, na minha frente, que se deixam levar, conduzir, encolhidos na sela quando faz frio, desabotoando o casaco quando o sol aquece, e que assim vão até o despenhadeiro, o derrame, o câncer, o último suor na fronha final. E não adiantava dizerem, continuou Xavier, que quem cospe para o céu na própria cara cospe, ou que mais vale pão dormido do que pão nenhum, ou que a quem sabe esperar ensejo tudo vem a seu tempo e desejo: seu destino, que ele controlava firme, no freio, rédea curta, estava cada dia mais perto de se cumprir nos mínimos pormenores. Só era necessário, de quando em quando, dar nele alguns retoques, fazer umas correções, como fazia agora, conversando com Teodoro e Basílio.

— Sendo assim, Teodoro, e para concluir — disse Xavier —, acho, estou mesmo convencido de que em breve Jaci Deodato será uma preocupação a menos para esta nossa combatida, caluniada repartição, bastando para isso que a gente garanta, primeiro, o estágio, depois a nomeação do rapaz nos quadros do Jardim Botânico, enquanto nós, quer dizer, eu, o guardião, e Basílio Vasconcelos, também funcionário seu, e nosso velho e querido amigo, cuidaremos do moço, pessoalmente. Depois do estágio e da nomeação teremos, ou, melhor, o próprio Jaci — que é inteligente, ou pelo menos muito vivo, capaz de aprender com relativa facilidade — terá uma ideia bastante clara quanto à profissão que gostaria de adotar. Para nós, como repartição, para o próprio governo, uma história como a do Jaci — um menino bugre que se acultura e se insere em nossa civilização de forma total e harmoniosa — pode repercutir muito favoravelmente, contrabalançando tantos e tantos casos de índios que ficam eternamente com um pé no mato, outro na cidade, meio educados, meio xucros, a consequência sendo que esses casos, quando chegam aos jornais ou à televisão, têm sempre um ar de escândalo, de chacota, e acabam por nos cobrir de consternação e vergonha — logo nós, logo gente como você, Teodoro, que tanto se sacrifica pelo indígena e no fim é acusado de negligência ou até de incompetência, ignorância crassa do problema.

— Sim, claro — disse Teodoro, pigarreando —, só devo frisar que, do ponto de vista dos interesses do Serviço, da repartição, todo esse arranjo nosso acerca do Jaci precisa ficar, ou é muito melhor que fique, entre nós, quase como um expediente, uma decisão nossa de caráter experimental, e portanto sem referência a qualquer instância superior. Nem pensar numa coisa dessas, uma iniciativa menor, ligada a um menor, se me permitem o jogo de palavras, chegando, desde já, ao ministro de Estado, imagine. Eu resolvo, assino o papel retirando o Jaci dos Expostos, ofício ao Jardim Botânico para que o empregue como hortelão, varredor ou o que seja, e passaremos a aguardar os resultados para então pensar em formalizações maiores, mais definitivas, que exijam que perturbemos esferas mais altas do serviço público. Tudo devagar. *Doucement*, como dizem os franceses, *doucement*.

— Perfeito, perfeito — disse Xavier —, sua autoridade, como chefe de um Serviço que abrange a totalidade das populações indígenas deste nosso vasto Brasil, é mais do que suficiente para transferir de um lugar para outro da mesma cidade um curumim, um indiozinho aculturado.

Xavier ainda debateu enfadonhas e abstrusas minúcias burocráticas, que nunca deixavam de vincar a testa de Teodoro, mas, enquanto ouvia e respondia quase mecanicamente, dizia a si mesmo que a obra-prima, no caso, tinha sido incluir nas negociações Basílio, o antigo, o já pseudo, falso adversário, em cujo invólucro, tão pouco promissor, de toicinho e cerveja, se ocultava provavelmente até, quem sabe, um parceiro de jogo de cartas, um filante crônico de jantares, uma vez que, avô presuntivo de seus futuros filhos com Bárbara, frequentaria, evidentemente, a casa. Na conversa com Teodoro — repetindo Solange, que por sua vez tinha conversado com Lila —, Basílio já era um aliado, insciente, inconsciente, mas aliado no inevitável transe vindouro de dar um jeito em Jaci, quando Jaci se revelasse em suas inconveniências e seus vícios, de interná-lo numa casa de correção, de arranjar para ele um emprego mas na frente de trabalho de alguma nova estrada, uma feroz BR no mais fundo da selva, em zona de alta malária do alto Xingu. Depois de demonstrar, falando ao chefão Teodoro, seus conhecimentos de pedagogia geral e aplicada ("tenho dois filhos, que criei saudáveis e estudiosos") e de agronomia prática, que podia transmitir a Jaci ("há anos somos bons vizinhos, o Jardim Botânico e eu, e conheço aquilo planta por planta, cada uma no seu ciclo"), Basílio achou que já tinha cumprido seu papel, embora exagerando bastante sua ciência, e, enquanto Xavier e Teodoro continuavam conversando sobre Jaci, fez o que queria fazer desde a chegada ao gabinete: passou a contemplar, com calma e volúpia, entre os vistosos cartazes na parede, o da esquerda, uma índia adolescente, mico acocorado num ombro, arara empoleirada no outro, nuíssima, estourando de sumo feito uma fruta cuja polpa não se aguenta mais na casca e quer sair pelas tetas de limão-doce, pelo mimoso sexo de saliente dobra na barriga lisa, sem pelo nenhum e menos oculto do que sublinhado pelo minúsculo tapa-sexo triangular de fibra. Esse maganão do Xavier, pensou Basílio, não vai me dizer, ou pelo menos não há de me convencer de que passou doze, quinze anos, sei lá quantos, só pensando no bem-estar dos índios, sem nunca espremer o caldo duma teteia dessas só porque o Anchieta dizia, o Rondon falava ou o regulamento decreta que isso não se faz, que índia não se come.

— Não é verdade, Basílio? — disse Xavier.

— Sim, claro — respondeu Basílio, confuso —, é como você diz e como até a Solange observou muito bem: a gente fica de olho no menino, no Jaci, lá no Jardim Botânico, é fácil ir orientando ele, não é mesmo, e quem sabe ele não toma gosto e não decide, por exemplo, aprender agricultura a sério na Universidade Rural.

— Sim — disse Xavier —, mas eu estava agora dizendo que a própria amizade do Jaci pelo Bernardo, o Naé, seu filho, é meio caminho andado para a adaptação do menino aos nossos costumes, ao nosso jeito.

— Ah, mas isso nem se fala — disse Basílio —, são amigos e vão ficar cada vez mais amigos, mais ligados um ao outro, sem a menor dúvida, isso está na cara.

Depois de se retirarem Xavier e Basílio, Teodoro, recostado em sua poltrona de couro de chefe do Serviço, começou, como sempre que pensava com afinco em algum problema que lhe afetava os nervos, a tamborilar com os dedos, com as unhas da mão direita, no vidro da mesa. Que pretendia exatamente o Xavier — cismava Teodoro —, qual era a dele, como diziam os moços de agora, que objetivo tinha na vida? Depois de sólidos quinze anos desperdiçados, passados no coração da floresta, tinha estourado no Rio, cadáver às costas, pedindo justiça contra si mesmo, e, uma vez encerrado seu caso — graças a ele, Teodoro, diga-se *en passant* —, tinha dado a impressão de só querer, da vida, paz, sossego e a bela Lila.

Aliás — continuou Teodoro, como que afundando mais na cadeira para aprofundar igualmente o caso Xavier —, segundo os membros da escolta do Serviço que haviam trazido Xavier ao Rio, depois do crime, ele se queixava, durante a viagem, de fortes dores de cabeça, dificuldade de se concentrar, de trocar ideias, como se diz, com perfeita coerência. Mas isso — tinha resolvido Teodoro na hora, antes mesmo de receber Xavier pela primeira vez —, isso era conversa de criminoso que pretende preparar o terreno para o inquérito, para o interrogatório a vir: incapacidade de raciocínio, escurecimento da vista na hora do crime, privação de sentidos, enxaquecas. Assim também, era com uma *pincée de sel* que tinha ouvido que Xavier, durante pelo menos um dia inteiro, depois de cometido o crime, sequer reconhecia os colegas, e, em lugar de responder às perguntas que faziam a ele, ria, ria muito, a ponto de irritar os interlocutores, e depois caía num mutismo de horas, fechado, doloroso.

Bem, suspirou Teodoro, agora tinha diante de si um novo Xavier, igualmente pouco inteligível, batalhando, com grande e recente empenho, pela carreira e o futuro de um curumim que até agora tinha sido, sem dúvida, um maçante encargo, uma imposição dele, Teodoro, ou do Serviço, ao sertanista meio desempregado, encalhado no asfalto. Estaria Xavier alimentando, com essa devoção, súbitas ambições, impelido, quem sabe, pela noiva, pela Lila, com o intuito de chegar a um bom porto, quer dizer, um bom cargo, assentado em macia poltrona de couro, um desses cargos de fim de carreira? No caso de um sertanista aposentado e que fosse, como Xavier, quase frondoso e ramalhudo de tantos anos vividos entre árvores, essa carreira bem podia terminar por trás de uma certa mesa onde um tampo de vidro recobria um mapa denso de matas brasileiras.

No entanto Teodoro, apesar de precavido de natureza, não achava, no fundo, que a repentina dedicação de Xavier a Jaci obedecia a motivos desse gênero. Talvez até — gente complicada, e pelo menos vagamente tocada da bola, como sem dúvida era Xavier, tinha dessas coisas — ele estivesse querendo compensar, ao preparar para Jaci uma vida boa, a má morte que tinha dado ao outro bugre, sem nome, ou cujo nome ninguém mais sabia. De qualquer maneira, e como o melhor é a gente estar sempre de pé atrás, Teodoro relembrou os dois trunfos que possuía: o primeiro, bem conhecido de Xavier, eram as investigações em torno do crime, os depoimentos, o papelório, o volumoso dossiê, que tinha sido, conforme prometido, arquivado, mas não destruído, incinerado, é evidente. O segundo trunfo era a visita que, segundo informações confidenciais do inspetor Barreto, da Casa dos Expostos, o Serviço estaria recebendo, a qualquer momento, de uma ex-freira, subversiva, ou ex-subversiva, que, tendo tido, como madrinha, a tutela do Jaci desde o nascimento dele, pretendia reclamar de volta seus direitos. Esse trunfo, ou coringa, essa carta com efígie de religiosa, Teodoro nem sabia ao certo quanto valeria, no jogo, pois a mulherzinha podia vir, quem sabe, animada de belicosas intenções em relação ao Serviço, cheia de rancores por ter sido expulsa do país ou por encontrar o afilhado num orfanato, ou… Em suma, ele pouco sabia, ainda, só sabendo mesmo o que o Barreto, "escondido entre a almanjarra da roda e a de Santos Dumont" — a expressão era do Barreto —, tinha pescado de uma conversa que travavam a ex-freira e a irmã-porteira dos Expostos. Sabia, também, que a ex-freira era francesa, o que deixava Teodoro entre alvoroçado, interessado, e inquieto: temia que, com seu cacoete cultural de usar frases soltas de francês, desse à dita freira *défroquée* a impressão de que ele realmente conhecia a língua dela e que, baseada nisso, ela o envolvesse de repente numa teia incompreensível de razões e argumentos, fazendo com que ele, para manter sua dignidade de homem instruído e até o bom nome do Serviço, acolhesse, ou viesse a aprovar, sem saber muito bem de que se tratava, soluções perigosas, subversivas, talvez.

Tolices, asneiras, temores idiotas, disse a si mesmo Teodoro, em voz alta, se levantando da cadeira, e acrescentando, em voz baixa, que, pelo sim, pelo não, suprimiria expressões francesas ao falar com a *défroquée* — pelo menos enquanto não avaliasse bem as intenções dela.

II

JACI

18

Jacqueline tinha descoberto — ao sair de sua furtiva visita à Casa dos Expostos e pegar o volante do idoso Oldsmobile que finalmente tinha comprado, dias antes, numa oficina mecânica da avenida Brasil — que pensava melhor, com maior clareza e lucidez, dirigindo um carro do que andando a pé, ou mesmo sentada a uma mesa. Tinha aprendido a dirigir quando era freira, no Araguaia, e usava, mais do que ninguém, o jipe da missão para transportar doentes, acidentados, mulheres grávidas, ou para recolher correspondência e levar produtos ao mercado, e a agradável característica das estradas daquele sertão é que o movimento sendo, nelas, nulo, ou quase, e as viagens, em meio às buraqueiras, pirambeiras e atoleiros, atos antes de paciência que de perícia, podia-se, enquanto se conduzia o carro, pensar mais à vontade nos problemas particulares, nos da comunidade, e até, em percursos mais longos, nos da humanidade.

Mal saída dos Expostos e pouco adiante, quando subia a rua S. Clemente em direção ao Túnel Rebouças, Jacqueline sentiu e ouviu ao seu redor sinais e ruídos que — achou ela, ou vagamente desconfiou — teriam talvez alguma ligação com ela e seu modo de dirigir na intensidade do tráfego. Mas depois, no Mangue, na avenida Brasil e sobretudo na estrada Rio-Petrópolis, Jacqueline se entregou, como no Araguaia, à meditação e ao exame de consciência, prestando tanta atenção aos demais veículos quanto prestava, no Araguaia, a uma eventual seriema ou capivara, e, para dizer a verdade, sequer sabia se estava na faixa direita ou esquerda da pista, se devia ou não dar passagem a quem acaso estivesse buzinando atrás. E assim, na paz do Senhor e no seu longo caminho até Saracuruna, reviu mais uma vez, agora que já tinha quase certeza de que a solução estava próxima, o problema de Jaci, da libertação de Jaci. Tinha reunido, um a um, praticamente todos os papéis e documentos que apresentaria ao chefe do Serviço — tal de Dr. Teodoro, que, segundo as informações colhidas por ela, era pouco interessado, ou versado, em índios, mas cioso de suas funções, como burocrata, cumpridor de deveres menores, atento e mesmo reverente quando confrontado por certidões devidamente autenticadas — provando a maioridade, ou iminente maioridade, de seu afilhado Jaci Deodato. Antes disso não ousava — estrangeira que era, expulsa uma vez do país e à frente agora de um negócio pouco recomendável — fazer valer junto aos Expostos seus vagos, imponderáveis direitos de madrinha, atiçando, ao mesmo tempo, em Jaci, o, segundo irmã Cordulina, irreprimível desejo que ele já tinha de largar o orfanato para nunca mais voltar. Jacqueline soltou aqui um suspiro, pois não era outra a vontade dela, só faltando mesmo garantir a emancipação legal de Jaci para levar o afilhado de volta ao Araguaia, onde ele se prepararia, onde *ela* cuidaria da preparação dele para que ele, em pouco tempo, pudesse desempenhar o papel ao qual se destinava, o papel que Jacqueline tinha certeza que seria o dele desde que, no instante em que salvava Jaci da mãe, ela quase tinha sido derrubada pelo fulgor do que via: treinado por ela, guiado, educado por ela, Jaci ia ser...

Aqui Jacqueline — para espanto do motorista que em vão tinha pedido passagem e que agora, ao ultrapassar o velho mas impassível Oldsmobile, via com espanto que sua motorista batia com as mãos no volante, como se estivesse em crise de desespero, ou pelo menos de grande irritação — desafiou-se a si própria a responder se alguém consegue, neste mundo, educar alguém, se sabedoria, caso ela possuísse alguma, se transmite, feito um impulso elétrico, uma corrente, um arrepio que passa de alguma pessoa para outra. Platão, disse ela, debruçada sobre o volante, bem que se esforçou, na Sicília, por formar seu rei-filósofo, tentando transferir, pedagogo-mor que era, sua sabedoria para Dionísio, para Dion, e acabou quase liquidado por lá, como liquidado foi, séculos mais tarde, em Roma, outro preceptor, Sêneca, que procurou enxertar sua sabedoria estoica no amado discípulo, de nome Nero, que acabou por levar ao suicídio o preceptor.

Mas vejam só! bradou Jacqueline a si mesma, de novo colérica, interrompendo a corrente dos próprios pensamentos e acelerando o carro: como é que a gente se livra dessa montoeira de velharias, desses móveis bichados, desses cacos de porcelana, dessas alças partidas de jarras esquecidas ou de castiçais quebrados que nos atulham o sótão? O que é que o doce Jaci pode ter a ver com poeirentos tiranos de Siracusa, ou eu, pobre de mim, com os sábios de Atenas ou de Córdoba que tentaram ensinar virtude e bons modos a pré-mafiosos sicilianos, ou ao próprio Anticristo, carimbado por S. João com o número 666? Eu carrego comigo um belchior e um sebo, exclamou, uma loja de trapos e quinquilharias e uma livraria com os restos e sobras de uma ciência reduzida a ossos, a poeira, e é com a pretensa força desse banquete velho, defunto, que eu me disponho a ajudar um outro mundo a nascer, feito uma parteira moribunda, que mal se aguenta nos pés e pensa que pode receber nos braços o bebê prodigioso. E isso apenas para provar a mim mesma que minha vida não foi ineficaz, no grande e belo sentido do termo, mas simplesmente inútil.

O carro afinal deixou a estrada e entrou na alameda do Motel Saracuruna, plantada de bambus e poinsétias que davam a impressão, de tão trançados, enroscados entre si, que aquela rara taquara dava flores vermelhas. Jacqueline divisou, ao passar por ele, ainda no volante, o escritório do primeiro prédio, acolhedor, com seus reluzentes móveis escuros, o painel de chaves, e, ao parar o carro no fundo do terreno, entreviu, pela janela da casinha onde morava, a pequena biblioteca que em geral encarava como seu refúgio e repouso, recompensa dos trabalhos e canseiras do dia. À tarde o sol dourava o aposento inteiro, fazendo Jacqueline pensar que os livros, aquecidos, respiravam, vivos, nas estantes. Mas não agora, não naquele instante em que a biblioteca, amarela, enjoativa, trouxe brutalmente à sua lembrança vitrines de padarias suburbanas, onde, ao sol, os doces de ovo e os pães doces suam açúcar e se derretem em caldas onde imprudentes moscas agonizam, asas e patas se afundando no xarope grosso. Num cesto que havia no canto da garagem ela apanhou — imaginando-se, voluntariamente, como um assassino que pega a faca para cometer o crime que combinou consigo mesmo cometer — o grande alicate de poda de plantas e corte de flores. Foi diretamente à velha banheira transformada em canteiro de rosas silvestres, as quais estavam, diga-se de passagem, de fato precisando ser desbastadas, de tanto que se acotovelavam e se espetavam umas às outras, todas querendo se mostrar ao mesmo tempo, e lançou o primeiro ataque com certo método e comedimento, mas logo depois com um mortífero exagero que, num abrir e fechar de olhos, deixou pálidas de medo as flores ainda livres dos cliques severos do alicate. Aliás, se umas poucas rosinhas restaram foi porque Jacqueline de súbito reparou que nem naquele assomo meio bárbaro, de que ia se arrepender em seguida, agia com a desejada espontaneidade do criminoso que, sem pensar em nada mais, pega a faca e sai em busca da vítima, pois descobriu, enquanto dizimava as rosas, que o que a si própria dizia eram uns versos, decorados sabia lá quando e guardados sabia lá para quê:

> *Et le printemps et la verdure*
> *On tant humilié mon coeur,*
> *Que j'ai puni sur une fleur*
> *L'insolence de la Nature.*

Contrita, arrependida, Jacqueline apanhou sobre a terra as rosinhas ceifadas e formou com elas um ramalhete para o vaso que se postava, com flores sempre frescas, diante dela, na sua mesa de trabalho, ao lado do retrato de um Jaci pequeno ainda, rindo, um peixe na mão: era a última fotografia tirada no Araguaia por Jacqueline, antes de ser forçada a abandonar o menino e o rio.

19

Bárbara levantou da cama quando ainda estava escuro e todos dormiam na casa, abotoou sobre a calcinha a primeira saia que encontrou à mão, enfiou por cima dos seios uma suéter e, depois de pegar na geladeira uma gorda tangerina, foi pé ante pé até a porta, que abriu em silêncio. Saiu pela vila adormecida, erma, onde só se via, na última casa, perto do portão, o velhinho de cabelo branco e faces rosadas, famoso na comunidade da vila por acordar com os passarinhos — aliás, o que muitos diziam é que o velhinho levantava cedo assim *para* acordar os passarinhos que criava — e a quem Bárbara saudou erguendo no ar a tangerina, feito uma lanterna no lusco-fusco da manhãzinha. O velho, para retribuir, com um gesto semelhante, o cumprimento da menina bonita e risonha, lançou aos ares, sem querer, como um semeador, um punhado de alpiste, o que fez ele próprio rir, e Bárbara também, os dois se sentindo um pouco como se estivessem ajudando o dia a nascer, com sementes de alpiste, com gomos de tangerina, com risadas sem som, de modo a não acordar os vizinhos, talvez menos para não perturbar o repouso deles do que para que eles não perturbassem o dia que nascia.

Já no Jardim, Bárbara foi passando pelas árvores, ainda escuras, de ouvido atento, pronta para escutar em breve os primeiros gorjeios e trinados, com a exata impressão de que havia um velhinho de bochechas rosadas e cabelos alvos no bojo de cada árvore, pronto a sacudir em cada uma os ninhos onde dormiam os músicos.

Bárbara estava ali tão cedo porque, como uma dona de casa, se sentia vagamente responsável pelo Jardim Botânico no dia em que Jaci devia começar seu estágio de guarda, de vigia, e, sem saber muito bem por onde começar, sonhava em varrer as aleias com um vassourão tão grande que tivesse, como cabo, um tronco de palmeira imperial, e como piaçava a raiz descomunal da sumaúma que o raio tinha derrubado, não longe da estátua de Eco.

Bárbara ouviu, com um sobressalto, passos atrás de si, ainda não muito perto, na areia grossa, passos que se aproximavam, que se apressavam, que soavam mais alto antes que ela pudesse distinguir quem andava, embora soubesse que quem vinha, fosse lá quem fosse, vinha na sua direção, no seu encalço. Depois riu, aliviada, pois quem saía da treva e se destacava entre o perfil incerto das sebes, das moitas, dos troncos, era Naé, que deu o braço a ela, rindo também, porque um tinha descoberto o segredo do outro, os dois já sabendo, antes de falar, o que faziam ali.

— Aposto que a Bárbara veio esperar o Jaci — disse Naé.

— Esperar não sei se é bem o termo, se descreve qual era exatamente minha intenção, mas eu queria ver se estava tudo bem aqui, antes do Jaci chegar, tudo em ordem, no devido lugar.

— Sei, estou entendendo, se estavam no devido lugar as palmeiras, o chafariz e as fontes, o pórtico das Artes e mais um ou outro monumento de pedra ou bronze, ou árvore de cinquenta metros de altura.

— Mais ou menos isso, meu irmão, e, se estivéssemos brincando de chicote-queimado, eu diria que você está quente, está quase achando, descobrindo, mas sabe de uma coisa? Quando ouvi você eu estava começando a dizer cá comigo que era muita pretensão minha achar que de alguma forma me competia *preparar* o Jardim para a chegada do Jaci quando a gente sabe, nós dois sabemos e vimos como o Jaci fica à vontade aqui, com um jeito de dono das coisas, andando na que é dele, sem precisar pedir licença para entrar e tomar conta de tudo.

— Isso aí, sem tirar nem pôr, disse Naé, e pode crer que dentro de uns dois dias ele vai conhecer tudo quanto é coco de coqueiro e de palmeira e cada caniço de cada bambual que tem aí pelos cantos, sem falar em árvore grande e planta de estufa, que já está arrumadinha e quieta no seu lugar.

— Também — suspirou Bárbara —, ele nasceu no mato, não é mesmo, é bicho do mato, de floresta, de rio grande, e a gente não passa de bicho de cidade, de rua e beco, de apartamento quarto e sala, casa de vila.

— A gente não passa de cupim, barata, lagartixa — riu Naé.

Bárbara e Naé tinham tido uns dois dias de idas e vindas de Jaci à casa da vila e ao Jardim, enquanto Xavier, Lila e até Basílio acertavam a vida dele, e — um fato que já tinham observado desde o dia das correrias, de Jaci empoleirado na palmeira — eles dois, irmão e irmã, gostavam ainda mais de estar juntos depois que haviam conhecido Jaci do que antes, e quando, como agora, estavam juntos, a sós, longe da vista dos demais, se sentiam muito mais próximos, mais amigos, muito mais irmãos do que era o caso antes. Foram andando, de braços dados, e Naé quase disse a Bárbara que, quando chegasse em casa, ia anotar uma ideia que tinha ocorrido a ele para descrever a noite se despedindo do Jardim, mas acabou não dizendo, de medo que ela, por implicância — uma implicância suave mas que era isso mesmo —, perguntasse pelo diário dele: a ideia era de que a noite, provavelmente para não se esgarçar e se rasgar em haste de cacto e espinho de paineira, desprendia devagar, com jeito, seus pedaços de escuridão ainda presos nas plantas.

— Sabe de uma coisa, Naé, eu acho que nós dois, quando éramos pequenos, inventávamos nossos segredos, ou escondíamos, da garotada que vinha brincar com a gente, na vila, coisas sem maior importância, porque a gente, sem saber, estava treinando para ter um dia um segredo nosso, um tesouro a esconder, você não acha?

Naé fez que sim com a cabeça, observando, ao andarem em silêncio pelo Jardim já bastante claro, que, como sempre àquela hora, as listras severas das palmeiras imperiais e dos paus-mulatos impediam que o parque caísse cedo demais no seu encanto fácil e popular das lagoinhas cheias de flores, dos bosques cheios de namorados, dos fios d'água cercados de bambus roliços, ciciantes, das cascatinhas artificiais, saltitando de bacia em bacia.

Os dois sabiam que, sem precisar falar em Jaci, pensavam nele ao passar perto dos buritis e dendezeiros de onde Jaci tinha feito chover cocos em cima deles. Também não se diziam nada — e não era de caso pensado que não falavam nisso — sobre o tempo que cada um passava, isoladamente, com Jaci, pois já haviam tentado falar e o resultado não era grande coisa. E foi ali, enquanto caminhavam e o dia desabrochava de todo, que afinal chegaram a uma conclusão, ou a uma alegre certeza, de que embora o problema não comportasse esclarecimentos definitivos, o assunto estava encerrado e não precisavam mais perder tempo com ele.

— Eu acho — disse Naé — que é feito encontrar o que a gente queria depois de procurar muito, de ir bem fundo num mergulho, descendo ao longo das pedras esverdeadas, roçando no caule das plantas aquáticas, tudo tão bonito que a gente se distrai, baixa mais, e aí bobeia, entra na tonteira, na vertigem, afundando sempre e soltando ar, sentindo que está morrendo entre raízes que talvez sejam serpentes, entre globos que pulsam no lodo e podem ser bulbo de planta, ovo, peixe, e só há tempo, agora, de bater com o pé no fundo e subir, num desmaio: e quem vai poder contar, conversar, depois, sobre o que viu e sentiu?

— Eu acho — disse Bárbara — que você acertou, por falar nisso — ela sorriu —, você está escrevendo bem, irmãozinho, e o que a gente sentiu fica com a gente, enterrado na gente, feito as coisas vivas lá no seu lodo. O que a gente viu, e viveu, se evapora, seca, e você sabe por quê, Naé, tão bem quanto eu: são coisas e lembranças que secam e somem quando cismam, feito o Jaci.

— Tudo que isso significa, disse Naé, afetando um ar professoral, é simplesmente que nós dois não temos um segredo em comum e sim uma pessoa em comum mas que é uma para você e outra para mim, uma diferente da outra, o que é muito difícil de explicar, ainda mais quando essa pessoa não para sossegada e a gente nunca sabe como ela vai ser e onde vai estar um segundo depois.

Foi a vez de Bárbara concordar, rindo do ar dele, e dizer que ela não tinha mudado — e estava certa de que Naé também não — em relação a ninguém, mas que os outros pareciam achar que sim, o que deixava ela intrigada. A verdade é que nem Bernadete nem Lidanor podiam dizer, ou se queixar, de que Naé ou ela tivessem mudado, no sentido de estarem mais frios, menos interessados, em termos de namoro, de afeição, ou tivessem arrefecido nas carícias que trocavam pelos cantos escuros da vila, e mesmo debaixo das jaqueiras e mangueiras do Jardim depois de fechados os portões ao público, de noitinha. Lidanor e Bernadete poderiam alegar, no máximo, que seus parceiros tinham ficado, se alguma coisa, um tanto distraídos, de vez em quando, alheios.

— Minha impressão — tinha dito Bernadete a Naé, dias antes — é de que você viajou e depois voltou, está de novo aqui comigo, mas ficou com a atenção pregada no que viu, no que descobriu durante a viagem, ou no lugar em que você esteve, e agora pensa muito em voltar para lá, para onde não sei; me conte, vai.

Lidanor que, no último domingo, tinha vindo pela primeira vez à vila e que, com seu modo de ser tranquilo, tinha conversado bastante com Basílio — os dois sentados em cadeiras de vime, ao ar livre, ambos alternando com método um copinho de batida de coco e um de cerveja —, ao se encontrar com Bárbara mais tarde, num canto sossegado da vila, tinha dito a ela, de chofre, que sabia qual era o amor culpado, ou reprimido, escondido, da vida dela, ou pelo menos escondido dele, Lidanor. Bárbara, a princípio, achando que Lidanor se referia a Jaci, ficou, por dois motivos, meio assombrada: primeiro porque nem ela sabia, ou tinha conseguido apurar, que nome dar ao sentimento que ligava ela a Jaci, e segundo por não esperar, da parte do seu bonito mas lerdo Lidanor, tanta perspicácia. Sim, porque fosse qual fosse o nome do que ela sentia por Jaci, de uma coisa estava certa: considerava insuportável a simples ideia de que, por alguma razão, ela pudesse ser condenada a não ver mais Jaci, a ficar privada dele, a não estar mais com ele, e essa certeza de carência, ela sabia, era atributo certo de amor.

Acontece que eram infundados os temores em relação a Lidanor e à sua pretensa astúcia psicológica, já que, instado por Bárbara, ele respondeu, no tom de mágoa e ressentimento que tem o amante quando aponta a figura do rival:

— Existe amor entre você e o Xavier.

Bárbara achou perfeitamente cômica a suspeita, apesar de sentir e saber que parecia exercer sobre Xavier uma certa atração, e que ele, depois do jantar armado por Lila, no apartamento e no terraço, depois dos vinhos, olhava para ela como... como se ainda não tivesse jantado, mas, estava certa, era tudo muito superficial, coisa de homem, e podia jurar que Xavier jamais olharia para ela de novo da mesma maneira se imaginasse que a Lila desconfiava de alguma coisa. De qualquer maneira, que alegria, que bom que, apesar de Jaci agir como agia, e amar como só mesmo ele amava — de maneira muito doce e terna mas tão descuidada, sem a menor noção de hora, lugar, conveniência e pejo —, que bom que a Bernadete pensasse que o Naé apenas andava longe, como quem viajou e gostou da terra visitada, e que ela, para o Lidanor, passasse por estar de amores logo com quem, com o Xavier, vago e distante ex-namorado de sua mãe, apaixonado de Lila, e curador de Jaci, responsável pelo tesouro.

Com o sol dourando a copa das árvores, Bárbara podia considerar que estava pronto o Jardim para a recepção, e Naé, pela parte dele, sentia fome, depois de uma refeição que tinha se limitado a um resto de sorvete encontrado no congelador. Assim, já que Jaci não ia aparecer antes de aberto o escritório do Jardim, o melhor que tinham a fazer era ir tomar café em casa, passando de novo pelo lago e o cômoro de frei Leandro, pelos bambus e pela zona, ainda na sombra, da mangueira e da jaqueira matronais, centenárias, que Xavier tinha apresentado a Bárbara como ilustres imigrantes da Índia e da Cochinchina, e que Naé achava um pouco posudas, com fumaças de nobreza, dando a ele a impressão de limparem e arearem elas próprias as placas enfiadas no chão, com o nome delas em latim e a data do desembarque no Brasil, em lugar de nascerem em S. Cristóvão ou em Niterói, como qualquer jaqueira e mangueira.

E a jaqueira, talvez por pirraça, por birra e inimizade a Naé, desprendeu quase na cabeça dele, entre ele e Bárbara, aliás, uma jaca das baitas, que arrebentou no chão, expondo à luz esplêndidas entranhas de grandes bagos de ouro pálido, transparente, e espalhando pelo ar um cheiro açucarado e ativo. Bárbara e Naé, se sentindo vagamente em contexto de conto de fada, em que a uma proclamação de fome corresponde o aparecimento de um manjar, se curvaram para colher um bago, um favo, quando novo ruído forte e fofo, de jaca batendo no chão, deteve os dois, e diante dos dois apareceu, é claro, em seguida, Jaci, que tinha atirado a jaca, se atirado ele mesmo, e agora segurava os irmãos pela cintura, puxando os dois contra si, farejando o pescoço de Naé, o de Bárbara.

— É você — disse Jaci —, é você, Bárbara, o cheiro é seu, e em pouco tempo você vai deixar de ser mulher e virar tangerina, o que eu não acharia nada mau, porque é fruta do meu agrado.

— Não seja mexeriqueiro — disse Bárbara —, que meu cheiro de mexerica se deve ao fato de eu ter guardado nos bolsos da saia a casca da tangerina que comi, quebrando o jejum, e que, por medo dos novos vigias que infestam este parque, soquei dentro dos bolsos, à espera de uma caixa de lixo, e esqueci.

Por haverem descoberto, com alguma preocupação, que Jaci, chegando cedo demais, tinha simplesmente pulado o muro do Jardim que já devia, em princípio, estar guardando e policiando, Bárbara e Naé acharam mais prudente carregar com ele para o café da manhã em casa — onde esperavam que a empregada estivesse de pé e talvez também Solange — para que, na hora apropriada, Jaci entrasse pelo portão principal e se apresentasse normalmente ao trabalho. Andaram devagar, rumo à casa, os dois enlaçados por Jaci, enlaçando Jaci, seis braços e seis mãos se tocando, se encontrando, seis pés carregando o grupo que vivia um momento ainda não de dissolução e fusão mas de articulação e formação de uma única pessoa. Só que Bárbara, apesar de se sentir, com muito enlevo e gosto, parte daquele ser de tantos membros, sentia também, com uma ligeira pena, que não estivesse se desdobrando em gomos rijos de suco e se enrolando em casca de tangerina para se oferecer a Jaci.

20

Se fosse vista por alguém, que perguntasse a ela o que fazia em Laranjeiras, Solange teria, engatilhada, mais de uma resposta, como, a saber, que procurava no Colégio Sion uma velha amiga que tinha perdido de vista mas ainda devia ensinar lá, ou simplesmente que tinha ido — antiga intenção sua, conhecida da família — a uma loja de antiguidades, perto do largo do Boticário, em busca de alguma jarra para flores que substituísse a única que tinham tido, de cristal facetado, que Basílio tinha deixado cair e quebrar, já ia para quatro anos, durante uma ceia de Ano-Bom, regada a dois garrafões de vinho do Rio Grande, sem falar no doce, encharcado de rum.

Solange queria ver se, aparecendo nas proximidades do edifício de Xavier por volta das nove da manhã, quando ele saía para o Museu, provocava um encontro "casual", e só de aspear mentalmente a palavra ela corava, imaginando que juízo faria dela Xavier se soubesse que ela montava uma espécie de cerco à casa dele. Não havia, é claro, da parte dela, nenhuma intenção inconfessável — tinha graça! —, e sim, pura e simplesmente, a vontade de ver Xavier a sós, ainda que em plena rua, para contar a ele o que precisava contar, e pelo prazer de ouvir dele, quem sabe, coisas que ele não diria diante de terceiros. Ela podia ir ao Museu, ou telefonar antes, marcando encontro, mas no Museu estaria Lila, e, quanto ao telefone, não sabia como falar, que propor, como dizer que — sem especificar qual o assunto a tratar — preferia que estivessem sós os dois. Se visse Xavier saindo de casa e, na rua, "esbarrasse" com ele, como se costuma dizer, saberia agir com naturalidade, exclamando: "Que bom, Xavier, que bons ventos me trouxeram hoje aqui, à sua rua, e me fizeram esbarrar com você. Eu queria mesmo trocar uma palavrinha com você sobre assunto do meu e do seu interesse, porque envolve — e aqui ela sorriria — *nossos* filhos."

Foi plenamente ajudada pela sorte, pois embora não pudesse se sentar num café qualquer para esperar — que diria, sendo ela mulher, e algum conhecido passasse? e quando já tinha se sentado sozinha numa mesa de bar? —, no segundo dia do seu precário estratagema de passar às nove por ali, Xavier deu com ela, ao sair do prédio, e veio ao encontro dela, sorridente, agradavelmente surpreendido. Podiam subir ao apartamento dele, se ela quisesse, para um café.

— Não, obrigada — disse Solange —, outra vez, outra vez eu subo, mas agora estou indo a um antiquário aqui perto, atrás de uma célebre jarra — célebre lá em casa, de tanto que se fala nela — que estamos sempre para comprar porque a que tínhamos, antiga e muito bonita, francesa, se quebrou, o Basílio deixou cair no cimento e...

Xavier, muito atencioso, foi andando ao seu lado, apesar de, como Solange sabia, gostar de cumprir à risca seu horário de trabalho, e ela pôde, então, dizer — confessar era o termo justo — que ao se ver de repente, por acaso, à porta dele, tinha tido a esperança de um encontro assim, fortuito, para desabafar um pouco com ele, dividir problemas que eram, afinal de contas, *comuns,* de um filho dela e um filho dele — e a palavra *comuns* tinha saído grifada e sorrida. A verdade, continuou, é que ninguém — excetuada Lila, naturalmente — compreendia tão bem quanto ela a grandeza e o calor com que ele — não, não adiantava protestar, era a verdade pura e simples o que ela dizia — prosseguia, cuidando de Jaci, no trabalho exemplar de tantos e tantos anos de vida na floresta. Bem, se ofendia tanto a modéstia dele, não ia insistir, mas queria deixar bem claro que se ocupando, como ia fazer, de pequenas aflições e desconfortos dela própria, não perdia de vista, o tempo todo, que nada eram diante dos sacrifícios e dificuldades dele, Xavier. Mais ainda, se mencionava uma ou outra preocupação resultante da ajuda, que, de coração, prestava a ele, era por acreditar que tornava sua ajuda, desta forma, mais útil e válida. A verdade, era isso que queria dizer a Xavier, é que embora ela fosse, por temperamento e inclinação, a última pessoa a maldar atos dos outros, ou mesmo presumir más intenções, achava, no caso do Jaci, que havia nele instintos, impulsos, ou que nome tivessem, difíceis de entender, para nem falar em subjugar, e que talvez fosse o caso, quem sabe, de levar o Jaci a algum especialista, coisa de análise, de psiquiatria, espiritualismo, enfim, ele, Xavier, havia de saber melhor o quê.

Solange, embora tivesse falado com cautela, com temor de magoar Xavier, viu logo, pelos vincos que enrugaram a testa dele, pelo intenso, concentrado interesse com que escutava o que ela dizia, e com que fitava ela de quando em quando, bem nos olhos, enquanto caminhava ao seu lado, que tinham fundamento as preocupações dela, que iam ao encontro de preocupações que sem dúvida já eram dele também. Animada, sentindo que estava realmente, mediante sua corajosa colaboração, conquistando a atenção, talvez a admiração de Xavier, Solange mencionou, corando talvez um pouco mas com bravura e desassombro, o que julgava ver de suspeito na atitude de Jaci em relação a Naé. Xavier, grave, balançou afirmativamente a cabeça, numa clara, ainda que pesarosa demonstração de que esses temores eram igualmente dele, e ao reparar de novo a testa franzida de linhas, Solange lembrou de pronto os mapas do interior do Brasil, gretados de rios, que tinha procurado no atlas das crianças depois de encontrar Xavier na Sloper: a bela fronte de Xavier, reparava agora, tinha sido marcada, tisnada pelos sóis impiedosos que batem de chapa sobre aqueles rios. E Solange, num transporte de austera mas sufocante alegria, esqueceu até a aflição de que falava, o assunto de que tratava, ao sentir, fortes, os laços espirituais que ligavam ela àquele homem bravo e estoico. Foi com esforço, para não alongar exageradamente o silêncio da sua emoção, a pausa que acabaria por espantar Xavier, que Solange, prendendo a respiração antes de entrar no cerne dúbio do assunto, falou afinal com firmeza, dando a entender que estava dominada sua repugnância.

— Achei que devia falar com você porque, em primeiro lugar, um assunto assim eu não podia discutir com Basílio antes de planejar alguma coisa, ter uma proposta, uma solução à vista. Ele ainda não notou nada — e queira Deus que não haja nada, que tudo não passe de maus prenúncios meus —, mas se notar é homem de se irritar além da conta, de querer resolver tudo no grito, no puxão de orelha, de não admitir, como ele diria, frescuras — você conhece ele, deve se lembrar de reações dele —, e por isso é que eu queria de você conselhos e, ao mesmo tempo, uma noção de como agir, como agirmos. Jaci começou bem, sabe, Xavier, o trabalho dele no Jardim, parecendo, de cara, tão interessado no que fazia, que eu, aliviada, me achando meio má por ter tido sempre um pouco o pé atrás em relação a ele, disse a Naé e Bárbara que dissessem a ele que, dia sim, dia não, podia vir almoçar conosco, com a família. E olhe, no primeiro dia Jaci me trouxe um raminho de flores, no outro um punhado de jambos numa folha de taioba, avisando sempre, com aquele riso bonito que ele tem, que não me preocupasse, que não era nada tirado do Jardim, não, que flores e frutas eram do caminho do Horto, e tudo foi correndo assim, tão bem, tão manso que eu fraquejei quando Naé — sem dúvida empurrado pelo Jaci, agora estou convencida — veio propor que, como era um pouco tarde, o Jaci dormisse em casa, no quarto dele, Naé. Era fácil, explicou Naé, avisar ao inspetor lá dos Expostos, agora que o Jaci estava trabalhando, e, quanto à dormida, Naé ia abrir a cama de vento no quarto dele e a Bárbara se dispunha a fazer a cama, arrumar tudo, que, no dia seguinte, o Jaci já estaria pronto para atravessar o portão e ir para o trabalho dele, e assim, de roldão, sem ninguém tomar fôlego, foi tudo resolvido, a cama armada e feita.

Para atender a Xavier, que achava que pelo menos um café em pé, no bar da esquina, ela não podia deixar de aceitar, Solange entrou, sorriu para ele, um pouco preocupada, pensando no que estaria pensando dela, ou esperando dela, agora que tinha ido tão longe e não tinha mais tanto assim a contar.

— Estou me sentindo, agora — disse Solange —, como se tivesse prometido a você uma história fantástica quando, afinal de contas, a verdade é que eu conheço meu filho, sei como ele é, como começou cedo a namorar as meninas na vila e no colégio, de maneira que o fato em si do Jaci ter dormido lá — e eu não sei como impedir que daqui a pouco durma lá outra vez — não significa nada, é claro, ou não significaria, além do fato de Jaci criar sempre, à sua volta, um torvelinho, de quebrar o ritmo em que se vive, de enfeitiçar um pouco as pessoas, até as coisas. Além disso eu nada teria a dizer, a não ser que esse torvelinho, essa disritmia — é assim que se diz? —, o descompasso que ele cria acho que confunde as pessoas, deixa elas ofegantes, tira elas do bom caminho, sei lá, Xavier, só sei dizer que, na prática, Naé — agora você preste bem atenção — tem cada vez menos tempo para a namorada dele, Bernadete, a das sardas, bonitinha, que até suspirou perto de mim, se queixou de que Naé anda vago com ela, com a cabeça sabe Deus onde, e afinal ontem — e isso acho que me preocupou mais do que tudo que eu tinha na cabeça e que podia ser só bobagem, imaginação, desconfiança minha — a Bernadete disse que ela só podia conversar um pouco, estar um pouco com o Naé "quando o diabo do Jaci não está aqui, dona Solange", foi o que ela disse, Xavier, e aí eu falei comigo mesma que quem ama é que sabe e que quanto mais se ama mais se sabe. Palavra que eu acho, e juro, que ainda ia aguentar muita inconveniência, muita estripulia, muito jogo perigoso do Jaci, se não fosse a expressão da Bernadete, quer dizer, a expressão dela, da cara dela, e a expressão que ela usou falando no Jaci.

Apesar do tema, com suas inerentes, angustiantes preocupações, com seus recantos escuros e escusos, meio culposos, pecaminosos, que perturbavam ela e que mais de uma vez, quando sentia nos seus os olhos claros de Xavier, tinham feito com que agradecesse estarem na rua, à vista de todos — a conversa, apesar de tudo, achava Solange, tinha sido maravilhosa. Tanto assim que tinha tido a coragem, de pé no café, de tirar do bolso, para ele, "uma lembrancinha", tinha dito, "um guardado", um retrato em que apareciam os dois, na praia do Leme. Ao se despedirem tinham prometido um ao outro se verem de novo, tinham marcado, para dentro de alguns dias, novo encontro, "secreto" — ambos haviam sorrido quando ele, com ares de pretensa conspiração, olhando para um lado e para o outro, tinha chamado "secreto" o próximo encontro —, quando Solange viria trazer as últimas notícias de Jaci, para que ele pudesse agir com firmeza, por mais que doesse a ele — se fosse necessário, e ambos esperavam que não —, para imprimir outros rumos, talvez bem mais severos, à vida do pobre menino.

Bem que Mãe Cabinda tinha dito, na véspera, a Solange que a semana estava propícia à solução de um problema dela que estava aperreando ela agora, fazendo ela vir consultar os búzios toda hora, mas que era provavelmente muito antigo, um nó velho, tinha dito Mãe Cabinda, tão velho que só cortando, porque nó velho desatar não desata, tem que lascar ele em dois para sair de dentro dele a luz que ficou presa e o amor que ficou amarrado. A luz, pensou Solange, era a alegria que ela já sentia, que se apossava dela toda, e, quanto ao amor, é claro que se tratava — as videntes, como Mãe Cabinda, enxergam com justeza as grandes vistas mas não cada pormenor, feito quem, olhando um vale do alto, não enxerga cada choupana e cada boi — de um amor superior, um desejo de se dedicar, sem nada pedir em troca, a uma causa, através de uma pessoa, pessoa amada, sem dúvida, mas de uma forma elevada, livre das impurezas dos amores menores, de todos os dias.

Caminho de casa, Solange, embora tivesse as mãos vazias, se sentia como se nelas carregasse — fagulhante, cintilante, cada face e plano do cristal ferido por um inclemente sol de mata — uma jarra como jamais tinha sido lapidada por cristaleiro algum, e que tinha muito mais a ver com a luz que saía dos nós decepados na visão de Mãe Cabinda.

21

Sentada à sua mesa de trabalho no Museu e perdida como estava em pensamentos que eram, ao mesmo tempo, fonte de satisfação e de remorso — satisfação intensa, remorso moderado —, Lila só estranhou que Xavier estivesse chegando atrasado quando viu ele assomar ao portão do casarão e atravessar o jardim, o que fez ela de pronto lembrar o dia, recente mas que parecia tão antigo, em que, pela primeira vez, na companhia de Xavier, Jaci tinha aparecido, ao sol, contra os hibiscos vermelhos. Lila de pronto resistiu, para não mergulhar em nova cisma, que de novo afastaria ela de sua rotina de trabalho, e se concentrou, ou imaginou que se concentrava, no relatório anual que preparava sobre as atividades do Museu. Ao constatar, no entanto, que, quase hora do almoço como era, não tinha chegado ainda a março, quando fevereiro era um mês tão espremido entre sua própria exiguidade e o carnaval, resolveu que precisava de um pouco de exercício para, estimuladas sua circulação e suas ideias, fazer render melhor o trabalho da parte da tarde. Andaria até o Jardim Botânico e lá almoçaria um sanduíche e um refrigerante na carrocinha instalada entre as pedras e pilastras daquilo que foi, como sempre lembrava Xavier, a fábrica de pólvora do senhor D. João VI. Já se levantava, um tanto apressada, quase estabanada a bem dizer, com a ideia de que certamente veria Jaci, no cabo de um ancinho, limpando de folhas secas uma alameda, ou dando nela um susto ao saltar feito um boto do palmo d'água do rio dos Macacos, quando resolveu ver se Xavier acompanharia ela para que, no curso do passeio, e durante algum encontro que marcassem à noite, iniciassem um período, que se fazia necessário, de entendimentos e conversações. Os motivos para se avistarem com tranquilidade e discutirem assuntos urgentes e penosos eram recentes, sem dúvida, e eram dela, causados por ela, de acordo, mas — que havia de fazer? — tinham que ser trazidos ao sol, arejados, ventilados, pois o que não convinha é que fossem, ou continuassem a ser, engavetados.

Lila constatou, surpreendida, que a sala estava vazia, que Xavier, apesar de ter chegado tarde, já tinha saído para o almoço sem nada dizer, sem dar um bom-dia, sem falar com ela, e constatou, igualmente, que o verbo engavetar tinha surgido no meio do que ela dizia a si mesma, ao entrar na sala, porque Xavier tinha deixado entreaberta a gaveta da mesa de trabalho. Pelo vão, pela abertura, Lila divisou uma fotografia, um grupo na praia, e, no centro do grupo, sorridente, molhada do mar, reconheceu Bárbara. Puxou um pouco mais a gaveta e percebeu, atrás, Xavier, mas um Xavier por assim dizer desconhecido seu, um rapazola, um mocinho, sério, e esse aqui, entre um rapaz e uma moça inteiramente desconhecidos, parecia... parecia, não, era o Basílio, ora, quase adolescente ainda, bonitão, ombrão largo de quem nada e rema, com o sorriso que ainda conservava, confiante em si mesmo e no seu poder entre e sobre as mulheres. Tirando a foto para ver melhor, contra a luz, Lila entendeu logo que "Bárbara" era Solange, enfiada num maiô inteiriço, bonita, bonita mesmo, reluzente de sol, os cabelos compridos escorrendo água. Era impressão de Lila, ou Xavier, lá do seu canto, magro, tinha, à sombra do cenho cerrado, o olho bonito, claro, voltado de viés, de soslaio, na direção de Solange? Ou isso já fazia parte de um outro grupo de percepções e reflexões dela, novas, que se formavam, se precipitavam, se atropelavam na sua cabeça enquanto, olhando ainda o retrato, não pensava mais nele, naquele retalho do passado, e sim na sua projeção e atualização, como se o retrato, num filme que ela estivesse assistindo, fosse apenas o *flashback,* o recuo da memória?

Foi com uma espécie de alegre tristeza, ou resignado alívio, que Lila sentiu que seus olhos enxergavam claro e que ela podia, sem maiores problemas morais, aceitar, diante de si mesma, que tinha passado a ser menos a noiva, que sente se aproximar o dia do casamento, do que uma mulher que chega ao fim de uma vida de casada, ou, para ficar mais na realidade, que encerra uma ligação, com assentimento de ambas as partes. Assentimento é certo que não havia, como, a bem da verdade, não havia sequer arrufo recente, discussão, divergência mais funda. Muito pelo contrário, do ponto de vista físico, que, como se dizia Lila, é tão categórico, tão importante, tinham tido dias recentes talvez até melhores do que os iniciais, com labaredas menores, sem dúvida, mas uma chama permanente, contida mas firme.

Como tinha começado sua desilusão — ou, melhor dizendo, já que desilusão parecia palavra, para o caso, forte demais —, seu, digamos, desembebedamento, e a consequente ressaca? A resposta era que, como ocorre em qualquer embriaguez, qualquer porre, a ressaca tinha começado ao baixar sua euforia de achar que Xavier só não se declarava muito apaixonado por ela por ser casmurro, fechado, mas que demonstrava, ralando-se de ciúme à menor provocação, esse amor fundo e mudo dos orgulhosos, dos que exigem total sujeição, vassalagem. Acontece que, continuou Lila, embora eu me dispusesse a ser vassala, minha própria euforia, o aumento do meu amor fez com que eu percebesse, sentisse, com clareza muito maior, que o interesse dele, o interesse dominante, estava em outro lugar, outra pessoa, entre as árvores de outra chácara. Agora escute, Lila, disse ela a si mesma, se interrompendo veemente, confesse e me informe: foi bem assim? foi só isso? o que você está considerando seu desemborrachamento, começo de ressaca, não tem nada a ver com você também, com outras árvores, de sua maior preferência, em outras chácaras? você tem certeza? Ah, Jaci, Jaci, tempo de murici cada um cuida de si, como dizem os alagoanos, os cearenses ou algum outro povo daquelas bandas, a verdade sendo que eu achei que por sua causa, Jaci, por causa da sua cabeça aninhada nos meus seios, por cima da blusa, meu amor com Xavier estava garantido, ancorado no ciúme dele, mas comprovo agora, ou confirmo o que não queria antes perceber, admitir — e o pior é que confirmo com pena mas contente também — que o amor dele é a Solange, sempre foi, a namoradinha de outrora, o vinho que ele não bebeu e ficou amadurecendo na prateleira, no frescor do porão da saudade dele, é a Solange que, ao cuidar de você, Jaci, não está nem de longe pensando em você, e sim nele, Xavier.

E de repente, continuou Lila, repondo na gaveta o retrato, eis que eu aceito o cada um por si, do tempo de murici, pois confesso, Jaci, que tenho pensado muito, depois que conheci você, nas doçuras da liberdade, na cara serena de tantas solteironas que por aí se viram, se arrumam, que saem a passeio, na sua meia-idade, de sapatos brancos, chapéu de palha, desabado, na cabeça, e colhem nos campos amores leves e passageiros como flores; mulheres que, nessas graciosas expedições que empreendem, são também livres de se despirem para entrar nos riachos frios, nas lagoas de águas transparentes, de comerem cogumelos sem saber se são bons ou venenosos, nutritivos ou alucinantes.

— Oi, você aqui? — disse Xavier.

— Aqui e meio desapontada — disse Lila —, porque pensei...

Lila se deteve um instante, no meio do que dizia, ao notar que Xavier tinha dado com os olhos na gaveta entreaberta, no suave brilho da fotografia entrevista em parte na escuridão do móvel mas em parte à luz ambiente, e continuou:

— Pensei que você, que eu vi chegar, tivesse saído sem me falar, quando eu exatamente tramava convencer você a me convidar para almoçar, e tinha até pensado num cachorro-quente na carrocinha do Jardim Botânico, porque assim a gente caminha na rua e lá respira resinas e clorofilas.

— Podemos ir, por que não? — disse Xavier, sem dúvida consciente da gaveta mal fechada, do retrato meio visto, e pensando, rápido, no que dizer ou fazer, mas tudo isso, a bem da verdade, mal abrindo uma brecha, uma pausa na fala dele.

— Viu esse retrato impagável? — continuou —, eu, magrelo, na fileira de trás, perto de Basílio e desses desaparecidos aqui, um que eu sei que ainda existe, dentista, tal de Lima, enquanto da outra, a moça, não sei mais nem o nome; as pessoas têm a mania de desaparecer sem deixar traço, puxa. Solange descobriu essa relíquia no baú de guardados dela e achou que eu ia achar divertido rever minha magreza, minha cara espantada daqueles tempos, e por isso enfiou a foto na bolsa e, quando esbarramos um no outro em Laranjeiras, hoje pela manhã, me passou esta preciosidade, que eu queria mesmo mostrar a você.

Enquanto examinavam os dois o grupo na praia e Lila fazia o reparo de que, à primeira vista, era impossível não ver Bárbara no lugar de Solange, de tal forma a Bárbara de hoje parecia, mais do que Solange, com a Solange de então, Xavier olhou de novo, curioso, o retrato, como se não tivesse notado semelhança tão marcante, mas concordou com Lila, sim, até certo ponto, sim, bastante, muito parecida. Depois, atirando o retrato na gaveta, contou a Lila como, no encontro casual deles, Solange tinha aproveitado para que falassem nos cuidados e preocupações que Jaci estava causando.

— Solange teme — disse Xavier —, não exatamente por Naé, porque, diz ela, Naé tem sido sempre firme nas suas inclinações e afeições, nos seus namoros, herdou mesmo o temperamento do pai — argumento dela, é claro —, porque troca muito de amores e é mandão, machão, ou machinho, digamos, mas teme pela relação, pelo lado meio novidade, talvez meio doentio da coisa.

— Doentio? Jaci?

— Bem — continuou Xavier, um tanto irritado, parecia, com a interrupção, em tom dubitativo —, a Solange está raciocinando como mãe que enxerga em Jaci, nos exageros, desmandos, excessos da natureza de Jaci — e, aqui entre nós, quem quiser pode ouvir nos Expostos, a respeito, o que se murmura e se nota como uma certa estranheza de comportamento de Jaci, em suas amizades — um vago perigo, proveniente desses elementos todos, que compõem uma personalidade, um modo de ser que levou o Jaci, em pouco tempo, a dormir lá, no quarto do Naé, coisas assim, cuidados de mãe que me parecem ter uma certa base.

— Eu diria — falou Lila — a respeito de tudo isso que você conversou com Solange, que há, talvez, na relação, na amizade de Naé e Jaci, algum excesso, estranheza, o que for, mas em relação ao Jaci, ele próprio — e ele afinal constitui a nossa, a sua preocupação —, o que existe, antes de mais nada, é esse fato de que ele é diferente, não?

— Sim, por tudo que foi dito — falou Xavier, meio irônico —, a palavra diferente encaixa, é expressiva, quer dizer, pode ser subscrita por todos nós, acho eu.

— Diferente mesmo, disse Lila — o coração batendo um tanto apressado, pois não sabia bem até onde devia ir —, diferente das pessoas em geral.

— Ora, Lila — disse Xavier com impaciência —, diferente de muitas pessoas, diferente da maioria das pessoas, espero, mas igual a tantas, a muitas outras, que também rotularíamos de "diferentes".

Lila achou mais prudente, pelo momento, parar onde estavam, achou mais aconselhável saírem, antes que ficasse tarde demais para o almoço, adiando outras conversas a respeito, mais calmas e esclarecedoras, deixando essas conversas para dentro de algum tempo, algumas semanas, ou menos, dias talvez, quem sabe, ou muito mais, meses, tudo dependendo do rumo geral tomado pela vida dela, pela vida dele, a de Jaci, a de Solange. Ah, no momento é que não parecia propício falar muito porque, pela parte que a ela tocava, sabia tudo, havia descoberto e fruído tudo, e tanto, que, sóbria, desembriagada, escolhia, preferia uma vida solitária, mas na qual, de repente, pudesse aparecer, brotar, doce, o fruto do murici, quando cada um cuida de si.

22

Enquanto aprestava o aparelho para iniciar, pela mandíbula, a raspagem do creme, Xavier prometia a si mesmo procurar numa enciclopédia as origens do ato de se barbearem os homens, ou, mais exatamente, a invenção e crescente aperfeiçoamento do sabão de barba. Os índios se depilam, do tornozelo ao púbis, ao queixo, à cara, mas como começou, de que forma se depurou o fazer-a-barba, esta operação que é, ao mesmo tempo, exame de consciência e perscrutação ao espelho do passar do tempo no rosto, este ritual em que os homens se miram fixamente e, ceifando da pele os pelos, contemplam a própria cara surgindo da espuma como — por feia que seja a cara — Afrodite saindo das ondas do Leme?

A imagem sua guardada entre parênteses era de um homem quase sempre com a barba por fazer, não a de um homem barbado, barbudo, tipo bandeirante ou guerrilheiro, ou simplesmente sertanista, como ele era, mas de homem que só se barbeia uma vez por semana, quando não de quinze em quinze dias. A partir do momento em que teve de voltar à cidade preso, isto é, a partir do tiro que, encerrando seu período de espera, deu início à viagem de volta a Solange, Xavier tinha passado a se barbear todo o santo dia, e com meticulosidade.

Escanhoando o queixo, Xavier revia seu "fortuito" encontro com Solange à porta do edifício, dias atrás, retomava o momento em que, ainda no saguão do prédio, ao ver Solange passar, tinha se detido, hesitante, acreditando um momento no mero acaso. No entanto, pouco depois, lá estava Solange que voltava, olhando, a pobre, com o rabo do olho, para o edifício, demonstrando sem sombra de dúvida a Xavier que soava o momento de ser ele, em sua casa, o assediado, embora a posição histórica de sitiante e sitiado tivesse sofrido alterações fundamentais.

Acontece que àquele primeiro e — não custava preservar o rótulo — casual encontro em plena rua, com Solange, tinha sucedido, como sugerido, combinado, o segundo, e nessa ocasião Xavier, à primeira vista, tinha quase amaldiçoado a imprudência cometida, de marcar o encontro, pois a Solange que entrou, apertada num leve vestido de verão, de acentuado decote — na comissura dos seios Xavier tinha revisto o sinal cuja lembrança tinha angustiado, como uma estrela cruel, tantas noites sem sono na floresta, mas que agora não passava de um ponto escuro e baço, uma parda excrescência vazia de qualquer sortilégio —, parecia um tanto alvoroçada por estar sozinha com ele — "pela primeira vez na vida, Xavier, pense nisso!" — e, além dos lábios, que umedecia com frequência, tinha também úmidos os olhos, de emoção, sem dúvida, pensou Xavier, talvez mesmo de verdadeiro amor, disse a si mesmo, alarmado. E, na aflição do momento, buscou inspiração no único sentimento forte que, excluído o amor, poderiam partilhar, o do ódio que ele sentia, tão grande que daria para dois, e que ele havia de ter habilidade bastante para apresentar, esperava, como uma espécie de provação que deviam passar juntos: como se, amantes de dramalhão, de esponsais tratados e aliança comprada, estivessem fadados, no entanto, a vencer antes algum combate obscuro.

— A culpa é minha, só minha — tinha dito Xavier, afetando um ar de profunda aflição —, pois eu trouxe o Jaci, introduzi a víbora no meio de todos nós, mas o trabalho, a missão de nos libertar dele é sua, Solange, só pode ser sua, pois só você, dentro da sua casa, conseguirá, desmascarando as práticas viciosas, nos livrar da intolerável intromissão dele em tudo, na vida de todos, no geral sossego, pois Jaci apareceu entre nós como se de repente, na sala em que todos nos encontrávamos, e convivíamos, penetrasse um animal raivoso, um bicho sem rumo, a derrubar móveis e quebrar a louça, a rasgar cortinas, a puxar toalhas, a nos morder os calcanhares e a nos molhar de baba peçonhenta.

O telefone tocou e, com o ligeiro sobressalto de Xavier, perdido que estava no seu ódio quente, tônico, o barbeador abriu no queixo dele, raspado demais, ralado e cru, um corte, coisa raríssima de acontecer. Em hora tão matinal, pensou, o telefonema devia ser de Lila, e Xavier vacilou em atender, pois decididamente não gostava do atual tom dela quando falava em Jaci e não queria que o assunto Jaci ressurgisse entre eles antes de se transformar num assunto, digamos assim, encerrado, isto é, antes do internamento de Jaci num reformatório, numa casa de correção ou antes do seu embarque para a fronteira de uma das três Guianas. O fato de, em vez da voz de Lila, ouvir ao telefone a de Solange, não representou, pelo menos de início, o alívio que Xavier esperaria que fosse, pois tinha decorrido tão pouco tempo da visita dela que, caso ela não trouxesse categóricos testemunhos oculares — e Xavier sorriu esperançoso, dizendo que sim, que ela podia vir —, estariam os dois como que institucionalizando castos encontros de, pela parte que a ele tocava, um amor inexistente, ou transferido, com armas e bagagens, para outra pessoa. Desligou o telefone, banhou a cara com a loção de barba, para estancar a insistente gota de sangue do talho no queixo, e se sentou, à espera, rezando para que novidades bem dramáticas cancelassem quaisquer possibilidades de transportes românticos.

Ao chegar ao apartamento, e ao sentar, Solange parecia mostrar até na roupa — saia escura, blusa creme, um xale nos ombros — outro estado de espírito, talvez uma resignada ausência de vaidade, como se afinal despontasse a suspeita de que não haveria amor entre ela e Xavier, o que era promissor, pensou Xavier, pois aplainava um pouco o caminho que ainda separava ele de Bárbara.

— Eu demorei — disse Solange —, e peço desculpas, porque sei que você é homem cumpridor, homem de horários, mas não pude deixar de parar aqui na Estrela, no Catumbi, para conversar, ainda que só um instante, com Mãe Cabinda, você se lembra quem é, não é verdade, eu falei nela outro dia.

Xavier ficou esperando o resto, temeroso de dar algum passo em falso, de se arriscar, sem nada que indicasse o caminho melhor, para dentro da emoção de Solange, e aqui, exatamente como quem não gosta de uma trilha iniciada e resolve experimentar outra, Solange interrompeu o que se diria o início de um relato direto e claro, e entrou em terreno que pareceu a Xavier, para dizer o mínimo, penosamente autobiográfico:

— Você sabe que eu não tenho nada de religiosa, como se era antigamente, carola, beata, e nem vou mais à missa aos domingos, como ainda fazia, com bastante frequência, nos tempos, naqueles nossos tempos — e aqui Solange sorriu um sorriso pálido — do Leme. Respeito a fé que os outros tenham, e muito, tinha graça que não, e invejo os que ainda acreditam, é a pura verdade, mas eu mesma perdi o jeito, sei lá, com o mundo em progresso, o homem na Lua, nos astros, e a gente acreditando na estrela dos Reis, nos milagres, fica difícil acreditar, não é mesmo, embora papai sempre dissesse que Cristo, como homem, como ser humano perfeito...

Xavier sentiu, primeiro, um certo espanto, e a seguir foi com esforço que não fechou olhos e ouvidos enquanto uma Solange desconhecida, pouco inteligível, desfiava seu rosário de descrenças, e, durante alguns instantes, ele se limitou a ouvir, sem propriamente registrar o que ouvia, como quando, no curso de uma conversa telefônica insuportável, afastamos de nós o receptor, controlando de longe o rumor incessante da voz, ainda que prontos a fingir que não interrompemos a escuta, mal estanque a fala do outro lado.

— Por isso é que eu fui lá — disse, afinal, Solange, retomando o fio da meada —, fui mesmo, na casa da Mãe Cabinda, na macumba, como diz o Basílio, "fala logo em macumba e candomblé", ele diz, e fui, desta vez, sabendo que estava indo ao lugar certo, Xavier, fui contar o que descobri, o que eu vi, e me queixar do transtorno, da confusão que um... que uma... uma pessoa assim feito o Jaci descarrega na gente para não guardar tudo dentro de si, imagino eu, espalha pelos outros, se livra, sacode fora, talvez até sem saber — estou pronta a acreditar, embora duvide —, sem imaginar os maus fluidos que estão saindo dele, se espremendo para fora dele e passando para os outros, para a gente, que afinal de contas não tem nada que ver com isso.

— Mas, Solange — disse Xavier em parte alarmado, em parte se sentindo realmente atingido, sem saber exatamente como, no seu prestígio e amor-próprio —, você foi contar a Mãe Cabinda o quê? Você diz que não tem nada que ver com o quê?

— Pelo menos de *quem* você sabe que eu estou falando, não? — perguntou Solange, num tom quase seco, beirando o agressivo. — Como é que ele é? Me diga você, Xavier. Eu não sei mais, exatamente, como me referir a ele — e foi isso que eu disse a Mãe Cabinda —, e ela falou que às vezes é assim, às vezes a gente recebe os avisos encarnados, quer dizer, agouros, prenúncios em forma de gente. Isso é o que ela diz, Mãe Cabinda, que é uma vidente, mas você diz o quê? Como é ele, Xavier, o que é que ele é?

— Desculpe, Solange, se eu dou a impressão de estar repetindo as interrogações que você faz — e Xavier agora falou em tom quase sentido, magoado, de tão habituado que estava, até então, a contar com a submissa homenagem do amor de Solange indeclarado, e mesmo indesejado, mas seguro, e, ao mesmo tempo, temeroso de que ela saísse falando a Deus e todo o mundo de um problema que era vital manter circunscrito —, mas não entendo bem: como é como?

— Xavier — disse Solange —, você não vai me fazer a desfeita de perguntar — é só o que falta — qual foi o assunto único de nossos encontros, quando praticamente de nós não falamos, fosse do nosso passado e menos ainda dos dias de hoje, pois não parecíamos estar interessados em nós mesmos, você pelo menos não parecia. Qual foi nosso tema, Xavier, nosso assunto exclusivo?

— Eu sei, Solange — disse Xavier, calmo por fora e esperando que afinal ela dissesse por que estava tão abalada, contasse, em suma, o que ele queria ouvir —, eu sei, entendo que você está falando em Jaci, na intromissão dele na vida de todos nós, claro, mas...

— Pois é, claro digo eu também, mas minha pergunta, que acho que você recusa, afasta, é a de saber se você sabe como ele é, como gente, pessoa, e já que o Basílio, como de costume, ria de mim — "fala logo em macumba e candomblé" —, eu disse a ele que fosse lá aos cientistas dele, gente que ele conhece na sua repartição, Xavier, que cuida de índio, e como a Lila tinha me falado nos enjeitados, nos condenados quando nascem, pedi ao Basílio que fosse lá, conversar sei lá com quem, talvez com o Dr. Teodoro, e...

Neste momento, diante do ricto de desagrado na cara de Xavier, Solange, ainda que chegando, como parecia que ia chegar, a um paroxismo de narração, ou de revelação, recuperou a qualidade que Xavier mais tarde, irônico mas grato, classificaria, ao recompor a cena, de solangismo: ficou de repente doce, conteve, senão a emoção, pelo menos o ímpeto, o impulso que tinha gerado nela mesma.

Xavier percebeu, logo a seguir, dentro de um novo grupo de preocupações, que Solange, ao voltar à sua doçura, que até ali parecia ter esquecido em casa, tinha concluído que a sombra maior no rosto dele, Xavier, se devia à menção do nome de Basílio, tanto assim que, ao se aproximar de Xavier, umedecendo os lábios e sorrindo, consoladora, Solange deixou cair, entre suas costas e as costas da cadeira, o xale que trazia nos ombros, e Xavier viu que tinha os seios nus por trás da blusa excessivamente transparente. Conforme o rumo que as coisas tomassem, ele pensou, e se fosse absolutamente necessário, ele até que poderia, mais tarde, terminada aquela conversa, acariciar, quem sabe, os seios que espreitavam por trás da blusa, despir e levar Solange para a cama, fechando os olhos para não ver no corpo dela o desrespeito ao corpo incorruptível de Bárbara, e ignorar aquele dente levemente acinzentado, o molar, e a jaça da joia falsa, o sinal do peito, infamante e denunciante, pois não estava, tanto quanto ele podia constatar, reproduzido em Bárbara.

— Basílio — disse Solange no único momento da conversa em que demonstrou uma certa faceirice, um esboço de provocação, a boca sorrindo, os seios riscando a blusa — ainda não sabe da missa nem a metade, coitado, não sabe de nada, aliás, além das minhas dúvidas e suspeitas sobre a *pessoa* de Jaci. Mas veja só, Xavier, se você me permite, e já que estamos falando em Basílio, deixe eu contar a você: ele outro dia, em relação a você, demonstrou, acho eu, um certo... ciumezinho. Acha que você trouxe... problemas, disse ele, mudou os ares da casa, falou ainda.

— Ora essa — disse Xavier, irônico, prometendo a si mesmo analisar aquela informação mais tarde, mas impaciente por ver Solange se desviando e exibindo os peitos —, que ideia do velho Basílio.

— Pois é — disse Solange, enigmática, ainda sorrindo —, ele terá, ou teria, suas razões. Mas por enquanto, do caso em geral, só sabe das minhas dúvidas, e se impacienta com elas — um pouco à sua moda, Xavier —, das dúvidas que eu tenho a respeito de Jaci, da identidade, digamos, de Jaci, e ele foi lá ouvir histórias que você, naturalmente, está cansado de conhecer, que nas conversas lá em casa já tinham sido mencionadas, entrando por um ouvido meu e saindo pelo outro, e que nunca me afligiram nem um pouco, imagine, se não se enrolassem, como agora, em gente minha, carne da minha carne. Eles, os índios, os bugres, sabem o que é, ou quem é que deixam viver, não é mesmo, de acordo com a religião deles, os costumes, manias, sei lá como se diz, mas que sabem, sabem, enquanto que a gente às vezes mete o bedelho onde não imagina o que vai encontrar, mete o nariz sem pensar onde, se aventura num atalho que a gente não conhece e depois... depois a gente pode ter que enfrentar o bicho, como você disse outro dia, o animal que a gente acordou sem nem saber que ele existia, que estava dormindo, e a gente tropeçou nele, sem pensar no que podia estar ali, sem saber o que a gente encontra quando se mete onde não deve.

— Sei, sei — disse Xavier, com a voz calma de quem aquieta uma criança nervosa —, estou compreendendo, e vamos ver, daqui em diante, se nós dois, eu e você, que combinamos resolver o problema, deixamos definitivamente de lado Lila, Basílio, Teodoro, gente de fora — acrescentou, sorrindo —, para adotarmos as providências necessárias, as *nossas*, baseadas em resoluções que tomaremos nós. De qualquer maneira, eu confesso que não sabia que, além do que tínhamos falado e acertado aqui, você, pelo visto, já tinha, já estava comprometida com uma ideia feita sobre Jaci.

— Coisa-feita — disse Solange, repondo o xale nos ombros como quem se prepara para sair, ir embora, como quem acha que chegou ao fim de alguma coisa.

— Ideia já formada — disse Xavier, tentando ser solícito e agradar, distender Solange, ideia preconcebida —, foi o que eu quis dizer, mas mesmo assim concordo que não falei certo, pois eu próprio devo ter contribuído para a formação, em você, de uma imagem de Jaci como não somente uma criatura bronca e ruim, e sim como... Não sei, um ser monstruoso, maligno. Se somarmos a isso a entrada em cena de Basílio, misturado ao Teodoro, entenderemos como é que chegamos a uma meia antropologia, de conclusões confusas, ou pelo menos difusas.

— Xavier, Xavier, por favor, baixe um pouco a guarda que eu não estou discutindo ciência nenhuma com você e sim me defendendo, tentando me livrar de um mal, e a você também. Eu estou pedindo a você que se assuste comigo em vez de falar assim com alguém que tanto... tanto preza você, talvez até mais do que você imagina, e que agora tem e teme tanta coisa que não entende, não compreende. Eu falo, eu digo tudo que vim contar, juro a você, mas não consigo, não vou conseguir se você continuar me olhando assim, de longe, como se não quisesse, ou não fizesse questão de me compreender, como se *eu,* aqui, estivesse falando a língua que ouvi falada ainda agora, no Catumbi, enquanto não sei quem, num canto, fumava cachimbo e Mãe Cabinda olhava os búzios. Eu peguei Naé e Jaci como você queria que eu pegasse, Xavier, se amando mesmo, na cama de

Naé, como se fossem um homem e uma mulher, e apesar de ter ficado como você pode imaginar, não sei bem o quê, escandalizada, revoltada, quase fora de mim, mesmo assim me agarrei, me contive, dizendo Jesus, ajudai-me, mas de qualquer jeito fui em frente, dei a volta por cima, dizendo a mim mesma que tinha sido preparada, avisada, temendo mas sabendo que podia ver o que estava vendo.

Xavier tomou nas mãos as mãos de Solange, que tinha feito uma pausa, olhando para nada, olhando em frente, e, com suavidade mas com firmeza também, ela se livrou das mãos dele.

— Isso foi de noite — continuou Solange —, e no dia seguinte, não, nem isso, horas depois, de madrugada, porque eu não dormi mais, na mesma cama eu vi Jaci e Bárbara se amando, e foi aí que eu vi Jaci bem, antes que... ele, antes que os dois me vissem, e depois, quando Bárbara, com ar muito natural — o que não é natural e só pode ser um feitiço, uma coisa abominável qualquer —, veio me falar, gritei com ela, perguntei se tinha pelo menos pensado em não engravidar, em não correr o risco de ter um filho daquela criatura que ofende a criação, um filho maldito, que peca contra o que está certo, o que é natural, contra a lei que a gente não escreve porque não precisa, porque Deus nos deu olhos para... para não querer ver o que eu vi.

23

Deitado no seu canto do dormitório, em cima das cobertas da cama, que nem tinha desfeito, Jaci se esforçava para, mantendo os olhos abertos, fixos no teto, encontrar uma solução para o problema arranjado por Bárbara, quando perguntou se ele não *pensava* — Bárbara tinha falado assim mesmo, pisando com força, na palavra — nunca, se não parava de vez em quando para pensar, se estava sempre com bicho-carpinteiro, como — quando alguém perto dela não ficava quieto, não sossegava nunca — dizia Emília, a avó dela. Depois, séria, pondo o rosto dele entre as duas mãos, tinha ido adiante e perguntado se, quando estava sozinho, ele não começava, por exemplo, a ver ela, Bárbara, na imaginação, na memória, lembrando ela — "me matutando, me mastigando", ela falou — e relembrando as coisas que faziam juntos, no Jardim, apanhando araçá e cajá-manga, em casa, se amando na cama, quando possível, ou na esteira do canto do sótão. E realmente ela ia achar ele, Jaci, a pessoa mais desmemoriada do mundo se ele tivesse esquecido aquele dia que tinha sido o mais bonito da terra, o dia calorento em que ela, ele e Naé tinham saído do Jardim pelo mato, caminho do Horto, e de repente do céu destampado desabou o temporal que pôs para chover em meia hora a chuva do ano inteiro, fez roncar rouco e feio, como um rio-rio, até o riozinho dos Macacos, e deu neles três, no meio daquele sufoco d'água, o que o Naé batizou depois de porre de chuva, porre mesmo, os três tirando a roupa para rolar no capim e na lama, e depois, de pé, pernas enfiadas até a canela no lençol d'água, abrindo a boca para o céu para beber chuva, o lençol d'água correndo pelos peitos, pelas virilhas, os três bebendo e lambendo chuva uns nos outros.

Agora, afugentando bravamente o sono, Jaci formulava para si mesmo o que ia dizer a Bárbara quando dissesse a ela que sim, naturalmente que pensava nela, lembrava dela, e que nunca jamais ia esquecer aquele dia da chuva, a partir de minutos antes da chuva, debaixo do pé de amora, Bárbara com os dedos roxos, sorrindo com a boca roxa de amora e aí então a chuva torrencial lavando a cara dela, batendo na cara dela, quase cortando a respiração dela, que ria enquanto ele, Jaci, tinha tido medo de ver ela se desmanchando em chuva e amora, a água cor de vinho escorrendo pelos peitos dela, pelas coxas, chupada pela terra em volta dos pés dela. Também não tinha esquecido que a doida da chuva, logo que acabou de lavar Bárbara — alagando, para isso, a terra inteira, debaixo d'água até a altura do rio —, tinha chovido uns últimos pingos, meio sem jeito, e se enroscado depois, quando o sol já brilhava, numa última nuvona escura nos fundos do céu azul. Os três tinham posto a roupa para secar, presas as camisas pelas mangas e as calças pelos cós, nos espinhos de uma velha paineira, enquanto secavam os três e ele, Jaci, se lembrava até do cabelo de Bárbara — que até então estava escorrido na cara dela, empastado de chuva — criando viço de novo e estalando — ele tinha ouvido —, crepitando à medida que o sol enxugava e lustrava o negro deles como se fosse sair faísca dos cabelos, Bárbara nuinha em pelo ao lado da amoreira, as duas secando juntas, Bárbara com os cachos do cabelo que pareciam roxos de tão pretos, a amoreira com cachos de frutas quase pretas de tão roxas que eram.

Jaci ia dizer a Bárbara que pensava, sim, pensava até demais nela, em Naé, os três no Jardim, ou no caminho do Horto, andando pela mata, e Bárbara podia ficar sabendo que da língua dele não ia sair nunca o gosto da chuva misturado com gosto de Bárbara e amora. Mas tinha que pensar tudo de noite, ligeirinho, antes de ferrar no sono, porque de dia, a não ser dia muito especial, como o daquela chuva, ele não pensava, ou só um pouquinho, simplesmente porque durante o dia quase não sentia as outras coisas separadas dele, quase não havia espaço, intervalo entre ele e o que estava vendo, não cabia pensamento nenhum entre ele e o chafariz, o sino, um pé de pitanga, uma asa-delta ou uma garrafa de guaraná. Mas ele punha os olhos numa coisa ou pessoa e ia pensar numa ou noutra, virava ele próprio aquela pessoa, ou coisa, e tanto fazia ele pensar no guaraná ou na pitanga como a pitanga e o guaraná pensarem no Jaci, quer dizer — sem confundir as coisas, que eram fáceis de explicar —, garrafa ou pitanga passavam para dentro dele como ele para dentro da garrafa ou do caroço da pitanga. Bárbara tinha lambido a pele dele com a língua roxa de amora e ele tinha sentido, na língua de Bárbara, o gosto dele mesmo com tinta de amora. Bem, bocejou Jaci, era por aí, e ele ia dizer a Bárbara — que de todas as pessoas que ele tinha conhecido era a mais bonita, mais bonita mesmo do que o Naé — que às vezes ele não sabia mesmo, jurava que não sabia quem é que estava pensando em quem quando ele pensava nela, não dando para dizer, para saber. Ele não pensava nela o tempo todo quando estava longe dela porque só assim ele conseguia fazer coisas como ouvir aula noturna ou manejar pá e picareta no Jardim em vez de ficar tão soldado nela pela lembrança que começava a viver a vida dela em vez da dele e se perdia, ele, de vista, assim como perdia de vista a picareta e a pá.

Afinal de contas, havia também Naé, havia Nhã-Lilá e havia horas e horas vividas na floresta que só perdiam mesmo para o dia da chuva, havia os banhos de cachoeira com a madrinha, as viagens de canoa com a madrinha, a cantoria na choupana, quando vinham visitar a madrinha o padre Rodolfo e os índios cantores e de noite havia as cantiguinhas que a madrinha ensinava a gente a cantar, em língua de branco, em língua de índio, na língua dela, da madrinha, língua muito arrevesada mas que cantada por ela ficava bonita, porque tudo, gente, rio, bicho, música, tudo ficava bonito se a madrinha olhava, nadava, alisava, cantava.

Jaci só deu por si, só acordou, com a sensação familiar de que, no desalinho do calor, da coberta atirada longe, era intensamente olhado, a distância, pelo inspetor Barreto. Já era dia claro e o Barreto, estático mas pudico, cobrindo com o lençol as imperiosas seminudezes do Jaci matinal, balançou melancólico a cabeça e foi dizendo que precisavam, ele e Jaci, tomar café, pois à espera havia uma camioneta, a qual levaria os dois ao Jardim Botânico — uma parada rápida, rapidíssima, mesmo — e em seguida, o que o Barreto lamentava mas nem tanto, ao reformatório.

Jaci tinha acordado de chofre, como se estivesse dormindo em rede no meio do mato e ouvido ruído: a cara do Barreto, primeiro, e suas palavras, em seguida, tinham feito toda a soneira do corpo dele sumir pelos olhos adentro, feito água chupada, assobiando e silvando, por um sumidouro. Mas mesmo assim — queria dizer isso a Bárbara — ainda tinha tido tempo, antes de só prestar atenção no que o Barreto dizia, de *pensar* nela e na resposta que ia dar à pergunta que ela tinha feito. Depois, imóvel, lembrou que no mato, quando acordava com ruído que podia ser de pata de onça no chão, continuava, como agora, sem se mexer, mas calculando de que lado saltaria para salvar a pele, chegando mesmo a considerar, agora, a possibilidade de, metendo com força os pés no peito do Barreto, derrubar ele no chão, tonto ou desmaiado, e fugir escada abaixo. Como se estivesse farejando o perigo, o Barreto se moveu, vagaroso, felino, abandonando sua posição aos pés da cama, e aos pés de Jaci, para se sentar à beira da cama vizinha, com cuidado, de modo a não acordar o menino que ali dormia.

E mudou de tom, dando a Jaci a impressão de que o Barreto pretendia apenas, como o enfermeiro encarregado de transportar um doido, convencer ele a aceitar a viagem com calma.

— Não sei — disse o Barreto — se me compete, em minha humilde posição de chefe de disciplina, vigia, bedel, interrogar, interpelar comandos, quem sou eu, e é possível que você esteja sendo trancafiado no reformatório por algum motivo injusto, discutível, ou até — e o Barreto se debruçou, da outra cama, quase súplice, mãos para adiante, como se fosse, mas não chegou a, tocar o ventre de Jaci — em razão dos indiscutíveis motivos de surpresa e perturbação que você possui, e que talvez esteja usando em quem, ou onde, não deve: ignoro, não sei, que sabemos nós, os pequenos, os submissos, de amores e de cóleras que brotam nos lugares altos? Mas de uma coisa eu sei, e posso falar porque, embora só nos vejamos discretamente, em ocasiões especiais, sou fraternal amigo, irmão de alma do Dr. Joviano, que dirige o reformatório há anos. Eu sei que o nosso querido Heleno, que tanta saudade nos deixou, outro dia, ao partir, falava mal, ou, para ser exato, dizia horrores do reformatório. Mas é que ele, Jaci, esteve lá jovenzinho ainda, antes do pleno desenvolvimento, e de qualquer forma sempre foi, e continua a ser, modesto de armas, digamos. O principal, porém, e trata-se aqui de um grande porém, ele não me conhecia, não conhecia ninguém como eu, não tinha um padrinho como este seu amigo, Jaci. Até a casa do Dr. Joviano frequento, onde — vigiados, embora, para que não fujam — rapazes do reformatório, em pequenos grupos, servem de copeiros, nos fins de semana, e alguns, depois da regeneração e dispensa do reformatório, lá permanecem como choferes, jardineiros, mucamos, como diz carinhosamente meu amigo, meu protetor.

Jaci pareceu um instante — instante em que relembrava intensa, febrilmente, o que o Heleno dizia a ele do reformatório — mergulhado nos próprios pensamentos, e afinal deles saiu para dizer que sim com a cabeça, que, apesar de não gostar, assim de cara, da ideia do reformatório, via que a coisa podia ter seu lado bom; só pedia ao Barreto, antes de sair com ele, um favor, uma concessão, a licença para dizer adeus à irmã-porteira, a boa amiga dele, Cordulina, que, talvez por ele sair tanto, e durante tanto tempo, todos os dias, para o trabalho externo no Jardim Botânico, há muitos e muitos dias não via.

— Ah, disse o Barreto — mãos postas diante do rosto, como se rezasse, expressão desolada —, então você não sabia, ninguém disse nada, não falaram com você? Pois eu era capaz de jurar que você sabia, que teria sido um dos primeiros a saber, visto que, de acordo com meus pobres meios de informação, você; em parte, teria sido a causa, o motivo da transferência de nossa excelente Cordulina. Ela, que é um pouco lenta e lesa de espírito mas ágil de mãos, trabalhadeira, e dona de um coração que todos consideram — embora, sorriu Barreto, nenhum ourives tenha sido consultado — de ouro, foi enviada às vicentinas de Pedro do Rio, muito além de Petrópolis, mas, me afirmam e garantem, onde os ares são ainda muito puros, leves e saudáveis.

— Mas eu? — disse Jaci angustiado, aflito — como é que eu posso ser a causa, o motivo da transferência dela se nem estava mais procurando a Cordulina, me achando até um ingrato, e nunca fiz nem disse...

— Claro, Jaci, lógico, e eu não devia ter falado em "causa", "motivo" e coisas assim, mas, em primeiro lugar, você precisa, como eu fiz, se habituar à treva, luminosa mas treva, em que moram e agem os poderosos, à naturalidade com que inventam faltas e culpas para nós, e, em segundo lugar, é inegável que você, mesmo sem saber, ou querer, motiva as pessoas, por várias razões. A Cordulina, por exemplo — que não creio que você tenha encantado pelas razões, pelos argumentos, mudos mas eloquentes, com os quais você extasia mesmo os pobres mortais que apenas devassam e contemplam você com a vista —, a Cordulina, como eu ia dizendo — ah, as coisas que nas esferas superiores acontecem chegam a nós, os mínimos, tão confusas —, teria procurado a Lila, para que a Lila, falando a uma certa Jacqueline, dissesse que o Jaci...

— A madrinha? A madrinha? Onde está a madrinha? Voltou? Está no Rio?

— Escute, Jaci, eu vou contando a você, pelo caminho, o que você quiser, ou, melhor, tudo que sei, o pouco que sei, o que chega até os meus ouvidos, mas agora temos de fato que ir, temos que desligar você do Jardim Botânico mediante um ofício — um ofício especial, "reservado" como foi chamado, pois você não pode ser objeto de um ofício qualquer, vulgar —, o qual livrará você da faina de varrer folha seca das alamedas daquele quintalão, daquela roça pretensiosa, que é o Jardim Botânico, e depois — ao reformatório! Você, Jaci, de quem eu já falei com o Dr. Joviano, você que eu tomei a liberdade de descrever, você eu faço questão de levar pela mão e de acompanhar durante o chamado exame de saúde, feito na presença do diretor. Se você não for designado, na hora, chefe dos mucamos e copeiro-mor, não me chamarei mais Gratuliano Barreto, juro, por esta luz que me alumia.

Jaci se comportou com tão serena conformidade ao se preparar — vestir a roupa e os sapatos dos domingos e dias de festa, comprados por Lila — e atar numa trouxa sua bagagem de alguns calções e camisas, mais dois pares de sandálias havaianas, que o Barreto, ao fazer Jaci, quando chegaram à camioneta, sentar no meio, entre ele e o motorista, viu-se livre para se entregar ao sonho que entretinha ele mais do que qualquer outro, nos últimos tempos: o de chegar à presença augusta do Dr. Joviano feito um daqueles mercadores persas que tinha visto no cinema, um tapete enrolado debaixo do braço, tapete que, desenovelado sobre o fresco mármore do palácio do sultão, revela na última dobra uma odalisca, um odalisco, a qual e o qual seriam, no presente caso, Jaci. Isto levaria Gratuliano Barreto, agora que chegava ao fim da vida, a um ocaso de merecido ócio e austera dignidade sob a copa umbrosa do Dr. Joviano: como um velho pastor, disse a si mesmo, terminaria seus dias selecionando, no reformatório, as crias que, pelas suas formosuras secretas ou seus exageros congênitos, não deviam crescer e desaparecer, anônimos, na multidão dos que fenecem como carne de cega reprodução ou como energia de trabalho bruto e bronco.

Quando a camioneta entrou, pelo portão principal, ao lado dos escritórios do Jardim Botânico, o Barreto, mesmo confiante como estava, não correu sequer o risco de se levantar e sair do carro para entregar o ofício, preferindo chamar, com um aceno, um guarda fardado, a quem disse que, "por ordem do Dr. Teodoro", entregasse no escritório o ofício e trouxesse, em seguida, o recibo, enquanto ele aguardava no carro.

À esquerda de Jaci o motorista, enquanto esperavam, acendeu um cigarro, curvado sobre o volante, e entreabriu a porta do seu lado, para deixar entrar na cabine o ar fresco, matinal, que vinha do parque em volta, e, à primeira tragada que deu no cigarro, sentiu o coice dos pés de Jaci na ilharga, escorregou e foi cuspido de lado pela porta, que se escancarou. O motorista nem viu quando Jaci pulou por cima dele e, num bote, numa carreira, antes mesmo que ele se levantasse do chão, desapareceu entre as árvores.

24

Pela janela da sua sala do Museu, sentada à sua mesa, Lila percorria com os olhos, pensativa, o caminho tão familiar e que satisfazia, ao mesmo tempo, seus instintos de jardineira frustrada — contemplava a sempre renovada luta de vermelhos que travavam o bico-de-papagaio e a papoula-hibisco — e seus, igualmente frustrados, instintos de mulher caseira esperando o marido de volta do trabalho. É que dali divisava também o portão de ferro rendado e uns poucos metros do caminho no qual costumava observar, em idas e vindas, Xavier, que era cada vez menos o marido de volta ao lar, suspirou, e sim, cada vez mais, o noivo que rompeu o noivado, o que, se não era bem verdade — as papoulas-hibisco faziam Lila pensar em Jaci —, mentira também não era.

A costumeira harmonia reinante entre o muro, as flores, o caminho e o portão foi brusca, inesperadamente agredida pelo aparecimento inédito, ali, do inspetor Barreto, um Barreto mais Barreto ainda que de costume, mais soturno, abatido, como se, pensou Lila, tivesse pela primeira vez, numa rua escura, dado de cara consigo mesmo. Lila ouviu pouco depois, vindo da sala de Xavier, um som tão estranho dentro do Museu quanto a presença, no prédio, do dito Barreto: Xavier, que sempre falava baixo e cuja voz era inaudível através de uma porta, tinha positivamente soltado um berro, seguido de um palavrão. Quase sem refletir, Lila abriu a porta de sua sala, para ver o que acontecia, e, ela sim, deu de cara com o Barreto, que tinha os olhos um tanto esbugalhados, balançava a cabeça e resmungava, como se a si mesmo custasse a convencer. Tratou Lila, ao dar com ela, com mesuras, curvaturas, um sorriso servil, e ela, que não tinha esquecido os sarcasmos e insolências do Barreto na Casa dos Expostos, quase seguiu seu primeiro impulso, que foi o de dar as costas a ele depois de um quase imperceptível cumprimento de cabeça. Mas pensou outra vez quando reparou que, além de humilde, o Barreto, sempre tão lambido e bem-posto, tinha os sapatos sujos de terra e o aspecto geral de quem sofreu um acidente de estrada e se embrenhou pelo mato em busca de socorro. Ou — e aqui Lila evocou histórias de Jaci sobre o inspetor — parecia, mais do que qualquer outra coisa, um galo surrado, molhado, crista baixa, se retirando, diante do adversário, pela poeira da rinha, feito uma galinha choca.

— O Jaci, o Jaci — sussurrou o Barreto, ao ver o ar interessado que Lila tinha, afinal, ostentado, mas recusou, lançando um temeroso olhar à porta do Xavier, o convite que ela fazia, de tomarem um café na cantina do Museu.

Acompanhando o Barreto até o portão e a camioneta, Lila percebeu como é fácil a gente estabelecer alianças, efêmeras mas por um instante férreas, mesmo com as pessoas que mais nos repugnam: o Barreto contou a ela, rápido, como Jaci tinha fugido e se dissipado, feito um nevoeiro, no Jardim Botânico, e ela escutou a história, natural e concentrada, de uma forma que quem visse os dois assim imaginaria que passavam dias inteiros a conspirar, pelos cantos, aos cochichos. É que a preocupação do Barreto era a de não ter convencido Xavier da importância de persuadir o Jardim Botânico a entregar aos seus funcionários de jardinagem, colegas de Jaci, que já eram amigos dele, o encargo de organizar a busca, a caça, por assim dizer, a Jaci, no Jardim.

— O negócio, dona Lila — disse o Barreto —, é a burocracia ofendida, melindrada, é o Jardim Botânico cheio de não-me-toques porque, diz o diretor, os Expostos, sem a menor consideração, acabavam de fazer o Serviço, o Dr. Teodoro, demitir o Jaci do Jardim e despachar ele para o reformatório: pois agora, o reformatório que se vire, diz o diretor, e encontre o menino fujão. Acontece que se é a turma do Jardim que entra em campo, o Jaci, quando for achado, leva, na pior das hipóteses, um puxão de orelha. Mas se o reformatório — que não tem pessoal ou prática de buscas em hortas e jardins — mete a Polícia na dança, quem sabe o que pode acontecer ao nosso menino, dona Lila?

Lila ficou em silêncio, assentindo com a cabeça, tentando, na sua perplexidade, pesar e medir não o que ouvia do Barreto, e sim quais seriam os motivos de Xavier.

— Salvo erro ou engano — continuou o Barreto, já à porta da camioneta mas ainda olhando o prédio, com medo de ver aparecer Xavier —, o Sr. Xavier, que é homem tão justo, varão ilustre dos antigos, de Plutarco, como se dizia, me parece, no caso, irado além da conta com o menino, o Jaci, inclinado a não sensibilizar e mobilizar o Jardim Botânico, e eu não só sinto que o Sr. Xavier poderia, íntegro como é, se arrepender depois do seu excesso de zelo e austeridade, como — e aqui Lila entendeu pouco, imaginando que estava um tanto transtornado o Barreto — estou comprometido com o Dr. Joviano, outro varão de Plutarco, diretor do reformatório, a entregar o Jaci sem defeito, isto é, se a senhora me compreende, em perfeitas condições, perfeito e escorreito.

Lila foi voltando devagar ao prédio e tomando o rumo da sala de Xavier mergulhada em cisma de duas partes, numa das quais, cheia de emoção e de temores quase irracionais, via e revia, tal como descrita pelo Barreto, a fuga do Jaci, enquanto na outra constatava, raciocinante, fria, que andava de fato mais do que esgarçado seu véu de noiva, já que Xavier nem tinha se dado o trabalho de fazer a ela uma consulta, ou sequer comunicar a ela decisões tão drásticas em relação a Jaci, como essa de mandar ele para o reformatório. Isso, ao chegar à sala de Xavier, Lila pretendia dizer, ou sugerir, em tom um pouco de terna troça, um pouco de mágoa, para que o caso dos dois fosse se desfazendo, se desmanchando com um mínimo de graça, de mútua atenção prestada, e só um ou outro queixume, e ainda para que, em seguida, ela pudesse, já um tanto falsa e traidora por conta própria, ver o que havia de fato por trás de tanto castigo e severidade no trato dele com o Jaci.

No entanto, as palavras que Lila tinha arrumado na cabeça para o começo da conversa com Xavier ficaram por falar, imóveis, como, numa sala sem gente, cadeiras sem uso, porque Xavier, entrevisto pela porta aberta, parecia perdido — lápis na mão, papel sobre a mesa — em algum abstruso cálculo matemático. Lila empurrou a porta, entrou e chegou até perto de Xavier, que, apesar de ter visto sua entrada, continuou ainda um instante a fazer, na realidade, um desenho, um repetido desenho que lembrava ilustração de livro de botânica, amêndoas e mais amêndoas triangulares, algumas no galho, e umas garatujas por baixo. Xavier, pensou Lila, com esse descaso tão elaborado, ou, melhor dizendo, tão desaforado, estava sem dúvida esperando — segundo receita muito dele quando queria extrair de alguém informação sem parecer, ele próprio, curioso — saber dela se tinha visto o Barreto, e, no caso afirmativo, se tinha conversado com ele, e quanto.

— Por favor, Xavier — disse Lila —, me dê um momento de atenção, se não for muito incômodo, porque eu interpelei o Barreto, quando esbarramos cara a cara, no corredor, e ele se dignou me dizer, em duas palavras, que estava aqui no Museu devido a "uma ocorrência muito desagradável": ao ser transportado para "o reformatório", ele disse, o Jaci, durante uma parada no Jardim Botânico, tinha fugido.

Xavier se limitou a bater com a cabeça, afirmativamente, enquanto persistia nas garatujas e amêndoas.

— Desculpe, Xavier — continuou Lila —, se faço a você perguntas que não são da minha conta, perguntas sobre o Jaci, mas é que eu vivi durante algum tempo debaixo da impressão de que era da minha conta o que fosse da sua.

— E deixou de ter essa impressão quando, por quê, diante de que razão ou motivo? — perguntou Xavier sem levantar a cabeça do papel e das amêndoas.

— Para dizer a verdade, há muito pouco tempo, mas, recapitulando, acho que podia, devia ter percebido que não era a maior coisa, ou, digamos, a pessoa mais central na sua vida, nem mesmo no princípio, quando imaginei que era. Vou logo esclarecendo que não me sinto ludibriada por você, seduzida e abandonada, como dizia o filme, mas confesso também que cheguei a me acreditar, num certo momento, Nhã-Lilá, flor do seu jardim, da chácara de Xavier. E esclareço mais ainda acrescentando, com pouco recato, que não estou dizendo que nos considero afastados e rompidos, tanto assim que confesso que gostaria — ela sorriu — de manter nosso compromisso de hoje, de jantar, cinema, talvez mais alguma coisa. Ao mesmo tempo juro que não falo mais em nos casarmos, morarmos juntos, e, muito menos, em adotarmos o filho que acaba de escapar à vigilância do Barreto no Jardim Botânico.

— E é por causa do Jaci que você está falando assim, não? Ou principalmente por causa do Jaci, acredito.

— Eu poderia dizer — respondeu Lila — que era por causa da Solange, mas acho que se continuarmos assim não conseguiremos encerrar nosso caso como eu gostaria que fizéssemos, devagar, como quando largamos — naquele lago em Petrópolis, se lembra? — os remos e deixamos o barco cuidar de si mesmo. Se começarmos a encher o barco de indiretas, insinuações e perfídias ele vai para o fundo, meu querido. É por causa do Jaci, sim, pois durante algum tempo ajudei você a cuidar dele e agora, sem me dizer nada, você começou a maltratar, a afastar o Jaci do nosso convívio e até do emprego que ele tinha no Jardim Botânico para internar o menino num desses presídios beneficentes de onde ele só poderá sair danado da vida, revoltado, disposto a fazer o mal.

— Mais mal do que tem feito é difícil imaginar, Lila querida — disse Xavier repetindo, irônico, o termo usado por ela com doçura —, e eu só pretendia falar com você depois de internar o Jaci para não perder tempo, para impedir, por outras palavras, que a maldade dele se alastre mais, compreendeu, que a natureza dele, voltada, eu lamento, para o vício e a anormalidade, extravasasse todos os limites e...

— Solange? — perguntou Lila.

— Solange o quê?

— O Jaci extravasou para a Solange?

— Se você quer saber, extravasou para o rapaz, o Naé, e levou Solange, isto sim, a sair em busca de explicações na umbanda, na macumba, porque se viu diante de uma manifestação do mal que não cabia na experiência dela, que exigia que ela se entregasse a crendices e fosse procurar respostas em cultos ainda meio selvagens, como o Jaci.

— Você deve estar usando palavras da Solange, repetindo Solange, Xavier, porque ela já me falou, e não foi a propósito do Jaci, na macumba que ela frequenta no Rio Comprido, no Catumbi, aqueles lados. Falou me aconselhando a ir lá para estimular *você* a casar *comigo,* se você deseja saber, e talvez eu devesse ter ido. Mas isso prova que a macumba é crença, ou costume antigo de Solange. Não vejo nenhum mal na macumba, mas também não vejo qual pode ser, no caso, a culpa, mais uma, do pobre do Jaci.

— Muito bem — disse Xavier, apoiando com tanta força o lápis contra o papel, entre as amêndoas, que pulverizou a ponta e rachou a madeira em volta, descarnando o fio do grafite —, como é que você reagiria se encontrasse um filho seu rolando em sodomia numa cama com uma outra criatura que você tivesse acolhido e tratado como… como gente? como um ser normal? como um hóspede e amigo da casa?

— Xavier, se você deseja uma resposta razoável, sincera, é indispensável que me conte mais, que você prossiga e me diga como é que o Jaci, envolvendo Solange, envolveu tanto você. Acho até aceitável, natural que ela, se viu o que você descreve, se deparou com o Naé em sodomia com Jaci, como diz você, meio bíblico, é natural que tenha ficado perturbada, ultrajada, indignada, mesmo, e ido à macumba, o que não me parece, de modo nenhum, uma consequência lógica, necessária, mas é aceitável: agora, você, Xavier, você não teria ficado tão ardoroso e enfurecido só por isso, claro, o que me leva a perguntar se o Jaci envolveu, de alguma forma mais profunda ainda, a Solange, ela própria, ou se, por falar nisso, quem sabe se ele…

Alguma nova hipótese estava evidentemente formulada na cabeça de Lila, e Xavier não pretendia, de forma nenhuma, permitir que ela viesse à tona, à luz, pelo menos não ali, naquele instante, e se levantou da cadeira dizendo, já num tom menos solene, que concordava com ela a respeito do barco a vogar, suave, escolhendo seu próprio rumo, em lugar de ir a pique por excesso de carga emocional, mesmo porque, disse, melancólico e cavalheiresco, ao contrário de Lila ele ainda acreditava no barco das bodas. Só pedia licença para lembrar que se estava ardoroso e enfurecido, era por ter sido responsável — aliás instigado por ela, Lila — pela apresentação de Jaci a Solange e Basílio, pela introdução de Jaci na casa deles. E Xavier, passando a mão na cabeça, inspirou o ar, fundo, e esvaziou em seguida os pulmões, um pouco, pensou Lila, feito um balão que solta o bafo quente e vai murchando.

— Bem, eu dou a mão à palmatória — disse Xavier —, e reconheço que em parte — pelo menos uma pequena parte, ele sorriu — você tem razão em achar que eu me deixei impressionar por uma crise — aliás muito compreensível, você há de concordar — de Solange e passei a exagerar proporcionalmente minhas falhas, meus erros e culpas. A ideia inicial, que eu ia, juro, discutir com você era internar o Jaci no reformatório mas com a intenção básica, única mesmo, de dar um susto nele, um sacolejão, e retirar ele, depois de um período que, além de breve, seria fiscalizado por mim, pelo Barreto, pelo Teodoro, que está a par de tudo — ou quase tudo, pois temos que proteger o Naé, a família, naturalmente — e, então sim, dada a lição, aplicado o corretivo, restituir Jaci ao trabalho, oferecendo a ele a oportunidade de se emendar, de se... civilizar e recomeçar a vida de modo muito mais sério, como cidadão útil, gente direita. O importante, agora, é que o pessoal do Jardim, os vigias, os jardineiros, encontrem rapidamente o Jaci, depois de mais essa travessura, mais esse episódio de desaparecimento em palmeira imperial ou sabe-se lá que árvore do Jardim, que bambual ou que gruta do Horto.

— Mas então é o pessoal do Jardim que...

— E o que é que você esperava? Havia de ser eu, ou você? Não será difícil para eles, gente que trabalha, quase vive lá, que conhece os cantos e recantos, lagoas e riachos, tudo.

— Sim, sim, mas eles estão... dispostos, estão cuidando do assunto, fazendo o trabalho? Você está em contato com eles, Xavier, e não tem nenhuma dúvida a respeito, quer dizer, está tudo assim mesmo, como você imagina?

— Mas por que é que o Jardim haveria de… Lila, pelo amor de Deus, agora é você que está dramatizando alguma coisa, se envolvendo demais, imaginando não imagino o quê, palavra. Mais tarde, meu bem, quando o Jaci já tiver reaparecido e tudo estiver no seu lugar de sempre, a gente volta a conversar.

Lila não se lembrava de jamais ter sentido confusão igual, ou tanta angústia, como ao se sentar, depois da conversa com Xavier, à sua mesa de trabalho, arrumando, quase sem noção do que fazia, apenas repetindo séries de gestos, sua bolsa, suas coisas, para sair dali, para talvez ir ao Jardim, para, até mesmo, com franqueza, telefonar a Solange, abrir-se com ela e combinar sabia lá o quê, alguma forma de ação, pois, pela primeira vez, Xavier lhe infligia um certo… mal-estar, um princípio de medo.

Viu, da cadeira, saindo pelo portão de ferro, Xavier, que, ao pisar a calçada, chamava, contra seus hábitos e sua rotina, um táxi que passava, e Lila se sentiu, de repente, por um momento, perturbada, quase culpada, por dar ouvidos às insinuações do Barreto, talvez maldosas, santarronas, enquanto o pobre do Xavier, que tinha de fato um lado meio antiquado, moralista — nas chácaras que ele imaginava havia sem dúvida um Xavier de sobrecasaca, vigiando o comportamento de familiares e escravos —, estava indo às carreiras, de táxi, para o Jardim Botânico, tão aflito quanto ela para saber do Jaci. À noite, quando se encontrassem, pensou ainda Lila, eram capazes até de sair, na companhia do recuperado Jaci, para comerem um sanduíche enorme na lanchonete da esquina e tomarem uma cerveja, o que curaria as dores e pontadas deixadas por tantos sustos, Barreto e abalos, tudo voltando, como tinha sugerido Xavier, ao seu lugar de sempre, já que tudo é possível.

Tudo, concluiu Lila, mal chegou ao seu apartamento, tudo menos esperar sentada, lendo jornal, folheando revista, ligando a televisão, que as coisas acontecessem tal como tinham de acontecer, sem tirar nem pôr, e, uma vez acontecidas, só então, ela viesse a saber quais, e como. Olhando de dez em dez minutos o relógio, calculando o tempo que Xavier levaria para chegar ao Jardim e se informar, ou tomar providências, ela acabou ligando para o Jardim Botânico, como se fosse secretária dele, no Museu, e chamando Xavier ao telefone, querendo falar com ele a propósito — disse à moça que tinha atendido — de um ex-vigia do Jardim, chamado Jaci Deodato. Mas Xavier não podia atender porque, foi a informação, ele estava em algum canto do Jardim, ou do Horto, exatamente auxiliando a Polícia na busca do mesmo Jaci Deodato, sim, a Polícia, já que o Jardim, e o Sr. Xavier tinha entendido isso muito bem, nada mais tinha a ver com o rapaz desaparecido, foragido, meio perigoso, ao que se sabia agora, que tinha agredido brutalmente um chofer e um inspetor dos Expostos antes de desaparecer.

Agora, sim, agora Lila pelo menos podia se sentir alarmada, amedrontada à vontade, e sobretudo — o que mais lhe doía, o mais difícil de suportar — impotente, sem saber o que fazer, para quem apelar, relanceando os olhos em torno, feito uma doida ou uma prisioneira, uma pessoa em desespero de causa, que torce as mãos e olha as paredes. E foi fazendo isso — olhando tudo ao redor — que acabou por encontrar o apoio, o sinal, o aceno que buscava, ao fitar, e deixar repousarem os olhos no aparador, seu aparador tão banal mas cuja madeira de súbito reluziu como um velho jacarandá e em cujas gavetas as incrustações bisonhas, de pau mais claro, viraram, naquele instante, um antigo, denso, dourado marfim. Lila foi à gaveta de cima confiante, a lembrança do papel, e da ocasião, misteriosamente vivos, em relevo na sua lembrança, e ali de fato encontrou, entre uma conta de gás e outra de luz, a folhinha de bloco, com letra de irmã Cordulina, em que estava escrito o telefone de Jacqueline, a madrinha, a tão celebrada e amada madrinha de Jaci.

25

Havia coisas exatas neste mundo, de forma definitiva, acabada, como aquele fiel Smith & Wesson que tinha sido seu companheiro de mata, que tinha ficado por algum tempo no departamento jurídico do Serviço, rotulado "arma do crime", e que um dia Teodoro tinha restituído, piscando o olho e dizendo "arma absolvida". Embora achasse, no momento da devolução, que seria mais prudente abrir mão do revólver, já que não pretendia requerer à Polícia um porte de arma, Xavier constatou, em pouco tempo, que era impossível dizer adeus ao velho camarada, meio irmão: ainda precisava usar ele de novo. Passou a lubrificar a arma — a escovinha redonda, espetada feito uma carapinha no cabo esguio, de arame, umedecia, diligente, o interior do cano e cada uma das câmaras do tambor, seis — que era polida depois com uma flanela até emitir aquele brilho negro azulado, que parecia arder rente à superfície do metal cada vez que Xavier movia suavemente a arma para captar a luz e contemplar os reflexos emaranhados no círculo da marca registrada, no desenho barroco e rebuscado das sobrepostas letras S&W.

Xavier, que já tinha passado para o cinto, pela alça, o velho estojo de couro amolecido pelos anos de uso, macio de manuseio, enfiou nele, com um gesto exato e certeiro, mil vezes feito, o revólver agora rejuvenescido e asseado, recendendo a óleo, e que ostentava, na parte visível dos orifícios do tambor, o cilindro dourado das balas.

Ele tinha arriscado, na véspera, e perdido, a cartada mais simples de deixar que policiais militares vasculhassem Jardim e Horto e que, tradicionalmente pródigos de tiros como são, resolvessem, no espaço de uma caçada, o problema que no entanto não seria, como agora estava claro, resolvido por delegação: ele próprio teria de ser o instrumento não mais da correição, e sim da destruição pura e simples do Jaci.

Xavier chegou cedo ao Jardim e, de tanto tempo que não carregava o revólver, se sentia, com ele de novo na cintura, completo, inteiro como se diz de um cavalo que é inteiro. Por isso, sem dúvida, é que não se deixava desalentar pelo perfil das centenas de palmeiras imperiais — qualquer uma podia estar ocultando Jaci — nem pela previsão de helicópteros policiais que poderiam riscar, caso Jaci não fosse encontrado, o céu do Jardim Botânico. A multiplicidade de fainas e obstáculos, ele pensou, constitui o único sinal palpável de que quem tem destino a cumprir está se aproximando dele.

Animado, vital, quase escutando nos ares matinais o clique-claque seco de cubos de madeira que se encaixam, cada um no seu predestinado lugar, Xavier ia chegando então ao recanto em que se ergue, sem ter em quem pregar o olho amoroso, a meiga Eco, e aos pés dela se abre a cova imensa onde viveu, durante um século, a sumaúma que afinal veio morrer de raio, tal como a Palma Mater que o senhor D. João plantou. Logo no início da sua paixão pelo Jardim, ele tinha lido a descrição daquele momento em que, feito uma mulher possuída por um demônio, a sumaúma esbraseada, com a casca mordida por mil serpentes de fogo, a ramaria ardendo em labaredas feito cabelo de alma purgando luxúria, tinha virado a maior tocha que já se viu e, em seguida, o maior e mais negro dos tições. Ao cair, afinal, sua raiz desmesurada tinha deixado no chão um rombo tão grande que a própria diretoria do Jardim devia ter enxergado naquele buraco uma boca prodigiosa, e ouvido dela alguma ordem obscura, pois planejou, saindo da sua sonolência burocrática, arrancar à selvagem solidão em que vivia a estátua de Narciso para plantar Narciso ali, no lugar da sumaúma. Xavier, na ocasião, lamentou, ao ler a história do raio e da passageira iluminação comunicada pelo raio à diretoria, que Narciso não tivesse sido restituído ao olhar e ao desejo que há três mil anos esbraseia Eco como se ela fosse uma sumaúma em chamas.

Agora, no entanto, entendia a razão, já que, por cima do relativo abismo deixado pela árvore, tinha crescido uma penugem de relva que, se talhada com um mínimo de cuidado, se levantaria feito uma tampa, ou, mais explicitamente, feito uma lousa de túmulo, esverdeada de musgo. Por pouco que fosse escavada por baixo, era fácil aprofundar a cova, extrair a terra fresca para, em seguida, introduzir ali um corpo a ser recoberto de pronto pela terra, que voltaria ao seu lugar, e afinal tampado pela lousa de musgo e ervas, pois assim tinha querido a mãe fazer com ele, Jaci, lá no Araguaia, competindo agora ao responsável por ele, tutor e curador, cumprir afinal o desejo materno.

Neste momento de funda, piedosa exaltação, Xavier viu, contrariado, que vinha dos lados da vila, atravessando, longe ainda, a aleia central, Basílio, e pensou, por um momento, em se esgueirar para trás de Eco e sumir, rápido, talvez até pelo leito raso do rio dos Macacos, pois era melhor — ainda mais agora, depois do que Solange tinha dito acerca das críticas que Basílio fazia a ele — molhar o pé do que aturar Basílio, as perguntas que Basílio poderia fazer, nublando e contaminando com seu hálito de batida e cerveja da noite anterior a abóbada verde do Jardim. Mas se conformou, e parado ficou, na manhã cinzenta, enquanto o vulto maciço de Basílio ia aumentando entre as árvores, avançando em sua direção, a cena lembrando, pensou Xavier, a dos duelos ao lusco-fusco, nos filmes baseados em romances antigos.

26

Quando se levantou, madrugada ainda, Basílio pensou que ninguém podia ainda estar de pé, na casa, mas comprovou, contra todas as probabilidades, que não havia mais ninguém deitado. Bárbara e Naé não se achavam nas respectivas camas — tinham sem dúvida atravessado o portão do Jardim, para procurar Jaci —, e a própria Solange, feito uma maluca, rezava terço, sentada na varanda, pisando e triturando ave-maria porque não conseguia tirar da cabeça que o Jaci é feiticeiro, bruxo, anticristo, lobisomem ou sabe Deus o que é que ele terá virado hoje, ou durante a noite, na cabeça da Solange.

A verdade é que, graças ao Xavier, Basílio não se lembrava de outro período da vida em que, como nas duas últimas semanas, tivesse tido menos disposição de tomar sua cervejinha em paz, de sandálias, *short*, peito nu, farejando no ar o cheiro que vinha do pé de manacá, de ir até o Arnaldo Lanches, para comparar palpites e fazer depois sua fezinha na corrida de cavalos, ou de peruar o xadrez ao ar livre, que o pessoal jogava trazendo os tabuleiros para a praça, ali na esquina da rua Orsina da Fonseca. Essas saidinhas eram boas em si mesmas e também porque, graças a elas, podia, quando a saudade apertava, telefonar para a teteia da Alzira, velha namorada e rabicho eterno que, mesmo quando casada, primeiro, desquitada, mais tarde, e agora amigada firme, com coronel rico na cama, continuava gamada nele e topava qualquer proposta de se encontrar com ele.

Basílio não tinha chegado a fazer nenhuma investida séria para tentar a conquista de Lila, cujas ancas rijas e expressivas falavam à sua fantasia de admirador de éguas de corrida, mas que — sem que ela tivesse no caso nenhuma culpa, ele ia logo dizendo — perdia encanto para ele dia a dia por estar ligada ao Xavier, que ficava cada dia, achava Basílio, mais chato. Não é que a Lila já tivesse demonstrado qualquer inclinação desatinada a cair nos braços dele, não, nem ele, a bem dizer, tinha chegado às manifestações decisivas e mais dengosas de precisar dela, mas a verdade é que ele sabia, com maior segurança, naquela altura da vida, que, modéstia à parte, raramente estendia a mão em vão, fosse quem fosse a dona a conduzir ao tálamo. Por exemplo, cedo, na sua bem-sucedida história amorosa, tinha percebido que os machões como ele, bonitões, perdiam às vezes mulheres do mais fino acabamento quando elas eram inteligentes, cultas demais para eles: os machões acabavam em jejum, sem a macuca no embornal, repelidos com frieza, mantidos a distância, conseguindo, no máximo, uma penalizada condescendência diante do neandertalismo deles. No que se referia a ele não tinha essa, não, e se cansava de faturar mulheres que eram uns verdadeiros rui-barbosas, muito mais inteligentes do que ele — e não eram tão difíceis de encontrar, Basílio estava pronto a admitir — graças a deixar que elas viessem, e saboreassem, exatamente o reconhecimento, por parte dele, o belo sedutor, da superioridade intelectual delas: dava uma de aluno aplicado e embevecido, passava em seguida a discípulo amado e, não levava muito tempo, virava o divino mestre. Ia tentar, com a Lila, essa abordagem, mas o Xavier, depois dos primeiros tempos, andava tão chato que de algum jeito tinha envolvido Lila, coitada, na chatura dele também, quer dizer, a Lila fazia ele pensar no Xavier e bastava pensar no Xavier para a paciência dele ir para as cucuias e se evaporar.

Enquanto requentava o café encontrado na cafeteira, na mesa da copa, Basílio fuçou mais uma vez velhos tempos, quando o Xavier, que era todo acanhadão com mulher, lançava, mesmo assim, uns olhares melosos e desesperados na direção de Solange, o que até tinha, se ele, Basílio, bem lembrava, estimulado ele a forçar o páreo, levando logo Solange para as pedras do Leme. Pois agora, lá pelas tantas, ele tinha achado que o Xavier podia estar se engraçando, apesar de Lila, pela Solange, e, por via das dúvidas, assim como quem não quer, tinha ficado de olho nele, porque esse negócio de égua da gente, progresso à parte, o melhor é não deixar ela variar de jóquei, não. Mas depois, continuou cismando, fiquei achando que não era isso, não, que o Xavier é mesmo é encrenqueiro e que fica se enxerindo na vida e na paciência de todo o mundo só para criar rolo e confusão, entupindo os ouvidos de Solange, isto sim, com negócio de Jaci e Naé, com essa história de internar o Jaci não sei em que febens e funabens, de mobilizar a Polícia, cruzes. A verdade é que o Teodoro, embora ainda não tenha me contado exatamente o que é que houve com o Xavier lá no mato, deu a entender que muita gente na repartição — talvez até ele próprio, é o meu palpite — considerava o Xavier talvez meio lelé, ou, como se diz, "estranho", com a mania dele de não sair do mato nem quando tinha direito a férias, ou de ir para Goiás Velho, ou Goiânia, em vez de vir até o Maracanã, ou de curtir o hipódromo da Gávea.

De tanto pensar no Xavier, disse ainda Basílio a si mesmo, soprando a xícara fumegante, tinha deixado o café ferver na panela e agora, além de pelando, o desgraçado do café estava com um gosto estranho mesmo, amargo, gosto de sertanista que ficou tempo demais requentando e fervendo no mato. Saiu pela porta afora, sem dizer a Solange aonde ia, porque ela, por sua vez, não tinha nem perguntado se ele queria tomar café, um café decente, e além disso ela sabia, é claro, que ele ia no rasto de Bárbara e Naé.

Só que, como ele podia ter previsto, calculado, temido naqueles dias de generalizada procura de Jaci, quem haveria ele de avistar, mal transpunha, na altura do chafariz, a aleia central de palmeiras imperiais?

— Bom dia, Xavier — disse Basílio ao chegar perto de Xavier e de Eco —, avistei você lá de longe, rondando, rondando, sempre rondando, apesar de saber "que las rondas no son buenas", como apregoava um bolero da nossa juventude, está lembrado, tal de *Noche de ronda*? É no mato que a gente aprende a rondar, não é, Xavier, com os caçadores? Ah! não dou uma dentro e começo logo falando bobagem: caçador fica parado, não é mesmo, sem fazer barulho, depois de escolher um lugar bom, lugar de onça beber água. Procurando Jaci, não é, Xavier?

Basílio, pensou Xavier, dava a impressão de estar tendo preocupações, e mesmo, como se podia ver, tinha emagrecido um pouco, mas o verdadeiramente curioso, quase um tanto injurioso, é que Basílio parecia recuperar, em relação a ele, Xavier, uma confiante, quase superior atitude de outros tempos. A deferência com que Basílio tinha tratado ele desde o reencontro, a afabilidade respeitosa, a constatação tácita de que ele, Xavier, apesar de discreto e incapaz de se gabar, teria muito a contar, quando quisesse, se quisesse, tudo isso, que vinha, nos últimos dias, diminuindo, naquela manhã parecia ter praticamente virado brisa. Vai ver — pensou ainda Xavier, sem dar a Basílio nenhuma homenagem maior de rancor, e sim, no máximo, um impaciente desprezo — que os abalos e suspeitas que sem dúvida afligem esse pobre-diabo, enquanto, sem ele saber como nem por quê, seu próprio lar desmorona à sua volta, fazem o Basílio regredir, defensivo, a épocas mais amenas da vida, quando ele se saía bem de tudo graças a esse charme grosseiro e cínico de quem só aprende na vida jogos e danças.

— Você adivinhou — disse Xavier — e, se não me engano, é o que você está fazendo também, é o que todos estamos fazendo, obrigados que somos pelo Jaci a ciscar pelo Jardim em busca dele como se ele valesse mais do que realmente vale.

— Não, não, aí acho que você não acertou tanto assim — disse Basílio, achando a ocasião pelo menos tão boa quanto qualquer outra para botar pontos nos is e encerrar de vez o assunto. — É claro que eu gostaria de ter notícias de Jaci, que me dá a impressão, aliás, diga-se de passagem, de que é menos mau menino do que menino mal encaminhado. Mas eu vim aqui, para dizer logo a verdade inteira, porque sabia que *você* estaria procurando Jaci e na esperança, na quase certeza de encontrar você, Xavier, mais do que o garoto, pois só vejo você no meio de família, com muita gente em volta, ou quase sempre, pela parte que me toca, meio mamado com minhas batidas, minha cerveja. Você, não, a verdade seja dita, você sempre foi de beber pouco, ou de, só de vez em quando — hoje não sei, mas antigamente —, tomar um porre feito quem... toma um purgante, ou coisa assim.

— Ah — riu Xavier —, eu sempre tive cabeça fraca, ao contrário de você, que bebe, bebe, mas continua firme, desde aqueles tempos, entornando bebida alegrão, sólido nos pés, o que me matava de inveja.

— O que é isso? Se fosse isso você não contava, porque o que nos dá mesmo inveja a gente em geral enruste, não fala, não lembra. Você talvez se admirasse, isto sim, era de me ver beber pensando só na bebida, e não no que pudesse acontecer, no que eu pudesse fazer ou pudessem me fazer, meio avoado, maluco como sou até hoje, ou como eu era até ontem. Olhe, está vendo, já estou exagerando, até ontem nada: vou continuar estabanado, doidão do mesmo jeito, que este é o meu jeito e não vou mudar agora, depois de velho. O que aconteceu é que ontem, anteontem, estes dias estive moendo e remoendo coisas na cabeça, pensando, e, por falta de hábito — aqui Basílio riu —, fiquei até mais magro, como você deve ter notado, ou um pouco menos gordo, digamos. Fora de brincadeira, tenho andado preocupado com Solange, que, por sua vez, vive preocupada com o Jaci, com Naé, com não sei mais quem, e que, como sempre teve mania de benzeduras e candomblés, fica também preocupada com o que diz lá a vidente dela, e começa a inventar tragédias, agouros, o diabo. Eu disse a ela que dou de barato que o

Jaci não é exatamente flor que se cheire, mas também não vamos fazer um bicho de sete cabeças de... de... talvez você saiba que a Solange meteu na cabeça que o Jaci e o Naé... Bom. Eu disse a ela que se houve, se há alguma realidade na história, ela provavelmente não passa de besteira, uma frescura passageira, e, seja como for, essas coisas hoje em dia chateiam, incomodam a gente muito menos, já que ninguém está ligando tanto; como era o caso antigamente, para papo de dar ou não dar, de tomar ou não tomar, e confesso que, embora eu não saiba se com isso a gente, o mundo melhora ou piora, o fato é que melhoramos nós, ou nos aporrinhamos menos, temos menos trabalho e preocupação, lá isso é verdade, não tenho a menor dúvida.

— Basílio — disse Xavier —, você não podia estar falando nada mais correto e mais justo. Eu também acho que o Jaci não é mesmo flor que se cheire e, como me sinto responsável por ele, e culpado, culpado principalmente por ter metido ele na sua casa, na casa de Solange, de vocês, que formam uma família tão feliz, tão harmoniosa, estou à cata dele para tascar reformatório nele, educar ele direito, fazer do Jaci um homem honrado, e garanto que ele não me escapa.

— Isso, isso, esse é um jeito bom de cuidar do Jaci, das coisas, em geral, do que tem de ser consertado, mas...

— Sim?

— Mas — continuou Basílio —, o que eu queria dizer a você, Xavier, é que eu tenho moído e remoído na cabeça, esses dias, principalmente agora, hoje, que o sumiço, a fuga do Jaci criou um ambiente lá em casa que eu não sei como descrever, uma atmosfera, por um lado, chata, lúgubre, e, por outro lado, meio pateta, boboca, que até tem feito com que eu caia em silêncio e meditação — imagine só, Xavier — e tudo isso me faz pedir a você, apesar de meio constrangido, uma coisa. O que eu quero de você, e por favor não me leve a mal, é que você comece a… vamos dizer, espaçar suas visitas a nós, sabe… que você ponha uns intervalos, que fique uns tempos sem aparecer. Não tem nada que ver com você, como pessoa, mas por outro lado, meu velho, não sei, a rotina da casa, o jeitão que a gente tinha de viver, meio largado, tranquilão, se alterou apesar de tudo, quer dizer, apesar do respeito da gente pelo que você fez da sua vida, pelo que você se tornou, apesar do afeto que a gente tem pela Lila, puxa, adoramos ela, nós todos, é claro — mas dá um tempo, Xavier, deixa passar o mal-estar, coloca um biombo entre você e a gente, deixa as coisas assentarem de novo na vidinha da gente e na sua vida e depois então, quem sabe, a gente refaz o desfeito, volta às boas.

Xavier apenas assentiu, longamente, com a cabeça, não dizendo mais nada, e os dois se deram as costas, se afastando como no fim de um duelo em que ninguém saiu ferido e ninguém perdoou ninguém, e, enquanto Basílio se dirigia para os escritórios do Jardim Botânico, Xavier foi buscando o caminho do Horto, um suor frio nas têmporas, andando firme, corpo bem apoiado, bem equilibrado em cada passada mas com a sensação de não que carregava nada, de que, anulado, cancelado, quase não existia, não se sentia: só sentia, no estojo de couro preso ao cinto e oculto pela camisa esporte solta por cima das calças, o Smith & Wesson. Podia, naturalmente, se se virasse, feito um duelista desleal, furar com um tiro aquele odre que se afastava, abrir vários buracos de bala naquele barril, que se esvairia em chope, acertar aquele idiota que tinha saído dos seus planos de eliminação porque Xavier não tinha mais o que temer dele, não desejava mais nada do que realmente pertencia a ele. Mas agora, néscio, afoito, parecia querer ressuscitar superioridades obsoletas, caducas, para forçar Xavier a um novo exílio, isto é, condenar Xavier a um novo ciclo de expulsão do Leme. Ousadia inominável a desse ser de álcool e sebo que, aprendiz de feiticeiro, se metia a manipular o tempo, os cubos do que se viveu e do que está por vir, como se, para conseguir a fórmula dessa mágica, não fosse preciso sofrer, penar, transferir, adiar, adiar tanto, tanta coisa, tantas vezes.

E agora, atenção, cuidado, disse Xavier a si mesmo, contendo a fúria, não vamos, sem mais nem menos, endoidar e pôr a perder aquilo que tão pacientemente foi construído. O adversário maior, no momento, é exatamente o mais fácil de abater, é aquele que vim caçar, passarinho que anda deflorando as espigas da minha lavoura e que qualquer pedra de bodoque, qualquer chumbinho de manulicha tira do chamado rol dos vivos sem causar problema.

Tinha então chegado ao grande portão de madeira onde termina o Jardim e começa a área do Horto, e de onde se avista o Clube do Caxinguelê, o Aqueduto das Margaridas, o riacho que vem do Grotão para formar, degrau por degrau, talhado na pedra, cada um, as cascatinhas artificiais do Jardim Botânico; e, como sempre, Xavier hesitou, relutou diante da estupidez de fechar atrás de si a ordem do Jardim e se aventurar pelas moitas, pelos capões de mato selvagem que acabavam na espessura bruta da floresta carioca. Mal tinha conseguido, antes, ir além das Margaridas, e nunca,

nunca na vida tinha prosseguido viagem até o topo, até os canteiros do Horto, e talvez tivesse, uma vez mais, parado onde se achava e procurado, quem sabe, para emboscar Jaci, um esconderijo ali mesmo, por perto, entre os arcos do velho aqueduto, ou numa das casinholas da boca do mato. O que animou Xavier a prosseguir, pela primeira vez, viagem, foi o fato de haver reparado de súbito que trilhava uma vereda de jambeiros, cujo chão juncado de flores cor-de-rosa e ferido pelo sol nascente, vermelho, prefigurava, entre as árvores, um corpo ensanguentado.

27

Bárbara e Naé haviam saltado da cama e transposto o portão do Jardim quando ainda luziam estrelas no céu, as mesmas estrelas que, ao despontarem no céu noturno da véspera, tinham avistado no Jardim os dois irmãos, que faziam, então, o mesmo que agora, isto é, procuravam Jaci. É que na véspera, depois das notícias sobre a caçada policial a Jaci, os dois tinham resolvido que a uma caçada de amor Jaci não havia de resistir e — menos empenhados na procura, para dizer a verdade, do que em fazer Jaci ver que os dois queriam ele — foram beirando lagos e espelhos d'água, entraram no cactário e no orquidário, e, dando a volta à chamada residência, ou casa do ministro, vazia, colaram o rosto a cada vidraça e observaram depois, a distância, o telhado, postados no alto da colina, entre as rochas musgosas do bromeliário. Pararam mil vezes — principalmente nos lugares em que tinham tomado parte, com Jaci, em travessuras ou ternuras — para ver se alguma fruta ou coquinho não caía sobre a cabeça deles, ou se algum pio suspeito, ou assobio, não anunciava que Jaci ia aterrissar entre eles saltando de uma árvore, de galho em galho, feito um mico ou um esquilo, um caxinguelê, ou escorrendo pelo tronco de uma palmeira feito uma palma seca, até o chão.

Tinham combinado explorar, na madrugada seguinte, o Horto, se encontrariam na sementeira, no alfobre do alto, entre os canteiros de mudas, tomando caminhos que se bifurcavam a princípio para convergir depois, como se estivessem envolvendo aquele mar de árvores num arrastão de pesca amorosa.

Mal atravessado o portão da vila para o Jardim, os dois, como agora costumavam fazer sempre que estavam a sós, e no Jardim, se deram as mãos e caminharam até a cascatinha, onde se separaram, Naé em busca do rio dos Macacos, que ia acompanhar em todo o curso, pelas margens, ou dentro do próprio leito do rio, flanqueando, aqui e ali, pequenas casas, semelhantes às da vila, com quintais que vinham até as águas. Eram também casas de funcionários do Jardim, ou do Instituto Florestal, alguns conhecidos deles, outros que até já conheciam Jaci, de ver Jaci na companhia dos dois.

Quanto a Bárbara, seu caminho era pela parte alta do Jardim, o caminho que inicia a subida ao viveiro de mudas, por trás do mirante, e, logo que se separaram, ela fechou instintivamente a mão que acabava de soltar a mão de Naé para reter o calor que o irmão tinha deixado ali, porque ela sentia pelo resto do corpo um frio maior que o da madrugada, o frio de saber que, a menos que esse fosse seu desejo, Jaci não seria encontrado nunca: à esquerda dela a mata subia para o Parque da Cidade, e à sua frente, para lá da vastidão do Horto, se alastrava, escura, a própria floresta da Tijuca. Mas foi andando, na direção do Aqueduto das Margaridas, graças à convicção de que era justamente assim, com sua presença, com o ato de se mostrar e se fazer desejada, que ela podia — ela ou Naé, na outra borda da rede — atrair Jaci, que amava os dois.

Para poder andar pelo leito do rio Naé tirou os sapatos, que amarrou um no outro, pelo cadarço, pendurando o par no pescoço, e saiu por entre as pedras, olhando as árvores, as casas ribeirinhas, atento a qualquer sinal de Jaci, mas, principalmente, sentindo na carícia da água fresca a lembrança de outro riacho, em outra mata, quando tinha, pela primeira vez, cedido à tentação de Jaci, do corpo de Jaci, e, sem atinar muito com o que aconteceria, pensando — se lembrava bem — no que diria a Bernadete se visse ele, o namorado, excitado daquele jeito, alvoroçado, se deitou de repente na areia dourada do riacho com Jaci, abraçado a Jaci, nunca, naturalmente, imaginando que o contato do corpo dele com o de Jaci pudesse ir além — cara a cara e ventre contra ventre, como se achavam — de um prazer sem solução, que acabava em si próprio, de um prazer sem, por assim dizer, consequência, além de pequenas nuvens de gozo emitidas de parte a parte e que, leitosas, desceriam lado a lado a corrente. Como podia imaginar que, graças aos movimentos de um Jaci igual ao daquela noite da luta, travada ao redor da rosa em cima da mesa, só que um Jaci muito mais tenso, apaixonado, ele, Naé, ia ser guiado a uma rosa inesperada, com a qual não contava de todo?

Quanto a Bárbara, foi andando ligeira para lá das Margaridas, pois acabava de atravessar uma senda atapetada de flores de jambo, que fez ela lembrar — num casamento realizado ali perto, no Horto, na capela da Fazenda do Macaco — um par de noivos pisando uma poeira de cravos desfolhados, vermelhos. Foi andando ligeira, alguma coisa dizendo a ela que no alto, entre os canteiros de mudas, ou no chalé do Amaro, o jovem agrônomo que servia no Horto, ia encontrar Jaci, talvez numa das redes do alpendre, já que o chalé, que também servia de escritório, era tão amável e hospitaleiro, achava Bárbara, quanto o dono, o Amaro, que tinha olhado para ela embevecido, na última visita dela ao Horto, fazendo que sim com a cabeça, com ar de quem aprova. Bárbara ia pensando e repetindo a si mesma, como se decorasse um texto, o pito e a ralhação que passaria no Jaci fujão, se tivesse coragem, logo que encontrasse com ele, mas afrouxou, primeiro, o passo, e estacou em seguida por haver chegado de repente, perdida que estava em olhar Jaci dentro de si mesma, ao recanto das amoras, ao amoreiral de recentes amores no bojo da chuvarada, às frutas que os três tinham comido, roxas, e que agora, ao contrário da impressão que tinha guardado das flores de jambo, nupciais, traziam a ela uma mensagem dúbia, um recado que não entendia bem e que parecia dizer que momentos de felicidade intensos demais — quase negros, de tão encarnados e espessos que são — trazem consigo um aviso de agouro, de praga rogada.

Sentada nos calcanhares, joelhos no chão, mãos sobre os joelhos, olhos fechados mas fechados por estarem olhando para dentro, e não porque sua dona repousasse, Bárbara, vista contra o fundo verde-escuro das amoreiras pesadas de frutos roxos, estava bonita demais para assustar, propriamente falando, Xavier, mas sem dúvida fez com que ele também se detivesse de súbito, com que o coração dele batesse descompassado e que esse descompasso não fosse só de amor. Tanto assim que ele teve medo de chamar a atenção dela, de tirar Bárbara daquele centro dela mesma, pois, com uma tristeza seca e áspera, que ia também ao centro dele mesmo, Xavier pensou que não havia de ser ele o objeto daquela contemplação, da viagem de Bárbara ao centro de si própria: retirando ela de onde ela estava, de onde ela via o que via, ele corria o risco que correm todos os que interrompem a visão. Ele precisava, antes de mais nada, conduzir com eficácia e austeridade sua tarefa de eliminar Jaci e depois então, com a paciência dos grandes amorosos, se moveria devagar, dia após dia, ano depois de ano, se fosse preciso, até o centro, já então desocupado, da visão de Bárbara. Xavier foi se afastando pé ante pé, sabendo-se um tanto ridículo, porque ninguém anda no meio do mato assim, feito quem anda entre os bancos de uma igreja, para não perturbar alguém que reza, quando ouviu, clara, a voz de Bárbara, como se estivessem, ela e ele, no meio de uma conversação.

— A primeira coisa que você devia fazer — disse Bárbara —, se quer encontrar Jaci, é parar de procurar por ele. Agora eu sei por que o Jaci não aparece a mim nem ao Naé.

Antes que Xavier pudesse dizer alguma coisa em resposta, Bárbara, que não parecia contar com resposta nenhuma, retomou a marcha, e, não fosse o caso de aparecer Naé, ao lado do agrônomo do Horto, descendo ambos ao encontro de Bárbara, que tardava, Xavier teria desaparecido entre as amoreiras, vago, imponderável, se sentindo como se fosse algum frágil duende de mata e jardim, expulso, havia pouco, por Basílio, da casa de Bárbara, e agora, por Bárbara, da vida dela própria.

Mesmo depois de falar com Naé e de cumprimentar Amaro, Xavier, a algum pretexto, estava disposto a ir embora, e sair daquele mato odioso, já desordenado — ali mesmo, na estrada do Horto, se erguia uma mangueira colossal, velhíssima e debochada, ostentando, na virilha de sua encruzilhada maior de forquilhas, uma palmeira-hóspede, projetada numa reta, dura como uma ereção —, e voltar à cidade por fora, pela rua Pacheco Leão, e só não fez exatamente isso porque viu o desejo que sentia de Bárbara refletido no desejo do Amaro.

— Mas está uma moça! — exclamou o Amaro, que evidentemente via pouco os irmãos e não estava com eles há algum tempo, e Xavier, seguindo a linha dos olhos dele, confirmava que o amor e a aflição realmente amadureciam — não era bem o termo —, douravam aquele corpo de menina: em Bárbara, até bem pouco tempo, predominavam ainda trigo, leite, mel, mas, levada agora ao seu forno de desassossego, ela ia, aos olhos do Amaro, aos olhos de todos, dourando feito um pão.

— Estamos procurando Jaci — disse Bárbara —, você sabe quem é, nosso amigo, nosso irmão, mas até agora, do Jardim até sua casa, seu chalé, nem sinal de Jaci.

Aquilo não era resposta para o fato de estar ela uma moça, pensou Xavier, achando que Amaro devia estar achando isso também, e a própria Bárbara deve ter sentido certa estranheza na situação, tanto assim que obrigou um sorriso a clarear um pouco seu rosto pálido de preocupação.

— Sei, sei, seu irmão já me falou — disse Amaro, que mais olhava para ela do que escutava o que ela dizia, sempre fitando, pensou Xavier, irritado, por trás da camiseta de meia de Bárbara, os peitos pontudos como pequenos pães de açúcar. — Seu irmão Naé me disse — continuou — que vocês pretendem continuar se embrenhando pela floresta, como fizeram na mata do Horto, e, se for essa de fato a intenção de vocês, estou às ordens, para servir de companheiro e de batedor, que eu conheço como ninguém estas brenhas aí e posso deixar o viveiro com meus auxiliares.

Tanto em Naé como, principalmente, em Bárbara, Amaro viu que estava armada a excursão à floresta da Tijuca, e, no fundo dele mesmo, agradeceu a algum possível saci, que acaso ainda morasse numa sapopemba de figueira, a existência do tal Jaci, que ele esperava que fosse continuar oculto tempo bastante para que ele, em sucessivas expedições, chegasse mais à intimidade e passasse a crer na real existência daquela moça, que parecia a ele mais improvável, em sua camisa de meia, do que o saci na sapopemba.

— Mas antes do mergulho na floresta — continuou Amaro, sorrindo — vocês precisam restaurar as forças e recobrar o fôlego, e eu, como se tivesse adivinhado que vinha visita, fiz café ainda agora e tenho a cafeteira cheia. Vamos entrar um instante que a gente se serve dum café bem quentinho.

Enquanto bebiam o café, cada um com sua caneca fumegante na mão, deram uma volta entre os canteiros do Horto, ao som — anotou, mentalmente, Naé — de um jovem rio dos Macacos, que entra ali querendo se fazer de cascata, uma queda-d'água nanica mais cheia de bulha e de espuma, borbulhante, meio sal de frutas, meio garapa. Amaro também borbulhava, falando, falando quase tudo a Bárbara, que, adoçada, reconfortada, permitia que à quentura e aroma do café se somasse o bom calor do desejo de Amaro, cujos olhos pretos e ardentes, que a fitavam, resvalavam sempre que podiam, e pousavam a seguir — reparou, furioso, Xavier —, insistentes como duas moscas, cada um em cada pão de açúcar. Ainda bem, notou Xavier, sarcástico, que o Amaro disfarça, de quando em quando, e, bancando o fazendeiro, ou o dono de casa hospitaleiro, para um instante de devorar com os olhos os seios de Bárbara e mostra, como quem mostra a baixela e os cristais, a casuarina antiga, intratável, rebentando com as raízes o pavilhão de pedra da entrada do Horto, e a mangueira obscena, com a palmeira em riste, na virilha, provavelmente imagem dele, Amaro.

Enquanto Amaro apontava e comentava os tesouros do viveiro, Xavier, que acompanhava o grupo à espera de um momento de coragem, para afinal se despedir, se arrancar dali, partir, avistou de repente, no fundo do Horto, a árvore na qual, batendo de chapa, o sol iluminava uma enorme quantidade de amêndoas triangulares. Tinha precisado baixar ao fundo do poço para descobrir a luz da estrela — que agora varava o peito dele feito uma fina lança —, a estrela de três pontas, a árvore dos seus cuidados: auaí-guaçu. Xavier esperou que Bárbara e Naé, mãos nos ombros um do outro, se afastassem um instante, conversando — cochichando, naturalmente, a respeito de Jaci, com cautela para que ele, Xavier, não ouvisse —, para então conduzir Amaro até o auaí-guaçu, perguntando a ele como se chamava.

— Essa árvore — disse Amaro, satisfeito de ver alguém afinal apelando para seus conhecimentos — é uma apocinácea e tem irmãs que dão flores pelos jardins, quintais e terraços de apartamento do Rio, uns jasmins brancos, carmesins ou de um creme alaranjado. Esta aqui se chama chapéu-de-napoleão e não desmente seus laços de família, pois dá umas flores amarelas, cheirosas, além dessas amêndoas napoleônicas, de três bicos. Acontece que essa bela apocinácea produz uma substância paralisante, acho que é tevetina que se chama, capaz de desencadear contrações de tétano ou, sobretudo, um enfarte do miocárdio fulminante. O nome dela científico é que — no momento, é claro — me escapa.

— Ah, sim — disse Xavier, em tom polido mas desinteressado, ao ver que os dois irmãos se aproximavam —, o que me pareceu curioso foi a forma das amêndoas "napoleônicas", como diz você. E o que é aquilo ali, que eu conheço mas nunca soube como se chama?

— Essa — disse Amaro, feliz por ter tudo na ponta da língua no exato instante em que Bárbara chegava perto — é a poinsétia pulquérrima, que o vulgo chama flor-de-sangue e também bico-de-papagaio, planta pulquérrima mesmo, lindíssima, e que além disso é boa, pois dá um leite que cicatriza qualquer talho.

Só Xavier, que ia voltar do Horto à cidade, foi, dos visitantes, o que pôde se beneficiar da oferta de mudas que Amaro fazia, levando para Lila, disse ele a Bárbara e Naé, uma samambaia e um pote de jasmim-do-cabo. Enquanto os demais continuavam seu giro com Amaro, ele se deixou ficar para trás por preferir, como falou, se entender diretamente com o jardineiro que arrumava suas plantas numa sacola de papel pardo, e, enquanto o trabalho era feito, cortou ele próprio uma grossa seção, com amêndoas, de um galho do chapéu-de-napoleão, auaí-guaçu, que há algum tempo não via e que com prazer levaria agora consigo para Laranjeiras, como quem, tendo perdido de vista um amigo, não quer, depois do reencontro fortuito, que ele desapareça de novo antes, pelo menos, de uma conversa longa, e carrega com ele para jantar em casa: um pouco, refletiu Xavier, como Solange tinha feito, ao se encontrarem na loja.

Voltaram todos ao chalé, as canecas vazias foram depositadas na mesa da copa, e, na sala da frente, onde se detiveram um instante, havia, além de máquina de escrever e catálogo de mudas e sementes, todo um pequeno herbário, que Amaro parecia interessado em exibir, mas os olhos súplices de Bárbara fizeram com que ele se lembrasse da expedição à Floresta da Tijuca. Ela e Naé já estavam de pé, ansiosos, quando Xavier, depois de apertar a mão do Amaro, fez um gesto vago de despedida em direção aos dois, e tomou o rumo do portão, da rua Dona Castorina, da Pacheco Leão, da via urbana, pavimentada, disciplinada, cheia de carros, de ônibus. Enquanto ele, agarrado à sua sacola, entrava no ônibus, Bárbara se aprofundava mais e mais na floresta, submetida — Solange tinha razão, não podia deixar de ter razão — a um feitiço, um mau-olhado que obrigava ela a trocar o mundo humano das ruas de asfalto, estendidas entre calçadas de cimento, pela confusão do mato, onde rastejam criaturas malfeitas, inacabadas. Com a sacola apertada contra o peito, Xavier amansou como podia a furiosa angústia que sentia se fixando numa austera visão: a de uma floresta disposta em aleias e alamedas traçadas a régua e plantadas com uma única espécie vegetal, um Jardim Botânico de perfeita monotonia, uniforme, suas árvores alinhadas em sebes absolutamente iguais, regalando a vista do observador com a multiplicação de copas e seu espírito com a noção da abundância ilusória, ou de infinita repetição. Essa noção estaria contida na descrição de si própria que cada uma das árvores inscreve em cada um dos triângulos que produz e que também se encontra, palavra por palavra, em todos os triângulos de todas as árvores iguais do Jardim que Xavier tinha acabado de inventar dentro do ônibus.

27

Ao contrário dos seus hábitos de vida mansa — que consistia em fazer o mínimo de esforço possível, a menos que de tal esforço dependesse o afastamento, resoluto e severo, de qualquer situação ou circunstância que pudesse resultar em aborrecimento posterior maior do que o dito esforço em si —, Basílio, nos últimos tempos, nos últimos dias, e, especialmente, nesse dia de hoje, do encontro com Xavier no Jardim, vivia como se estivesse enfiado na pele dum outro sujeito, que só pensasse, o tempo todo, em arranjar sarna para se coçar. Mas agora, ao sair, no centro da cidade, do gabinete do Dr. Teodoro, sentia que voltava aos eixos, voltava ao seu próprio terno, à sua camisa, reencontrava, com indizível satisfação, o verdadeiro, o legítimo Basílio. Precisava, com urgência, comemorar o acontecimento, fazer um brinde a si mesmo, e que portas viu então Basílio que se abriam diante dos seus olhos senão as da Confeitaria Colombo? Há tanto e tanto tempo não varava aqueles umbrais — passando, ao entrar, entre as enormes vitrines, à direita, de empadas, croquetes, camarões recheados, e de tortas, fios d'ovos e quindins à esquerda, tendo diante de si os enormes espelhos do salão, emoldurados em negros arabescos de madeira — que quase se benzeu, joelho vergado, como o fiel relapso que, sem saber como, foi atraído de novo ao templo de devoções antigas. Na época em que vinha diariamente ao Ministério, na cidade, Basílio conhecia até o pianista da Colombo, que tocava no salão do mezanino, onde, aliás, num dia inesquecível, quando procurava lugar na casa cheia, tinha sido convidado por um amigo jornalista a se abancar na mesa cativa dos flamenguistas, onde almoçavam José Lins do Rego, Ary Barroso e ninguém menos do que o fúlgido Leônidas, o Diamante Negro.

Diante de uma cerveja gelada e de um prato de camarões e ovos recheados, Basílio, mesmo se encarando com o máximo possível de severidade, mesmo repelindo, firme, sua indulgência sempre vigilante, resolveu que não tinha cabimento sentir remorso pelo fato de haver interditado visitas de Xavier ao seu lar sem previamente consultar, ou pelo menos avisar Solange. Alegava, para isso, duas razões: a primeira era que, na hora em que ele tinha saído de casa, Solange estava tão enroscada no terço que rezava que nem tomou conhecimento dele, e, em segundo lugar, porque ele próprio não tinha ideia de que, ao avistar Xavier no Jardim, fosse apressar sua decisão e dizer logo o que tinha a dizer. Nada disso, porém, suspirou Basílio, dando grandes sorvos na cerveja, abolia o fato de que a casa era, afinal de contas, de Solange também, e Solange, coitada, merecia atenções especiais, pois andava tão distraída e perturbada que, na opinião dele, mesmo descontadas as amolações devidas a Jaci e Xavier, ela estaria talvez ingressando na menopausa, que às vezes atacava mulheres ainda bem moças.

No entanto, se Solange por assim dizer participou das lembranças de Basílio durante a primeira cerveja, quem realmente se instalou nelas durante a segunda foi uma pessoa que ele acabava de conhecer e que afinava extraordinariamente com a atmosfera de começo do século da Colombo. Tinha encontrado no gabinete do Dr. Teodoro, convocado por ele, diretor, para consultas acerca de Jaci, um estranho personagem, soturno e grave, tal de Barreto, o inspetor dos Expostos que acompanhava Jaci no dia da fuga. Segundo o Barreto — que ficaria irretocável num cartório da rua do Rosário, escrevendo a mão num daqueles livrões, sem pressa mas sem parar, de preferência, no caso dele, usando uma pena de pato, molhada num tinteiro, cada página secada, depois de traçada a última linha, com um mata-borrão de berço —, o Jaci podia muito bem, a partir do Jardim Botânico, ter se mandado de vez. Nos Expostos, revelou ele, Jaci teria feito "excelente camaradagem com elementos péssimos" que estariam em plena atividade — noturna, é claro — no Cais do Porto e adjacências. O Barreto tinha acabado fazendo ele, Basílio, rir, ao opinar que "continuar procurando o Jaci dentro de corola de flor e ninho de passarinho" é provavelmente o que o Jaci quer, instalado como ele deve estar em algum hotelzinho de marinheiros ou clubinho de bicha e mulher da vida na praça Mauá. Com ar compenetrado e padresco, mesmo depois de mencionar as péssimas relações que Jaci teria feito nos Expostos, o Barreto enaltecia "a educação moral e cívica que se dispensa naquela casa", e que só seria inferior à "educação *mens sana in corpore sano*, isto é, moral e desportiva, que meu amigo, o Dr. Joviano, ministra no reformatório que dirige", e para onde Jaci devia ter ido.

Basílio pagou a despesa na Colombo e saiu à rua, lamentando, de cara, o sol que encontrou, a brisa viva, pois pensou, especialista que era, que porre de cerveja é leve e breve, delicado, pouco apto a resistir a rudes estímulos atmosféricos: era tão reprovável desperdiçar, andando pela rua Gonçalves Dias, a nuvem que a cerveja tinha pousado, espumosa e dourada, em sua cabeça, quanto seria acender, na fúria dum vendaval, um havana. Mas ah! à sua frente, na calçada, musculosas porém macias, redondas e compassadas, firmando-se a cada novo passo em ritmada escultura de uma graça equina, surgiam túmidas ancas, conhecidas dele, tinha certeza, mas conhecidas em termos, avistadas e avaliadas mas nunca acariciadas, ou sequer tocadas e muito menos afagadas, esmiuçadas, desfolhadas (dizia-se isso, de traseiros amados?), mas, ao contrário... Basílio olhou, no máximo até à linha da cintura, mal chegando às espáduas, mantendo, íntegro, uma regra que a si mesmo impunha em casos semelhantes, de tentar identificar ancas (no prado ou nas ruas) em si próprias, em lugar de buscar o resto do corpo, ou as feições do animal. Só quando, uns metros adiante, as ancas se detiveram de súbito — maçãs lado a lado no pé, gêmeas idênticas imóveis — para evitar um encontrão, é que Basílio também, forçado a moderar a marcha e o ímpeto, esbarrou, um tanto propositadamente, para dizer a verdade, e encostou na jovem mulher, que se voltou brusca:

— Lila! — exclamou Basílio.

Lila arregalou os olhos, pelo inopinado do encontro, como se Basílio pertencesse com exclusividade a um setor, um bairro, quase a uma casa, e não pudesse aparecer, sobretudo assim, sem aviso e colado nela de súbito, em pleno centro da cidade.

— Uai! — exclamou Lila —, t'esconjuro, nunca vi ninguém se materializar assim tão de repente na minha vida.

— Pois eu reconheci você e não estranhei nada porque achei ótimo que fosse você, sozinha, afinal sozinha, reconheci de estalo, logo que avistei você de... de costas para mim, firme, na cadência certa.

Lila sentiu, mas achou que tinha disfarçado bem, um rubor que subia ao seu rosto, não tanto pelo que dizia Basílio — afinal de contas ele não estava dizendo nada demais — do que pelo brilho nos olhos dele — cruzes, que sujeito esganado — e pela maneira, atenciosa demais, de pegar logo no cotovelo dela, de se achegar, ela diria quase se aconchegar a ela.

— Está convidada a almoçar comigo, na Confeitaria Colombo, cujas portas estão abertas à nossa espera.

— Que pena, Basílio, eu acabei de fazer uma refeição, ligeirinha, e tenho um monte de problemas a resolver aqui na cidade.

— Pois eu já almocei, na Colombo, mas almoçaria de novo pelo prazer da conversa, da companhia, da sua presença, da coincidência. Que tal um chopinho? Um rápido? A gente nem precisa sentar, basta encostar no balcão, se você prefere. Eles gelam o copo antes.

Apesar de achar a ideia quase fantástica de tão absurda — entrar na Colombo no meio do dia para tomar chopes em companhia daquele estranho, que só faltava agarrar, apalpar, *provar* ela, era o que Basílio parecia inclinado a fazer à vista de todos —, Lila, apesar de achar incrível que assim fosse, por pouco não disse que sim. Foi, como comentou consigo mesma, salva a um passo da queda pela pergunta insólita, inesperada que Basílio fez.

— O que é que você, Lila, assim em geral, numa panorâmica, acha do Xavier?

Diante das sobrancelhas suspensas de Lila, da cara geral de espanto que ela fez, Basílio maneirou a pergunta, ou pelo menos armou melhor a frase, apresentou sua curiosidade com menos açodamento.

— Desculpe, não era bem isso que eu queria dizer, mas é que tudo aconteceu hoje cedo e... A verdade é que eu sou impulsivo, sem tato, meio grosso, mas sempre achei você uma moça — sem falar, naturalmente, na sua beleza, no seu charme e nesse jeito que você tem de caminhar, que eu reparei ainda agora —, uma moça direita, franca, sem fingimento, e... e... Que tal aquele chopinho?

— Não, Basílio, eu adoraria, palavra, mas não dá mesmo, estou em cima da hora, apressada demais, com mil coisas na cabeça. Mas agora, e já que você disse que eu sou franca e mais não sei o quê, eu acrescento que sou também curiosa e quero saber por que de repente, sem mais nem menos, você me falou no Xavier. Até que estamos, no momento, um tanto frios um com o outro, Xavier e eu, mas é claro que ele me interessa... nós éramos, ou somos, sei lá, noivos, ou quase, comprometidos, como se dizia...

— Ah! um tanto frios, claro, porque ele tem um lado esquisito, você não concorda? E é por aí que a gente podia começar, acho eu. Sabe que um chopinho desemperrava minha língua de vez? Não? Mesmo? É que eu vi você, ou você apareceu, bem na hora em que eu estava querendo desabafar, contar a alguém que dei um basta no Xavier e naquele jeito dele de se meter demais nas histórias do Jaci, do sumiço do Jaci, da pouca-vergonha do Jaci, e de acabar se enfiando, nem sei dizer direito como, por onde, de que maneira, na vida da gente lá em casa, na relação que a gente tem uns com os outros, os filhos com a mulher, a mulher comigo, e ele, Xavier, mesmo de longe, feito, sei lá, um zumbido de serra mecânica, de amolador de faca, de...

Lila teve de chofre, outra vez, diante dos olhos, a fotografia, suave, amarelecida mas guardando um fresco odor de iodo e um brilho de água do mar na penumbra da gaveta entreaberta: durante a discussão de outro dia com Xavier, tinha tido a impressão perturbadora de enxergar mais naquela antiga cena de praia do que a foto autorizava, de ver uma outra coisa... Basílio continuou falando, enquanto chegavam ao largo da Carioca, explicando, contando o encontro do Jardim Botânico, e Lila, sem menção do retrato antigo — que agora, de certa forma, nítido, mais iluminado na gaveta e na lembrança dela, parecia representar menos um segredo já descoberto do que um segredo falso, ilusório, posto ali feito um biombo, atrás do qual havia outro segredo —, tinha concordado com a cabeça, enquanto ouvia. Tinha, até, chegado a dizer que não opinava, no caso, por desconhecer, a fundo, motivos, intenções de parte a parte, circunstâncias, mas que uma concessão fazia a Basílio, uma razão dava a ele: Xavier era de fato difícil de temperamento, complicado, impaciente e intolerante com quem fizesse muitas perguntas, para nem falar em quem, até sem querer, descobrisse, tropeçasse em algum segredo dele.

Lila falou assim, como quem queria ser amável com Basílio, concordando, digamos, pela metade, com ele, mas ao pronunciar a palavra que tinha ocorrido a ela ao se lembrar do retrato — segredo — reparou que ela agia sobre

Basílio como um excitante, tanto assim que ele quis de pronto saber — tateante mas certeiro, ou pelo menos no bom caminho — se a descoberta de um segredo, segredo dele, é que tinha jogado aquela água fria nas relações dela com Xavier. E aqui, sorrindo ligeira, quase frívola, Lila disse que não havia segredo nenhum, que ela soubesse, ou tivesse descoberto, que tinha falado em tese, ou de forma "panorâmica", como diria Basílio, e que, se houvesse por acaso algum segredo, Xavier tinha sido, ou ainda era, namorado dela, o que obrigaria ela a não passar segredos adiante — e lá se foi, calma, acenando com a mão um adeus definitivo, com ares de quem chegou ao cúmulo, ao extremo limite dos atrasos e precisa correr aos afazeres, enquanto Basílio, sem desanimar de todo, ainda formulava, braço levantado no ar como quem faz brindes e tine copos, um derradeiro convite ao chope.

Para se consolar Basílio quase foi, ao ficar sozinho na praça, tomar um derradeiro, em algum botequim, mas acabou no rumo da casa, dizendo a si mesmo que ia aproveitar o embalo da conversa com Lila para se explicar com Solange. Já próximo de casa — quando ainda pensava em Lila, e, vagamente, na correntinha de ouro que a Alzira usava no tornozelo esquerdo — Basílio viu, na varanda, uma Solange que quase pareceu a ele a dos velhos tempos, nem tão velhos assim, aliás, uma Solange bem-arrumada, com um vestidinho branco acabado de passar a ferro, estalando de goma, e — o que era o toque de mestre no quadro em geral — preparando a diária garrafinha que estava sempre à espera dele na prateleira interna da porta da geladeira, reverente, perfilada diante das garrafas de cerveja que se deitavam, grisalhas de pó de gelo, dentro do congelador. Aliás, pensou Basílio, enternecido, diga-se em louvor de Solange que nem mesmo nos dias mais negros, recentes, ela tinha esquecido a mamadeira, como se dizia na casa, do velho, o lírio perene da sua geladeira.

— Oi, Solange, que bom ver você...

— Que bom me ver fazendo as boas ações do dia? — disse ela, com um sorriso pálido mas sorriso. — Cumprindo minhas obrigações?

— Fazendo boas ações, cumprindo obrigações, sorriu também Basílio, e com a cara feliz, satisfeita, como se já tivesse ouvido as notícias que estou trazendo, acho que boas, porque pelo que ouvi, pelos argumentos de quem conhece bem o Jaci e os antecedentes dele, o mais provável é que não reapareça tão cedo, que tenha até preferido, diante da ameaça do reformatório, escolher a liberdade, "bradando pernas pra que te quero", como falou o inspetor Barreto.

Antes de dizer qualquer coisa acerca de Xavier — assunto que tinha reservado para o fim —, Basílio se deteve na conversa mantida no gabinete do Dr. Teodoro e viu, com alívio, que Solange, enquanto colocava a garrafa na geladeira, prestava infinita atenção a tudo, sem nada dos ares estranhos e do alheamento com que, de manhã, se apegava ao terço e não parecia querer ver mais nada.

— Ainda bem, ainda bem — disse Solange, ao acabar de ouvir a história —, eu também estava com esperança de que ele tivesse desaparecido, escolhido a liberdade, como você disse, e minhas esperanças vieram do fato de que nossos filhos, apesar de terem tido a cabeça tão virada pelo Jaci, voltaram bem desanimados de uma verdadeira expedição à floresta na companhia do agrônomo lá do Horto, Amaro, parece que é o nome dele: não encontraram sombra de Jaci, nenhuma notícia dele e...

Solange fez uma pausa, séria, recuperou um pouco a expressão que tanto desagradava Basílio, olhos meio perdidos de quem, em lugar de estar conversando, está lendo coisas escritas na parede, e acrescentou:

— Nó velho, desatar não desata, é preciso cortar, lascar ele em dois.

— Claro, evidente — disse Basílio, pouco interessado em investigar, deslindar o nó, e querendo, agora, encaminhar o assunto Xavier —, as boas notícias acerca de Jaci me fazem lembrar, em relação ao Xavier...

— Com toda a razão — interrompeu Solange —, eu pensei nele também, quando Naé e Bárbara contavam o encontro que tiveram com ele, no Horto, os dois todos sentidos e escandalizados com o Xavier. Eu, quanto a mim, confesso que nem imagino o que o Xavier possa estar pensando sobre o desaparecimento desse pesadelo em forma de gente que é o Jaci, mas, pelo amor de Cristo, ele deve estar ainda mais contente do que eu, ou você, mais aliviado com esse sumiço, o pobre do Xavier, que tem que tomar as atitudes ásperas, desagradáveis, sem que ninguém agradeça nada a ele, pelo contrário, sem que ninguém perceba ao menos que ele luta contra poderes invisíveis, que a gente nem sabe direito o que sejam, tratando de isolar o mau-olhado.

Basílio deu um suspiro, disfarçado mas profundo, vendo que a melhoria não era tão grande quanto ele imaginava, mas satisfeito, mesmo assim, e resolvido, por enquanto, a não contar o encontro com Xavier, o rompimento — que ia sem dúvida surtir um mau efeito, se fosse revelado, no meio dos poderes malignos e dos esconjuros —, e certo, pelo menos, de que Xavier não apareceria tão cedo, ofendido como devia estar. O tempo, aos poucos, se encarregaria de cortar as aparas, roer, limar as rebarbas, e, como ele próprio tinha dito a Xavier, pouco se incomodaria se, passados os dissabores e maus humores, voltasse tudo a ser como dantes, no quartel de Abrantes, como dizia o velho Elpídio. Permanentes, imutáveis, dignas de respeito só mesmo as coisas boas da vida — pensou Basílio, bocejando, sentando na cadeira de balanço da sala e tirando os sapatos — como, por exemplo, uma talagada de batida, o coco ralado de fresco pela mulher da gente que, de vestido branco, engomado, não deixa de ter, ela própria, acentuada semelhança com a garrafinha que acabou de colocar na geladeira.

28

Xavier foi ao Jardim Botânico no dia seguinte da visita ao Horto menos para ver se havia notícia de Jaci — sabia que tratariam logo de comunicar a ele, por telefone, qualquer novidade que surgisse — do que para procurar, no venerável *Diccionario das plantas uteis do Brasil e das exóticas cultivadas,* de M. Pio Corrêa, sua árvore, seu velho amigo auaí-guaçu, com o nome vulgar que usava no Rio, de chapéu-de-napoleão. Vulgar, pensou Xavier, mas tão pomposo que talvez intimidasse os ferozes grileiros do Araguaia-Tocantins quando, ao perderem a paciência com obstinados selvagens que não arredavam pé do caminho, tinham manipulado, sem nenhuma cerimônia, o auaí-guaçu, com gestos tranquilos e precisos, sem dramas nem caretas, como se fossem boticários de roça aviando receitas. Foi, aliás, a lembrança daqueles homens que ele tinha visto, calmos e naturais, picando e fervendo auaí como se estivessem preparando o mate de sempre, para encher o tererê antes de uma viagem, que Xavier reteve, como modelo, a partir do momento em que avistou no Horto a sua árvore. De novo calmo ele também, estava resolvido a reparar o erro em que tinha incorrido, de autorizar e até encorajar a ideia da busca policial, dando, agora, muito mais tempo — tempo, experiência na arte de esperar não faltavam a ele, pensou, sardônico —, mais ar, mais espaço à solução do caso Jaci. É claro que, se alguma oportunidade perfeita surgisse, Xavier tinha no cinto, em vigília permanente, o S&W, que seria, mais dia, menos dia, o instrumento correto, mesmo no Rio, onde a vida de um índio merecia inquérito relativamente mais sério por parte do Teodoro.

Xavier pegou, na estante, o segundo volume do *Diccionario* temeroso de nada encontrar, já que ainda desconhecia o nome científico, e, como o jogador que espia aos poucos, chorando, como se diz, a série de cartas que recebeu, foi folheando as páginas devagar, pelo alto, avançando cauteloso ao longo das referências em ch (*chá-mineiro, chachim,** *chapéu-de-frade*) até constatar, quase com volúpia, que não só lá estava o chapéu-de-napoleão, como ainda que o artigo a seu respeito ocupava quase que a página inteira, além de, o que era fundamental, registrar, entre os outros nomes da planta, o de "ahoay-guassú". Agora Xavier sabia que aquele era de fato o chapéu que há tanto vinha procurando, o seu, nem frouxo nem apertado, e sim justo na cabeça, e mergulhou na leitura do verbete, que começava em termos deliciosamente complicados: "*Thevetia peruviana* Schum. (*Cerbera peruviana* Pers., *C. Thevetia* L., *neriifolia* Juss.) da família das Apocynaceas. Arbusto alto ou árvore pequena, até 10 m; casca cinzenta; folhas alternas, linear-lanceoladas

---

*A grafia correta, em português, é "xaxim". Contudo, como os dicionários trazem no verbete respectivo que sua origem etimológica é duvidosa, optamos por manter a grafia utilizada pelo autor para manter a sequência do texto. [*N. E.*]

ou ovado-agudas; fructo drupa carnosa, triangular." Depois da longa descrição das aparências vinham, pensou Xavier, as observações sobre a intimidade, o temperamento de auaí-guaçu, ali apresentada como delinquente que chega ao tribunal com um perfil psicológico que aos poucos vai sendo estabelecido: "...é especialmente interessante sob o ponto de vista da composição chimica da casca e do látex de que está impregnada, e, sobretudo, das sementes. Estas contêm o glucoside crystallisavel 'thevetina', pó branco muito amargo, e o chromogenis 'pseudo-indican', que toma a cor azul com o ácido chlorydrico." Prosseguia a informação de que a tevetina facilmente se transforma em teveresina, "substância amorpha, branca e bastante amarga". Finalmente, a partir das duas substâncias, o resto do retrato, em pinceladas dramáticas: "...são igualmente tóxicas, constituindo venenos energicos do typo paralysante, com acção directa e rapida sobre o musculo cardíaco, que pára em diástole (não em systole), como ficou comprovada com experiências levadas a effeito no Museu Nacional do Rio de Janeiro, pelo sábio Dr. João Baptista de Lacerda."

Terminada a leitura do artigo, Xavier fechou sobre a mesa ao seu lado o enorme e pesado volume de setecentas luxuosas páginas de papel lustroso e grosso, a si mesmo dizendo, em silêncio mas com intenção exclamatória: nada como o extraordinário progresso da ciência! A exclamação era resultado da observação de que seringueiros, castanheiros ou vaqueiros os mais primitivos, analfabetos, incapazes de entender qualquer linha das que ele acabava de ler, poderiam ensinar o sábio Dr. João Baptista — até ele, Xavier, tinha aprendido — a extirpar praticamente todo e qualquer ranço e ressaibo de amargor do pozinho branco de auaí, de forma a que ele não altere ou adultere o gosto próprio e o natural sabor do mate, do guaraná, do refresco de açaí, do vinho de mandioca, buriti, ou qualquer outro.

Xavier fechou o alentado tomo do *Diccionario* e, perto que estava de uma janela, olhou as árvores do Jardim na direção da cascata, sem propriamente ver as que ali estavam, ou vendo no lugar delas — mas rigorosamente encerradas no grande parêntese — árvores antigas, florestas do Araguaia, infindáveis, onde seus poucos momentos de consolação tinham sido assistir a episódios ou bem de crua violência ou de violência sofisticada, dissimulada, quase todos contra selvagens cabeçudos, que não queriam arredar pé do caminho, que não percebiam que a teimosia dos que sabem para onde vão é maior que a daqueles que só sabem onde querem ficar. Essas vinganças por procuração que enchiam ele de inveja, que ele fruía de longe, tinham depositado nele tevetinas e teveresinas de energia moral, que reclamavam agora afirmação pessoal e direta.

No seu ângulo de visão se enquadrou Lila, que parecia estar voltando de um passeio pelo Jardim, o qual não havia de ser passeio nenhum e sim — segundo a moda — uma busca a mais de Jaci, e, em companhia de Lila, outra mulher, que era… não, Solange nada, bem mais idosa e muito mais magra, ninguém que ele conhecesse, não, a menos que seu parêntese estivesse, como uma barragem no temporal, seriamente danificado, para não dizer arrombado.

Xavier se levantou, brusco, e o pesado *Diccionario*, volume Car-E, caiu, ou, melhor dizendo, detonou no chão feito uma bomba entre as mesas e as altas estantes da Biblioteca. Só havia no salão, além dele, a própria bibliotecária, que, depois de um sobressalto que arrancou da mão dela a caneta esferográfica — cujo ruído, ao bater no assoalho, criou um contraponto grotesco à queda do *Diccionario* —, sorriu, dizendo "não foi nada, isso acontece", a um Xavier que balbuciava desculpas, pegando no chão o volume, que levou de volta à estante. Em seguida — ainda sem conseguir avaliar o que acontecia, tal o súbito atravancamento dos planos, dos cubos de sua vida —, Xavier tomou o caminho do Jardim, já que apenas adiar não significava nada, para ir ao encontro de Lila, e de irmã Jacqueline.

29

Jaci teria dado satisfação muito maior ao seu senso de justiça, ou de desforra, se tivesse desferido o golpe de calcanhares — que além de possantes em si mesmos estavam blindados pelo salto dos sapatos comprados por Lila — contra o osso da coxa do Barreto, como tinha pensado em fazer ainda no dormitório, em lugar de executar essa operação inamistosa contra a coxa do pobre motorista da camioneta, que não tinha nada a ver com a história mas tinha cometido o erro de abrir do seu lado a porta do carro. Para correr de forma realmente satisfatória, Jaci, mal saltou por cima do motorista — que nem teve tempo de expelir o fumo da primeira tragada antes de bater no chão —, se lembrou dos tempos de pequeno e dos conselhos da madrinha a propósito de fugas: "Finja, para correr bem depressa, que alguém acabou de disparar contra você uma flecha, que a flecha vem silvando e zunindo para fisgar o seu pescoço e não dá nem tempo de você se deitar para ela passar por cima: o jeito é correr, Jaci, até a flecha, ela sim, se cansar, perder o fôlego e cair no chão."

Do pátio de estacionamento do prédio da administração Jaci foi correndo para o outro lado do parque, na direção da aleia central, que avistou logo, e que pretendia atravessar feito um corisco na direção da ninfa Eco, da alameda dos paus-mulatos, do... de mais o quê? Do muro, da rua, onde em pouco haveria carros em sua perseguição? Ele precisava, no momento, enquanto davam o alarma da sua fuga, era ficar quieto em algum lugar seguro, como um alto de palmeira, mas não dava para subir numa delas sem pelo menos descalçar o sapato, e além disso não ia poder ficar ali muito tempo, feito um coco na penca. Foi então que se lembrou de se refugiar no tal pórtico das Artes, o portão solene e maluco que não era entrada para lugar nenhum mas que devia oferecer bom espaço lá em cima e onde ninguém ia ter a ideia de procurar ninguém. Jaci aproveitou o impulso da carreira para escalar, no bambual pegado ao pórtico, o bambu mais comprido, grosso embaixo, e foi trepando nele tão depressa que o bambu — calculou Jaci —, muito mais fino no topo, só viu o que acontecia quando — obedecendo à sua natureza de bambu que se pilha de repente com um peso na ponta — vergou e depositou o dito peso, isto é, ele, Jaci, dentro do monumento, no grande vão da fachada, entre o portão e o teto triangular que se apoia nas colunas.

Foi dali do alto, comodamente instalado naquela espécie de terraço, por trás das coluninhas e à sombra dos colunões, que, se sabendo invisível e se sentindo, no fim da sua fuga, inexpugnável, Jaci lembrou histórias contadas pela madrinha nas quais, da janela de torres de castelos sitiados, heróis despejavam azeite quente de pelar na cabeça de inimigos que tentavam subir pelos muros. Quando avistou o Barreto correndo pelas aleias, apontando árvores, confabulando em volta do monumento, cercado de funcionários do Jardim, sonhou que tinha ao seu redor todas as latas de óleo de soja vistas na cozinha dos Expostos, só que estavam em brasa, e que afinal, bem ao pé dos muros, o Barreto parava, pensativo, como se aguardasse o banho de chuveiro do azeite aos pulos.

Durante o dia inteiro, quase sem intervalos, Jaci, sereno, desdenhoso, contemplou do seu ninho de gavião gente que procurava por ele, e se, num determinado instante, teve medo de ser descoberto, num outro instante teve o medo oposto, maior ainda, de se descobrir de propósito, se revelar, se entregar. O medo de ser descoberto atacou ele quando tombavam as primeiras sombras no Jardim e com elas apareceu Xavier, conduzindo, orientando soldados da Polícia Militar, de boina preta, pistola na cinta, o próprio Xavier, volta e meia, levando a mão direita, por cima da camisa, ao cinto. Jaci se encolheu, pensando em tiros, mas o pior foi ver que se juntava ao grupo o rapazola jardineiro, metido a competir com ele na escalada de árvores vertiginosas, e Xavier, sem dúvida, pensando no dia em que Jaci tinha sumido na copa da palmeira imperial, mandou o menino subir numa das palmeiras daquele mesmo grupo, bem perto do pórtico. Mesmo sem demonstrar apetite e peito suficiente para ir até a coroa da árvore o jardineiro, com medo mas fazendo das tripas coração, trepou no tronco até mais da metade, bem mais, e se, em vez de só olhar para o alto da palmeira em que estava enganchado, e das palmeiras vizinhas, tivesse lançado a vista ao seu redor, não teria deixado de perceber o vulto de Jaci na sua cama de pedra e de grade, seu berço de criança gigante: lá estava Jaci atrás das grades das colunas menores, todo encolhido, enfaixado em si mesmo, redondo e sem vida aparente feito um tatu-bola cutucado, ameaçado, cada vez mais bola e menos tatu.

Quanto ao medo de se descobrir de propósito, de se debruçar no parapeito, de gritar e dar risadas, ele acometeu e tentou Jaci quando no céu as estrelas já começavam a tremer feito grandes gotas, cai não cai, e vaga-lumes apareciam no Jardim, se atraindo entre eles, se iluminando, com palpitações de luz sem dúvida para isso mesmo, para mostrar como batiam, pulsavam, ardiam: foi aí que Jaci avistou no chão seus dois amores entre os bambus, Bárbara e Naé, atentos, chamando "Jaci, Jaci", brandamente, para que só ele ouvisse e ninguém mais que acaso estivesse emboscado por perto. Eram os primeiros que procuravam ele como se procura um bem, ou o bem, que se perdeu. Jaci teve mesmo a impressão esquisita de que os suaves sons de "Jaci, Jaci" coincidiam, soavam nos mesmos intervalos das pulsações de luz dos vaga-lumes, apagando, acendendo.

Foi grande o seu temor de descer, de escorregar pela pedra do pórtico, por saber de sobra que, na companhia dos irmãos, ele esquecia até quem era, se confundia demais com Naé, com Bárbara, e, ainda que não houvesse, no momento, ninguém escondido por ali, em breve seria de todas as maneiras encontrado, já que os três, enlaçados uns nos outros, formavam uma criatura fácil de avistar, uma espécie de alegre árvore que de repente começasse a dançar com várias pernas e braços, a cantar com três vozes e acender e apagar sem cessar. Ele havia de voltar — pensou, no terraço da sua casa de colunas — às alamedas do Jardim, à casa da vila, ou à casa que iam fazer e onde morariam os três, mas antes era preciso viver o tempo em que cada um agarra em si mesmo e se manda, ou, como dizia a madrinha, arruma a mala e viaja. E a madrinha completava o conselho dizendo: "Quem não tiver mala, quem não carregar bagagem nenhuma, melhor ainda."

Só então Jaci, ao pensar na mala, na bagagem, reparou com assombro que durante toda a sua fuga, a partir da camioneta, e durante mesmo sua subida de camaleão pela haste do bambu, tinha carregado consigo, enfiada pela alça, pelo nó, no braço esquerdo, sua trouxa de roupa, como se valesse muito. Até que vai ver que vale, pensou, dando de ombros, e colocando a trouxa feito um travesseiro, em cima da pedra. Lançando um último olhar ao Jardim já escuro, de onde haviam desaparecido Bárbara e Naé, Jaci se estirou naquele jirau de coluninhas e colunonas, cabeça em cima da trouxa, a folhagem do bambual feito um cortinado do seu leito aéreo, e, ao adormecer, deu um suspiro fundo de contentamento, sentindo que boiava entre os vaga-lumes e as estrelas.

Jaci desceu do seu leito e esconderijo quando, acordado durante algum tempo, olhos ainda cerrados mas ouvidos abertos e atentos aos sons do Jardim — os pequenos animais noturnos riscando o chão, as corujas que, em conversa, não continham de vez em quando o riso, os bambus vizinhos do pórtico roçando um no outro —, viu que haviam cessado os ruídos de busca e que ele teria sossego pelo menos até o raiar do dia. Sono ele ainda sentia — muito, até — e bem que gostaria de, na sua alta rede de pedra esticada entre palmeiras, ferrar nele de novo, mesmo porque sonhava com o Heleno, no dia em que haviam se descoberto mutuamente, no dormitório dos Expostos. No entanto, não sabia de início por que, na calma geral de tudo, o ranger dos bambus, mesmo na leve brisa, insistia em se manifestar, como se quisesse dizer alguma coisa, roendo pela beira a casca do sono de Jaci cada vez que ela ia se inteirando e se ajustando a ele e que ele, por sua vez, ia encolhendo a cabeça para dentro dela, feito um jabuti. É que, como afinal percebeu Jaci, que se sentou alerta no leito duro, os bambus rangiam se esfregando entre si como range corda de barco contra mourão de atracação na margem do rio, lembrando que quem tem vida a viver não estica sono nem atrasa partida.

Jaci desceu se grudando firme às asperezas da pedra e tomou o caminho do Horto pela beira do rio em tão grande silêncio e tamanha ligeireza que não dava para perturbar nem preá que andasse no barranco úmido em busca de broto de capim. E chegou certeiro no quintal da tia do Heleno, dona Carlotinha, sem nem precisar ir à rua ver o número da casa, já que tudo conferia com a descrição que Heleno tinha feito tantas vezes da rampa de flores e de ervas que descia até o riacho. Mesmo porque, que outra casa ao longo de todo o curso do rio dos Macacos podia ostentar, na beira da água, uma gruta de alvenaria guardando, em gesso pintado, as imagens de S. Jorge, com cavalo e dragão, e de Nossa Senhora do Rosário, com uma ventarola na mão? Certeza maior de que ali morava dona Carlotinha não podia haver, e, se quisesse, Jaci teria podido, seguindo a rampa passo a passo até os fundos da casa, pegar a chave da porta de trás em cima da terceira trave do puxado de trepadeiras que avançava pelo quintal, pois até isso Heleno tinha dito a ele. Mas preferiu, agora bem seguro, dormir de novo, sentado no chão, apoiado numa das vigas do puxado, e só acordou quando, clareando o dia, saiu pelas frestas da porta um cheiro de café. Jaci se levantou e, boca contra a porta, falou bem manso e bem longo, para não assustar a tia, de modo a que ela fosse se acostumando com a presença dele através da voz dele:

— Sou eu, dona Carlotinha, o Jaci, amigo de seu sobrinho Heleno, que deve ter dado a você, tia, meu nome, e dito que mais dia, menos dia, eu vinha ao encontro dele, e para isso ia procurar aqui a titia no meio das suas rosas, abusando da sua hospitalidade nesta casinha bonita da beira do rio.

A porta se abriu, e uma gorda senhora que usava, por cima da camisola de dormir, um jaleco verde e rosa — ela toda confirmando, pela parte que lhe tocava, a força e exatidão das descrições do sobrinho —, falou, depois de olhar longamente Jaci:

— Bonita é a cara que Deus deu a você, meu filho, que eu espero que seja o espelho da sua alma, e vejo que você só pode mesmo ser quem você diz que é. O Heleno — a Helena — anunciou sua vinda, sua cara, e duas caras feito a sua não havia de haver neste mundo de Deus. Espero que você fique uns dias, uns tempos, o tempo que quiser, e comece logo a me contar sua vida e seus sonhos, que devem ser poucos, porque você tem jeito de quem não pede duas vezes para que alguém realize eles, fazendo suas vontades, todas obedecidas na hora, aposto.

Jaci ia responder, mas a palavra de dona Carlotinha era solta e levemente atuada, uma voz de quem fala a fiéis e converte indiferentes:

— Mas que dona de casa sou eu e quedê meus modos, meus anos não só de porta aberta e coração escancarado mas principalmente de mesa sempre posta na terra hospitaleira da Mangueira? Me diga por favor como é que ainda nem levei você para dentro e nem perguntei sobre a sua fome? Onde é que eu estou com a cabeça — e dona Carlotinha levou as mãos às têmporas, como se realmente procurasse a cabeça — se ainda não apresentei você à geladeira, ao guarda-comida? Pão de hoje chega daqui a pouco, vou mandar o menino do vizinho buscar, mas por enquanto, meu filho, temos na fruteira banana-prata, na licoreira licor de rosa, e bolo de maconha pela casa inteira.

Dona Carlotinha, que parecia, pelo jeito, comandar uma rede de meninos de recado nas casas de beira-rio, despachou um moleque atrás de pão e queijo e começou, falando com outro, a mandar um recado "à minha sobrinha Helena", mas se deteve, olhos postos em Jaci.

— Você veio cá só um instantinho — disse Carlotinha —, só hoje, só por uns dias, ou veio pensando em vir de vez, fugido, para ficar no mundo pelo resto da vida?

— É pelo meio, tia, pela metade — disse Jaci alegremente —, quer dizer, eu vim morar uns tempos com o Heleno, seu sobrinho, enquanto faço, aos poucos, casa para morar com Bárbara e com Naé, as duas pessoas que, juro a você...

— Um momento, Jaci, meu filho, porque eu preciso saber quais são suas intenções antes de arriscar chamar, assim sem maiores precauções, minha sobrinha Helena, que foi, até pouco tempo, meu sobrinho Heleno, que você conheceu: se você veio para ficar muito tempo, para morar no apartamento da Helena, peço a você que antes pense duas vezes, ou dez, porque a Helena, hoje em dia, só fala na desgraça dela, na desventura dela, ou desventura das desventuras, como ela diz, e — preste atenção — sempre, mesmo em plena choradeira, se ela se lembra de você, enxuga logo a cara e põe a mão no peito feito quem espera um anjo do céu que prometeu salvar ela. Você prometeu alguma coisa a ela, Jaci, prometeu ir com ela à rua Senhor dos Passos?

Comendo bolo, e bebendo café, Jaci, quanto mais gostava da tia Carlotinha, mais ficava com a impressão de que, em alguma junta da cabeça dela, um parafuso andava frouxo, e, dando um beijo na bochecha dela, pediu a ela que mandasse logo chamar o Heleno, porque se o Heleno, como dizia ela, precisava dele, ele, Jaci, que não tinha nem onde morar, precisava mais ainda do Heleno.

— More comigo! — bradou, entusiasmada, Carlotinha. — Eu sempre achei que um dia, a uma pessoa como você, eu ia conceder abrigo.

— Aqui eu corro perigo! — exclamou Jaci, sentindo que era preciso conversar com a tia de forma diferente. — Pelo Jardim, e pelo Horto, anda, de arma no cinto, meu inimigo. Vamos, tia, que eu estou só no mundo. Mande chamar, para minha salvação, seu sobrinho.

— Só peço a Deus que, na companhia dele, você, Jaci, não fique ainda mais sozinho — disse Carlotinha, que despachou o menino com o recado mas ficou desassossegada, a respiração opressa, seu grande, generoso busto de ama de leite subindo e descendo por trás das flores de chita do vestido. — E antes de chegar a Helena — continuou Carlotinha —, eu vou contar a você uma história, esperando que você tire dela proveito, sabedoria. É a história do meu nome e começa quando eu, menina ainda, tive que deixar o morro da Mangueira, onde era nascida e onde havia recebido, na pia, o nome de Carola, que virou Carolinha. A gente veio pra cá porque meu padrasto trabalhava aqui, tinha aqui esta casa, de funcionário do Jardim, e aqui eu, desde a noite do dia da chegada da gente, comecei a sofrer um medonho pesadelo, que me fez de saída perder as cores e aos poucos definhar, murchar de saudade da Mangueira, e achei que ia morrer, de magra que eu fiquei, tísica, e — dizia meu padrasto — doida de asilo, de internar no hospício: o pesadelo, que entrava na minha cama, na minha cabeça, todas as noites, era que, sendo eu manga, um monstro de boca enorme me chupava e chupava e chupava só me deixando acordar depois de me transformar em bagaço, puro caroço com palha seca de manga. Mas aí, quando souberam do que acontecia, as vizinhas, que mal conheciam a gente ainda, vinham, condoídas e compadecidas, visitar a menina maluca e tísica, trazer mingau de aveia, papa de milho e tutano no osso, e todas elas, por mais que minha mãe corrigisse, e meu padrasto se irritasse, só me chamavam de Carlotinha em vez de Carolinha. Um dia, desesperada, e quando eu me despedia dela, porque o monstro tinha me chupado tanto que até meu caroço estava encolhendo, mirrando, minha mãe falou, debulhada em lágrimas mas com ar de gente que enxergou, entre as aparências, a verdade: "Você tanto amou a Mangueira e tanto suspirou pelo seu morro, Carolinha, tanto disse que era filha da Mangueira, que o povo, que fala por Deus, só chama você de manga, adivinhando que o morro te pariu manga, manga carlotinha. Quando você morrer, o que deve ser em breve, no atestado dos mortos eu mando escrever seu nome como Carlotinha."

Carlotinha parou um instante, se benzeu e disse ainda:

— Foi aí que eu, em vez de morrer, comecei, a partir daquele dia, daquele momento, a criar cor e cheiro de manga e disse adeus para sempre ao meu velho nome.

Animado, comovido com o que ouvia, com o que comia, Jaci, certo de que a história estava concluída, ia beijar com efusão a tia, sentindo o perfume que se desprendia dela, de manga, mas foi detido, contido por ela, que declarou, dedo no ar:

— Agora o proveito que eu prometi da história, a moral dela, que eu não havia de falar tanto tempo de mim mesma só para você ouvir e bater palma e sim para você ficar vendo e entendendo a diferença que existe, por um lado, entre a gente virar uma coisa, uma fruta, ou mais, muito mais, virar outra pessoa, à custa de tanto sofrer e tanta humildade que até os estranhos, sem saber o que estão fazendo, iluminam, explicam; e, por outro lado, a gente, tomando o caminho contrário, entrar de faca na natureza, como se eu, pense só, abrisse meu peito, minhas costelas, para socar, para enxertar terra da Mangueira lá dentro, esperando que virasse carne minha. Pois foi isso, Jaci, que, com a faca do Dr. Faninho, fez o Heleno, meu sobrinho, quer dizer, a Helena, e o castigo foi, e, já que não comporta emenda, continua sendo terrível.

Jaci mal ouviu, ou nem ouviu, o resto do que contava, inspirada, dona Carlotinha, porque, como se a vida nova com a qual sonhava tivesse assumido figura de gente, apareceu diante dele — vestido e sapatos brancos, bolsa branca, de couro, a tiracolo — a mais linda morena que olhos mortais, com ou sem bolo de maconha, poderiam contemplar. Não exatamente por cortesia ou polidez — pois só tinham ensinado a ele que devia se levantar quando entrasse na sala o diretor, o inspetor ou a madre superiora — Jaci ficou de pé, olhando a morena e vagamente rememorando o dia em que, andando na mata, tinha de repente, numa curva do rio, dado de cara com uma cascata, que ele jurava que tinha nascido naquele instante.

— Jaci — disse a cascata.

Jaci então passou, pela segunda vez, pela experiência de descobrir, no rosto de uma pessoa — as pessoas variam muito de cara —, um rosto básico, merecedor de confiança: era rosto de onça.

— Heleno! — exclamou Jaci.

— Sim — sorriu o Heleno —, sou eu, Helena.

30

Quando, depois de avistar Jacqueline na companhia de Lila, Xavier partiu ao encontro dela no Jardim, tomou a resolução prática de pegar no caminho o jardineiro que havia ajudado, desde o início, a procurar Jaci. Tinha com isso dois objetivos: o de evitar, na medida do possível, graças à presença de um estranho, quaisquer arroubos ou derramamentos temperamentais de Jacqueline — que descambava, ao menor pretexto, para os disparates de cunho religioso, mitológico ou simplesmente disparatados — e, em segundo lugar, o de fazer com que ela se colocasse imediatamente no terreno limitado e objetivo da procura de Jaci, como se fosse natural e lógico que o desaparecimento do afilhado provocasse o reaparecimento da madrinha.

Felizmente o reencontro, na presença de Lila e do jardineiro, foi, por parte da ressuscitada Jacqueline, caloroso, cheio de pontos de exclamação, mas, ao mesmo tempo, inesperadamente direto, como se ela — pensou Xavier com alívio mas com a pulga atrás da orelha, achando que ela também passava ao largo de zonas confidenciais — ali estivesse para dar sua contribuição ao caso do afilhado e nada mais. Xavier imaginava, por exemplo, que ela fosse explicar por que — já que tinha voltado ao Brasil, como informava, há uns dois anos, e já que nunca, como afirmava, tinha perdido Jaci inteiramente de vista — só agora dava um ar de sua graça. No entanto, posto à vontade pela incuriosidade de Jacqueline em relação à vida *dele,* Xavier deu de ombros, mentalmente, dizendo a si mesmo que da própria Lila, que aparecia agora como uma espécie de escudeira da outra, poderia obter informações, sem incorrer, interrompendo, sondando Jacqueline, em qualquer risco de troca de informações biográficas.

— Eu dizia aqui à minha nova amiga, sua noiva Lila — disse Jacqueline —, que estou certa de que encontraremos meu querido afilhado porque constatei, antes mesmo de vir cá, pelo estudo que fiz do mapa deste Jardim Botânico e de suas ligações com Horto e floresta, que, além da sutil infiltração que ele realiza por dentro da cidade, com seus tentáculos de mata, ele constitui uma espécie de labirinto descuidado, que continua, no fundo, labirinto, mas que perdeu suas características básicas porque se deixou crescer demais.

Os três escutavam, Lila franzindo a testa, o jardineiro abrindo levemente a boca, e Xavier impassível, resignado, enquanto Jacqueline, que tinha parado, olhando ao redor, em busca de alguma palavra, voltava à carga:

— Feito... Feito uma árvore bonsai, é isto, Xavier, Lila, uma árvore japonesa e nanica que alguém tivesse esquecido num jarro, dentro de uma casa fechada, e que acabasse — apesar de sempre bonsai, atarracada, introspectiva — derrubando os rodapés, as paredes, com a galharia saindo afinal por baixo das portas, primeiro, ganhando depois a rua, a cidade. Bem... A imagem não foi talvez perfeita, ideal, mas o que eu queria dizer é que se uma bonsai agigantada não perderá, ainda assim, suas características bonsai, um labirinto será sempre aquele lugar onde encontraremos o que foi perdido, não é assim, Xavier, Lila?

Ainda que quisesse parecer cortês e aparentar, pelo menos no primeiro dia, satisfação em rever irmã Jacqueline, Xavier foi incapaz de dizer alguma coisa, de realizar o esforço de responder à pergunta que não era nada, de encontrar alguma resposta àquela quase provocação, simples bolha de sabão soprada no ar e que ele esperava que estourasse e se desfizesse por si própria, em silêncio. Coube a Lila — pouco afeita, pensou Xavier, àquele tipo de tagarelice ociosa — responder, aliás interessada, quase polêmica, olhos brilhantes, formulando outra pergunta.

— Como assim — disse Lila —, como fácil de se encontrar o que se perde num labirinto, quando num labirinto se perdem as próprias pessoas que procuram, não se acham, deixam de ter contato com o lugar e consigo mesmas? Eu estou pensando naquilo que estamos tentando fazer, que é encontrar Jaci, irmã, seu afilhado.

— Na minha cidadezinha havia um dédalo com os corredores feito de árvores aparadas — disse irmã Jacqueline —, e eu ganhei, durante anos seguidos, o prêmio de sair de lá na frente de todos, sempre a mais ligeira, depois que aprendi a andar dentro dele com os olhos fechados. Estou convencida de que assim faziam os antigos egípcios em Crocodilópolis e assim fiz eu quando saí do Araguaia para a missão da nossa Ordem na África, onde trabalhei nas escavações de Volúbilis. Havia lá um labirinto de pedra no qual eu entrei por um lado e saí pelo outro sem esbarrar numa única parede, apenas batendo de um lado e do outro com uma bengala metálica, como eu tinha visto que fazia, por cinco francos, o cego marroquino que morava nas ruínas.

— Quer dizer que o cego — falou Xavier, lento, exageradamente pausado — fez você decorar todos os passos que tinha que dar: para a esquerda, em seguida para a direita, depois em linha reta, e assim por diante, durante todo o percurso de corredores infindáveis?

— Não, Xavier — disse irmã Jacqueline, com uma sonora risada —, ele me alugou a bengala, por dez francos.

Antes que Xavier pudesse — apesar de saber como era inútil forçar irmã Jacqueline a explicar qualquer dos seus gracejos e invencionices — desafiar ela a dizer mais alguma coisa sobre o cego de Volúbilis, a irmã já estava acocorada ao pé de uma jaqueira, examinando a placa que dizia que ela dava sombra e refúgio a frei Leandro em 1825. Na parte mais baixa do tronco da árvore, que era enorme, disforme, saía um tubo de matéria plástica, e, antes que irmã Jacqueline tivesse um novo acesso de incontinência verbal e desbragada fantasia, Xavier, falando baixo e rápido, feito um vilão de farsa, foi dizendo:

— Era jovem e verde esta árvore quando se perdeu neste labirinto, do qual tentou de mil maneiras sair, ao qual não se habituou nunca, e, durante mais de um século, aqui se consumiu na ansiedade de escapar, até que, gravemente enferma, hidrópica, rugosa, passou a viver imóvel, hospitalizada, respirando e se alimentando por tubos.

Irmã Jacqueline riu, deixando passar a provocação, mas se deteve, encantada com a árvore, e ao notar a cara de assombro com que o jardineiro ouvia o que dizia Xavier, perguntou a ele se era bem aquela a história da jaqueira.

— Seu Xavier sabe muito melhor do que eu, mas eu acho que ele está de mangação — aí com a árvore, no meu entendimento — porque o que eu sei é que ela foi ficando tão velha, tão grossa e oca na barriga que a gente viu que a chuva empoçava dentro dela, começando a apodrecer ela, e então o encarregado aí dos jardins fez este furo no pé dela, enfiou o tubo e a água da chuva agora escorre na hora que cai e a jaqueira não apodrece mais e dá jaca até pelas canelas dela.

— Uma história bonita — disse irmã Jacqueline dando o braço ao jardineiro —, e acho que frei Leandro gostaria de ver a jaqueira que dava sombra a ele tão bem cuidada pelos tataranetos dele, feito você, tão confortada na velhice dela, tão…

Neste ponto, ao avistar o pórtico das Artes que surgia entre as palmeiras, Jacqueline interrompeu o que dizia e parou, apontando a arcada, muda, estática.

— Jaci! — gritou afinal Jacqueline para o alto do pórtico.

Xavier não conseguiu conter um estremecimento e um breve, logo disfarçado, gesto de tocar no cinto o cabo da pistola, tal a segurança do chamado, tal a convicção do grito de Jacqueline, tal a força da ideia de que Jaci, convocado assim, ia aparecer por trás da série de colunas menores, como alguém que, chamado da rua, aparece na janela do sobrado.

— Não tem ninguém lá em cima — disse, afinal, Xavier, dando de ombros. — Aliás, o Jaci se gruda numa casca de tronco e trepa numa árvore como se fosse ele próprio uma trepadeira, uma parasita daninha, mas como é que ia escalar esse paredão de pedra?

— Garanto que ele se lembrou das glorietas que construíamos, de brinquedo, no Araguaia — disse irmã Jacqueline ostensivamente ao jardineiro —, onde ele gostava de passar a noite e onde sonhava sonhos maravilhosos com bichos que subiam, ele me contava de manhã, pelas colunas — nossas colunas eram troncos de árvore —, e punham a cabeça de fora entre os capitéis de palha de milho, e quando o Jaci saía da glorieta sem me falar, sem avisar, sempre deixava, como se fosse um recado, uma fruta para mim, um favo de mel.

— Por favor — disse Lila ao jardineiro —, arranje uma escada que vá até o alto do pórtico, e ficou olhando o rapaz que assentia com a cabeça — embora não parecesse convencido da utilidade do que pediam a ele, e a si mesma Lila perguntou se ela própria considerava o pedido razoável.

Quase que desde a hora em que tinha telefonado a Jacqueline, e sobretudo desde que tinham tido uma primeira, longa conversa a respeito de Jaci, Lila sentia a força, o domínio exercido pela outra sobre ela, não pelo que ela dissesse a respeito das coisas, do mundo em geral, ou de Jaci em particular, mas, talvez precisamente, por nunca parecer falar sobre o assunto discutido, o tema da conversa: falava indiretamente, dando voltas, contando histórias. Lila se orgulhava de não ter carências vagas, de afeto, nem saudades do tempo da infância, mas começava a pensar — ela, imagine — em Jacqueline como na madrinha dela também, e era capaz de jurar que, diante de Jacqueline, Xavier se crispava todo e se inteiriçava, como qualquer pessoa podia notar, provavelmente para não se deixar envolver pelo que se exalava dela como... madrinhagem? que nome teria esse jeito de se ser madrinha, mãe que pega o filho da carne de outros para criar ele com histórias, nutrir ele com fantasias? madrezinha?

— A árvore do dédalo da minha terra era o teixo — disse irmã Jacqueline —, tem macho e fêmea, e eu decorei todos os caminhos do dédalo e conhecia, entre as árvores, as árvores rapazes e as moças, que às vezes se separavam umas das outras para me cumprimentar e me ver passar, e afagava a estátua de pedra da entrada do dédalo, que tinha duas caras e dois corpos, porque olhava para quem entrava no dédalo e olhava na saída quem tinha sabido dar a volta inteira. O povo dizia que ela, apesar de ser uma só, na parte que olhava para fora era um homem e na que olhava para dentro era mulher, mas como a estátua, roída pelo tempo, pela chuva, pelo vento, tinha bem uns dez séculos mais do que a jaqueira aí do frade, ficava difícil apurar essas coisas e nem se sabia ao certo se a estátua era ainda um deus romano ou já era um arcanjo católico.

Lila, enquanto Jacqueline falava, tinha um ouvido colado ao granito do pórtico: tentava assim refrescar o rosto, perguntou a si mesmo Xavier, ou tentava, enquanto ouvia a tagarelice da irmã, perscrutar na pedra sinais de Jaci, enfeitiçada pela velhota, apaixonada pelo molecote? Foi com alívio que ele viu que chegava o jardineiro, puxando pela aleia central uma comprida escada de madeira, a cara triste de quem sabe, ou acha, que está fazendo para nada um grande esforço. Pela escada encostada à cimalha do pórtico foi subindo o jardineiro, que nem reparou, a princípio, que Jacqueline subia também, dois degraus abaixo dele, e que, chegando ao topo, quando ele nem tinha visto a bola de pano que lá se encontrava, Jacqueline já se precipitava para ela.

O que viram, cá de baixo, Lila e Xavier, foi o jardineiro imóvel, espantado, mãos apoiadas no parapeito, olhos presos em Jacqueline, que sacudia, como um troféu, a trouxa de roupa que Jaci tinha deixado.

Ao recapitular mais tarde, com rancor mas também com uma reconfortante ironia, a cena representada por Jacqueline no ático do pórtico da Academia das Artes, Xavier decidiu que tinha sido um pedaço mal realizado de comédia. Primeiro, Jacqueline parecia uma náufraga, fazendo sinais desesperados, sacudindo nos ares a trouxa; depois, como da trouxa se desprenderam algumas daquelas chaves que Jaci sempre carregava nos bolsos, passou Jacqueline a parecer alguma rainha louca atirando pela janela do palácio as joias da coroa. O rancor de Xavier vinha do fato de que sim, sem a menor dúvida, Jacqueline acabava de provar que Jaci tinha estado escondido no pórtico, refestelado contra as próprias roupas — alvo tão fácil, dócil, pênsil no seu jirau — enquanto era caçado por ele na plena confusão do mundo, no meio das plantas, no seio das águas. Quanto à consoladora ironia, vinha de contemplar irmã Jacqueline naquele fim de ato, de triunfo, sacudindo roupas e espalhando chaves, sem saber como continuar a representação, pois uma apoteose não tem sequência, não acontece nada depois.

Jacqueline foi salva — ou pelo menos, pensou Xavier, se livrou da atenção meticulosa e feroz que ele prestava à sua representação no ático — pela chegada de Bárbara, que começou a catar chaves no chão, e de Naé, que deu bom-dia a Xavier, quase como se cumprimentasse um estranho, e beijou, em seguida, Lila.

— Jaci dormiu ali — disse Lila —, pernoitou lá em cima.

— Pois é — disse Naé, sorrindo mas com um certo desapontamento na voz —, enquanto a gente procurava ele por toda a parte ele dormia, e dormia com travesseiro e tudo.

Bárbara guardou no bolso as chaves que encontrou e, sem ver nenhuma pessoa ou coisa ao redor, começou a subir a escada encostada ao pórtico. Assomou finalmente à varanda, ao balcão, muito mais, pensou Xavier, para contracenar com as colunas, as palmeiras, do que com aquela velha e aquele rústico, mas mesmo assim salvando o espetáculo, acrescentou ele quando, depois de algumas palavras trocadas entre as duas, inaudíveis cá embaixo, caíram nos braços uma da outra.

— A madrinha! — exclamou Bárbara —, finalmente encontrei a madrinha!

— E você, pelo que a Lila me contou, só pode ser a Bárbara — respondeu Jacqueline, ainda em voz alta, mas logo a seguir falando a Bárbara num murmúrio intenso, incessante, segurando de tempos em tempos o queixo de Bárbara na mão.

Naturalmente a escada forçava todos ao ridículo, pensou Xavier, de descerem de costas para o Jardim e cara para a pedra, primeiro Jacqueline, depois Bárbara e afinal o jardineiro. Entretanto, a entrada em cena de Bárbara, sua subida ao ático, tinha posto o fecho mágico no episódio e tinha adiado indefinidamente a sutil noção que ele pretendia difundir, a saber, de que, de certa forma, tinham sido todos ludibriados por Jaci. A começar pelo jardineiro, anotava Xavier para futura referência, pelo jardineiro que, confuso, cheio de uma surda irritação — pois não entendia por que cargas d'água tinha, logo depois do desaparecimento de Jaci, subido tão alto em palmeira tão vizinha do pórtico sem enxergar Jaci nenhum lá de cima —, se afastava arrastando pela poeira a escada enorme, como se algum espírito zombeteiro, rindo à sua custa, tivesse pregado no traseiro dele um colossal rabo de pau. No entanto, no momento, no meio de Bárbara, Jacqueline e Naé, mergulhados todos naquela emoção pasmada e beócia do encontro de sinais palpáveis de um Jaci tornado misterioso, mais desejável, porque desaparecido, não adiantava desenvolver a tese, carregar nas tintas.

Mesmo porque, firme, linda, mas com um leve, quase imperceptível tremor na voz, Bárbara chamava todos à casa da vila, convocava um a um, como se quisesse tornar mais solene o convite, a ocasião ou, pensou Xavier, como se já tivesse entrado em definitivo, para ficar, naquela espécie de palco levitante, flutuante no espaço, mesmo sem ático de pórtico, que Jacqueline parecia armar ao seu redor.

— A madrinha precisa conhecer nossa casa — disse Bárbara —, que de agora em diante é dela também, madrinha de Jaci. Peço a todos que venham comigo, com Naé.

Xavier quase buscou uma desculpa para não ir — em parte pelo desalento que sentia diante da situação imediata, e da dissolução de realidades criada por Jacqueline, em parte por temer, além de tudo mais, algum encontro desagradável com Basílio —, mas ainda assim continuou a andar com o grupo, a se acercar da casa, a obedecer Bárbara. Ficou um instante na rua, enquanto os demais abriam o portão, entravam, e Solange, aparecendo na moldura da porta, não só se iluminava com um sorriso de outros tempos, tranquilo, dirigido a todos, como fazia a Xavier um aceno, natural e amigo. Quando viu que, talvez com menos alegria do que aparentava, Solange dava as boas-vindas à madrinha de Jaci e trocava beijos com ela, Xavier se aproximou.

— Meu marido hoje só vem tarde para jantar — dizia, a Jacqueline, Solange, que começou a estender sobre a mesa da sala uma toalha engomada, de debrum vermelho, oferecendo chá, pois achava que Jacqueline havia de preferir um chá, com biscoitos, com torradas, e tinha até uma geleia de goiaba, feita pela mãe de Basílio. O chá só não saiu porque Jacqueline alegou suas pressas e urgências no credenciamento que buscava como também responsável — a madrinha — pelo Jaci desaparecido, mas que havia de voltar, que ali já se sentia em casa, entre gente sua. E, como se só então, de repente, tivesse visto Solange direito, como se, numa sala meio escura, identificasse de súbito um rosto familiar, Jacqueline tomou o queixo dela na mão, assim como tinha feito com Bárbara no pórtico, e sorriu, embevecida, apesar de haver uma ponta de inquietação na sua voz, quando disse:

— Tão bonitas, mãe e filha, e a beleza assim, como a sua, a de Bárbara, lembra à gente que é preciso velar pela serenidade e a graça, não é mesmo, vigiar a música, a melodia, e vocês são o metrônomo em cima do piano.

Xavier aturou com fortaleza de ânimo a falação de Jacqueline e só quando saiu da casa, com ela e Lila, é que ele, mais animado, disse:

— Ainda bem que você, num passe de mágica, surgiu em nosso meio, mal Jaci desapareceu, e espero que, em futuros encontros, você converse a respeito dele com Solange, porque ela, apesar de gostar, como todos nós, de Jaci, enxerga também, ao contrário de outras pessoas — e aqui, com um gesto, Xavier pediu a Lila que não interrompesse a fala dele —, o perigo que ele representa, para os outros, para ele mesmo. Você verá, no contato que vai ter com a Casa dos Expostos, por exemplo, como, ainda lá dentro, Jaci procurou, com um faro infalível, os elementos menos decentes do estabelecimento inteiro, e o que a gente teme muito é que ele agora, solto por aí, e buscando esse tipo de ralé, possa, devido às inclinações dele, cair no meio de uma quadrilha, máfia, corja, e ser, sei lá, batido, surrado, brutalizado…

— Feito Orfeu — disse irmã Jacqueline, grave, sonhadora, assentindo com a cabeça.

Xavier viu, por trás do espanto, dos olhos arregalados de Lila, que a observação, a conclusão a que Jacqueline tinha chegado devia estar parecendo a ela meio absurda, extravagante, mas também encantadora, tocante, ou algo por aí, e Lila dava indícios de querer puxar conversa com Jacqueline a respeito. Quanto a ele, era capaz de, sem testemunhas, num lugar deserto, castigar fisicamente Jacqueline pela incapacidade dela de conversar como pessoa adulta, de manter os pés no chão, em vez de… viver empoleirada em áticos e cornijas. Antes que Lila dissesse alguma coisa, ele falou.

— Sempre ineficaz, não, *irmã* Jacqueline, sempre fiel aos princípios da sua Ordem?

Jacqueline deu a impressão de estar de fato nadando em cismas que só ela saberia dizer quais fossem, pois levou algum tempo olhando Xavier, e a seguir olhando Lila, com o ar levemente súplice de quem, não tendo compreendido uma pergunta importante, pede socorro a alguém mais também presente e porventura atento. Afinal sorriu, aliviada, e era evidente que tinha chegado a ela, depois de vagar algum tempo no espaço, o sentido da questão.

— Eu abandonei a Ordem em si, ou a Ordem me abandonou, mas você está cheio de razão quando acha que não abandonei, e não havia de cometer um desvario desses, o princípio da Ineficácia, isso não, nunca. E — aqui Jacqueline se entusiasmou, a voz calorosa — mesmo fora da Ordem, todos nós, os ineficazes de nascença e vocação, estamos hoje em dia apoiados, e grandemente fortalecidos, pelos desativados. Você sem dúvida já ouviu falar neles, Xavier, os desativados, e você também, sem dúvida, Lila...

31

Mesmo do ponto de vista da nomenclatura, a vida que Jaci passou a levar com o Heleno não foi, nos primeiros dias, exatamente difícil: para não ficar desnorteado continuou, metódico, a chamar o Heleno de Heleno, pelo menos nas conversas pessoais, diretas, e o outro de Helena, pois só nas referências a ela feitas, pelo Heleno, nos Expostos, é que Jaci sabia que essa Helena tinha sido, outrora, Heleno também. Não foi difícil, a vida dele, nem, muito menos, decepcionante, pois se ajustou ao que ele sonhava que pudesse ser, nos seus momentos de depressão carcerária nos Expostos: desprovida de horários, obrigações, tarefas e deveres, além de envolvida, o tempo todo, numa espécie de névoa dourada, tostada, exatamente da cor dos bolos de dona Carlotinha, que o Heleno, no apartamento, estocava em caixas de plástico que ficavam por cima dos móveis da sala, na mesa de jantar, que era na copa, e nas mesinhas de cabeceira.

Heleno e Helena — ou as duas Helenas, como quase todo o mundo dizia — trabalhavam o dia inteiro, em carrinho próprio, dirigido ora por um, ora pelo outro — ou uma e outra —, e passavam horas, todos os dias, percorrendo pontos de jogo do bicho, onde confabulavam com o pessoal, trocavam tiras de papel com números e maçarocas de dinheiro vivo. No fim do dia iam ao escritório do banqueiro, num edifício do Cais do Porto, todo de aço, todo refrigerado, onde, passando do calor da rua para um elevador transparente, Jaci se imaginou, da primeira vez, um tambaqui, um pacu, subindo de prateleira a prateleira, por dentro de uma fantasmagórica geladeira. À noite iam aos *shows*, e era *show* de não acabar mais, *show* de gente falando ou cantando, vestida ou pelada, fantasiada, ou até mulher de longo e homem de passeio completo, nos inferninhos, nas gafieiras, nos bares ou em velhos casarões da praça Mauá, Tiradentes, República, mas tudo, ou quase tudo, prolongando, de certa forma, a confusão proveniente de Heleno e Helena, ou das duas Helenas: Jaci nunca sabia se estava falando com homem ou com mulher, ou, se desse ouvidos às propostas e solicitações de que foi objeto imediato, que espécie de fim de noite teria, caso resolvesse partilhar um leito, de apartamento, de hotel, de motel.

Acontece, porém, que, a despeito de tantas coisas que a vida tinha a oferecer na praça Mauá e adjacências, Jaci, desde o primeiro encontro com o Heleno, na casa de dona Carlotinha, e dos avisos e advertências feitos então por dona Carlotinha, padecia de um grande medo, que fazia companhia a ele o tempo todo, grudado nele, no corpo dele, e que ele às vezes quase sentia andando ao lado dele. Será que, na cidade, ele ia ter sempre, como sombra dele mesmo, o medo, medo, no princípio, do Barreto, medo do Xavier, medo, agora, desse desconhecido Dr. Faninho, que ele não conhecia e esperava não conhecer nunca? O mais perto que

Jaci tinha chegado do Dr. Faninho tinha sido no dia em que, sozinho, tinha caminhado pela famosa rua Senhor dos Passos até encontrar, numa porta, a placa com o nome do médico, e aí, antes mesmo dele, Jaci, sair correndo, o medo dele se separou dele e disparou, por decisão própria, na frente dele, e foi um custo os dois se encontrarem de novo lá no Touring Clube, perto dum navio atracado.

Naquele primeiro dia, na casa de dona Carlotinha, a chegada do Heleno, transformado na bela Helena, morena vestida de branco e cheirando a um extrato como Jaci nunca tinha cheirado um igual, foi, mesmo para dona Carlotinha, um momento de alegria, tanto assim que, quando botou na mesa uma refeição de ovo duro, pão com queijo e bolo de maconha, Carlotinha, Jaci reparou, não serviu, grosseiramente cálices de cachaça, como ele tinha visto homens fazerem no botequim, para acompanhar mortadela e peixe frito: ela ia batizando, destemperando o tempo todo, com cachaça, o café, feito na hora, bem forte, bem quente, para comemorar a chegada do Heleno, que — era a opinião de Jaci — tinha melhorado muito, depois de virar Helena.

Mas Jaci lembrava bem que, em muito pouco tempo, ou depois de umas três xícaras de café, dona Carlotinha — apesar de manter aquela maneira atuada de falar, que dava a impressão de que não era bem aquilo que ela estava dizendo — castigou com duras palavras as coisas pecaminosas que achava que a sobrinha, ao sair dos Expostos, e quando ainda era sobrinho, tinha feito com os trabalhos de Deus tal como executados e plantados no corpo do então ele, de tal forma que o Heleno começou a fungar, a choramingar.

— O que a tia Carlotinha esquece, disse o Heleno, quando fala mal de mim, e do Heleno, e dos trabalhos de Deus, que a gente jogou fora, como ela diz, é que a gente, por muito e muito se amar, desde pequenininho, só pensava na alegria do outro, por isso é que, nos Expostos, meu sonho era ser só a mulherzinha que o Heleno gostava que eu fosse — quer dizer, quase sempre — e por isso eu vivia preparando, na cabeça, a surpresa, a grande surpresa que eu queria fazer para ele. Quando saí dos Expostos e ele saiu da Frei Caneca fui ao encontro dele toda novinha, mulherzinha. Mas... o mesmo Dr. Faninho...

— O mesmo Dr. Faninho — disse dona Carlotinha —, que corrigiu as obras de Deus cortando a faca e jogando no lixo a joinha de dedinho de menino Deus que essa doidivanas tinha nas encruzilhadas, cortou sei lá que tamanho de coisa que o outro Heleno tinha, no encontro das coxas dele. Deus trata rude e bruto quem despreza as obras dele, quem aceita, na carne, aço de magarefe que só Exu benzeu. Você me escute, Jaci, você que eu acabo de conhecer, você que não é sobrinho meu mas tem cara de viver como Deus manda: você nem passe pela rua Senhor dos Passos, que o tal do Dr. Faninho transformou em rua dos Maus Passos, como você está vendo aí pela história das Helenas, que a todos há de meter medo pelos séculos *seculorum*.

— Não dê ouvidos a ela não, Jaci, que a tia Carlotinha enxerga o demônio em tudo, está com o diabo dentro do olho, e já começa a indispor você com o Dr. Faninho quando logo você, que é todo completinho, não precisa ter medo nenhum dele, que é um homem bom de doer e...

— Vá doer nos outros, vá revirar o cutelo dele nas virilhas malditas da mãe dele, em mim, não — disse, num rosnado, dona Carlotinha.

— Que culpa se pode botar no médico, Jaci, você me diga, falou o Heleno, quando ele teve no consultório, uma de cada vez, duas pessoas apaixonadas uma pela outra, o Heleno, quando eu estava trancafiada nos Expostos, pensando também, por conta dele, em se dar de presente a mim, em arranjar para mim uma esposinha, e eu, quando saí, trancafiado o Heleno na Frei Caneca, com a mesma ideia, pedindo ao médico, por favor, para fazer de mim uma Heleninha? Fale, Jaci, me diga.

— É preciso — disse dona Carlotinha —, de alguma forma, repor o temor da cólera de Deus, que deve arder em todos nós como esta cachaça dentro deste café, na cabeça do Heleno, Jaci, e falar severo com ele, e nunca mais, como eu fazia antes, chamar ele de Leninho, ou Leninha, como esse perdido gostaria de ser chamado. Mas nem temor, nem juízo, nem nada fica na cabeça de gente que mudou, no corpo que ganhou de Deus, os sinais da criação, a marca do Criador. E o outro Heleno, a outra Helena, é farinha do mesmo saco, boa gente mas sem miolo, sem sabedoria. Tanto um Heleno quanto o outro não tinham perdido nada se cortasse a cabeça que têm no pescoço, porque essa não ia nunca fazer falta nenhuma. O triste, o lamentável, o incorrigível é que, como estão agora, nenhum dos dois aguenta mais o outro, porque os dois precisam mesmo, como sempre precisaram, é de homem, e, como se amam e têm ciúme um do outro, vivem brigando por causa dos homens que arranjam, dos homens que conservaram o que os dois Helenos jogaram fora, no balde desse cirurgião, desse servo do demo, que montou o inferno dele na rua Senhor dos Passos. A ciumeira agora é por causa de um tal Ronaldão, poeta de cordel do largo do Machado, que escreveu, dedicado "A Helena", um poema, e ora diz que a Helena é esse Heleno aqui, ora que se trata do outro Heleno, sendo que o poema, muito bonito, lindo, diga-se de passagem, é a história da desventura de Leninho e Leninha, que penaram durante uma vida inteira para se encontrarem, afinal, e viverem infelizes para sempre.

— Tia bruxa! — exclamou o Heleno de pé, dedo em riste, adotando de repente o jeito de falar de dona Carlotinha. — Tia das profundas do inferno, continuou, feiticeira volúvel, que mais ama o Jaci, que nasceu com tudo, com a lua e o sol no corpo dele, do que essa carne da sua carne que não ama a carne que tem.

Dona Carlotinha — em parte, achou Jaci, por se sentir magoada, ofendida, em parte por ter acabado de beber, agora em grandes tragos, uma caneca inteira de café — foi se afastando, meio trôpega, balançando a cabeça, e, pela primeira vez, a rija, sacudida gordura dela, tão leve, tão fácil de carregar, pareceu de repente pesada, transformando Carlotinha em fatigada manga que sumia pelas entranhas escuras da casa.

— Escute, Jaci, querido — disse o Heleno —, escute que tia Carlotinha, que eu só chamei de bruxa porque sei que ela sempre se ofende, se retira, e eu queria ficar sozinha com você, é boa gente mas muito devagar, antiga demais. Por isso ficou impaciente, até escandalizada, quando apresentei ela ao Dr. Faninho, e começou a falar no morro da Mangueira, onde não entra quem tem partes com o diabo, ela disse, e onde todo o mundo sabe e sempre soube que mão de doutor não mexe em coisa que, saída da mão de Deus, continua sã. Acontece que mexe, Jaci, mexe sim, é o que fala, prega, repete o médico, o tal, o gênio esse, gênio do bem, Faninho da rua Senhor dos Passos.

Jaci ia falar, ia até, sonolento como estava, fazer uma gracinha, uma piada, dizendo ao Heleno que, pelo menos numa coisa, podiam, sem trastejar, seguir senão os conselhos, o exemplo de dona Carlotinha: podiam ir dormir. Mas antes que ele pudesse abrir a boca, o Heleno, como se estivesse contradizendo o que ele não tinha dito, bradou:

— Eu sei, estou cansada de saber, ninguém precisa falar e repetir que nós fizemos besteira, o Heleno e eu, de virar duas Helenas, de não combinar antes, com lápis e papel em cima da mesa, quem virava o quê, e quem ia fazer o que no outro, ou em relação ao outro: mas, em primeiro lugar, quem vai muito em cana, Jaci, se perde muito de vista, não é mesmo? E — preste atenção, Jaci, pelo amor de Deus, porque só agora é que a gente chegou ao assunto dos assuntos — o que a gente estava querendo o tempo todo, eu mais o Heleno, era, como diz o Dr. Faninho, sem que a gente soubesse disso, por instinto, ele falou, virar alguém feito você, Jaci, porque aí a gente pode viver junto sem precisar mais um do outro, nem precisar de ninguém mais, e isso, se você quiser, a gente vai conseguir, Jaci, meu querido, meu irmãozinho.

Olhos nos olhos de Jaci, mãos nas mãos dele, bem curvada para a frente — e mostrando, pelo decote abaixo, dois seios novos, desconhecidos de Jaci, mas que fizeram Jaci pensar que às vezes mão de homem bem que podia mexer nos trabalhos de Deus —, o Heleno, mesmo na ausência de dona Carlotinha, falou um pouco feito a tia.

— É isso — disse o Heleno — ou a morte, a negra morte, tanto eu, quanto o Heleno, entrando no balde final atrás daquelas partes nossas que ao balde já se recolheram antes de nós. Hoje, logo que recebi o recado da tia, antes de vir para cá, corri ao Dr. Faninho, disse a ele que ia estar com você, que você já se encontrava entre nós, e ele, mesmo só sabendo de você o que eu contei, juntou as mãos, como se fosse rezar, e se limitou a dizer, comovido, erguendo os olhos para o céu, "afinal", ele disse, "aleluia", falou, porque você, Jaci, é a chave, a solução, a salvação dos aflitos.

32

Além do evidente e natural interesse em encontrar Jaci, pensava Lila, aprofundado, qualquer um diria, por um certo remorso proveniente do fato de haver se ausentado durante tanto tempo da vida dele, Jacqueline parecia, por temperamento, enérgica demais para jamais ficar parada. Ela talvez ainda se orientasse pela ineficácia de que falava, mas era uma ineficácia formada, no momento, por exemplo, por um trabalho braçal de ir todos os dias à repartição dos índios, ao Jardim, ao apartamento de Lila, onde já tinha pernoitado duas vezes. Quando compelida a falar em seu próprio pouso, casa, residência, Jacqueline se tornava evasiva, vaga, e, ao se despedir, dizia sempre que estava indo à Rodoviária.

Apesar de já afeita às, como dizia Xavier, excentricidades e manias de Jacqueline, Lila, no dia em que Jacqueline fez finalmente o convite para que ela fosse visitar o sítio em que morava, a casa, trabalho ou o que fosse, se espantou, menos pelo convite em si, que haveria de vir um dia, do que por escutar de Jacqueline que tinha tido esperança de pegar a carona de uma joaninha da Polícia Militar. Só não tinha levado a ideia adiante por achar que, afinal de contas, *duas* mulheres dentro do fusca da Polícia poderiam causar algum embaraço aos patrulheiros, embora, segundo Jacqueline, eles fossem cavalheirescos demais para alegar tal coisa. Acabaram indo no próprio automóvel de Jacqueline, um encanecido Oldsmobile de terceira ou quarta mão, roufenho de mudanças e sacolejante de carroceria em geral, o que tornou a conversa, na avenida Brasil e uns bons vinte quilômetros da Rio–Petrópolis, precária, em trechos. Ou ainda mais precária que de costume, disse Lila a si mesma, pensando na dificuldade que sentia às vezes de entender, ou de acreditar plenamente, no que Jacqueline dizia. Sua impressão, ao conversar com a outra, era de ser levada a conhecer uma casa cujas portas Jacqueline ia escancarando com naturalidade, e até com estrépito, exceto uma, diante da qual, em compensação, passava como se não existisse, a respeito da qual, e do que estaria por trás dela, não dava um pio.

— O que me preocupa — disse Lila entrando firme e forte no assunto — é que não vejo como vamos fazer o Jaci saber que a madrinha dele voltou, e, não sabendo, ele é bem capaz de não dar notícias, de inventar uma vida nova, com novos amigos, talvez até, quem sabe, uma vida boa, interessante, mas...

— Sim?

— Mas — riu Lila —, nem boa, nem interessante para nós, que seríamos forçadas a aprender, depois de termos sabido como era a vida com ele, a viver sem ele, longe dele.

— Você, minha filha — disse Jacqueline —, ficou assim tão ligada a ele, rendida, dependente, tão, como se diz, aproximada dele?

— Apaixonada?

— Eu falei aproximada — disse Jacqueline —, mas talvez você tenha entendido melhor.

— Ah, sim, mas não, não creio, ou, para chegar mais perto da verdade, acho que é outra coisa, e, até pelo fato dele ser tão mais moço do que eu, nossa relação ficou diferente, pela parte que me toca. Pela parte que toca ao Jaci — e aqui Lila riu de novo —, acho que, pelo menos com a maioria das pessoas, essas relações, para ele, são todas curiosas.

Jacqueline reparou que inadvertidamente tinha entrado na pista reservada aos coletivos e que atrás dela um ônibus buzinava insistente e chegava cada vez mais perto.

— Como, curiosas? — perguntou, passando, para se livrar do ônibus, por cima das tachas de divisão das pistas.

— Especiais, eu quis dizer — falou Lila —, curiosas, fora do comum. É sem dúvida a maneira que ele tem de, acho eu, aprofundar a conversa, estabelecer contato. Como se o Jaci achasse uma falta de consideração ficar só nas palavras. Talvez ele sinta — deve ser isso — que com as palavras que tem, poucas, ele não poderia dizer quase nada, ou bastante, ou tanto assim, ao passo que...

Neste ponto Lila se deteve, como quem acha — ou finge achar — que está falando demais e se dispõe a ceder, a oferecer a palavra.

— E você, irmã? — disse ela.

— Não mais — sorriu Jacqueline.

— Não mais o quê? Você não tem mais um certo tipo de relação curiosa ou especial? Com o Jaci?

— Uf! — exclamou Jacqueline.

— Desculpe — disse Lila —, eu não quis ser impertinente, mas apenas dizer...

— Foi o fino que aquele carro tirou! Eu disse "não mais", irmã.

— Ah, sim, claro, você deixou a Ordem — ou a Ordem deixou você, como você disse ao Xavier —, mas então voltamos à sua relação com Jaci. Como era? Como é?

— De madrinha e afilhado, ou mãe e filho, se você quiser, mas sem complicações modernas, uma relação ortodoxa, nada de insólito, ou fora, digamos, das normas e costumes. Eu era — e aqui foi Jacqueline quem riu — uma pessoa alegre mas uma freira, e, como freira, muito séria. Agora continuo alegre, não sou mais freira, mas sou uma velha, terminou Jacqueline, que, ao sair da pista dos coletivos, e não querendo forçar a ultrapassagem, como o motorista do fino de há pouco, não conseguia se livrar da traseira de um velho caminhão rangendo com sua carga de bujões de gás.

— É uma velha madrinha — disse Lila.

— Velha o quê?

— Madrinha! — gritou Lila. — Uma madrinha velha —, acrescentou, invertendo os termos para ver se a frase ficava mais audível.

— Ah, sim, isto sou, sempre fui, desde que recebi ele um instante antes de ser... sacrificado pela mãe. Quer dizer: sempre fui madrinha velha, não, madrinha, apenas, naquele tempo.

Lila esperou um instante, mas Jacqueline, concentrada na direção do carro, não disse mais nada.

— Me diga então por quê, Jacqueline, responda ao que tantos perguntam, e mais do que ninguém seu afilhado, que sentiu sempre, e muito, a sua falta, e que — desculpe se faz mal a você o que vou dizer — se sentiu mais de uma vez abandonado, sem a madrinha, sem a mãe: por que, em suma, você se escondeu, diga, e só saiu do esconderijo quando… quando já era tarde, não, claro que não, mas quando não havia mais remédio e você tinha porque tinha que aparecer?

Jacqueline deu um suspiro, a testa franzida, as mãos crispadas no volante, como se fosse rezar ou estivesse meio desesperada — um pouco como eu, pensou Lila, sozinha no apartamento, com medo de Xavier, com medo por Jaci, antes de telefonar para ela, Jacqueline —, mas logo depois, aliviada e triunfante por haver ultrapassado o caminhão dos bujões, falou, cheia de vivacidade, como quem inicia uma história provadamente interessante.

— Eu, sem perguntar nada a eles, sem me questionar a mim mesma, continuei na Ordem, depois que fui expulsa do Brasil, mas minha terra tinha passado a ser o Brasil, meu laço maior de afeição era Jaci, e, logo que descobri que podia voltar, manifestei meu desejo aos meus superiores: honra seja feita a eles, puseram pontos bem claros nos is, e me fizeram saber que jamais, pois não queriam "novas complicações". Você sabe que eu cozinho muito bem? — indagou Jacqueline um pouco curvada para a frente, de tanto que comprimia o acelerador para ultrapassar, agora, uma jamanta infindável.

— Como? Que quem faz bem o quê?

— Eu. Cozinheira de curso completo. *Cordon bleu.* Me desliguei da Ordem e vim para o Brasil, vim para o Rio, onde sabia que estava o Jaci e onde eu já tinha o endereço de um convento da Ordem que acabava de ser fechado, por falta de fiéis, de interessados e de pessoal, como acontece tanto, agora, no mundo inteiro. Ficava à beira da estrada

Rio–Petrópolis, o casarão, que, apurei logo, podia ser arrendado por pouco dinheiro e durante anos. Estamos indo lá e lá chegaremos, se essa jamanta, ao longo da qual vamos passando, acabar um dia. Armei minha segunda expedição ao Brasil para, empregando minha sabedoria culinária, abrir, no ex-convento, um motel com cozinha francesa para caminhoneiros e motoristas. Motéis foram criados para ser hotéis de motoristas, verdadeiros pátios de estacionamento, você sabia? Eu não sabia mas me disseram, eu acreditei, e confesso que fiquei de início um tanto perturbada ao me ver quase transformada naquilo que os brasileiros chamam de madama de *rendez-vous,* talvez nem tanto mas bastante perto, pois me pilhei administrando, com alguma ajuda, uma portaria dedicada a entregar chaves a casais itinerantes, a cuidar quase nada de cozinha e a mandar lavar o tempo todo montes de lençóis e toalhas.

— E deu resultado — riu Lila — essa administração do pecado, ou não tem compensado tanto?

— Compensado? O pecado? Mas muito, Lila, infinitamente, tanto assim que já sou proprietária do casarão, que, como eu, pertenceu à Ordem, e que progrediu mesmo quando eu, com meus escrúpulos dos primeiros tempos, resolvi aproveitar as sobras daquele dinheiro do pecado para construir um motel menor, no terreno grande, onde pudessem se hospedar, pernoitar de graça, aqueles que se querem mas não têm onde se amar, onde se deitar. Pois já comprei até terra vizinha porque as construções, feito uma cobra de luxúria — é bem verdade que ali há mais amor e menos concupiscência pura e simples —, já dispararam terreno afora e…

Ao chegar, no seu entusiasmo descritivo, ao mesmo tempo ao fim da jamanta e à bifurcação maior das estradas, Jacqueline embicou na direção de São Paulo, em lugar de tomar o rumo de Petrópolis, e foi no meio de um concerto de buzinas e de umas duas freadas de motoristas ultrajados que ela engrenou uma marcha à ré para voltar ao caminho certo.

— Muitos dos amantes que temos acolhido ajudam de mil maneiras profissionais: carpinteiros, pedreiros, serventes que, satisfeito o desejo, trabalham com muita alegria para construir os novos alojamentos. Mas nossa principal mão de obra, aqueles que ficam mais atraídos pelo trabalho no motel — que eu batizei, desde o início, de Motel Saracuruna, que é o nome do rio local — são os desativados, disse Jacqueline acelerando o carrão já no desafogo da Rio–Petrópolis.

— Como? Desanimados?

— De-sa-ti-va-dos.

— Ah, sim, você falou neles quando estávamos no Jardim, ou começou a falar, mas parou, ou Xavier interrompeu e… São pessoas que, como você, sofreram perseguição, nos tempos do Araguaia e do padre — como se chamava? — François?

— Não, não, outra coisa. Ainda outro dia — disse Jacqueline —, recebemos lá da zona de Maringá, no Paraná, padres e sacristães de igrejas desativadas, leiloadas, sei lá, transformadas em silos, lojas, mercearias. Fico com um medo deles que me pelo quando começam a puxar muita conversa sobre os meus tempos missionários no Araguaia e a adotarem posturas piedosas, às vezes meio messiânicas, que no fim impressionam até muitos dos outros agregados que temos e que foram sempre ateus.

— Ateus convencidos? — perguntou Lila, para dizer alguma coisa, preocupada que estava com a Mercedes orgulhosa, buzinante, que pedia há tempos passagem a Jacqueline, que, sólida e soberanamente, rolava pela pista da esquerda.

— Deus desconhecido? — Deus me livre e guarde! Se eu falasse nele, no altar que o apóstolo encontrou vazio entre os atenienses, ia provocar uma urticária de religião no Motel Saracuruna, Lila.

Furibunda, com um chiado forte de aceleração e um clangor longo de buzina, a Mercedes ultrapassou Jacqueline pela direita.

— O máximo de concessão que eu faço — continuou Jacqueline —, a única colher de chá que eu dou a eles, como vocês falam, é dizer que estamos ali, no motel, para aguardar. Sem dizer o quê. Que estamos de plantão. Senão, minha filha, tanto os desativados, que ficaram com o buraco de Deus dentro deles, quanto os outros, por contaminação, metem na cabeça que são uma das dez tribos perdidas de Israel, ou que o mundo vai acabar sexta-feira, e caem num frenesi de dormir juntos ou cantar hinos aos brados, como aquela Mercedes mal-educada que passou pela gente.

— Sim, sei, e aí? — perguntou Lila um tanto confusa, entre o relato de Jacqueline e os contínuos sustos que levava, devido à forma de Jacqueline dirigir, entre sobranceira e barbeira, e as perguntas que ela, Lila, queria fazer mas não tinha coragem, ou ocasião.

— E aí — riu Jacqueline —, aí Jaci, não? é isso que você quer dizer, dona obcecada? Pois agora acho que, sem maiores auxílios, você pode avaliar minhas dificuldades e vacilações em me apresentar como responsável, ou mãe adotiva de alguém, sendo eu estrangeira já expulsa do Brasil, freira defroquê — é assim que se diz em português? defroquê? —, madama de motel de beira de estrada. Entre as autoridades do país só me dou muito bem com a Polícia, que no princípio vivia de me tomar dinheiro mas que agora toma muito menos e tem grande simpatia pela minha obra. Muitos deles são fregueses meus, vêm à paisana, com a namorada, e depois de se satisfazerem de graça um do outro trabalham de graça no desdobramento do motel gratuito. Muitos dos rapazes que são da Polícia Militar ou detetives tocam cavaquinho ou bandolim, você sabia, e gente que toca esses instrumentos é, na minha experiência, invariavelmente gente boa, pelo menos nunca encontrei um que fosse ruim, acho que por efeito dos instrumentos. Essa brava rapaziada está quebrando todos os meus galhos, como eles próprios dizem, calçando meu caminho para adotar Jaci como madrinha que sou desde o instante em que ele, feito um inhame, saiu de dentro de Mariampi, a mãe carnal dele, para as minhas mãos.

O velho Oldsmobile, para alívio de Lila, saiu afinal da estrada para a direita, seguindo a placa do Motel Saracuruna, e, mal percorridos uns duzentos metros de vereda de bambu e bico-de-papagaio, chegou ao prédio do velho convento, onde se morava, pensou Lila, até a morte, durante uma vida inteira, transformado agora em estalagem de hóspedes efêmeros. Jacqueline levou o carro a uma garagem ao pé de uma casinha e, ao sair andando, Lila teve ao mesmo tempo sua primeira impressão do chamado motel gratuito — as construções de alvenaria, simples e baixas, ligadas por arcadas em que floriam trepadeiras, feito uma pérgula que serpenteasse pelo terreno afora — e de um jardim cheio de canteiros de formas bizarras, as quais, aos poucos, se revelaram aos olhos de Lila tal como eram, em essência: eram sólidas e antigas, nobres, pensou Lila, mesmo castas louças, ela acrescentou, eram, em suma, banheiras, pias e latrinas de peso e qualidade, desativadas, sem dúvida, durante a reforma sofrida pelo convento para preencher suas novas funções moteleiras e que agora, atulhadas de terra e adubos, bracejavam na brisa, acenando de uma para outra com flores. Havia também, em recantos discretos e com plantas de um ornamental sóbrio — tinhorões rajados, samambaias — uns poucos bidês, acanhados, simplórios, provenientes sem dúvida, concluiu Lila, de uma primeira fase de secularização arquitetônica, um momento de transição entre o convento e o motel.

Lila se deixou menos guiar por Jacqueline, que agora, aliás, pouco falava, do que vagar entre as pérgulas e louças e aspirar o cheiro das flores, e só quando ela, erguendo a cabeça, avançando o tórax, encheu os pulmões na pura embriaguez dos perfumes, é que Jacqueline achou que devia transmitir uma informação.

— Trabalham como você não faz ideia — disse ela —, as flores de Saracuruna, trabalham tanto que nem dormem, não têm sono, exalam perfume sem cessar, de sol a sol, a noite inteira, e já houve até, não faz muito tempo, o caso de um casal pagante que nem chegou a desmanchar a cama: passou a noite inteira no jardim, cheirando flor, e se despediram de mim de manhã, ele e ela, com uma leve dor de cabeça, disseram, mas num estado geral de êxtase, de graça.

Chegaram à portaria do prédio grande, um vestíbulo de lambris escuros, antigo parlatório, sem dúvida, imerso numa sombra que só era varada por um fino feixe de sol onde a poeira luzia, parada no ar feito um pólen imemorial. O que Lila primeiro viu ali foi, por trás da mesa da recepção, o grande painel de bem areadas chaves, que trouxeram logo Jaci à sua lembrança, e o que primeiro ouviu foi a voz vinda da mesa.

— Bom dia, dona Lila.

Lila reconheceu, independentemente da dona da voz, que ainda não identificava no escuro, a voz, e, ao se aproximar, se lembrou da mesma pessoa, numa outra portaria.

— Irmã Cordulina! — exclamou Lila.

— Não mais irmã — disse Jacqueline —, mas a Corda ainda sofre, ao contrário de mim, com a separação. Ela tinha sido, por causa do Jaci, degredada para Pedro do Rio, e lá resolveu, se desativando, me seguir até aqui, por amor ao Jaci, e...

No entanto, agora que se ambientavam na penumbra e viam melhor os recantos da portaria, as recém-chegadas viram também que Cordulina parecia esperar apenas que se calassem, para ela dizer alguma coisa, pois mal ouvia, ou parecia querer ouvir, o que elas diziam. Cordulina tinha as duas mãos cruzadas diante do peito, brancas de tanto que se apertavam, como se estivesse a ponto de implorar silêncio a Jacqueline e Lila, e de repente foi falando o que tinha a falar, antes que Jacqueline pudesse acabar de apresentar as circunstâncias da vinda dela, Cordulina, para o Motel Saracuruna.

— Ouçam, dona Jacqueline, dona Lila, sentem aí, nessas cadeiras, e me ouçam, que eu tenho, afinal, notícias de Jaci e sei onde é que ele está.

Jacqueline e Lila se limitaram a obedecer, a cair cada uma em sua cadeira, Lila pensando que quando os mansos, os humildes dão ordens só resta a gente se curvar ao que mandam, porque não há de ser sem motivo que falam assim, autoritários, há de ser porque sabem, de verdade, onde, por exemplo, encontrar Jaci.

— As senhoras me ouçam, dona Jacqueline, dona Lila, eu rezei e rezei a são Vicente, ontem de noite, rezei e rezei a Santa Luísa, que ajudou ele a tirar as freiras do claustro, e me concentrei tanto nele, meu santo, da minha devoção, que ficava me olhando quando eu sentava na mesa dos Expostos, que de repente senti que o santo estava me puxando pra lá, de verdade, e eu até vi na minha frente a secretária de Santos Dumont, e a roda, e subi as escadas até a cama do Jaci, e ouvi dele, de novo, o que ele me contava dos planos dele para quando saísse, de se encontrar logo com um amigo dele, tal de Heleno, na casa da tia do Heleno, de nome Carlotinha, que era pra onde ele ia, no Horto, na rua Pacheco Leão lá em cima, quase Dona Castorina, e eu acordei no meio da noite, dona Lila, dona Jacqueline, e me vesti, para fazer o que tinha que fazer. Saí por aí antes do dia clarear e fui lá na rua, no Horto, e achei a casa, encontrei dona Carlotinha, falei com ela, mas fiquei muito, muito nervosa, dona Jacqueline, porque dona Carlotinha me deu o endereço do Heleno, onde o Jaci está, na cidade, deve estar, mas ela queria que a gente fosse correndo lá, ela e eu, porque o Jaci, ela falou, está ameaçado de um perigo tão grande, que ela, Carlotinha, nem sabe se o Jaci avalia como é grande.

33

Ah, Solange nem de longe tinha imaginado, sonhado que alguém pudesse sentir, apenas por falar com alguém ao telefone, tamanha exaltação, arrebatamento, sofrimento, e — era a palavra — desejo, desejo, bem entendido, de ajudar, de acariciar, estar perto, junto, confortando, consolando. Às vezes se aquecia misteriosamente a voz de Xavier e ele recapitulava o Leme, fazia a descrição dela, Solange, com pormenores, na praia, aos quinze, dezesseis anos, quando tinha a idade de Bárbara, dizia ele, e descrevia também, ou pelo menos esboçava de leve, de longe, em fugidias insinuações, o que acontecia dentro dele diante dela, o que ele então pensava e nunca dizia. E logo a seguir, severo consigo mesmo, de novo senhor de suas emoções, mudava de tom, pigarreava, afirmava que o que de fato sentia eram saudades de todos eles, dele próprio inclusive, nos dias passados, saudades banais que todos sentem dos tempos que, como os poetas não nos deixam esquecer, não voltam mais.

Por si só, o simples desaparecimento de Jaci, pensava Solange, tinha trazido a tudo, a todos — Bárbara e Naé ela praticamente não via, mas estavam, quando visíveis, pelo menos recolhidos, contidos — uma calma, primeiro de puro cansaço, talvez, e depois, achava ela, de alguma coisa mais positiva, evidente em Xavier, por exemplo, que, durante a crise — provavelmente, coitado, por ser ele, afinal, o responsável por Jaci —, tinha ficado arredio, brusco, ao passo que agora, desde que, por iniciativa dele mesmo, tinha começado a telefonar, voltava ao seu natural suave, tímido, de quem tinha, como Solange sabia, tesouros de meiguice a partilhar com alguém, eventualmente, é claro, com Lila, embora os dois também tivessem sofrido, como sentia, temia Solange, os efeitos desagregadores da passagem de Jaci pela vida de todos.

Uma das provas da delicadeza de sentimentos de Xavier, caso prova de tal coisa fosse necessária, Solange encontrava, patente, no cuidado que ele tomava agora em descobrir se Basílio — magoado como tinha de ficar diante do inominável comportamento de Jaci em relação a Naé e Bárbara — não incluía a ele, Xavier, no seu desapontamento e frustração. "Eu praticamente sinto em Basílio, Solange", tinha dito Xavier logo ao primeiro telefonema, depois de saber que ela estava só em casa, "que minha presença faz com que ele evoque Jaci, o que Jaci representa e tem representado. Basílio não disse nada semelhante a você, não mencionou o último encontro que tivemos, ele e eu?" Solange tinha ficado, no primeiro momento, surpreendida, chocada com a ideia de que Basílio pudesse querer culpar Xavier pelos malfeitos e indecências de um anormal que, além de anormal, era selvagem, bronco, atitude que ela só poderia atribuir, caso se verificasse, ao muito, ao imoderado que Basílio estava bebendo ultimamente. A ela, isso ela garantia a Xavier, Basílio não tinha confiado nada a respeito, e se tivesse feito ela teria se insurgido, teria, mesmo, interpelado Basílio e dito a ele que avisaria Xavier e...

Aqui, dando provas de muito mais que delicadeza de sentimentos e sim de superioridade moral, elevação de espírito, Xavier, sério, comovido, tinha pedido a ela, sem dúvida a boca colada ao fone, a voz doce e velada de quem sentia a força dos sentimentos dela, que jurasse jamais fazer tal coisa, de maneira nenhuma, pois ele nunca se perdoaria se perturbasse a harmonia entre ela e Basílio e a amizade dos três, que — neste ponto Solange era capaz de garantir que Xavier mal havia controlado, à beira de um soluço, a voz máscula — vinha desde o Leme, as pedras, as ondas do Leme. Não, ele preferia, ao contrário, que, se Basílio fizesse alguma queixa, ou viesse a esclarecer as palavras ambíguas que tinha dito a ele, Solange acatasse, como boa esposa que era, o ponto de vista, a vontade de Basílio. Não era esse, tinha continuado Xavier, o momento de se contrapor ela, Solange, a cisterna de água cristalina, a reserva de pureza da família — expressões dele, gravadas para sempre na memória dela —, à vontade do chefe combalido, ferido em sua honra. O momento era de perdões tácitos, silenciosos, de renúncias mudas, e ele pedia encarecidamente a Solange que tomasse a iniciativa de telefonar a ele quando estivesse só para dar notícias, sobretudo para dar tranquilidade a ele em relação a Basílio e no que se pudesse fazer para impedir que Basílio, tentando tomar pé nas adversidades, acabasse se afundando no copo, na bebida. Só depois de cuidar, de se deter, terno como um irmão, sobre Basílio, é que Xavier, como um pai, pedia notícias de Naé, da pobre e doce Bárbara, que procurava, dizia ele, com honroso esforço de todo o seu ser, manter viva a chama pura da beleza materna.

Era quando falava em Bárbara, ou "nas crianças", que Xavier, segundo sua própria expressão, "resvalava" pelas pedras limosas do Leme, cobertas de algas, frementes de espuma, e, Solange sentia, deixava que o vinho do passado subisse à cabeça dele e turvasse, como ele dizia, ou, provavelmente, clareasse, como ele não queria que fizesse, esclarecesse o presente. E um dia, de repente, Solange protestou, se rebelou, e, inspirada, astuta, tinha inventado nem ela sabia bem o que, uma inocente trapaça, um estratagema, uma espécie de troca de tempos, confusão de épocas: naqueles dias do Leme, tinha dito a Xavier num turbilhão de palavras, na época dos seus quinze, dezesseis anos, ela, Solange, era ainda livre, ora essa, livre como aquele ar, aquele mar do Leme, e assim, portanto, ele podia falar aquilo que, naquele tempo, pensava, sem dizer, pois não estariam enganando ninguém, não haveria deslealdade dele em relação a ninguém, ou infidelidade por parte dela, a quem quer que fosse. E então Xavier, como se não aguardasse outra coisa, tinha por assim dizer abraçado em palavras o corpo dela, molhado das ondas do Leme, tinha falado rouco, tenso, no que imaginava quando avistava ela na praia feito uma ninfa no jardim, uma estátua úmida, e Solange, rosto em fogo, olhos cerrados, o fone apertado na mão branca do esforço, tinha sentido, num meio desfalecimento, que de fato se umedecia de amor, se dissolvia.

Faminta, depois de se sentir possuída pela voz dele, da presença real de Xavier, Solange tinha dito que ia ao encontro dele, no apartamento de Laranjeiras — para conversarem mais de perto, acrescentou, para se sentirem mais juntos no meio da tempestade que atravessavam —, mas Xavier, em mais um toque da sua romântica sensibilidade, tinha perguntado se, caso ela estivesse só — pois não queria de forma nenhuma despertar em Basílio reações talvez penosas, negativas —, gostaria de estar com ela por assim dizer no seu novo *habitat*, a alga do Leme transformada em planta da vila, em manacá de chácara. Uma visita breve, a dele, uma mera volta — onde é, se perguntou Solange, que ela tinha lido uns versos lindos, de visita à casa da amada de outrora, onde o poeta vê que uma ilusão gemia em cada canto, chorava em cada canto uma saudade? — quase em silêncio, pela sala, os quartos. Estava ali, Xavier disse, pra matar saudades e plantar, em segredo, reconciliações, e em seguida tinha feito graves, preocupadas perguntas sobre Basílio e seu abuso do álcool. "Mesmo em casa?", foi a pergunta que fez, e Solange, sem nada dizer, apanhou na geladeira a garrafinha dele, a famosa, da batida de coco, que ela fazia e que já estava pela metade àquela hora do dia, imagine só. Xavier tinha balançado a cabeça e — enquanto ela lhe servia o café que tinha coado há pouco pensando nele, na visita dele — tinha levado de volta a garrafa à geladeira.

Sempre que relembrava, ou, melhor dizendo, revivia aquele dia — o que acontecia praticamente todos os dias —, Solange segredava, cochichava a si mesma, cheia de assombro, que ele tinha sido o mais estranho, ao mesmo tempo tão mágico e tão trágico, entre os dias de sua vida. Devia definir esse dia como o da total renovação, ou, ao contrário, como o dia em que sua vida tinha simplesmente retomado em si o fio perdido dela mesma? Fosse como fosse, o encontro dos dois, finalmente nos braços um do outro, havia recebido o selo espiritual, quase místico, de uma comunhão de almas.

Alguém, algum observador oculto que nossos atos porventura tivessem, poderia talvez dizer, cínico ou obsceno, que a ida dos dois ao apartamento, ao saírem da casa da vila, poderia ter posto o selo que quisesse numa comunhão de almas, mas de corpos nem tanto. A verdade é que ela se lembrava de si mesma, na cama de Xavier, como se estivesse — do ponto de vista dos olhos — num vale onde de quando em quando vislumbrava relvas, bosques e entrevia picos, ou — do ponto de vista do paladar — diante de uma mesa de banquete, posta, provando a medo iguarias, saboreando, furtiva, meios goles de vinho, um pouco como se, convidada a uma festa, e perdida, ao chegar, em corredores pouco familiares, não resistisse, ao se ver no salão do banquete, em beliscar um prato e outro e molhar os lábios num ou noutro vinho. Mas a verdade verdadeira — pedia perdão a Lila — é que ela agora estava certa do lugar que ocupava, tinha decorado a planta da casa e sabia que o seu lugar à mesa do banquete estava marcado, estava à sua espera, e era o lugar de honra, de cabeceira, de dona da casa.

Aliás, e ainda que — o que não era verdade — ela tivesse ficado preocupada com o fato de não haverem ela e Xavier chegado a conclusões e transportes mais vulgares, ao alcance de quase qualquer casal, uma explicação, ou, a bem dizer, a explicação tinha sido antecipada por Mãe Cabinda ao falar que nó velho desatar não desata, tem que lascar ele em dois para sair de dentro dele a luz que ficou presa e o amor que ficou amarrado. Essas palavras não tinham propriamente ocorrido à memória de Solange e sim aparecido projetadas na parede do quarto no instante em que Xavier repousava entre seus braços, cara escondida entre seus seios, acabrunhado, e ela havia soprado, para consolar ele, no ouvido dele, quase como quem adormece menino com uma canção de ninar, que Mãe Cabinda sabia que não se pode ficar anos a fio negando uma paixão, desobedecendo a ela, e esperar depois que de repente, quando a gente afinal entrega os pontos, cede, ela permita que, mesmo nos níveis secundários em que a paixão é puro corpo, tudo acontecesse como se nós mesmos não tivéssemos atado nós em nossa vida, nós que acabam velhos, resistentes ao meneio paciente dos dedos.

Solange lembrava que Xavier tinha levantado dos seios dela o rosto e que havia nos seus olhos, claros feito o mar do Leme, uma surpresa, quase uma interrogação, mas ela própria só tinha tido a correta medida da vidência e da sapiência de Mãe Cabinda ao chegar ao lar da vila, à casa que por hábito considerava a sua, que tinha sido a sua durante tanto tempo, ou, mais exatamente, desde que, ao sair do mar do Leme, tinha entrado pela porta errada. Esse erro era o nó da sua vida, apertado mais e mais, de ano a ano, até aquele dia preciso, o dia de hoje, em que, ao abrir a porta, encontrava o nó cego aos seus pés, fendido em dois.

34

Vestidos ambos com vestidos quase iguais de linho azul e branco, bolsas brancas, pendentes dos ombros, de tiras azuis, sapato de salto alto, de couro azul, os dois Helenos — pensou Jaci mesmo do fundo do seu desânimo — pareciam querer provar a todos que entrassem no restaurante que tinham conseguido se transformar em duas Helenas esplêndidas.

A ideia desse almoço, num domingo, tinha sido das Helenas, que se diziam assustadas com a queda de Jaci num estado de abatimento que ele próprio não sabia descrever por não saber de que se tratava. Passadas as alegrias iniciadas com a primeira fatia de bolo que dona Carlotinha tinha dado a ele, Jaci — de tanto que as duas Helenas falavam na misteriosa importância que ele teria para auxiliar a cura dos outros, e na consulta que ele não podia deixar de marcar com o Dr. Faninho, na rua Senhor dos Passos — tinha entrado num período de aflição, tristeza profunda e angústia da alma — as expressões eram de dona Carlotinha — caracterizado, mais do que tudo, pelo medo de tirar a roupa, logo ele, que, antigamente, não é que gostasse de se mostrar, não era isso, mas é que nem pensava se estava ou não com fosse lá o que fosse à mostra, ao vento. Agora, trancava a porta do banheiro para tomar banho de chuveiro, tinha pedido ao Heleno que comprasse para ele um pijama, de calça comprida e tudo, e apesar do apartamento das Helenas, onde ele tinha seu quarto, ficar no quinto andar do edifício, Jaci fechava até a veneziana antes de apagar a luz para dormir.

Quando as esplêndidas Helenas falaram a Jaci — que se vestiu com *jeans* de calça comprida e um blusão de toalha, tomado emprestado ao Heleno e que cobria ele praticamente até os joelhos — num especial e festivo almoço de domingo, na lagoa de Maricá, Jaci, debilitado demais para encontrar a energia de fazer perguntas, convenceu-se de que iam, no caminho, pegar dona Carlotinha, de quem sempre sentia falta — ela gostava tanto das próprias carnes e tinha aquele cheiro tão bom, de manga —, mas o Heleno alegou que ela não queria vir, ou não podia. O pretenso restaurante, da beira do lagoão, era, na realidade, uma sala tão pequenina, com não mais de três mesas postas, que mais parecia uma casinha de pescador em dia de festa, só se vendo mesmo, além de quem estava na cozinha fazendo os quitutes, o copeiro todo vestido de branco, dos sapatos ao casquete. Primeiro ele serviu o belo dourado, que abriu ao meio com tanta perícia que o peixe se transformou em duas reluzentes postas brancas, das quais a espinha dorsal, ligada à cabeça, saltou inteira, disciplinada como se tivesse sido posta dentro do peixe cru apenas para ele, peixe, ser lascado direito, depois de cozido.

Veio com o peixe um vinho branco gelado e as duas Helenas tiraram, cada uma, seu vestido azul e branco e apareceram de biquíni branco e azul, ambas já rindo bastante, comendo com apetite e perguntando a Jaci se não estava morrendo de calor, o que ele sem dúvida estava, e não viu razão para não tirar o blusão de toalha, enquanto chegava à mesa um desses frangos modernos, enormes, um capão de granja, ao lado de um garrafão de vinho tinto que parecia ser o sangue do galo, extraído, provavelmente, antes de ser o galo assado, pelo copeiro perito, que, garfão de apoio em cima do galo, apenas para garantir a estabilidade, num segundo reduziu o avejão a um monte de fatias.

Quando entrou no vinho tinto Jaci reparou que a lagoa, fora, tinha ficado muito mais azul, o vinho, no copo, muito mais roxo, como se fosse de amora, e o vinho, principalmente, é que terá dado a Jaci a ideia de também ir tomar um banho na lagoa. As duas Helenas atravessaram, na frente, o jardim de areia, e, de trás de uma moita de pitangueiras, tiraram a roupa para entrar na enseadinha da lagoa, deserta, e foram nadando até uma ilhota verde onde pousavam duas saracuras. Jaci aproveitou e tirou também a roupa, pois só mesmo numa enseadinha deserta e azul é que a gente podia, nu, matar saudades do sol, mais da água, embalando a gente, pra lá e pra cá, na beiradinha, logo depois das taboas, Jaci sozinho nos braços das águas, entre a terra e a ilha das saracuras... Boiando nas águas que acalentam a gente, a gente sente que tudo vai caindo no lugar certo, pensou Jaci, balançando feito um barco que desatracou de um pórtico, foi aos poucos se deixando levar para dentro das taboas, deslizando entre elas até virar um jacaré, número quinze, que, depois de se aquecer ao sol vai escorregando devagar para dentro da lagoa mansa, o couro quente, sem medo de nada, os olhos já meio fechando, meio dormindo, sem medo mas ainda assim atento, o bicho inteiro sonolento mas atento, porque quem sabe um pescador, um caçador...

Jaci sentiu que alguma coisa, algum outro corpo estava presente, ou acabava de chegar ao meio das taboas, sentiu isso pelas águas, a pulsação das águas, e lembrou de outros cochilos seus em beira de rio, quando peixe ou gente fazia um gorgulho n'água, uma bolha. O importante era ver e saber bem de onde é que vinha o ruído, o movimento, e continuou parado, boiando e sentindo uma grande atenção prestada nele, olhos pregados nele — como se estivesse ali o Barreto — e por trás dos olhos provavelmente um salto armado, um bote de serpente grande, cobra-d'água, talvez cobra-homem... Jaci viu com o olho esquerdo, na beira d'água, para lá da cortina de taboas, o copeiro, que tinha na mão, reluzente, a faca de trinchar, mas sabia perfeitamente que os olhos que vigiavam ele não eram dele, do copeiro, eram de alguém dentro d'água, entre as taboas, e quando já quase divisava, na meia escuridão verde das ervas, o próprio centro do foco, o olho da atenção grudada nele, no corpo dele, de repente ficou quase cego porque o centro estourou, o olho explodiu, e, quando explodiu de novo, Jaci se pôs de pé aos gritos, saiu correndo de dentro d'água, correndo em busca da calça comprida de zuarte, do enorme blusão de toalha, trêmulo de frio, de terror, aos gritos.

Ao voltarem da lagoa de Maricá, do almoço, que tinha começado tão bem e acabado com os berros de Jaci espantando as saracuras e obrigando as Helenas a passarem um tutu para uma patrulhinha policial que tinha saído sabe-se lá de que moita à beira da estrada, a volta ao Rio tinha sido tensa, lúgubre.

Durante a noite inteira as duas Helenas — principalmente o Heleno — ficaram de ouvido alerta, para terem certeza de que o Jaci dormia, mas de quando em quando, pelo menos de hora em hora, escutavam, vindos do quarto dele, gemidos ou choro de pesadelo, ou barulhos de Jaci se levantando. Só quando o dia clareava é que o Heleno viu, por baixo da porta, que se apagava a luz mantida acesa por Jaci a noite inteira, e que afinal um silêncio pesado de sono envolveu o apartamento, graças, provavelmente, ao tranquilizador alarido do Cais do Porto desperto entre as vibratórias buzinas da Rodoviária Mariano Procópio e as nostálgicas trompas dos navios ancorados no cais do Touring.

Era dia alto quando o Heleno — com um sobressalto de quem prometeu velar doente e pegou no sono — saltou da cama, com os ruídos distintos que vinham de Jaci desperto no quarto vizinho. Ainda trôpego de sono — confusamente se lembrando de madrugadas nos Expostos, quando saía do leito de alguém e voltava ao seu —, chegou à porta de Jaci e ficou um instante indeciso, se perguntando se podia simplesmente abrir o trinco ou se devia bater antes, resolvendo-se, afinal, pela iniciativa mais prática e delicada de espiar pelo buraco da fechadura. Heleno se curvou, deu uma primeira olhada, e se empertigou de novo, já plenamente acordado, se abaixou uma vez mais, tornou a olhar, e outra vez se levantou, ou se inteiriçou, agora empurrando vigorosamente para trás o cabelo longo e recolhendo um seio que tinha escapado ao decote da camisola. Ainda um instante ficou parado, estupefato, e afinal, mão no trinco da porta, falou antes, voz branda de quem não quer causar perturbação, agravar problemas.

— Sou eu, Jaci, o Heleno, você dormiu bem, está bem, quer me ver, posso entrar?

Jaci disse que sim, que o Heleno podia entrar, a porta estava aberta sempre pra ele, Heleno, desde que viesse sozinho, e o Heleno, ao entrar, viu que Jaci, paletó de pijama, nu da cintura para baixo, continuava aplicadamente, testa franzida, ponta da língua mordida dentro da boca, a fazer o que fazia quando o Heleno tinha espiado pela fechadura: tentava amarrar, puxando bem a pele para a frente, o prepúcio por cima da cabeça do membro.

— Jaci — disse o Heleno.

— Sim — disse Jaci, sem olhar o Heleno, sem interromper a tarefa.

— Posso saber o que é que você está fazendo?

— Amarrando a pele do pau por cima da cabeça dele. Escondendo a cabeça do caralho.

— Sim, estou vendo — disse o Heleno, assustado, sem querer demonstrar mas assustado —, mas para quê, que maluquice é essa, quer me dizer, que ideia é essa que você teve?

— Uai, todos os machos da minha aldeia, todos os meninos quando ficam homens amarram a pele da pica assim, desse jeito.

— Ahn, sei — disse o Heleno, sentando, pernas fracas, na beira da cama. — Tudo bem, Jacizinho, eu não sabia mas fico sabendo. Agora eu acho, se você me dá licença, que você está se esquecendo — continuou sorrindo — que você não é filho de índio, é filho de freira.

— Está perfeito, não está? — perguntou Jaci olhando o próprio membro que terminava, agora, como um tufo de pele num laço de fibra. — É assim que pica de índio sai nas fotos, mas não dá, para quem olha, entender muito bem, não é mesmo, sai até no jornal e os brancos olham, e as brancas nem se fala, mas não entendem o caralho do índio enrolado na pele. Quando os índios lá da aldeia enfiam aquele cartucho de folha de palmeira por cima aí então é que pau de índio vira beiju.

O Heleno se sentiu, então, mais forte, ou se sentiu bem, outra vez, sentiu, mesmo — depois do susto e alarma de temer que o Jaci tivesse pirado, endoidado —, uma raiva até boa, que começava a ferver dentro dele, branda, ainda, nas primeiras bolinhas, porque quando a gente leva um tranco de medo, de pavor, a raiva que vem depois cresce devagar, pouco a pouco.

— Muito bem, Jaci, agora estou entendendo, e entendendo até de sobra sua ingratidão, seu pouco caso pelos outros, essa natureza que você tem de querer tudo só para você, de guardar as coisas boas para você e os outros que se virem, se danem, se estrepem, se fodam. Muito bem, você ficou sabendo que foi fotografado naquele raio daquela lagoa de Maricá e ninguém ia ficar a vida toda escondendo isso de você, não, a gente só não falou na hora, ou no automóvel logo depois, porque você estava impossível, se enrolando todo na roupa como esse seu caralho aí, de cabeça coberta, feito um motoqueiro. Você obriga um homem de respeito como o Dr. Faninho a aceitar a encenação da gente, o plano que eu, mais a Helena, inventamos para ver se ele, Faninho, conseguia pelo menos fotografar você pelado, isso pra ajudar a gente, para ele entender as coisas, os encanamentos que você tem, e ajudar a gente a sair do desespero. Mas aí o Jaci começa a berrar feito bicho que se, se...

— Ai — gemeu Jaci, com um arrepio —, não fala, não diz, nem pense mais nisso que eu vi aquele homem de branco amolando a faca dele na pedra, a faca que ele usou pra abrir o dourado feito quem abre um livro e fazer o galo, o galão que ele era, enorme, virar num segundo uma travessa de fatias de carne, e aí, enquanto o outro se metia até a cintura nas taboas, ele veio para a beira do rio...

— Lavar a faca, naturalmente, depois do almoço que você comeu, ingrato, comeu, lambeu os beiços, mas não podia, farto e de porre, depois, nem dar a honra duma fotografia aí das maravilhas. Jaci! Jaci! eu me ajoelho, eu fico de mãos postas na sua frente, eu imploro e choro pedindo a você que não abandone a gente, agora que a gente já conseguiu que um homem importante como o Dr. Faninho — um santo que só quer auxiliar os outros — nem peça ou espere mais que você vá à rua Senhor dos Passos. Jaci, ele aceita entrar em lagoas e se enlamar todo no meio das taboas, ou pisar em brasas, aceita qualquer exigência, contanto que possa documentar vocezinho, filmar você, sem laço de barbante, sem cartucho, uns segundos, só isso, Jaci, só isso... Tire esse barbante ridículo da cabeça do pau, Jaci, senão o Faninho, ou qualquer pessoa que olhar para você, vai morrer de rir, por mais que você conte as histórias que quiser e entender, embrulhando uma coisa linda dessas por cima de outra mais linda ainda, onde é que já se viu, Jaci, ai, Jaci, você com essa rosa murcha de pele estrangulada aí num barbante, num cadarço! Aposto que se eu quiser tirar esse cadarço e amar você, você me ama de volta, você retribui, Jaci, como nos Expostos, me mata de mil carinhos, como você fazia e não ligava a mínima, seu ingrato, seu mentiroso, que nem se incomodava, até achava graça, quando o Barreto parava e olhava, olhava, olhava.

— Ah, Heleno — disse Jaci, achando que talvez estivessem entrando nos assuntos sérios, nas coisas que iam fundo —, me falando assim, me dizendo ternuras e lembrando noites de carinho, você me lembra, também, que até o Barreto é feito a gente, Leninho, quer as coisas que a gente quer, e tem a fome que a gente tem, fome dos outros, de comer os outros, e se ele não fosse fraquinho, sei lá, peco, o Barreto entrava na dança, na nossa dança. Agora pense, olhe esse seu doutor, Leninho, olhe o...

Nesse ponto o Heleno, com um grave ar de quem prefere qualquer derrota ao sacrilégio, se recompôs, compôs a camisola, e, como Jaci pensou mais tarde, enternecido, chegou o mais perto que jamais conseguiria daquilo que se chama uma moça fina.

— Por favor, Jaci, não continue falando assim, não me dê o desgosto, não me faça o vexame, logo você, que eu sempre amei tanto, feito um irmão — no bom sentido, claro, e sem nem pensar mais em tanta coisa boa que a gente fez um com o outro e que irmão mesmo não deve fazer —, de continuar falando sem pensar e comparando o Dr. Faninho com... Não, nem vou dizer quem. Vou dizer, Jaci, é que o único jeito que a gente tem agora é se despedir — e é claro que não estou botando você na rua, às carreiras, pedindo que arrume sua trouxa e se mande — e não se falar mais, não conversar, porque acho que a gente não tem mais assunto, nem motivo, nem desejo de papo. Você procure aí um lugar para morar, ou volte para seu amigo Xavier, pra madrinha que você inventou, para o inspetor Dedo-mole, para a tal menina Bárbara e o garoto Naé, não sei, tome lá seu rumo, seu caminho. Eu só queria que você entendesse que a gente não queria muita coisa, que a gente, eu, mais a Helena, e um dia o Cais do Porto inteiro só queria parar de sofrer, deixar de precisar sempre de um outro cara, depender sempre do amor de outro, precisando a vida inteira de outra pessoa.

— Heleno — disse Jaci, sério. — Eu não vou precisar a vida inteira de *uma* outra pessoa e sim, sempre, de duas, pense nisso, Heleno.

— Basta um instante só, Jaci — disse o Heleno —, ele vem cá ver você, se você permitir, e você continua morando aqui.

E Jaci que tinha comunicado um fato, uma descoberta, nova em folha mas que vinha tão de dentro que parecia subir das plantas dos pés dele — a revelação dos dois amores —, de cara nem entendeu que o outro estivesse ainda falando de retratos e filmes e facas. Depois, abrindo os braços, desalentado, se limitou a balançar a cabeça, negativamente, e o Heleno se levantou, para sair, se detendo um instante ao chegar à porta, com a mão na porta, como se ainda esperasse que Jaci de súbito mudasse de opinião, dissesse que sim, e afinal saiu, fechando a porta e mergulhando Jaci, uma vez mais, na tristeza e melancolia dos últimos dias, embora essa tristeza, agora, incluísse menos o medo do que poderia acontecer a ele do que o simples pesar de abandonar as Helenas, a vida nova, sem saber para onde ir, em que casa morar, sem qualquer certeza de que vida adotar.

Tinha bastante mais roupa que arrumar agora, mas tinha, em compensação, uma bela bolsa de usar a tiracolo, uma capanga de couro molengo, ampla, presente, suspirou Jaci, do Heleno, e, apesar de se lembrar da madrinha, quando ela dizia que quem não carregava nada viajava melhor, não aguentou a ideia de largar ali as camisas, as calças, até o pijama. Quando acabou de se vestir e de arrumar a capanga Jaci ainda relanceou os olhos pelo quarto que tinha sido seu um tempo, que ele tinha esperado que Bárbara e Naé conhecessem, e só não saiu porque, ao mover o trinco, viu que a porta estava trancada por fora.

35

Caísse quando caísse o aniversário de seu pai ou de sua mãe, a festa, a celebração, como estava convencionado desde seu casamento com Solange, ficava para o tradicional ajantarado dos domingos, iluminado, naturalmente, pelo bolo de velas e reforçado, prestigiado pela presença de parentes mais ou menos afastados. Mesmo assim, Basílio, no dia propriamente em que aniversariasse um ou outro dos velhos comparecia à casa deles para a toma da bênção e a entrega de um presentinho, como fazia naquele momento em que abraçava o aniversariante, o pai. Elpídio soltou a mesma e clássica exclamação anual de "velho não faz anos!" enquanto abria o embrulho, o presente de Basílio, que em geral vacilava agora entre artigos de toalete ou uma camisa, findos os bons tempos em que uma bonita gravata podia ser dada todos os anos: mesmo os velhos, no Rio, praticamente não usavam mais gravata.

Basílio tomou com Elpídio e Emília um café com bolinho de aipim, respondendo com aparente vivacidade mas em termos vagos e mecânicos às perguntas de sempre acerca de Solange, das crianças, do agradável ramerrão das coisas, ao qual os pais estavam tão habituados quanto Basílio ele próprio, mas que, mal sabiam os velhos, andava um tanto à matroca na casa da vila. Basílio ia fornecendo, disfarçadas, temperadas com seu costumeiro tom folgazão, informações dúbias, apenas semiverdadeiras, passando com especial leveza pelas respostas relativas ao Xavier, ou, como acabava de dizer Emília, "ao indiozinho — como é mesmo o nome? Peri? — que desapareceu no olho da palmeira", enquanto sentia, não sem certa inquietação, que o pai dava toda a impressão de que gostaria de falar com ele em particular: arrastava os pés no chão, se levantava para ir, sem nada fazer lá, à varanda, abotoava e desabotoava a camisa esporte que o filho tinha trazido, e contemplava ela uma vez mais, declarando que era muito bonita e repetindo que ia usar ela domingo, para o almoço. Teria o velho descoberto, ouvido falar alguma coisa? pensava Basílio, preocupado, já que sabia explicar a si mesmo acontecimentos tipo Bárbara-Jaci e mesmo Jaci-Naé, mas como é que a gente explica este mundo de hoje — resultante, Basílio sabia, do fato de que as mulheres agora só emprenham quando querem, ou quando se distraem muito, o que perturba demais a moral e os bons costumes e bagunça a estabilidade dos homens — ao pai da gente? Gravata um homem pode deixar de usar com certa facilidade, mas preconceito contra galinhagem e veadagem não se desata do pescoço assim sem mais nem menos, não.

Basílio sentiu, quando Emília acompanhou o bombeiro chamado para consertar a pia da cozinha, que o braço do pai, resolutamente enfiado no seu, carregava com ele para o quintal, pequeno mas bastante plantado de árvores para amortecer qualquer conversa, e Basílio se preparou para o pior, achando que, quem sabe, nos telefonemas que costumava dar a Emília, talvez Solange tivesse começado a desfiar suas ladainhas sobre Jaci, sobre, até mesmo, Naé, Deus não permitisse.

— Quer dizer — começou Elpídio — que o nosso Naé vai bem, não é mesmo, nos estudos, nos esportes? Na natação ele é bom — nado de peito, ele me falou — e no basquete também, não é isso?

— Muito bom de basquete — disse Basílio. — Ele é o cestinha do time e garanto que vai ser o capitão. Mas dentro de uma piscina é também um demônio, o Naé.

— Claro, claro, o Naé tem ombros largos, feito você, aliás feito eu também — e aqui Elpídio piscou o olho —, porque nós, homens da família, meu pai também, seu avô, sempre tivemos espáduas amplas e peito idem, modéstia à parte, nada desses franzinos que andam por aí, para nem falar nesses cabeleiras e não-me-toques que andam cada dia mais exibidos na cara da gente, no meio da rua.

Basílio olhou, no pulso, o relógio, mas o velho prosseguiu, sem ver, ou querer ver, o gesto, a sugestão de despedida.

— E de amores — perguntou —, como vai o garotão de amores, o Naé, que aí também puxa a você, ou, aqui entre nós, a nós?

— Tudo bem — disse Basílio —, tudo bem, acho eu, já que ele não é de falar muito no assunto, mas tudo caminhando, sem novidades.

— Domingo quero ver isso de perto, porque domingo passado fiquei espantado, muito espantado mesmo, ao ver que... que...

— Que o quê? — interrompeu Basílio, meio áspero.

— Bem, eu estranhei, não é mesmo, e disse aos meus botões, que diabo, o que terá acontecido? Mas a moça vai bem, não?

— Moça? De que moça você está falando, papai?

— Olha só o maganão! Que moça? Ele finge que nem sabe de quem é que estou falando quando estou falando, é claro, naquele raio de sol, as chamas no cabelo, os olhos de corça, de gazela.

Basílio ficou um momento em silêncio, olhando o pai, aguardando esclarecimentos, pensando vagamente em Lila, em possíveis insinuações do velho sobre os olhares que ele, Basílio, lançava para os lados de Lila.

— Bernadete — disse Elpídio afinal, sorrindo e ostentando nas bochechas um tanto caídas, pendentes, feito as de um cachorro boxer, o que pareceu ao filho, mas não devia ser, um certo rubor.

— Ah, sim, a namoradinha do Naé, ou que era a namoradinha dele.

— *Era?*

— Bom — disse o Basílio —, não estou inteiramente informado, mas talvez... Você mesmo reparou, papai, que domingo a Bernadete não estava lá, para o almoço, o que pode não significar muito, ou nada, mas o fato é que não sei, juro, embora seja provável que os dois ainda se namorem.

— Ora, garanto que sim, pois o Naé, filho seu, meu neto, não ia ser tão tolo assim. O apelido da moça é Sardete, não, por causa das sardas que ela tem e que aliás assentam muito bem nela? Eu vi os dois, ela e Naé, se abraçando, se afagando, mesmo, no banco do jardim da sua casa, debaixo do pé de manacá, que deixava cair pétalas em cima dela, ou deles dois, ela muito linda. Lindos os dois, aliás, se beijando. Escute, meu filho, eu queria que você me prometesse uma coisa, sem dizer nada a ninguém, é claro, porque pode parecer velhice, quer dizer, tolice minha, mas é uma vontade, um desejo meu, digamos, de aniversário: eu queria que você me desse certeza de que ela estará presente, a Bernadete, que ela não deixará de vir, porque eu quero muito ver a menina, ver ela de novo, só isso, é claro, a alegria de ver uma moça tão bonita no dia dos meus anos, um capricho, se você quiser, uma bobagem… minha neta, afinal de contas, ou pelo menos espero que seja, que venha a ser… Bem, era isso, era só isso, porque há muito tempo eu não sentia tanto… interesse… tanta vontade de ver alguém de novo. A gente pensa, e chega mesmo a se convencer, de que essas coisas, quer dizer, essa vontade de ver uma pessoa, passa com o tempo, não acontece mais, e de repente a gente sente de novo o mesmo que em outros tempos, o que não deixa de ser curioso, e naturalmente é um sentimento igual ao de outros tempos, mas ao mesmo tempo nem tão igual assim, porque é mais desprendido, mais…

Apesar de, incrédulo, recusar a ideia durante algum tempo, Basílio afinal se rendeu, aceitou, compreendeu que o mal do velho Elpídio era amor, que ele estava simplesmente apaixonado, era isso, só isso e por isso queria porque queria ver de novo Bernadete, vulgo Sardete, sem planos, confiava Basílio, sem desígnios, pelo menos concretos, sem esperança, mas precisava rever o rosto da menina, estar diante dela, matar essa fome mínima dos amorosos que é ver a criatura amada, sentir que ela vive, respira e está ali, em pessoa.

— Curioso — ia dizendo Elpídio —, eu estava, naquele dia do banco do jardim, dos manacás, fazendo, de brincadeira, um cálculo aproximado e constatando que só no nariz da Bernadete havia bem umas oitenta, talvez uma centena de sardas e que elas não enfeavam nada o rosto dela, nada, ao contrário, a palidez dela ficava até realçada — principalmente, é claro, em contraste com a pele morena de Naé, e aí, você compreende…

— Claro — disse Basílio —, compreendo, e fica combinado e entendido que eu cuido de dizer ao Naé que fazemos questão da presença da Sardete, todos nós e principalmente o avô — não? está bem, então não digo —, e que ele faça o favor de… providenciar, de garantir que a Bernadete compareça, que venha ajudar a apagar as velas do seu bolo, papai, que já são tantas que precisamos tomar cuidado com as cortinas da sala, que podem pegar fogo se soprar uma brisa de mau jeito.

Basílio se despediu batendo leve nas costas do pai e aprumando os ombros, antes de voltar um instante à casa para dizer adeus à mãe, pois não havia de continuar naquela conversa meio ridícula com o pai sôfrego de ver de novo a "neta". Mas no fundo, no fundo, aquele Elpídio patético tinha também seu lado simpático, que mexia com Basílio mais do que ele gostaria de admitir, velho gagá, dando fruta fora do tempo, veranico de inverno. Vai ver, pensou Basílio, que um ancião desses é capaz de suspirar, sentir o coração batendo apressado e achar, como um rapazola pateta apaixonado por uma ruiva, que, ao anoitecer, o céu fica cheio de sardas em lugar de estrelas. Até que essa ideia das sardas e das estrelas não está nada má, continuou Basílio, e se nem me passa pela cabeça falar em tal coisa com o

Naé — que é capaz de pensar que eu é que ando no cio só de ver a Bernadete —, com a Solange eu falo, aliás vou passar o segredo para ela, que é discreta nessas coisas, sempre reparou e achou a maior graça na postura galante e femeeira do velho Elpídio e que vai ficar tão assombrada quanto eu quando souber que a preferência do velho chimpanzé é por amendoim bem verdinho.

Basílio ficou aborrecido de chegar em casa e não encontrar Solange, não encontrar, aliás, ninguém, porque se era certo e evidente que não ia delatar, entregar o avô aos netos, traindo seu segredo de amor, gostaria de, com finura e habilidade, encaminhar com eles a causa de Elpídio, garantindo que seria feito a Bernadete o convite para que ela viesse a ser, ainda que sem saber, a rainha da festa de aniversário. Mas era Solange que Basílio realmente queria ver, certo de que, romântica como era, dominaria seus sentimentos de solidariedade em relação à velha Emília e faria tudo para que Elpídio tivesse para o aniversário, em vez de apenas bolo e velas, broto e sardas também. E as relações dos dois, dele e de Solange, andavam tão ruins, continuou Basílio a pensar, abrindo a geladeira, que uma conversa sobre Elpídio perdido de amor pela namorada do neto podia, sabia-se lá, despertar nela doçuras que eram antigamente muito do temperamento dela, mas que andavam escassas, raras. Pelo menos, suspirou, ao ver, de pé na estante da porta da geladeira a garrafinha de batida de coco, pelo menos minha sagrada bebida Solange não esquece, o que dá uma certa esperança: a flor alva e diária que Solange plantava, sem nada dizer, na geladeira, para ser colhida por ele, era a prova de que ainda havia, entre os dois, uma ligação de vida.

36

Teodoro, tamborilando com os dedos no vidro da mesa, ficou um instante olhando a porta que Jacqueline, ao sair, acabava de fechar suavemente, sem qualquer ruído, não, disse a si mesmo Teodoro, um tanto pesaroso, como se ela assim demonstrasse exagerado cuidado, temor ou respeito por ele: qualquer um podia ver que era assim mesmo que ela fechava portas atrás de si.

Jacqueline, na verdade, tinha dito adeus a ele vitoriosa, ninguém iria negar uma coisa tão evidente. No entanto, não custava também observar, em seguida, que ele não tinha perdido, não tinha sofrido nenhuma derrota, pois abrir mão do Jaci, deixar de ser responsável pelo Jaci, era, ao contrário, para ele, para o Serviço, um descanso, um prêmio, um ufa!, um alívio. Teodoro só lamentava, de fato, que, apesar de tanto que tinha se preparado, e armado na cabeça frases inteiras, rigorosamente corretas, não tinha conseguido dizer nada, nada de nada, à Jacqueline, em francês. Alguém poderia alegar, à guisa de consolação, que o português dela era excelente, perfeito, com, até, surpreendentes toques do brasileiro como se fala nos socavões e cafundós desta peste de país imenso. Sim, diria ele, sem dúvida, mas português falavam todas as criaturas que viviam e tinham vivido sempre em volta dele, e nem por isso, falando com elas, ele deixava de empregar suas locuções, expressões, meias frases e até provérbios completos em francês: assim, era pelo menos estranho que ao conversar longamente, pela segunda vez, com uma legítima usuária da chamada língua de Racine, não tivesse sequer dito *au revoir, marraine,* como planejado, ao apertar a mão dela, em despedida. Saudar Jacqueline com *bonjour, marraine,* como por um momento ele tinha imaginado fazer, era imprudente, já que ela, recebida assim, poderia entender que Teodoro quisesse debater a sorte de Jaci em francês, de ponta a ponta, como se fosse, ele próprio, o dito Racine. Mas que mal poderia resultar de uma fórmula de despedida que, pela própria fórmula, graciosa, cheia de *esprit,* continha alguma coisa fina, gaulesa?

Bem, o importante, de qualquer forma, era que, embora falando apenas o rombudo, tosco português, tinha lavrado um tento, tinha, quase se poderia dizer, empatado a partida, e podia de novo, sem qualquer arrepio, olhar na sua mesa, debaixo do vidro, o mapa do Brasil Central, que ia se transformando, nos últimos tempos, em carta geográfica sinistra, malévola, uma floresta pululante de Jacquelines atrevidas, Jacis obscenos e Xavieres, incontáveis Xavieres, todos incompreensíveis, escondidos atrás de cada tronco de árvore e cada dobra de rio.

Doravante, só restava, como fonte de inquietação, de irritação e até de raiva na vida dele o Xavier, e Teodoro fez vibrar, com um murro do punho cerrado, o tímpano que tinha sobre a mesa, de modo a se fazer ouvir não só pelo contínuo na sala de espera do gabinete como pelo funcionário Xavier Tobias, que, a pretexto de não complicar inutilmente, com sua presença, o debate com Jacqueline sobre os direitos e franquias a serem concedidos a Jaci, tinha ficado na sala pegada, pronto a intervir, é claro, mas só se fosse absolutamente indispensável. Caso contrário, preferia ser informado posteriormente, um pouco como se ele fosse o chefe e não um sertanista de passado criminoso e presente duvidoso, disse a si mesmo Teodoro, pondo pela segunda vez a vibrar, feito um gongo de guerra, o tímpano que trouxe ao umbral do gabinete, pálido, o contínuo perfilado, quase batendo continência.

E de novo teria socado o tímpano, caso tardasse um pouco mais Xavier, conduzido, quase se poderia dizer agarrado pelo contínuo, um Xavier de sobrecenho cerrado, lábios repuxados, cara de poucos amigos.

— Eu teria saído, Teodoro — disse Xavier —, não fosse a insistência, eu ia quase dizendo insolência com que o seu contínuo me deteve, me conteve, alegando que você queria me ver já, já, e praticamente me impeliu, me empurrou até aqui, exatamente quando eu precisava ter os movimentos livres para…

— Sei, sei — interrompeu Teodoro, dando, no tímpano, um toque, bastante mais leve —, para fazer sair o contínuo, vossa excelência já partia, sem se despedir, antes mesmo de pelo menos ter a bondade de ouvir o relatório que eu devia fazer a vossa excelência acerca da entrevista mantida com dona Jacqueline sobre assunto presumivelmente do seu interesse, ou, na pior das hipóteses, da sua alçada, já que o Jaci foi, como encargo, a única tarefa que atribuí a você. Pois bem, fique sabendo que resolvi passar o Jaci, com armas e bagagens, para a irmã, ou a madame Jacqueline, que trouxe, num envelope, a pública-forma perfeita, autenticada, da certidão de batismo de Jaci Deodato, para provar o que tinha afirmado em entrevista anterior, a saber, que o dito Jaci tinha sido batizado, e portanto já existia muito antes de ser levado ao registro civil da cidade mais próxima, e que, portanto, podia ser considerado, desde já, maior, e que se o Dr. Teodoro desejava provas testemunhais ou novos documentos, devidamente legitimados...

— É claro, Teodoro, e tanto eu, quanto você, não duvidávamos que essa freira renegada, com longa prática de intrigas, de cartórios do interior, de títulos de propriedade e certidões de tudo quanto há, falsas ou não, não viria cá com as mãos abanando. O importante, o que você não quer, ou não consegue enxergar, e que eu cansei de lembrar a você, o importante é que ela — agora que certamente já encontrou o Jaci — viesse cá, que entrasse na boca do lobo, caso houvesse lobo, e que detivéssemos ela para descobrir, à força, onde se esconde Jaci, ou, como eu pretendia fazer ao ser impedido por esse contínuo idiota, para que seguíssemos ela: se seguirmos a Jacqueline vamos esbarrar no Jaci, é óbvio, lógico, evidente.

— Olhe aqui, Xavier, escute bem o que eu vou lhe dizer: você pode seguir dona Jacqueline quando quiser e entender, mas na sua hora de folga, e ninguém terá qualquer objeção a fazer quanto ao fato de um sertanista maduro acompanhar de longe, pelas ruas, uma freira velhota, mas essa campana particular não tem o menor interesse para o Serviço, Xavier. Sobre a Jacqueline sabemos agora tudo que poderíamos querer saber, e ela, que passou do convento para o motel, deve ter concluído que, em caso de crise, podemos traçar o perfil dela como, para dizer o mínimo, o de uma pândega, ou, quem sabe, se precisarmos chegar ao máximo, como o de uma caftina cheia de iniciativa e com possíveis ou prováveis — prováveis no sentido de ser fácil arranjar provas — ligações com o lenocínio, a droga, a prostituição do Jaci, mil coisas. Quanto ao papel que você quer assumir, de detetive, para, nas pegadas de Jacqueline, chegar ao Jaci, eu pergunto a você, por quê, para quê, com que objetivo, de vez que o Jaci será trazido aqui, para ser por mim emancipado, abençoado, e, incontinenti, mandado plantar batatas e sumir para sempre de minhas vistas e minha vida? Você, com essa cara de mata-mouros, desejaria o quê, exatamente: prender o menino e a freira, em flagrante sabe-se lá de quê, e enxovalhar, com essa violência, o bom nome do Serviço? Se você quer minha opinião, Xavier, eu diria que, não fosse o motel, e o cuidado que ela toma para que o motel não dê na vista, essa freira marota e despachada já teria ido parar na redação dos jornais ou na televisão para dar publicidade à história do indiozinho dela, que, entregue como estava à nossa guarda, à *sua* guarda, Xavier, desapareceu sem deixar traço, entre um orfanato e um reformatório. Tomara que o Jaci apareça, Xavier, são e salvo, e sem ninguém deste Serviço na trilha dele, na pista dele, feito um cachorro doido, correndo em círculos atrás do próprio rabo.

Parado, de pé ao lado da mesa em que se sentava Teodoro, Xavier se controlou, dominou o seu desdém, pois precisava, sem mais tardança, fazer um esforço, por penoso que fosse, para sair de si mesmo, para não permanecer, como nos últimos dias, por demais trancado na sua ordeira paixão, lacrado na sua honrada enxaqueca. Os argumentos alheios, corriqueiros mas frequentemente justos em sua banalidade, acabariam incompreensíveis para ele, o que por sua vez tornaria inviável qualquer conversa, ou contato, com os outros. Sem dúvida fazia sentido, um indigente sentido, do ponto de vista geral, e, mais ainda, do ponto de vista dos interesses do Serviço, o que dizia esse pobre néscio, Teodoro, e não adiantava, era mesmo aberrante sequer tentar explicar a ele que os interesses de Xavier, que visavam a uma organização superior da vida, deviam predominar. Caso predominassem, ele poderia mais tarde exibir a todos sua vida, os estágios de sua vida, como os quadros de uma exposição em que aos poucos o artista vai chegando ao píncaro, ao seu alto ponto de equilíbrio, e todos concordariam em declarar essa vida bela, certa, ostentando esse caráter das coisas trabalhadas com talento e esforço. Seria então até fácil não só tornar inteligível como louvar um homem como ele, um homem como qualquer outro, de início, tão desordenado e confuso que procurou entender o amor se cercando de bugres, que são anteriores ao amor, e de parvas como essa Jacqueline, que acabava de sair, e as outras irmãs, todas posteriores ao amor, tão degeneradas, corrompidas, que fingem amar, numa paçoca indeterminada, tudo e todos; e no entanto, na sua segunda fase, esse mesmo homem, esse mesmo Xavier, tinha sabido abrir a bala seu caminho de volta para encontrar, numa área imóvel do tempo, feito uma ilha no meio do rio, a mesma vida, no mesmo ponto, pronta de novo a ser vivida.

Mas por enquanto, repetiu Xavier a si mesmo, devia sair da sua paixão e da sua cabeça latejante, pois o que não podia dizer a Teodoro era que Jacqueline precisava ser seguida para que Jaci, encontrado, de alguma forma fosse levado de volta — atraído, induzido, algemado, conforme as circunstâncias — ao Jardim Botânico para que ali morresse e naquele chão se enterrasse, já que ali, ao pé da estátua e do rio, entre a estátua e o rio, estava o lugar que a ele cabia na vida de Xavier.

— Desculpe, Teodoro, eu fiquei de fato tão preocupado, desde o começo, com o desaparecimento do Jaci, que ando meio doente, com uma dor de cabeça que não me larga e que me faz dar essa impressão de... de não estar dizendo coisa com coisa... de viver meio distraído, o pensamento longe, mas a verdade é que só penso em encontrar o rapaz para... nos despedirmos dele de forma... correta, digamos, que deixe bem o Serviço e sua tradição humanitária, mas também com um mínimo de autoridade, e até uma certa sobranceria. Eu acho que, antes de aceitarmos que o Jaci seja livre, por ser maior, devíamos obrigá-lo a uma certa contrição, se é bem a palavra, um *mea-culpa,* voltando, pelo menos simbolicamente, ao trabalho que tinha no Jardim Botânico, para então se desligar de nós e do muito que representamos na vida dele, além de...

— Ô Xavier — disse Teodoro —, dor de cabeça ou não, tenha dó e pare de dizer asneiras e fazer confusão, de falar coisas sem nexo, sem pé nem cabeça: não foi você mesmo, outro dia, quem me levou, me convenceu a demitir o Jaci do Jardim Botânico para ir para o reformatório? e agora quer me convencer a encontrar o Jaci para levar ele de volta para o Jardim Botânico? Me diga, Xavier, responda: você está ficando inteiramente idiotizado ou se convenceu de que eu nasci, e continuo sendo, idiota? Você está querendo é me tirar daqui, Xavier, do meu emprego, da minha chefia, da minha poltrona, para me mandar… para o hospício, sei lá, mas não vai conseguir, não. Pode ir, Xavier, vá cuidar da sua vida, enquanto eu rezo para que o Jaci apareça, reapareça, e vá, junto com a Jacqueline, e mais quem se anime e candidate, para as profundas do inferno, *sans retour* — disse, afinal, Teodoro, aliviado, e agora que a Jacqueline estava longe.

37

Jaci não ficou nervoso ao descobrir que estava trancado a chave no quarto, nem se incomodou de, uma vez mais, preparar, mentalmente, sua fuga de bicho cercado que de repente dispara, atropelando na carreira o que encontrar pela frente, pois já se conformava, já aceitava que, qualquer que ela viesse a ser mais adiante, sua sina, no presente momento, era esta: escapar, fugir de inimigos, não ter onde ficar, onde descansar, correr mais depressa do que a flecha que sempre silvava em sua direção. A fuga em si ia ser tão simples que Jaci ficou apenas esperando a volta do Heleno, que certamente chegaria com a outra Helena, mais o Dr. Faninho, e, quem sabe, o garçom de Maricá, vestido de branco dos pés à cabeça, munido de faca de operar peixes e aves. Não importava quais fossem as pessoas, ou quantas, pois Jaci estava certo de que passaria entre elas, mal a porta se abrisse, e saberia ganhar, antes que elas se dessem conta, a escada de serviço, no corredor, a garagem, o muro da garagem, que dava para a rua, no fundo do prédio. Tudo tão simples, como ação, que a única tristeza de Jaci era deixar para trás a capanga de couro, mas mesmo essa tristeza durou pouco, porque ele relembrou, uma vez mais, o que dizia a madrinha: quanto menos se carrega melhor se viaja.

Jaci ouviu, de repente, no absoluto silêncio do quarto, a chave que dava resolutamente a volta na fechadura, e se preparou, um pé diante do outro, para a carreira.

— Pode abrir a porta, Jaci — disse o Heleno —, que a porta já foi destrancada, e aqui tem visita para você, gente muito querida sua.

Jaci, que sabia que o silêncio era arma importante dele, que enquanto não falasse nada o Heleno podia até imaginar que ele tinha desaparecido, ou se atirado pela janela, continuou, literalmente, de pé atrás, mas nisso escutou, do outro lado da porta, a doce voz que há anos não ouvia, ou só ouvia em sonhos, e que em geral chegava aos seus ouvidos misturada, confundida com umas músicas que ele não sabia quais fossem, músicas que haviam também abandonado a vida dele e não se pareciam nada com a música tocada no rádio, na televisão, nos cafés do Rio.

— Madrinha — murmurou Jaci bem perto da porta, com medo de ter ouvido mal, com medo que o Heleno, que era homem de terreiro de candomblé, muito entendido em despachos, tivesse dado um jeito de pegar o timbre da fala da madrinha em alguma prateleira dos céus onde deve ficar guardado o som e o tom do que a gente diz, para agora imitar, do outro lado da porta, a voz dela.

— Sim, Jaci, sou eu, sua madrinha. O Heleno deu a volta na chave, abriu, e você está agora entregue a mim, fica comigo para o resto da vida, ou até o dia em que eu viver.

Jaci, o coração batendo tão forte que parecia querer arrombar o peito dele para fugir, exatamente como faz pouco ele próprio queria fugir do quarto em que estava, deixou que a porta se abrisse e aparecessem, olhos úmidos, sorrindo para ele, a madrinha, mais irmã Cordulina, enquanto ao lado da porta, cabeça baixa, o Heleno, à primeira vista, dava a impressão de alguém que está mostrando, sem maior entusiasmo, um apartamento para alugar. Mas Jaci só tinha olhos para a madrinha, que abarcou primeiro inteira, dos pés à cabeça, segurando as mãos dela nas dele. Viu que estava mudada, diferente, sem a roupa de freira que usava no mato, mais velha, é claro, mas com, nos olhos, a mesma luz de antigamente, uma luz que não brilhava nos olhos de ninguém mais, e viu também que, sem que as mãos se soltassem, os braços dela se abriam para ele, abrindo os dele, e ela e ele se perderam, no instante seguinte, um no outro, aninhados um no outro.

— Diga adeus ao Heleno, Jaci — falou Cordulina, suave, com as mãos nas costas dele e nas de Jacqueline —, e vamos embora, com sua madrinha, para a casa de sua madrinha, essa madrinha que você tanto custou a achar.

Jaci riu, lembrando o dito da madrinha, e, em passos rápidos, foi até o fundo do quarto pegar a capanga. De volta à porta, e em lugar de, sem mais se deter, tomar o caminho do elevador e da rua na companhia da madrinha e da irmã-porteira, parou diante do Heleno e deu um beijo em cada face dele. Dela.

— Obrigada, Jaci, que bom que você não vai sair da minha casa, talvez da minha vida, com raiva de mim, que bom, porque eu nunca quis mal nenhum a você, não. Eu quis, apenas, que você me fizesse um bem... grande demais, talvez, quem sabe, não sei mais nada, não compreendo nada. Só sei que, quase contra a minha vontade, eu estou contente, contente de ver que sua madrinha encontrou você, bem quando eu começava a ter medo de odiar você, e peço a você, do fundo do coração, que não esqueça esse meu contentamento, que é uma prova de amor a você, e volte um dia, quando estiver mais calmo, e com mais dó dos outros, dos infelizes, para me ajudar a fazer de mim o que você é, o que todos queremos ser.

Jaci balançou a cabeça triste, aflito, como quem gostaria de entender, além de se compadecer, mas sabe que não vai conseguir, e deu, agora nos lábios do Heleno, da Helena, o beijo que se dá num irmão, irmã, leve, mas cheio de ternura, e, apesar da alegria de estar entre a madrinha e irmã Cordulina, foi saindo não como esperava e temia, num furioso tropel, mas em grande melancolia. Houve momentos, durante a viagem para o motel, em que — feito dois passarinhos de apartamento quando a criada, de manhã cedo, abre as janelas e deixa entrar o sol — o afilhado e a madrinha, que dirigia o Oldsmobile, pareciam querer botar em dia conversas interrompidas quando ela era ainda moça e quando Jaci ainda sabia tão pouco do que acontecia ao redor dele que não tinha entendido nem aceito as razões que, de repente, feito um pé de vento, tinham carregado de sua vida e sua vista a madrinha, durante a eternidade que tinha durado até aquele momento. E houve também momentos em que Cordulina, para, matando a curiosidade de Jaci, animar a conversa, tinha contado com pormenores a repercussão, nos Expostos, e até na casa das vicentinas de Pedro do Rio, onde ela estava exilada, da fuga dele, Jaci, no Jardim Botânico, e na decisão que ela tinha tomado de largar os Expostos e até a Ordem para trabalhar com Jacqueline num...

— Num quase bordel, uma casa de encontros amorosos — completou Jacqueline, sorrindo.

E riram os três, quando Jaci ouviu a história do bordel, do motel dirigido pela sua santa madrinha, mas ambas sentiam, cada vez que baixava o tom da conversa, que Jaci voltava a uma preocupação, a um vinco na testa, a um jeito de mirar a estrada — que Jacqueline percorria, como de costume, entre buzinadas e freadas — que era como se temesse ver brotar do chão o inimigo.

— Jaci, meu querido — disse Jacqueline —, daqui a pouco você estará emancipado, livre, e pode ir comigo para o Araguaia, para onde você quiser. Eu vou passar o resto da vida pedindo desculpas, pedindo perdão e compreensão a você pelo tempo em que me escondi de você, em que eu precisei me esconder de você, mas agora está tudo em ordem na sua, na minha vida, na vida da Cordulina, dessa esplêndida dona Carlotinha, que eu ainda não conheço mas que ama você também, que nos conduziu a você e...

— E mesmo assim, apesar de estar tudo bem, eu estou meio triste, não é madrinha, meio jururu, no exato momento em que as coisas dão certo, mas é que eu ando com dois medos: medo das pessoas, porque em geral as pessoas são tão infelizes que ficam ruins a mais não poder, e de não encontrar as duas únicas pessoas felizes que eu conheci, a Bárbara e o Naé. Eu vou ver eles hoje, eles estão na sua casa, no seu, como se chama? bordel?

— Hoje, não, mas você vai estar com eles, claro — disse Jacqueline quando o carro entrava pela alameda de bambus e flores vermelhas, que deixava ver, adiante, a primeira, a velha casa do motel.

Felizmente, pensou Lila, estava moderado, tranquilo, o movimento do motel, naquele dia em que — ausentes Jacqueline e Cordulina — ela se via, pela primeira vez, dona, proprietária, ou pelo menos responsável por uma pensão suspeita. Em compensação, também se via como gostaria que Jaci pusesse os olhos nela, ao chegar: tendo como pano de fundo o painel das muitas, reluzentes chaves correspondentes aos quartos que ela estava ali para alugar.

Cordulina, a ex-irmã-porteira, cujas observações e cuja capacidade de pensar com a própria cabeça tinham aumentado a olhos vistos desde que tinha largado os Expostos, a Ordem e o degredo de Pedro do Rio, tinha dito a ela que não se incomodava de ser uma espécie de S. Pedro daquele paraíso duvidoso, porque havia ali, graças à lembrança permanente de Jaci, uma ideia se não de pureza — não dava, ela acrescentou, pureza-pureza em relação a Jaci não dava — pelo menos de mistério, um travesso mistério, e se mistério travesso parecia bobagem, a culpa não era dela e sim do Jaci.

Aliás, a Cordulina da nova fase tinha também dito a ela: "Sabe, dona Lila, isso aqui até que é bonito, esse Motel Saracuruna, e a dona Jacqueline, com a doçura e o jeito meio vago que ela tem, limpa as coisas, purifica, tira o lado ruim de tudo. Eu, por exemplo, nunca imaginei que pudesse vir trabalhar num lugar desses e até certo ponto — não é para me desculpar diante de Deus, não, pelo menos não é apenas isso — só aceitei, só vim, só fiquei porque me convenci logo de que o trabalho da Jacqueline é recuperar, receber de volta o Jaci, e fechar isso aqui, enquanto carrega o menino lá para o mato, para o Araguaia, você não acha?

"Eu acho que você tem razão, que ela fecha isso, como você diz, quando Jaci reaparecer, para tomar o rumo que o Jaci vier a escolher, isso acho, e acho ainda que, de pronto, ela vai convencer o Jaci a se afastar do Rio.

"A se afastar do Rio indo para o Araguaia.

"Uai, por que é que você fala tanto no Araguaia, quando o que a Jacqueline nos disse e repetiu, e nós ficamos de acordo com ela, é que é importante que ele saia daqui, o Jaci, que deixe o Rio um tempo, sem insistir tanto assim nesse ou naquele lugar?

"Ah, dona Lila me desculpe, mas até a dona Jacqueline eu crio coragem de dizer e digo: o macaquinho no sótão dela, da dona Jacqueline, é aquele mundo do Araguaia, e eu já disse a ela até que vou com ela, sabendo muito bem que se ela for é porque o Jaci também vai, não ponha dúvida nisso não, dona Lila. Ela diz que o Jaci tem raiz no Araguaia, mas quem deitou raiz lá foi ela, a madrinha do Jaci.

"Não sei, Cordulina, não sei, mas você deve estar exagerando, como espero que esteja, porque o Araguaia fica muito longe daqui e o Jaci, na medida do possível, nunca deve estar longe da gente, de mim, pelo menos. Eu acho, como você, que a Jacqueline, encontrado Jaci, fecha o estabelecimento, vende, e sai em frente, que ela acredita no destino do menino e é andarilha, viajeira, aventureira.

"Aventureira, dona Lila? disse Cordulina, um tanto chocada.

"Aventureira, e muito, riu Lila, e será promovida a santa, ou canonizada, como diria você, porque ela há de encontrar, e trazer de volta para nós, pela mão, Jaci, depois do muito que nos afligimos por causa dele, por amor a ele.

"Ah, sorriu Cordulina, balançando a cabeça e voltando os olhos para o painel, como ele vai gostar de ver essas chaves todas, de pegar nelas, para arear, dar lustro nelas, como ele fazia com qualquer chave velha que achasse pelos cantos dos Expostos!"

Lila ainda não tinha acabado de recapitular a conversa e já surgia na curva o Oldsmobile com Jacqueline ao volante, Cordulina atrás e... claro... sem dúvida... Deus tinha ajudado suas duas ex-servas, como não podia deixar de fazer. Ao lado de Jacqueline estava Jaci, e Lila pensava na chave que daria a ele, sua chave, a chave do seu quarto.

Diante das veredas daquele pequeno Jardim Botânico pessoal, criado pela madrinha, se sentindo chamado, convocado pelas flores que brotavam até de pias e banheiras, mas, ainda por cima, de latrinas, como se a raça local, o povo do jardim, soltasse dálias, quando lavadas as mãos, e cagasse, simplesmente, flores, Jaci disparou a correr pelas pérgulas, moitas e tanques. Mas não foi, exatamente, uma daquelas carreiras doidas, tão suas: sem dizer nada, Jaci procurava os dois que faltavam e que ele queria colocar, para o resto da vida, um a cada lado da madrinha, os três diante dele, para sempre, e só depois de vasculhar dois bosques, uma lagoinha de patos, um córrego com represa, e de escalar, para esmiuçar as copas, duas mangueiras quase pretas de tão verde-escuras e dois sabugueiros que pareciam duas noivas, de tão carregados de flor branca, é que ele voltou, ofegante, e se sentou entre as três mulheres, na varanda da casa de Jacqueline. Jaci evidentemente trazia, engatilhada, quase pingando dos lábios, a pergunta que não chegou a fazer e que no entanto Lila adivinhou e respondeu, com doçura, sem dúvida, mas com uma ponta de tristeza também, uma tristeza bem vigiada, para não virar despeito.

— Hoje não foi possível — disse Lila —, mas estamos cuidando, não se preocupe, e havemos de trazer para cá, ou pelo menos trazer aqui, Bárbara e Naé, e prometo que amanhã cedo, depois de passar no Museu, vou procurar Solange, vou tratar do assunto com calma, com jeito, eu prometo.

— A Lila resolve isso, Jaci, pode deixar — disse Cordulina.

— Só ver a madrinha de novo desde aqueles bons tempos do Araguaia — e a madrinha era mesmo quem eu mais queria ver na vida — e ver, ao lado dela, você, Nhã-Lilá, e a irmã Cordulina, que gostava mais de mim do que de todo o resto dos Expostos e enjeitados, isso e ainda por cima esta casa, que eu acho que devia se chamar Motel Madrinha, porque todo o mundo que vem cá vem para se amar, isso tudo amontoado num dia só chega e basta para qualquer Jaci. Mas é claro que se amanhã, ou depois de amanhã, vierem também Naé e Bárbara... Ou então eu vou até lá, até a casa deles, escondido, numa hora em que o Xavier não esteja por perto, vou rapidinho e...

— Encontrar Xavier na casa da vila até que é pouco provável, Jaci — disse Lila —, porque o Basílio ficou cansado dele, das visitas dele, sei lá, e acho difícil que ele esteja pelos arredores, mas qualquer pessoa que veja você lá pode dar o alarma e você se lembra como eles tentaram, por todos os meios, prender você no Jardim Botânico, onde você correu perigo de verdade, como a gente soube depois.

— Foi bom, Jaci — disse Jacqueline —, que você próprio tenha falado naqueles tempos do Araguaia, porque o que nós queremos, e acho que posso falar em nome de nós três, que tanto amamos você, é que enquanto as coisas aqui se acalmam e você decide o que é que realmente deseja fazer da sua vida, você, para se afastar do Rio, venha rever o Araguaia, isto é, venha comigo, para ficarmos lá um tempo, relembrando, escutando de novo o que dizia o padre Chico, o que cantavam vocês, crianças, quando padre Rodolfo chegava com a sanfona, as rabecas. Seria tão bom se você sentisse de novo a terra em que engatinhou, em que...

— Puxa, madrinha — disse Jaci —, estou quase vendo de novo, como se estivesse acontecendo agora, o que você está falando, e sentindo outra vez o gosto daquela terra...

Sem dúvida Jacqueline, diante da reação de Jaci, teve uma súbita e grande esperança, tanto assim que mergulhou fundo, e praticamente sem prender o fôlego, nas próprias lembranças comuns, dela e de Jaci, adotando até um tom quase duvidoso, de tão brejeiro:

— Ah, Jaci, por falar em terra, eu gostaria muito que você sentisse aquela terra de novo, mas lembrando sempre que para sentir não é necessário *provar*. Ah, que menino endiabrado foi você, e que mania você tinha de comer terra, Jesus! Você sabe, Jaci, que foi um custo fazer você perder o hábito? Nosso François, nosso padre Chico, ria e dizia que você queria provavelmente esconder na barriga um pouco da terra que era sua, de vocês, antes que ela desaparecesse toda, mas que o caminho não era esse, não, que comendo terra vocês iam é ficar com opilação, com vermes, e riu muito no dia em que você, boca cheia de terra, disse a ele que terra não fazia mal, não, porque o rio era grande e você podia beber ele todo para não ficar entupido e o padre Chico disse que assim você ficava com barriga-d'água também, e foi nesse dia… não, não, foi quando pela primeira vez organizamos mesmo o coro e todos dissemos juntos, cantando bem alto, que "um menino nos nasceu, um filho nos foi dado", que você prometeu que era a última vez e cuspiu fora a terra, bochechando com a água do rio para cantar direito. Eu pensei nisso outro dia quando disse ao Dr. Teodoro que a data do registro do seu nascimento…

Em parte foi bom que Jaci falasse, que interrompesse a madrinha, pensou Lila, e pensou Cordulina também, porque é claro que a madrinha, talvez para não dizer mais do que desejava, ou podia, estava evidentemente começando quase a falar a esmo. Mesmo assim, a interrupção causada por Jaci não foi animadora, quanto aos planos de partida para o Araguaia, porque, como pássaro que só tem um pio, uma nota só, Jaci perguntou:

— Podemos levar Bárbara e Naé para o Araguaia?

Jacqueline sorriu e abriu os braços, sem esconder um certo desânimo, pedindo a ele que não se impacientasse, pois não iam passar a vida no Araguaia, e sim, apenas, um tempo, podia ser até só um mês, por exemplo, e não deviam esquecer, caso Jaci resolvesse de fato ir para lá sem maiores perdas de tempo, que Bárbara e Naé dificilmente poderiam largar os estudos, a rotina, a vida que levavam no Rio para partirem em viagem, de repente, nem, principalmente, podiam esquecer que a ida deles dependia de concordarem os pais com a viagem, sem esquecer que...

— E você — disse Jaci se levantando e dando um beijo nela —, não esqueça que temos encontro marcado com esse tal Dr. Teodoro em quem você acaba de falar, e que, você me disse, vai me... o quê? emancipar?

Jaci ainda prosseguiu, muito mais de troça do que a sério, como podiam ver aquelas três madrinhas, mas Jacqueline sentiu como seria de fato de breve duração — ou, mal recomeçada, chegava ao fim de novo — a autoridade da preceptora sobre aquele que, desde os tempos do Araguaia, ela via...

— Bem — disse Jacqueline —, você ganhou e fica resolvido, acho que pelo menos nesta resolução — e aqui ela sorriu —, minha autoridade será reconhecida, adiarmos qualquer discussão de viagem ao Araguaia até amanhã à tarde, quando visitaremos o mencionado Dr. Teodoro, que vai transformar você de menino do Araguaia em cidadão carioca, e depois que Lila tiver parlamentado com os moradores da casa da vila.

— Pois vou dar no menino do Araguaia — disse Jaci — o último, o quase último, o penúltimo banho, acho eu, que ele toma antes de se transformar em cidadão do Rio, e depois volto ao quintal, acho até que durmo no quintal depois de tantos dias passados em cinema, boate e botequim.

Enquanto Lila e Cordulina se afastavam, Jaci entrou com Jacqueline na casa em que ela morava, onde o quarto dele tinha sido arrumado, e Jacqueline teve todo o resto da vida para relembrar os fatos, as palavras, as sensações até que tudo virasse, afinal, depois de muito corte e polimento, uma espécie de precioso e transparente objeto de memória. No momento, e de início, foi quase como se Jaci — adivinhando que a cabeça da madrinha continuava repleta de araras e de glorietas, de cânticos e jacarés — tivesse resolvido canalizar o próprio Araguaia e seus povos para dentro da casa de Saracuruna, inundando a sala de estar, constrangendo a madrinha, que tinha afinal de contas criado Jaci como menino branco, quer dizer, civilizado, em matéria de hábitos e costumes. A verdade é que, sem a menor cerimônia, despindo-se, com a porta aberta, no banheiro onde ia tomar seu banho de chuveiro, Jaci apareceu adornado com aquilo que a madrinha, falando como antropóloga, denominaria estojo peniano de índio tapirapé. Jacqueline não fez qualquer indagação que fosse, embora se sentisse um tanto perplexa, preocupada, perguntando a si mesma que manifestação poderia ser aquela de afirmação racial, orgulho tribal, ou puro capricho — vá a gente entender a natureza humana, suspirou um tanto aflita —, mas Jaci, depois de retirar do membro seu improvisado estojo de puberdade com ar natural, feito quem despe uma peça de roupa, abriu o chuveiro e continuou a conversar com a madrinha.

— Estou me lembrando de você, madrinha, tomando banho de cachoeira depois de soltar a gente perto, no rio raso, e acho que era só você mesmo, porque as outras freiras tomavam banho na casinha de tábuas, onde ficava o chuveiro, embaixo da baita caixa-d'água que a gente enchia, pra vocês irmãs, tocando bomba. Você não, você era da queda-d'água, você guardava perto, enquanto vigiava a gente, sua toalha e sabonete, seu chinelo, mas se despir você só se despia já na sombra do fundo do grotão, por trás da cachoeira, que você usava feito uma cortina, e só depois é que você caía na bacia d'água e de areia dourada da frente da cachoeira, dando umas braçadas fortes, molhando o cabelo comprido, antes de voltar pro grotão de trás da cachoeira e se enxugar pra se vestir de novo.

Jacqueline, enquanto Jaci falava, se lembrou, com o corpo inteiro, da água fria em que nadava, do sol se coando, ela nua, pelas franjas da cascata, e acendendo em sua pele umas joias faiscantes, que de quando em quando — mas só raramente — davam a ela maus pensamentos, de luxo e volúpia, ela se vendo feito uma cortesã arrependida, à moda de Taís, ou dadivosa doida, como Maria Egipcíaca, tudo, as joias de água no sol e os fogos íntimos, tudo sufocado de chofre, um instante depois, pela toalha em esfregação impiedosa, tudo abafado e extinto de vez pelo hábito azul, as meias grossas, o cinto de couro, as sandálias rijas.

— Você, só você é que tomava banho pelada na cachoeira, e eu tenho pensado, nestes últimos tempos, que você nunca teve coragem mas bem que queria aparecer nua na minha frente para me mostrar como a madrinha e o afilhado tinham o mesmo defeito, ou a mesma qualidade, senão não iam ser tão parecidos, ou se entender tão bem.

Muitas vezes, antes de deixar Jaci, Jacqueline, olhando pela janela de sua cabana do Araguaia, perdida em cismas, tinha pedido inspiração ao rio, perguntado às árvores se, e quando, poderia discutir com Jaci o assunto da singularidade dele: pois agora, ao olhar o jardim de Saracuruna, encontrava a outra paisagem, a antiga, reconstituída pelos mesmos pensamentos, que de novo se projetavam dela, que carregavam ela de volta, e que por um momento distraíram ela e transformaram o que Jaci dizia num rumor confuso dentro do rumor do chuveiro.

— E então — dizia Jaci —, vai ou não vai?

— Vai ou não vai o quê, meu filho?

— Você vai ficar pelada na minha frente ou não, vai ou não vai, desta vez, sair do grotão da cachoeira, como acho que você teria gostado de fazer lá no Araguaia para me mostrar que a gente não é feito os outros, que a gente nasceu de outro jeito, diferente?

— Jaci, disse ela, rindo, mas nervosa, temerosa, não, eu não sou diferente, não sou como você é, e portanto nunca quis me mostrar a você, nunca pensei nisso, nos tempos dos nossos banhos na floresta, e acho que, hoje, certamente, você não vai gostar do que há de ver se aparecer em pelo na sua frente esta sua madrinha já velha, sem forma de nada, sem graça nenhuma. Mas pode saber que estou disposta a fazer sua vontade, a tirar a roupa toda neste instante se você fizer questão, se você achar que vale a pena, que adianta alguma coisa, ou que traz a você alguma satisfação e tranquilidade, e, principalmente, se ajudar você contra a tristeza, que nunca teve nada a ver com você, mas que agora pousa em você toda a hora.

— Então esqueça, deixe, falou Jaci ainda no banheiro, não precisa se incomodar não, madrinha, eu só queria saber se você é como eu, se tem gente feito eu, e por um momento eu pensei até que Nhã-Lilá fosse — a Lila, sabe, que o Xavier chama assim —, mas não era, eu sei, porque a gente ficou se conhecendo muito bem, e nem o Naé era, nem a Bárbara, e quanto ao Heleno, quanto às Helenas…

Jacqueline ia falar, comunicar tudo que sabia, tudo quanto tinha aprendido em tanto livro lido com o pensamento nele, com a preocupação de descobrir a que linhagem pertencia ele, a que secreta família, imaginando e temendo as dúvidas que ele teria quando crescesse, mas a verdade é que, por muito que tivesse estudado, inclusive em livros difíceis de encontrar, que hoje ninguém lê mais, ou procurado decifrar o segredo dele em velhas estampas, tudo que havia encontrado era pouco, ou era muito frágil, ou extravagante, ou apenas indecente: figuras como a dele, dúbias, às vezes, como ele, lindas, atravessam os séculos, até os milênios, mas sempre metade na luz, metade na escuridão, e toda a acumulada mas vaga ciência a respeito nem de longe previa, anunciava, nem, muito menos, dava para elucidar o aparecimento do extraordinário ser que... Mas não, talvez ela devesse apenas informar a Jaci, sensatamente, que havia, é claro, pessoas feito ele, mas estão por aí, cumprindo seus fados, e que ninguém saberia dizer, ou calcular, quantas seriam, o que é que fazem, como vivem, de que forma convivem com os outros.

— É verdade — perguntou Jaci, ainda no chuveiro — que minha mãe de carne e osso, quer dizer, de obrigação, que teve de me carregar na barriga, que ela comia, quando eu ainda estava na barriga dela, banana inconha e milho grudado um no outro também? Porque os meninos no banho de rio me diziam que ela não ligava pra essas coisas, que até procurava banana inconha e que por isso é que eu... Madrinha, uma toalha, por favor.

— Ah, que cabeça a minha — disse Jacqueline, que, com alívio, se afastou, para ir pegar no gavetão da cômoda a melhor toalha, a mais macia e felpuda para que Jaci se enxugasse: ela preferia não falar, nunca, se fosse possível — e certamente não na hora em que se nutria, se fartava da presença do afilhado — na bronca figura de Mariampi — relaxada, desleixada, boca sempre entreaberta — olhando com susto e asco, de cócoras, logo depois do parto, o menino ainda atado ao seu ventre.

Ao voltar à sala com a toalha, Jacqueline deparou com Jaci de pé no meio do banheiro, à luz da janela que se abria para um caramanchão rosado de azaleias, nu como Jacqueline dele se lembrava nos tempos de menino, mas pronto, acabado e bem-acabado, dividido, ou melhor, inteiriço, completo, e Jacqueline, recebendo dele, em cada bochecha, um beijo molhado, retribuiu, beijando o rosto de Jaci enquanto enrolava ele na toalha e saía do banheiro. Aproveitando o tempo que Jaci ainda levaria se enxugando, se penteando, ela ouvindo a voz dele, mais alegre agora, que falava sem cessar, Jacqueline voltou um instante ao quarto e, como se enterrasse, fincasse o joelho no chão, se ajoelhou, curvou depois a cabeça, como se enfiasse, encaixasse o queixo no peito, cruzou os braços em diagonal por cima dos seios, erguendo as mãos para pousar ambas com firmeza sobre os ombros, como se quisesse, ela toda, se segurar no chão, se prender à terra, tal a leveza extática que sentia, a falta de peso, o arrebatamento diante da glória radiante do trabalho feito pelo Senhor na sua criatura Jaci.

38

Lila pegou na estrada, perto da ponte do rio Saracuruna, o ônibus que descia a serra de Petrópolis com os faróis ainda acesos, devido a alguma zona de ruço, os limpadores de para-brisa ligados contra a insistente garoa que acinzentava, por cima dos capinzais, os ares da Baixada. Ela estava até gostando desse mau tempo — dos tons contidos da paisagem, plana a perder de vista, com, à beira do caminho, umas poucas bananeiras imóveis e chorosas, ou pelo menos reluzentes de água —, pois afinava bem com os pensamentos agradavelmente tristonhos que desfilavam por sua cabeça. Ainda que não existissem Bárbara nem Naé, a esperança que ela poderia alimentar de reter Jaci ao seu lado, de guardar ele como companheiro, era tão sem fundamento quanto a de ver as bananeiras lá fora se desenraizando, se movimentando, deslizando pelo chão para acompanhar o ônibus. Aliás, era por aí, era um escândalo assim, um despropósito, a ideia de alguém — ainda que esse alguém, sublinhou, petulante, fosse Bárbara, ou fosse Naé — organizar seu café da manhã, seu trabalho, seu dia a dia com Jaci, ou, o que daria quase no mesmo, com uma bananeira daquelas, ou um daqueles eucaliptos que apareciam agora.

Pela sua parte, e sem exigir nada demais em recompensa, ela estava resolvida a aceitar, de olhos fechados, em relação a Jaci, o rumo e a orientação de Jacqueline, que queria, acima de tudo, colocar o afilhado na estrada real, no caminho da vida dele, a partir, naturalmente, como Cordulina tinha percebido, do Araguaia.

Aqui, vagamente pensando em férias, e até em licença-prêmio, Lila tirou da sacola seu guia de hotéis e estradas, recheado de mapas rodoviários, no qual já estava solto, de tanto ser aberto e estudado, o mapa do estado de Goiás, todo molhado à esquerda, na divisa com o Mato Grosso e o Pará, pelo Araguaia—Tocantins, que se arrastava feito uma cobra imensa até quebrar, lá pelas tantas, a terra, até rachar o Brasil todo para entrar no mar entre o continente e a ilha de Marajó. Depois de passear a vista pela ilha do Bananal e pelas áreas vizinhas — que eram apenas cartografia para ela mas que viravam zona viva quando animadas pela figura de Jaci nas histórias que ela ouvia de Jacqueline — guardou o volume, deixando as ideias de novo vagarem, soltas, relembrando a forma curiosa que tinha Jacqueline de chegar, sem que o interlocutor de pronto percebesse, ao assunto que desejava abordar. Ou talvez se tratasse apenas do jeito que Jacqueline encontrava de fingir que tinha chegado ao desejado assunto por acaso, quando, ao conversar com ela, o assunto não variava, era sempre Jaci, como ainda ontem, enquanto Jaci se entretinha com Cordulina e o painel de chaves. "A gente às vezes imagina", tinha dito Jacqueline, olhos fitos em Jaci, "que as coisas que nos acontecem, que acabam de acontecer, são novas, e que portanto estamos andando para adiante, e — ainda que só ligeiramente, por uma ladeira apenas perceptível — andando também para o alto, não é mesmo?" Lila não tinha entendido nada, ou, pelo menos, não atinava, pela frase, onde é que ela queria chegar, se limitando por isso a erguer honestamente as sobrancelhas, enquanto olhava igualmente Jaci e perguntava a si mesma quando poderia estar a sós com ele. "Há mil anos", continuou Jacqueline, "ou mais, muito mais tempo, um homem, que aliás ia ser santo, bateu na cabeça, aliviado e deslumbrado ao mesmo tempo, ao descobrir que o mal não existia, ou que o mal era apenas o bem ainda desajeitado, adolescente, lerdo e torto, que aos poucos, entretanto, ia se aprumando, desentortando, e então ele cunhou, reverente e encantado, sua fórmula de que o mal não passa de uma imperfeição do bem. Isso devia ser, e eu espero que ainda seja, a doutrina boa e certa." Jacqueline tinha parado de novo, como se esperasse alguma reação, alguma resposta, e ela tinha ficado aborrecida, talvez até humilhada, se sentindo estúpida, sem saber o que Jacqueline esperava dela, da compreensão dela, e também ansiosa por falar num plano positivo, num projeto de ação que tinha e que dizia respeito a Solange. Mas era claro que Jacqueline não considerava completas suas reflexões, ou alimentava ainda esperanças de despertar a atenção, ou a inteligência dela, e prosseguiu: "De vez em quando a gente entra numa fase menos boa, ou num momento decididamente ruim, com uma percepção errada das coisas, dos acontecimentos, sei lá, e começa a desconfiar de que em vez de estar indo em frente, ladeira acima..." Aqui, para dizer alguma coisa, Lila havia respondido enérgica, com voz e com a cabeça, que sim, que entendia, a gente de repente reparava que estava, ao contrário do que supunha, indo ladeira abaixo, mas Jacqueline atalhou, com vivacidade: "Não, aí é que está, se a gente reparasse que ia morro abaixo era dramático, era violento, e a gente era levada a reagir, a lutar, procurando de novo subidas, as rampas íngremes, por mais íngremes que fossem: o que assusta e desanima é que a gente sente que ficou rodando no mesmo lugar, dando voltas num círculo, compreende, como eu comecei a achar que estava me acontecendo quando vi que o mal continua se estampando em moedas novas em folha, quer dizer, em caras recentes, até saudáveis, fortes, como algumas dessas que apareceram no caminho dele", e Jacqueline indicou, com um movimento de cabeça, Jaci. "E a gente fica pensando que a esperança da gente está sempre depositada num futuro que talvez nem possa, nem consiga, nunca, existir, por mais que queira, já que tudo é circular, você não acha, e que portanto a única esperança seria a de sempre, a que já existia quando aquele homem esperançoso disse que o mal era a imperfeição do bem: a esperança de que nós, se continuarmos a lutar sem descanso, como sempre fizemos, continuaremos talvez mantendo no precário equilíbrio de sempre o bem, de um lado, e, do outro, o mal."

Lila, nesse ponto da conversa, ou do quase monólogo de Jacqueline, tinha se permitido brincar, dizendo que Jacqueline precisava mesmo, a partir daquele instante, trabalhar dobrado, já que ela, Lila, cansada da virtude, ia desertar, ia enveredar pelos caminhos do mal, ou pelo menos da intriga e da dissimulação. Ao chegar ao Rio, e depois de se avistar com Teodoro, como havia prometido a Jacqueline, pretendia, dissoluta, e matando dois coelhos de uma cajadada só, fazer com que tanto Xavier, que mal tolerava Jaci, quanto sobretudo Solange, que também não morria de amores por ele, se convertessem — ou desentortassem, se Jacqueline preferia. Se Jacqueline não sabia, podia ficar sabendo que se amavam, Xavier e Solange, e que ela, Lila, ia, com malícia e astúcia, converter Solange à causa de Jaci pedindo a ela que intercedesse, junto a Xavier, em favor de Jaci: que intercedesse, agora, como senhora, *dona* de Xavier.

Lila notou, não sem certo prazer, que agora era Jacqueline que não entendia nada, ou muito pouco, do que ouvia, e passou a descrever, para certo alarma de Jacqueline, o suave sentimento de triunfo que se apossaria de Solange se ela, Lila, reconhecesse desta forma o poder que Solange tinha conquistado, a ponto de ser assim suplicada pela ex-noiva, a Nhanhã de ontem, Nhã-Lilá.

Inúmeras vezes, mais tarde, Lila se lembraria de que, ao chegar ao Museu, estava sedenta, pois o calor tinha aumentado, mesmo com a chuva mais forte, e a sede tinha feito com que ela, ex-noiva, se lembrasse, com surpresa, depois de tanto pensar apenas em Solange e Xavier, no marido esquecido, coitado, Basílio: a sede fazia com que ela, nostálgica, visse o chopinho que não tinha tomado na Colombo. A lembrança de um copo de cerveja gelada, espumosa, se manifestou de forma tão palpável que, não fosse a intrínseca extravagância da ideia de beber sozinha em pleno dia, ela teria entrado no botequim da esquina para matar, com a sede, a vontade. Em lugar disto bebeu, ao chegar ao Museu, um pálido copo d'água antes de se esgueirar, discreta, até sua sala e pegar as pastas que eram de contas e planos do Museu, mas que serviam, isto sim, de introdução a uma conversa mansa sobre Jaci, que Jacqueline considerava fundamental, com Teodoro, sobre a visita do Jaci, na companhia da madrinha dele, sobre a recepção que teriam, sobre, quem sabe, a presença dela, Lila, no encontro…

Ainda meio nu, Xavier tinha levado Solange até a porta, e ali, antes de dar volta à chave na fechadura e atendendo a ela, que sorria, lábios entreabertos, contando com uma despedida à altura do acontecimento de serem afinal amantes, beijou ela, leve e repetidamente, no rosto, na orelha, nas pálpebras. Depois, sorrindo no íntimo um sorriso chocho, de pena dela e até pena de si mesmo, resolveu encerrar o encontro com um beijo especial, longo e terno, fechando os olhos, Solange bem apertada nos braços. No entanto, de pronto, ela, voraz, buscou com a língua a língua dele e Xavier se deteve ao sentir que ela se aquecia, se animava, que era capaz de se despir ali mesmo e tentar tudo de novo, o que não era, decididamente, coisa que se pudesse aceitar. Xavier desprendeu de Solange, com suavidade, o braço direito, e, enquanto fazia girar a chave para abrir a porta, disse, com os lábios roçando os lábios dela, que era bom ela partir, que ambos deviam agora agir com cuidado, tomando precauções, pois precisavam proteger o tenro amor que finalmente fundavam, ou consolidavam. Com um suspiro fundo e ainda um beijo em que sua língua procurou a dele, Solange virou a maçaneta, abriu a porta e se foi, voltando ainda a cabeça para sorrir para Xavier, que, sozinho finalmente, se deixou cair feito um fardo na poltrona mais próxima, um fardo pesado e no entanto vazio, drenado de qualquer emoção, qualquer ideia, qualquer sensação, braços nos braços da poltrona, olhos cerrados, estiradas as pernas que saíam da cueca por ele vestida para, cobrindo a sua nudez, não se despedir de Solange demonstrando a mesma disposição em que tinha passado duas horas ao seu lado, de entropia e desamor. Depois de alguns minutos assim, extenuado, buscando a reparação de forças exaustas não por se haverem esgotado e sim por tanto terem sido solicitadas em vão, Xavier, temeroso de pegar no sono, foi sentar na banqueta postada ao pé do telefone, e nela ficou aguardando até que, com a chamada do aparelho, deixou que a campainha soasse três vezes para então atender Solange.

— Bom dia, Dr. Teodoro — disse Lila, quando se sentou diante dele —, minha ideia, hoje, é não somente a de explicar, ou detalhar de viva voz, para seu conhecimento, as contas do Museu, como também lembrar de início, antes de expor um plano de ordem mais geral, que nossas coleções, outrora em permanente exibição no prédio do Maracanã, estão correndo o risco de se desfazer em pó, algumas, outras em mofo, outras em papa, debaixo de goteiras.

— Tenho a impressão — disse Teodoro ao cabo de um instante em que olhou Lila pensativo, sem parecer ter ouvido o que ela falava — que a senhora não teve contato, ainda, com o pessoal do Museu, do Jardim, do Serviço em geral.

— Bem, ontem — disse Lila, um tanto perplexa, imaginando que, pela primeira vez, o Dr. Teodoro parecia propenso a descer das alturas para cobrar de um funcionário ausência da repartição um dia —, ontem, eu...

— Estou falando de ontem tarde, ou hoje cedo, já que eu naturalmente soube ontem mesmo, mas em casa, e estou até agora traumatizado, resistindo à ideia, inconformado. Pobre homem! É verdade que não vigiava a balança, como eu faço, não ficava de olho no peso, gordo como estava, e, além disso, fumava, bebia muito, como me informam, mas isso, no caso dele, parecia, sei lá, tão natural, tão inevitável, dando a ele saúde até para vender!

Teodoro se deteve, como quem de fato não aceita, não se conforma com o que sabe, e Lila, sentindo embora a leve náusea que invariavelmente sentia quando se aproximava dela uma má notícia — como alguém que, de muito enjoar a bordo, fica mareado só de ver ao longe um barco jogando nas águas — não quis tomar a iniciativa de perguntar quem é que tinha morrido, em parte porque, como funcionária, se culpava de, por haver faltado ao trabalho, estar agora, como se dizia, desinformada.

— Basílio — falou Teodoro —, nosso querido Basílio, que eu não conhecia tão bem assim, ou conhecia menos que o Xavier, amigo dele desde a juventude — e creio que mesmo a senhora conheceu ele melhor do que eu —, mas que todos me diziam extremamente simpático, dado, um tanto descansado, talvez, como funcionário do Ministério, devido ao temperamento folgazão, mas pessoa útil, prestimosa. Aliás, aqui esteve há pouco tempo, também muito interessado no Jaci, pronto a ajudar, a encaminhar.

— Basílio, morto? Não. Não posso acreditar! Ele...

— Fulminante o enfarte, dona Lila, pois é tamanha a fugacidade da vida que a gente está, como aqui, como estamos nós, um diante do outro, despreocupados, e, *tout à coup,* precipita-se do teto a espada: é a veia que se contrai, o espasmo, a ruptura sabe-se lá de quê, o fluxo incontido ou o sopro interrompido...

— Mas ele estava tão bem! Ainda outro dia, na rua Gonçalves Dias...

— Claro, claro, como podia ter sido Assembleia, Rosário, e no entanto, a partir de agora, a partir de horas atrás, nem essas nem outra rua nenhuma jamais verão o nosso Basílio de novo, logo ele, sacudido, disposto, que nunca tinha tido nada de coração, ainda que seja verdade que, homem avesso a *checkups,* avesso, poderíamos dizer, à ideia de morte, quase não ia a médico — mas, tudo levado em conta, que inopinada morte, e como somos frágeis, dona Lila, mesmo quando a gente é, como era Basílio, um verdadeiro hino à *joie de vivre.*

— Quer dizer que Basílio — perguntou Lila de súbito quase trêmula ao pronunciar pela primeira vez, depois de saber do falecimento, o nome do defunto, que soou oco, vazio de si mesmo, levemente ameaçador —, ou melhor, o corpo de Basílio?...

— O corpo está sendo velado na casa dele, na vila, pois não houve tempo de levar o coitado ao Pronto-socorro, já que pronta, imediata, foi a morte, fulminante, repito, e a mulher, dona Solange, já encontrou o Ba... já encontrou o corpo sem vida, frio.

A voz de Solange, mal Xavier atendeu ao telefone, disparou no relato angustiado, urgente, e, ainda que cauteloso, um tanto culpado, pois afinal de contas, pensou Xavier, aquele espetáculo medonho confrontava ela exatamente quando chegava da casa e dos braços dele:

— Xavier! — bradou Solange — Xavier! Uma tragédia, Basílio, Xavier, morto, acho que morto, estendido feito um cadáver aqui na copa. Eu já chamei o Pronto-socorro, Xavier, o Hospital Miguel Couto, mas estou sozinha, e ele não dá sinal de vida, estendido no chão, frio, os olhos de vidro. Venha cá, Xavier, venha pra cá por favor, que Bárbara e Naé não estão, nem a empregada, não tem ninguém em casa, ninguém, por favor. Ai, graças a Deus a ambulância pelo menos está chegando, mas venha, venha logo, eu peço a você, de joelhos.

— Já vou, Solange, num segundo chego aí, e você verá que está tudo bem, que o Basílio teve algum mal passageiro, um desmaio, uma dor. Vou aí já e se você estiver no Pronto-socorro com ele eu aguardo, espero que você volte, eu falo com Bárbara, com Naé, quando chegarem, e você vai ver como dá tudo certo, Solange, e Basílio há de estar recuperado, bem de novo, mais tarde, amanhã.

Durante as horas de angústia que, do instante em que Basílio foi encontrado morto, se estenderam até o instante em que, de forma abrupta, Xavier abandonou seu posto à cabeceira do morto, do esquife, para só reaparecer no enterro, foi ele, Xavier, como toda a família de Basílio passou a reconhecer, agradecida, o anjo tutelar daquela casa agora sem chefe. Com sua pachorrenta ternura, sua humana compreensão de tudo, mesmo das fraquezas e defeitos de cada um, com o amor que nutria pelos seus, o qual amor, generalizado, abrangia os estranhos que se acercavam, Basílio, como poucos mortos, merecia de fato ser chorado. E chorado foi, à vontade, quase se poderia dizer à saciedade, pelos filhos — Bárbara, observou Xavier, chorava serena, sem esgares e sem fungações, olhos abertos, as lágrimas se desprendendo das pestanas e deslizando ordeiras pelas faces como as de alguma imagem que, milagrosa, periodicamente chorasse assim a morte do pai —, pela mulher, pelos pais: isto, graças à operosidade de Xavier, que cuidou de todos os detalhes que aviltam, ele sabia, um funeral, e roubam ao momento, em meio à dor, mesmo aqueles prazeres pequenos, inconfessáveis mas capitosos. Ele cuidou de tudo, atendeu a tudo, providenciou tudo, desde a lavagem do cadáver ao atestado de óbito, a ida à Santa Casa, para contratar o túmulo, e até a qualidade do caixão, as flores — rosas e palmas-de-santa-rita — e as velas e tocheiros.

Enquanto tudo isso foi feito e o corpo começou a ser velado, Solange mal se aproximou de Xavier, o que não desagradou a ele e que ele, ao mesmo tempo, compreendeu, imaginando como Solange se sentia confusa e, a despeito de si mesma, estimulada, meio embriagada por ter ali — tão doce, útil, quase caseiro — o amante, o recém-amante, ou quase, que amparava ela no duro transe de enterrar o marido, tudo isso adoçado pelo cheiro da cera que escorria das velas, misturado ao das flores comprimidas em torno do corpo, no caixão. Mas de uma vez a velha Emília, assustada, perplexa, tinha perguntado a Xavier se era justo que o filho morresse antes dela, enquanto o pai, o velho Elpídio, provavelmente meio transtornado, queria saber de Xavier se Bernadete — "a namorada do Naé", explicou — tinha sido avisada da morte de Basílio, da hora do enterro. Bárbara não tinha dito nada, não tinha dirigido a palavra a Xavier, mas, com naturalidade, com gravidade, sem qualquer animosidade, pousava os olhos nos dele quando cruzavam um com o outro, e Naé, sem dúvida ao constatar — armado no meio da sala, feito um monumento, o caixão onde jazia o pai despersonalizado, um rosário entrelaçado nas mãos amarelas — como Xavier havia dominado a desordem, o sofrimento anárquico dos primeiros momentos, pôs a mão direita, brevemente mas com calor, no ombro de Xavier que já então estava colocado à cabeceira do caixão.

Como se aquele ponto no espaço, aquela precisa situação fosse um mirante alto, rochoso, e o féretro um promontório, a ponta do Leme, Xavier viu na sua frente, finalmente composto e completo, majestoso, o jogo de paciência, com ainda, naturalmente, uma alteração a realizar, um cubo a trocar, uma pedra, a pedra Solange pela pedra Bárbara. Mas não devia perder tempo em se mimar, se envaidecer, olhando com desdém, na praia ao redor do seu penedo, as pessoas que não sabem sequer se andam para diante ou para trás, feito esses caranguejos de areia, pois assim acabaria igualmente, atarantado, caranguejo ele também, com redondos olhos montados em hastes, como se feitos para ver tudo e que no máximo estão ali para se espantar de tudo e não entender coisa nenhuma. Precisava atenção, concentração, e, assim como tinha chegado ali, àquela cabeceira de esquife e posto de comando, precisava chegar além, ao porto definitivo.

Depois da partida de Lila, e enquanto a madrinha descansava, Jaci deu um beijo em Cordulina, ao passar pela portaria do motel, e, saindo com ar natural, despreocupado, de quem vai dar uma volta pelo jardim, ganhou o caminho do ônibus, da estrada, da cidade do Rio, da casa do Horto e afinal da casa da vila. Mesmo ali, na segurança do motel e no aconchego do amor da madrinha, Jaci sentia, no ouvido, a voz, agora permanente, do seu medo, mandando que ele construísse, sem perda de tempo, uma sebe viva, uma cerca de fogo, que o inimigo não ousasse varar.

A madrinha e Cordulina mal teriam tempo de se inquietar com a ausência dele, pois não ia demorar — muito, na pior das hipóteses, jurava a si mesmo que não demorava — e certamente não ia passar a noite fora, pretendendo, ao contrário, agora que tinha casa, a casa da madrinha, atrair de pronto, de cara, sem perda de um dia, Bárbara e Naé para o motel. Caso seus dois amores hesitassem em vir, em se mudar, achando, quem sabe, que ele, com os temores e as angústias atuais, era por demais diferente do Jaci que tinham amado até outro dia, ele diria que viessem para o motel e compreenderiam, que viessem ao jardim do motel e veriam que, ali, graças às artes da madrinha, as próprias pias davam cravos, as latrinas miosótis, as banheiras margaridas e os bidês amores-perfeitos.

Jaci queria — refazendo, em sentido contrário, a trilha percorrida quando fugia do Jardim — visitar dona Carlotinha, parar um instante na casa dela, beijar a mão dela, que tinha apontado a Cordulina o caminho do apartamento do Heleno, e chamar ela também para o motel, árvore viva — mangueira ardente — ao lado da madrinha, de Lila e de Cordulina, de Bárbara e Naé, mourão do cercado em que se incendiariam, caso chegassem perto demais, Barretos e Jovianos, Faninhos e Xavieres.

Finalmente, pretendia fazer tempo porque, apesar de ter ouvido de Lila, como certo, que o Xavier pelo menos ele não havia de encontrar na casa da vila, sua ideia era de não chegar lá dia claro, de chegar discreto, no escuro, quando poderia, sem ser visto de mais ninguém, tocaiar Bárbara, para, quando fosse avistado, chamar Bárbara de longe e esperar que ela chamasse Naé, ou atrair, também de longe, com um aceno, Naé, para que chamasse Bárbara e saíssem então os três pelo jardim da casa, pela rua, pelo Jardim e o Horto, caminho do motel, debaixo da chuva que já caía forte, espessa.

O que Jaci não esperava — tinha imaginado todo o seu dia, desde a saída de Saracuruna, quase como vivido de antemão, claro e simples, nítido em todos os recantos — era encontrar vazia a casa de Carlotinha, janelas escuras, a porta trancada. Em seguida ouviu, vindo do fundo do quintal, muito mais forte que o ruído da chuvarada, um ronco bravo de rio, de corredeiras, constatando, entre divertido e assombrado, que, como um menino que de repente mudou de voz, o rio dos Macacos falava grosso e corria forte, como se quisesse chamar a atenção dele. Jaci andou até a beira e viu que o rio roía as próprias barrancas, para se limpar com vigor, para descarregar a sujeira, expulsar as latas, moer e dissolver o lixo que em dias comuns quase matava ele de falta de ar, de sufoco, e compreendeu que o riacho metido de repente a rio adulto, maior de idade, estava celebrando a maioridade dele, Jaci, e lamentou que não estivesse ali Carlotinha, que, seguindo o exemplo do rio, certamente havia de oferecer a ele, de brinde, café pelando, refrescado com pinga, e bolinho de maconha. De qualquer forma, alguma companhia Carlotinha tinha deixado para ele: S. Jorge cumprimentava ele com a lança em riste gotejante de chuva, e, Jaci reparava agora, a Senhora do Rosário pregava nele os mesmos olhos pretos e redondos da dona da casa ausente.

Jaci voltou ao puxado da casa, antes de ir embora, tentando descobrir alguma espécie de recado, de saudação que pudesse deixar para dona Carlotinha, e deu com os olhos, no peitoril da janela, bem ao abrigo da chuva, num pão, uma bisnaga enrolada no papel cinzento da padaria. Desfez o embrulho, e, depois de comer um bom naco do pão, embrulhou de novo no papel a metade que sobrava, colocando em cima do pão, feito um bilhete, uma das chaves que trazia no bolso. Era raro ele tocar em suas chaves, num momento especial como esse, sem que elas dissessem, pelo toque, o tato, alguma coisa, que ele nem sempre entendia com clareza, mas, naquele instante, frias e úmidas, fizeram Jaci, com um arrepio, se arrepender de ter saído de Saracuruna sem falar com a madrinha: se o retorno, que ele tinha sonhado igual, começava assim, pela ausência de Carlotinha, não seria melhor desistir, voltar para o motel, deixar para amanhã a visita a Bárbara e Naé?

Mas Jaci assim pensava quando já dava os primeiros passos pela beira do rio todo frisado, crespo, eriçado pela chuva que espancava a água feito um chicote, o rio dos Macacos irreconhecível, que mais parecia um cachorrão de caça trotando ao seu lado, farejando, nervoso, o chão, invadindo furnas e grutas, se espremendo por baixo de cercas. E a hesitação, a ideia de voltar à madrinha durou pouco, pois, uns passos adiante, Jaci enxergou as primeiras amoreiras, e Bárbara e Naé deixaram de ser uma lembrança e uma saudade para virarem dentro dele uma fome, uma privação feito falta de ar, e, agora seguindo ligeiro seu rio-cão, Jaci varou amoreiras e campo de margaridas, e nem ouviu mais, transposto o portão do Jardim, o cão que roncava, fungava e respingava nele, feito uma baba de amor, suas águas, como se, com latidos e lambidas, ainda tentasse, a todo custo, reter Jaci. Já inteiramente voltado para leste, para o nascente, onde ficava a casa, o ninho, e mergulhado, mesmo longe como ainda estava, nos seus dois amores, Jaci pulou o muro da casa da vila, do quintal da casa da vila, que, ao contrário da casa da Carlotinha, estava iluminada, só que, pensou Jaci, iluminada demais.

As luzes que se projetavam da sala e da varanda criavam no jardim da frente um quadrado amarelo dentro do qual, escorrendo pelos troncos, a chuva reluzia e ricocheteava cintilante ao bater em folhas que, açoitadas, balançavam, e em flores que se curvavam para que a água deslizasse sem machucar as pétalas. Jaci viu que a janela de Bárbara, a um lado da casa, em vez de ter, como de costume, a veneziana fechada, ou entreaberta, tinha a vidraça aferrolhada, e, colando a cara no vidro, viu, à luz que vinha da sala, a cama vazia, feita, colcha bem esticada por cima. Idênticos estavam o quarto de Naé, contíguo, com a cama intacta, e o do casal, adiante, igualmente vazio e escrupulosamente arrumado, iluminado pelo mesmo luzeiro central, como se a casa inteira fosse agora uma lâmpada, uma redoma. Ou como se, lacrada em vidro de janela e escancarada de porta, como quem tapa os ouvidos e abre a boca, a casa tivesse virado um berro.

Jaci foi rodeando, incerto, cauteloso, a casa que nunca tinha visto assim, e primeiro divisou, de longe, uns dois carros estacionados na ruinha da vila, como se houvesse visitantes, gente de fora, como se a família estivesse recebendo pessoas para jantar. Parou na escura zona de perto do portão, de onde tinha uma visão frontal sem entrar — reluzente de chuva ele também, gotejante — no quadrado amarelo da luz, e se recostou a uma árvore, que serviu a ele, em seguida, de apoio para que não caísse, tamanho foi o tremor das suas pernas, pois acabava de avistar, no meio da sala, entre círios, colocado em cima da mesa de jantar, o caixão de defunto, aberto, o esquife, cheio de flores, e avistou, ainda, duas mãos de cera entrelaçadas em torno de um rosário, as mãos de quem havia morrido, da morta, podia ser, do morto, como é que ia saber.

Contra as paredes da sala, havia vagos vultos sentados em cadeiras, mas a imagem que Jaci reteve clara, feito um cromo de cores cruas e chapadas, e que levou ele, vacilante, a se expor por um momento na zona clara do jardim, foi a do caixão atulhado de flores, e, à sua cabeceira, cabeça ligeiramente abaixada, Xavier.

Cabeça meio curvada para o caixão, onde pousava o olhar, feito uma mosca, na cara amarela e afundada em flores de Basílio morto, Xavier fruía, digno, composto, aquele lance solene de uma vida — a sua, claro — de alta elaboração, arquitetônica, uma vida iniciada a partir de um risco bisonho, um projeto adolescente, quase idiota, mas que tinha se aperfeiçoado, transfigurado, e que chegava agora à perfeição, só faltando mesmo um ponto final, uma torre, uma flecha. Mãos discretamente apoiadas na mesa, a cada lado do esquife, ele se via como uma vitória de proa, uma carranca de barco, e só se permitia, para não desarrumar o quadro, mover os olhos, que iam da cara do morto à porta da casa, por onde entravam visitas, e, no fundo, ao jardim, de onde, compungidos, quase ternos, vinham pousar de novo na cara de Basílio. A ideia da mosca interessou por um momento Xavier, que olhava Basílio — e evocava o olho mosquento do Amaro pousando nos peitos de Bárbara —, e ele chegou mesmo a sentir as pestanas como as pernas dianteiras de uma mosca que, não encontrando qualquer reação na superfície inerte em que caminha, para, ociosa, e executa, esfregando as patas da frente, uma música ligeira, que só mesmo ela ouve.

Foi em seguida à reflexão da mosca que Xavier, passeando uma vez mais o olhar pela porta aberta e o jardim, viu Jaci aparecer, cuspido do ventre do mato para sujar, imundo, a zona dourada criada lá fora pelas luzes e velas do velório. Feito um bicho noturno, que a claridade ofende, Jaci recuou à sombra pegajosa, junto do muro, do portão da casa, se encolhendo, se fazendo menor, catando uma toca, um buraco de noite permanente, ou buscando, trêmulo, um caminho de fuga por ter sentido, por instinto, ao avistar Xavier, que em breve estaria consumado seu destino de caça miúda, indefesa, sem presas e sem unhas.

Xavier recolheu as mãos, endireitou o corpo e deixou seu posto no comando do enterro de Basílio, na orientação daquela quase festa fúnebre, ordeira, lúcida, de modo a dar, às demais pessoas no salão — Solange, Naé, Bárbara, parentes e visitas —, a impressão de que tinha ainda alguma iniciativa a tomar, em relação ao funeral, alguma tarefa mortuária a cumprir. E, ao se movimentar para sair porta afora — os olhos agora cravados na sombra em que Jaci tinha se refugiado como finas puas de furar a escuridão — comprovou, com um calmo orgulho, que, condenado, o bicho sequer tentava escapar ao sacrifício — como se soubesse que era o único instante válido, porque transposto para outra vida, mais alta, da sua vida — pois ao sair, sem abandonar a zona escura do jardim, pelo portão da casa, se voltava não para o lado da rua Major Vaz, do Hipódromo, do Arnaldo Lanches, e sim para o Jardim.

Pés enfiados na lama, a chuva escorrendo irmãmente por ele e pela árvore em que se apoiava, como se escorresse por dois troncos, Jaci, afastando, ou adiando algum terror maior, formulou hipóteses, como quem tem tempo. A água e a lama de agora não davam ideia de uma segunda tentativa do ataque feito a ele em Maricá? A encenação não era parecida, e o Xavier, que não devia estar na casa, não seria falso, apenas um boneco, uma representação do homem que de repente tinha cuspido luz e fogo no meio das taboas? Nos enterros do mato o defunto entrava na terra na mesma rede em que dormia enquanto vivo, e Jaci sabia, é claro, que na cidade era diferente, havia caixão, vela, flor. Mas podia ser tão diferente quanto esse enterro na sala, esse caixão? Pelos furos e fibras da rede se vê tudo, naturalmente, mas em geral, nos enterros que acontecem diariamente na cidade, os caixões podiam ser assim tão sólidos como aquele ali, de pau preto e alça de prata, com tampa e até chave, um morto com sua chave? Quem podia jurar que não estava lá dentro o homem da lagoa de Maricá, vestido de branco, fingindo de morto e um instante depois de trancado virando ele mesmo a chave na fechadura pelo lado de dentro e saindo de faca na mão?

Mas o terror maior, o terror bruto, cujos dedos grossos e musculosos afagavam o pescoço de Jaci, antes de apertar, se apresentava sem fantasias: se era mesmo o Xavier que estava onde estava, vigiando o caixão, até agarrando o caixão pela cabeceira, como se fosse coisa dele, um baú dele, quase como se ele tivesse cortado a árvore, raspado os paus e depois matado alguém para acomodar dentro, então quem é que estava dentro? Bem, pensou Jaci, destrançando, corajoso, da garganta os dedos que queriam tirar o fôlego dele, o morto devia ser o velho, seu Elpídio, ou dona Emília, as duas únicas pessoas da casa em idade de morrer. Se ele não estivesse tão ensopado de chuva e borrado de lama, palavra que entrava na sala e, antes mesmo de falar com seus queridos, ou com dona Solange, seu Basílio, ia afastar as flores e encarar com o defunto, para ver se era o velho ou a velha, e depois então dar, como se dizia, os pêsames a Bárbara, a Naé, deixando para amanhã o plano de saírem os três para o motel, já que hoje, agora, não dava, que ninguém sai para passear se há defunto na sala de visitas na casa.

Quando ele fosse embora, daí a um pouquinho, para voltar para a madrinha, enquanto as coisas serenavam e os mortos se enterravam, ia parar um instante na guarita do Lidanor, que de longe ele tinha visto acesa quando chegava, e o Lidanor podia informar a ele quem era o morto, se o velho ou a velha. Mal tinha Jaci acabado de pensar isso quando, ao chegar à rua da vila, percebeu, ou achou que dentro do caixão só podia estar a avó, a velha Emília, porque o avô ele avistou contra o muro, guarda-chuva aberto, pescoço esticado feito quem espera alguém, ou simplesmente, pensou Jaci, chateado de estar viúvo, querendo chorar sozinho, na calçada, e Jaci correu ligeiro, pela sombra do muro, até o portão grande do Jardim, e dali, no canto, até a guarita onde ficava Lidanor, como sempre estudando, lendo papéis, livros.

— Quem foi que morreu?

— Cruzes! — exclamou Lidanor. — Jaci! Pensei que fosse uma coruja, ou a chuva falando, as árvores, sei lá. Seu Basílio, Jaci, foi ele que morreu do coração, de repente, sem nenhum aviso, coitado de seu Basílio, morto da silva no meio da copa quando dona Solange chegou.

Jaci ficou com pena, muita pena, todo condoído, mesmo, de repente, ao pensar nos seus dois amores, pois sabia que tanto Bárbara quanto Naé amavam muito o pai e bem que ele, agora, gostaria não de dar os tais pêsames, e um beijo assim de cerimônia nos dois, beijo correspondente a morte de avó ou avô, e sim de botar, uma em cada ombro, a cabeça de Bárbara e a de Naé, para deixar eles chorarem enquanto ele consolava ora um, ora outro, como os carinhos que havia de fazer e os beijos que havia de dar num e noutro, sentindo na boca o sal do choro dela e dele, e foi pensando nos dois que Jaci entrou no Jardim.

Xavier, que saiu do velório no passo lento e digno que convém a quem assiste, ou, como era o caso dele, a quem verdadeiramente preside um enterro, avistou Jaci quando Jaci atravessava o portão que ligava a vila ao Jardim Botânico, mas foi obrigado a se deter um instante, solícito, pois, se descolando do muro, protegido do temporal por um guarda-chuva, seu Elpídio se materializou:

— A mocinha, a Bernadete, ainda não apareceu, disse Elpídio, e eu começo a temer que — gostando de nós como gosta, sem nem falar no muito que gosta do meu neto — ela só deixaria de vir se alguma coisa inesperada acontecesse, até algum desastre, você não acha, Xavier? Avisada ela foi, eu sei que foi, pelo próprio Naé, depois que eu disse a ele que ele não podia esquecer de comunicar o triste fato à namorada, e eu sei que ele não só deu o recado, como...

— Claro, claro, deu o recado, garanto, e pode contar como certo que ela vem, sem falta, pode estar tranquilo que não vai deixar de vir — disse Xavier que só viu, quando voltou a erguer os olhos, o vulto de Jaci que desaparecia, mas que desaparecia —, o que significava que estava tudo certo, que tudo seguia o risco preestabelecido — se internando no Jardim, cabendo a ele, Xavier, apenas assegurar, como um pastor atento, responsável, que Jaci não se transviasse, e sim que fosse ter ao seu lugar de repouso, ao seu aprisco.

Alheio à chuva Jaci passou diante do velho Engenho absorto, ou, como sabia Xavier, esmagado pela certeza de que tinha sido condenado a morrer, de que sua hora tinha soado e nada mais havia a fazer. Os da raça e laia de Jaci podiam ter um assomo de coragem voltado para a fuga, como tinha tido Jaci naquele mesmo Jardim, a poucos metros dali, ou podiam mesmo experimentar um ímpeto de cólera — borduna erguida, massacre na alma —, mas não sabiam nutrir o ódio sustido, construtivo, e por isso mesmo se assombravam e se paralisavam diante dele. Sabiam, para fazer uma canoa, uma ubá, despregar, arrancar a casca inteira de uma árvore, mas eram incapazes de aplainar e conjugar tábuas para fazer um barco de branco, um caixão de defunto. Mas atenção,

Xavier! nada de filosofias que o bicho Jaci ainda não está morto e acaba de chegar à pontezinha da jaqueira de frei Leandro, provavelmente escolhendo caminho, no engano, que não engana, no fundo, nem a ele, de escapar, mas que é parte do antigo jogo em que a caça miúda procura se furtar ao destino implacável de modo a tornar, para o caçador, a caçada mais animada. Jaci podia, para a direita, sair por qualquer dos portões que dão na rua Jardim Botânico; podia, para o lado oposto, rumo sul, se embrenhar pelo Horto, e isto Xavier não ia permitir, nem que abatesse ele a tiro ali mesmo, e em seguida arrastasse ele até seu jazigo; podia... Mas não, tudo indicava que Jaci ia seguir o reto caminho, isto é, da altura em que se achava, entre a velha jaqueira e o cômoro do frade, punha-se a caminhar, como dele se desejava, direito em frente, feito um visitante qualquer que toma a aleia Frei Leandro, ultrapassa o chafariz e vai se embasbacar diante da primeira estátua fundida no Brasil. Jaci pensava, talvez — em sua tímida imitação de resistência e fuga —, no muro oeste do Jardim, da rua Pacheco Leão, mas fatalmente passaria diante de Eco onde devia entrar na sua própria cova até agora vazia, delicadamente recoberta pela lousa de musgo e limo.

Xavier, de tão calmo que se sentia, até era capaz, não fosse a chuva que escorria pela cara dele, de assobiar a música da boneca encantadora na vitrine de cristal, e evocou, no seu contentamento e despreocupação, o Jaci que tinha desaparecido, como por encanto, do seu lado, na praia de Botafogo, diluído entre as árvores e os automóveis, reaparecido minutos depois grudado nele, como se não tivesse arredado pé: que semelhança havia entre o Jaci de então e a figurinha de índio molhado, fatigado, passando além do morro do frade e do lago das vitórias-régias e dos lótus?

Quando dali saísse para retomar, com o recolhimento, a compunção anterior, seu posto no velório, ele, mentalmente, levaria consigo, na sua imaginação, para enfiar no caixão do outro, o novo Basílio, de nome Jaci Deodato, que tinha ousado se colocar entre ele, Xavier, e Bárbara, a nova Solange.

Caminhando entre as azaleias Jaci tinha chegado ao chafariz, e nem passou pela sua cabeça andar em direção ao pórtico das Artes, onde tinha dormido numa rede de vaga-lumes, mas sentiu que, se pretendesse ir para lá talvez corresse perigo, já que alguém parecia querer impedir que ele fosse, uma sombra, pareceu a ele à primeira vista, um vulto, achou depois, se costurando entre as árvores daquele lado. Jaci, que não queria mesmo tomar o rumo do pórtico, ou do Horto, afastou de novo, da garganta, os dedos do terror, e deu de ombros, achando mesmo que estava imaginando perseguição só porque ali tinha sido perseguido, e tratou, molhado como estava até a medula dos ossos, de ir para o portão principal do Jardim, na direção oposta, perto da estátua de Narciso com seu cão. Resolveu, até, correr entre as palmeiras imperiais para sair mais depressa da chuva que já dava nele uns arrepios e um bater de dentes, para entrar o mais depressa possível num ônibus e se mandar para Saracuruna e os braços da madrinha, mas aí ele notou que daquela banda também havia alguém, outra pessoa, sem dúvida, ou pessoas, gente, talvez a mesma gente ali plantada desde a noite que ele tinha passado no pórtico e que agora, exausta, quieta mas furiosa, ia cercando ele, chegando cada vez mais perto dele, gente do Barreto, reforçada, quem sabe, pelo médico da rua Senhor dos Passos, só faltando o Xavier, que não podia caçar ele hoje porque estava vigiando o morto na casa onde a Lila sabia que ele não podia estar. E fossem quem fossem os homens tocaiando ele, o certo é que tinha, mais perto, alguém que queria acertar ele, fazendo mira nele, silvando no escuro feito uma flecha diferente, parada no ar, esperando que o alvo, que era ele, corresse em linha reta, como mandava a madrinha, quando o dever do alvo ali era enganar a flecha, era cair no chão pra ela passar por cima, saltar de banda pra ela passar ao lado, era até pular pra cima, bem alto, obrigando ela a passar por baixo, só sendo proibido ao alvo, no caso ele, Jaci, ficar parado e ser atravessado pela flecha.

Dificilmente, pensou Xavier ao ver Jaci correr ligeiro — embora nunca tão ligeiro quanto na praia de Botafogo, onde havia, além das árvores, os carros e as multidões, quando aqui só havia árvores, e, diferença importante, árvores arrumadas, catalogadas, e que contemplavam com horror aquele bugre de brenha —, dificilmente ele conseguiria, mesmo que quisesse, se afastar da aleia Frei Leandro. Ainda poderia tentar escapar na transversal da aleia das Mangueira, ou procurar se esconder, na correria bruta, varando feito uma pedra suas paredes de vidro, na Estufa das Violetas, onde sangraria um tempo, num canto, todo lanhado, caça esperando o tiro, que em breve seria desfechado nele, de misericórdia. Mais do que isso praticamente não podia fazer, porque o piquenique estava acabado, ele, Xavier já apontava o revólver, e adiante, logo adiante, na sua pequena pracinha, no seu semicírculo de pedra, Eco, reluzente de água, era o ponto final.

De repente Jaci viu a moça da estátua rindo como a gente ri quando é pego por uma chuvarada e não liga pro azar, e deixa a água rolar — a chuva escorria pelos peitos da estátua e Jaci se sentiu reconfortado só de pensar em lamber a água nos seios dela, como se fosse leite —, e a estátua começou a dizer a ele que tinha esquecido — amarrado, acorrentado — o cachorro dele, e que o cachorro gania e chorava de impaciência, esperando Jaci pra carregar com ele na cacunda, bastando Jaci se agarrar com ele que o cachorrão Trajano não queria outra coisa e chega tremia nas patas na pura agonia de ainda ter que esperar pra sair carregando, principalmente agora, que a dor que Jaci sentia nas costas talvez tivesse alguma coisa a ver com o tiro que acabava de ouvir há pouquinho, no preciso instante em que ele montava no lombo do rio-cão.

E lá se foi Jaci, mergulhando e levantando a cabeça, meio sumindo, meio afundando, e quando viu, na frente dele, que o rio se agachava todinho — igual a um cachorro que passa na toda debaixo da cerca de arame farpado — para se enfiar por baixo da rua Jardim Botânico, saindo pra fora do Jardim, Jaci ouviu outro tiro, perto, e sentiu outra dor, não sabia bem onde, mas abaixou a cabeça, agarrado firme na espuma do rio, no pelo do cão, e, entre engasgado e desmaiado, a cabeça batendo nas margens de pedra, no teto de pedra do avesso da rua, mergulhou fundo no negrume, na escuridão da terra.

Se consolando depois, ou tentando, pelo menos, diminuir o desgosto, o nojo que sentia por si mesmo, pela incompetência e estupidez de não ter chegado bem perto para abater Jaci no instante em que Jaci pisava o próprio túmulo, Xavier lembrava que Jaci, embora capenga, cotó depois do primeiro tiro, tinha corrido até o rio num zigue-zague doido, se transformando num alvo quase impossível, a menos, tinha pensado trêmulo de raiva, que se fabricasse um revólver de dez canos implantados em leque na coronha. Mas o erro dele, Xavier, o erro sem expiação possível ou perdão imaginável, não tinha sido o de errar o alvo dentro do quadrado predestinado ao túmulo, à cova: fatal tinha sido — no ódio vulgar e impensado que tinha se apossado dele durante sua carreira cega pela margem do rio — deixar que fosse primeiro minguando e afinal acabasse, debaixo dos pés dele, o quadrado maior, o solo vivo, o chão palpitante do Jardim propriamente dito.

Tinha perdido — na expressão tão verdadeira, tão aplicável aos idiotas — a cabeça, tinha se igualado à gentinha, aos que são usados e vividos pela vida, no instante em que, percebendo que Jaci mergulhava sob a rua, sob o asfalto, ele tinha apertado o gatilho, num segundo tiro, e saltado ele próprio para a rua.

Xavier sabia que, para seu castigo, até o fim de uma vidinha que nem interessava a ele saber qual ia ser, como ia transcorrer, estava condenado a explicar que sua asneira, sua mancada, seu malogro não tinha sido o de chegar a uma rua movimentada da cidade com a arma — ainda fumegante, diriam os jornais, sem dúvida — em punho, para verificar se Jaci, vivo ou morto, aparecia do outro lado: naquele momento, quando tinha ouvido, sem responder, as perguntas de dois cachaceiros saídos do Café Sol da Ponte, o irreparável estava consumado, os próprios pés dele estavam em cima do asfalto, quer dizer, fora do Jardim de onde ele mesmo, com aqueles ditos pés, tinha se expulsado.

39

Só tarde da noite é que a chuva abrandou e que, apesar do ronco quase impertinente, fanfarrão, do rio dos Macacos, dona Carlotinha conseguiu dormir um pouco, se era justo dar o nome de sono, chamar de dormir os breves momentos de esquecimento que tinha conseguido entre tanta reviravolta na cama e tantos e tantos objetos de sonho piscando, fosforescentes, e logo depois sumindo na cabeça dela, como se houvesse dentro dela uma televisão nítida mas incapaz de segurar a imagem firme, enquadrada. Carlotinha não podia negar que uma imagem, pelo menos, era constante, a saber, a da enferrujada chave que Jaci tinha deixado, e que, nessa tal televisão que parecia embutida por trás da testa dela, ou por dentro da insônia dela, saía de repente, de novo nova em folha, luzindo que nem ouro, de dentro do papel cinza de embrulho do pão. Por que é que o Jaci, em vez de deixar um bilhete com um endereço, um telefone, um recado qualquer em que desse um até amanhã, até já, até logo, havia de deixar só um sinal de que tinha aparecido e se desmanchado um minuto depois, igualzinho ao que tinha acontecido a noite inteira no pisca-pisca de sonhos da minissérie sem pé nem cabeça que ia rolando no maldormir dela? A confusão acabava sempre, e, por um momento, se fixava numa chave, uma chave enferrujada, que não parecia destinada a abrir coisa nenhuma, nenhuma porta, nenhum cofre, mas que certamente abria o coração dela, botando inquietação lá dentro.

De primeiro — recapitulou dona Carlotinha, logo que a chuva amainou — ela, ao chegar em casa e ver que o Jaci tinha provado do pão e largado a chave na janela, feito quem deixa uma moeda, uma paga pelo pão, tinha entendido que podia ser isso mesmo, pura troça e brincadeira de cabra-cega, chicote-queimado, do Jaci, que era capaz de ter pegado no sono num canto abrigado da chuva, ou até entrado na casa, quem sabe o que pode fazer um menino de tanta lindeza e malícia, malandro bastante para estar embaixo da cama dela — ai, que bom seria! —, e Carlotinha resolveu dar, na casa e arredores, uma busca esperançosa e enérgica. Vai ver — foi pensando enquanto catava Jaci — que a briga entre aquelas doidas que são as Helenas e a irmã Cordulina foi de rachar, e o Jaci resolveu se mudar pra cá, pelo menos por um tempo, e nisso Carlotinha gostaria mesmo de acreditar, porque há muito tempo não atravessava o caminho dela um rapaz tão ao gosto dela. No entanto, por mais que procurasse e chamasse Jaci por todos os cantos e até mesmo — encharcando-se por fora mas afogueada por dentro com a ideia de achar Jaci — no quintal, detrás das árvores, na beira do rio, não só não encontrou o que procurava como ainda, o que só fez aumentar sua perturbação, deixou igualmente de encontrar, na sua gruta, no seu ninho de sempre, a Senhora do Rosário. Ainda chegou a tempo de salvar o são Jorge, que, arrancado à gruta pelas águas do rio, continuava lá, como obstinado guerreiro que era, chafurdando na lama, cara e corpo enterrados no barro mole, mas com a garupa do cavalo branco ainda à mostra. Quase perdia o santo também, pensou Carlotinha, pois a correnteza continuava engrossando e roendo o massapê das margens, mas quanto à Nossa Senhora, nem traço dela restava, e, depois de um momento de grande aflição e de muito se benzer — ajoelhada na lama e apertando contra o peito, sujos, santo, cavalo, lança e até o humilhado dragão —, entendeu Carlotinha que a Senhora do Rosário devia saber o que fazia descendo o rio, certamente no encalço de Jaci e para proteção e guarda dele.

Mal o primeiro aviso do raiar do dia apareceu no céu, cinzento ainda feito papel de pão, dona Carlotinha saiu para onde era capaz de jurar que o Jaci tinha ido, a casa da vila, que inimigos dele rondavam dia e noite mas onde moravam os amores dele, e onde ele talvez estivesse precisando de ajuda: quem sabe se ele, suspirou Carlotinha, não aceitaria morar um tempo com ela, perto, afinal, da casa da vila, teúdo e manteúdo, enquanto aguardava, ele, que o tempo passasse, e ela que o tempo perdurasse, ficando, o mais tempo possível, parado? No momento de maior alvoroço e energia matinal, enquanto bebia café forte e comia um pedaço do pão que Jaci tinha tocado com as mãos, Carlotinha chegou mesmo a se perguntar — o corpo de repente plenamente acordado, cheio de desejos — se não era isso que o Jaci tinha querido propor e insinuar, deixando a chave como assinatura e o papel de pão feito papel almaço, de requerimento, pedindo deferimento à precisão dele de cama e comida?

Carlotinha foi descendo ligeira a rua Pacheco Leão, e, lá embaixo, ao chegar à esquina da rua Jardim Botânico, viu adiante, na beira da Lagoa Rodrigo de Freitas, um ajuntamento de povo. Ela não se lembrava de, na sua vida inteira, ter jamais resistido à necessidade de verificar a razão e causa de qualquer agrupamento de pessoas, por mais que a verificação tirasse ela do caminho, do horário, da obrigação que tivesse a cumprir. Ora, um ajuntamento como aquele, na beira da Lagoa, num dia assim — de santo e dragão, o bem e o mal, abraçados na lama, e da Virgem que, partida em viagem, era capaz de, andando sobre as águas, estar atraindo povo à Lagoa —, dona Carlotinha viu logo que *a* obrigação que tinha a cumprir era dar sua presença e testemunho, era desembaraçar e deslindar, e foi se aproximando das águas.

Quando chegou bem na beiradinha e no meio do bolo de gente, dona Carlotinha viu — no centro do espelho d'água, escuro como prata que há muito não se limpa, e debaixo dum céu de chumbo, varado de tempos em tempos por um sol sem força, ou que não queria clarear o que via — o barco fino, de regata, que, tripulado por quatro remadores, era, naquele preciso momento, travado em sua trilha esguia e certeira pelas próprias pás dos remos, para que parasse ao pé de um fardo, um vulto, um corpo que boiava.

Jacqueline não precisou, ao chegar ao velório, indagar de ninguém se Jaci estava lá, se tinha estado, ou mesmo se alguma notícia positiva, acerca dele, havia chegado à casa transformada em câmara ardente: ela sentiu, mal transposto o limiar da porta, a ausência de Jaci, a falta de qualquer sinal de vida dado por Jaci, na quase palpável fome e carência de Jaci estampadas no rosto de Bárbara, que, vendo ela, veio em linha reta ao seu encontro, ela sim, pensou Jacqueline, ardente, ardente de vida, dos apetites da vida. Para desânimo seu, já que vinha angustiada, amedrontada por não saber de Jaci, Jacqueline tratou, não sem certa irritação pelo esforço que custava a ela, de disfarçar, limpar do rosto — feito uma atriz cansada e gasta, pensou, ou um palhaço velho, emendou, lavando a cara no camarim ao sair de cena — a aflição que roía ela, diferente de origem mas pelo menos tão grande quanto a que sentia em Bárbara. Mesmo assim teve um remorso absurdo, ou exagerado, ao ver no rosto de Bárbara aquele susto, aquele medo pânico ao constatar que ela, Jacqueline, não trazia Jaci: o remorso de não ter cometido a imprudência de, ao reencontrar Jaci, levar ele antes de mais nada ao encontro de Bárbara.

— Madrinha, madrinha — disse Bárbara —, onde está Jaci que eu não vejo há tantos dias, há tanto tempo, que a Lila me garantiu e jurou que com a madrinha ele vinha, para me dar a única alegria de um dia feito o de hoje? Eu fiquei tão feliz quando soube que ele estava bem, que estava com a madrinha dele e que vinha cá para me consolar, para consolar o Naé. Quedê ele, madrinha, quedê o Jaci, que não está aqui, que pelo jeito não vem?

— Ele vem, ele vem — disse Jacqueline —, deve estar chegando a qualquer momento, mas aconteceu que ele... saiu um pouco antes de mim, porque eu estava, no momento, repousando, e ele... a Cordulina, sabe, que trabalha lá conosco, ela esteve com o Jaci, enquanto eu descansava, e me disse que ele vinha, ele vem, sem falta, para cá, mas antes...

— Como "vem" para cá, madrinha, se ele saiu antes de você e ainda não chegou, e além disso a que lugar havia o

Jaci de ir "antes" de vir aqui me ver, antes de ver o Naé? Ah, madrinha, por favor, madrinha!

O primeiro choque de Jacqueline com a aflição de Bárbara foi mitigado pelo acesso de choro, parece que o primeiro, que o velho Elpídio tinha com a morte do filho e que coincidiu com a chegada de uma mocinha que Jacqueline não conhecia, arruivada e sardenta, que amparou carinhosamente o velho, que tinha começado, numa crise de nervos, a soluçar no ombro dela, o que trouxe a avó, Emília, para perto dos dois, e Naé também, que por sua vez chamou Bárbara. Discreta, aproveitando a confusão e comoção, Jacqueline se aproximou de Lila, mas juntou as mãos como se fosse rezar, como se fosse implorar alguma coisa de Lila, ao ver também na cara dela o espanto de comprovar que ela vinha só.

— Não me pergunte por ele, pelo Jaci, pelo amor de Deus, porque ninguém está, mais do que eu, desesperada de não encontrar o Jaci *aqui,* nesta casa para onde sem dúvida ele veio e onde naturalmente devia estar, há muito tempo, onde devia ter chegado muito antes de mim. Não sei, não entendo, e tinha pensado em falar logo francamente com o Xavier, apesar do que você tinha dito, que ele não estava frequentando a casa, que não viria cá, normalmente, mas eu achei que numa ocasião assim, num dia como este, de morte, estaria talvez aqui, pensei, com alguma notícia sobre Jaci, boa ou má, vinda do Serviço, do Barreto, sei lá...

— Mas o Xavier *esteve* aqui — disse Lila —, ele veio, até me confortou, e me agradou ver que ele, diante da morte de Basílio, sem dúvida tinha esquecido desavenças, relevado brigas, perdoado suspeitas ou o que fosse para só pensar no amigo e ajudar a família, como ele fez, cuidando dos funerais e tudo. Depois saiu, aliás de repente, eu até ia perguntar para onde — e Lila olhou em torno — a Solange.

— Então — disse Jacqueline, sentando pesadamente, como se sentisse um súbito e mortal cansaço, numa das cadeiras do velório —, então ele estava aqui, esteve aqui, e depois também saiu, sem se despedir, sem dizer nada, sem avisar ninguém, sem que se soubesse, ou se saiba até agora, o que foi fazer, o que é que está fazendo?

— *Também?* — começou Lila surpreendida, vagamente temerosa, sem compreender e sem, talvez, querer compreender, apurar o sentido, mas espicaçada a fazer perguntas e sobretudo a dizer a Jacqueline, com a maior convicção, que estava tudo bem e que não via o que pudesse querer ela dizer com *também, também saiu,* mas não chegou a prosseguir porque Bárbara se aproximava, depois de se desvencilhar do grupo, de que agora fazia parte Solange, todos procurando acalmar o avô, que ainda chorava inconsolável, nos braços da mocinha sardenta.

Jacqueline, diante de Bárbara, se levantou, vencendo a fadiga, como se devesse a Bárbara uma atenção especial, mas de pronto sentiu, ao contemplar as feições cada vez mais sombrias de Bárbara, seus olhos toldados, nublados, que, mesmo enquanto tinha se aproximado do avô, ela só pensava em Jaci, na ausência, difícil de explicar, de Jaci, e que agora desconfiava até mesmo, e principalmente, da solicitude, da espécie de compaixão que se exalava de Jacqueline e que tornava ela desconfiada, achando um exagero aquela pena, aquela exagerada delicadeza que, Bárbara parecia pensar, a gente tem diante de alguém que pode não saber ainda de alguma coisa mas vai sofrer quando souber, que não perde por esperar o pior que se avizinha, e que já condói os outros, os que sabem.

— E então, madrinha — disse Bárbara quase brusca, adoçando um pouco a aspereza da voz com aquele nome, tão da predileção de Jaci, tão querido dele, de "madrinha" —, onde está Jaci, o que é que aconteceu com ele? Não foi para dizer isso que você veio, não foi para contar, para me contar? Pois então conte logo, o que foi, diga, fale, vamos, madrinha.

O pior — pensava, acordado na cama, Xavier, olhando os dedos cinzentos da madrugada que se introduziam pela veneziana — é que em sã consciência, como se diz, ele não podia sequer alegar que tivesse errado em acreditar que existe um destino, formulado em claro desenho da autoria sabe-se lá de que deus ou que demônio: o pior é que, fosse esse ser quem fosse, um traço seu ficava visível, transparente, e era o de um orgulhoso, intratável ciúme dos quadros em que armava cada destino humano, exigindo, maníaco, meticuloso, que tudo se realizasse e concretizasse de acordo com o previsto, não só no atacado como no varejo, no miúdo. Fiscalizava gestos e ações feito um velho avarento que confere dívidas e prazos, pronto a, esganado e aduncro, chamar a Polícia à menor impontualidade do devedor faltoso ou simplesmente distraído.

Xavier sacudiu a cabeça, como se afugentasse um resto de sono, ou um fiapo de sonho, que insistisse, intrometido, em se agarrar à sua consciência desperta, diurna, e foi graças a um concentrado esforço mental que deixou de ver, carregado pelas águas, o corpanzil de Basílio, que só com muita dificuldade teria passado por baixo da ponte, da rua, para fora do Jardim: precisou, por assim dizer, recapitular, rever, recolocar Basílio no caixão para se tranquilizar e continuar o raciocínio interrompido. Qual era mesmo? o que é que dizia a si próprio? sim, já se lembrava, não era a si mesmo que apostrofava, e sim aos seres que não queriam compreender o escrúpulo com que ele tinha dado apenas pequenos retoques ao plano do seu destino e que, vingativos, tinham destruído o quadro do piquenique de pura raiva e despique.

Ah — silvou Xavier tirando o lençol de cima do corpo suado e saltando da cama para abrir a veneziana, para andar duas, três vezes pelo quarto e de novo se deitar — o furo, o oco que ele nunca tinha notado na caixa do jogo de armar constituía, provavelmente, a piada, a pilhéria do mestre de obras, do criador, o furo pelo qual se esvaía o rio, o furo do muro do Jardim.

É claro que se o telefone que tocava fosse alguém informando que Basílio tinha sido encontrado, morto, no meio do lixo e do entulho do rio...

— Xavier? Aqui é o... Bernardo, quer dizer, o Naé, e o que eu queria, ligando para aí, a pedido da mãe, era saber se está tudo bem, se foi só esgotamento, cansaço, que fez você sair assim... de repente. Ela ficou, nós todos ficamos preocupados, mas como você já tinha feito tudo que havia a fazer para o enterro, achamos que, naturalmente, você tinha ido repousar.

Xavier ficou um instante parado, dizendo a si mesmo que era preciso astúcia, cautela, antes de responder de cara, antes de fixar bem na lembrança, em primeiro lugar, o instante em que tinha saído, em segundo lugar, a razão da sua retirada, e, finalmente, de que enterro falava exatamente o Naé, já que havia, na casa como no rio do Jardim, gente necessitada de enterro.

— Pois é — disse Xavier —, eu queria mesmo explicar a você, a sua mãe, a todos, que naquele momento, quando chovia forte, eu…

— Por favor, Xavier, você não tem nada a explicar, ora essa, e nem eu telefonei, a mando da mãe, para fazer perguntas descabidas e sim, apenas, para saber se você, exausto como devia estar, depois de muito que fez por papai, quer dizer, por nós todos, depois da morte dele, estava passando bem, você. Nós ficamos todos meio perdidos, como você deve ter visto e sentido, depois que a mãe encontrou… depois que o pai… bem, o fato é que você, não é mesmo, foi muito bacana, cuidando de tudo, se encarregando de tudo, e ela, a mãe, só pede — caso você esteja refeito, recuperado — que você esteja também ao nosso lado na hora do enterro, agora que o corpo do velho já foi para lá, para o S. João Batista, capela dois.

Ao chegar à capela dois Xavier, cabeça baixa, sem olhar para os lados, sem querer ver ninguém antes de ver o defunto, antes de conferir, de checar o cadáver, andou até a essa, o caixão, e só se satisfez ao verificar que, dentro dele, afundado nas mesmas flores, as mãos amarelas meio acorrentadas ao terço e cruzadas no peito, Basílio continuava a ocupar, como tinha feito em casa, o lugar do defunto, e que, pelo menos naquela capela, a de número dois, o funeral era de fato o dele, Basílio. Aliviado, desoprimido, Xavier relanceou os olhos à sua volta e deparou com Bárbara, que parecia longe dali, da capela, do enterro iminente, prestando uma enorme atenção ao que dizia a ela, a Jacqueline e Lila, uma mulata gorducha, de meia-idade, que trazia nos ombros, um tanto impróprio para a cerimônia, achou ele, um xale cor-de-rosa e verde. Quase por uma questão de hábito Xavier custou a despregar os olhos de Bárbara, mas, pela primeira vez desde o encontro com ela no Jardim, ou desde que, no firmamento dele, Bárbara tinha passado a ocupar a órbita de Solange, olhou para ela com uma espécie de resignada consciência de uma nova arrumação, ou de um regresso a arrumações anteriores. Voltou os olhos para Solange, que ocupava agora o posto que tinha sido dele no velório em casa, à cabeceira do caixão, e, humilde, tomado por uma sensação neutra mas confortável, postou-se aos pés do caixão, à espera do instante em que, fechado Basílio dentro, ele, segurando uma das alças, teria a mais absoluta certeza de estar levando à cova o morto certo.

Era forte crença de dona Carlotinha que o meio melhor que havia de afugentar mau agouro, pressentimento e até mandinga era a gente se imaginar contando mais tarde, adiante no tempo, que tinha temido o pior à toa, porque o pior simplesmente não tinha acontecido. Por isso foi dizendo a si mesma, firme, com jeito de quem não tem medo de cara feia, coisa-feita, mau-olhado: "Se o corpo não for o do Jaci, eu vou dizer, quando contar o caso depois, que cheguei à Lagoa com a cabeça tão cheia de bobagem, vai ver que só porque dormi mal de noite, que bastou eu enxergar de longe uns desocupados espiando um bote do clube de regatas perto dum vulto que boiava, para eu achar, sem mais nem menos, que era um afogado, que era de gente o corpo que boiava e que só podia ser o corpo de Jaci. Mas logo depois vi, com esses olhos que a terra há de comer, que se tratava de nada, quer dizer, que era só um peixe graúdo que a ressaca e o aguaceiro tinham trazido pelo canal do Jardim de Alá até a Lagoa, um boto, ou até, diziam outros, um cação." E dona Carlotinha falou e repetiu a si mesma que tinha, assim, desarmado o azar e podia esperar tranquilamente enquanto o barco, fino feito uma flecha, parava ao lado do corpo, que flutuava na água escura, debaixo do céu de chumbo.

Dois dos remadores fizeram deslizar nas águas o corpo, que puxaram pelos ombros, e ergueram — um corpo de gente, como qualquer um podia comprovar agora, mesmo a distância, mesmo olhando da praia — e entregaram ele ao patrão do barco, que pegou o afogado nos braços e deitou ele em cima dos joelhos. Veio devagar o barco — a iole como diziam, ao lado de Carlotinha, os populares mais entendidos, iole a quatro —, tão devagar que Carlotinha teve a impressão de que agora, com o corpo a bordo, o patrão devia estar dizendo aos rapazes que usassem os remos com delicadeza, mais feito mãos que pedem uma ajuda do que feito pás de cavar água para colher força, porque, como eles podiam ver, não estavam mais treinando para ganhar uma prova, uma corrida, tendo sido, de urgência, chamados para uma regata sem adversário, sem bandeirolas, sem meta, e só cabia a eles obedecer, remar, remar com leveza, mais acariciando do que ferindo a pele da Lagoa.

Acompanhado apenas, além do povo amontoado na praia, por umas três ou quatro garças — pousadas numa rocha as garças esticavam o pescoço, como se quisessem ver quem ia a bordo, atravessado no colo do patrão — o barco finalmente recolheu os remos e embicou na praia. Os rapazes saltaram e seguraram, pés dentro d'água, o barco, enquanto o patrão saía, lento, com seu fardo, para, abrindo caminho no meio do povo, depositar na areia aos pés dela — pelo menos foi o que achou dona Carlotinha — o corpo inanimado de Jaci.

III

BÁRBARA

40

Antes de entrar no prédio do cemitério que abriga as capelas, Teodoro relanceou disfarçadamente os olhos em torno para ver se havia chegado a bela coroa — cravos brancos e saudades roxas — que tinha enviado em nome da repartição, com dizeres dourados na faixa escura — "Ao inesquecível Basílio os companheiros do Serviço" — e constatou, com satisfação, que era a única, ou quase a única, digamos, de dimensões respeitáveis, pois havia, pendente do mesmo cavalete, uma outra, modesta, aro menor, fita mais fina. Teodoro teve tempo de notar nessa outra coroa, companheira da sua e dirigida "Ao amigo de uma vida inteira", o nome de Xavier, à leitura do qual ele fechou a cara e franziu o cenho, pois sua intenção inicial, ao investir fundos da repartição numa coroa fúnebre tão dispendiosa, era, simplesmente, mandar a coroa da florista com um cartão de pêsames, poupando-se ao comparecimento pessoal. Se estava, contra seus planos, ali, de terno e gravata no dia encoberto, ainda ameaçando chuva, mas sobretudo pegajoso, calorento, era exatamente para falar com o Xavier. Mesmo assim, sensível como era — coração de manteiga derretida, como dizia sua falecida mãe, habitante também daquele cemitério ia para mais de dois anos —, sentiu, mal avistou Solange, a viúva, os olhos úmidos. Cabeça baixa, Solange, fazendo gestos comedidos mas enérgicos, falava a uma moça que de repente, num gesto brusco, deu as costas a ela e se atirou, sem olhar aonde ia, na direção de Teodoro, que, mesmo ainda longe, abria os braços para levar à viúva sua solidariedade e seus pêsames. Pois nos braços dele, no seu amplexo, pensou Teodoro, se aninhou a jovem, que ele não conhecia mas só podia ser a filha, retrato que era de Solange, e que sem dúvida estava debaixo de forte emoção. Os olhos dela, perdidos na distância, nem chegaram a propriamente se deter em Teodoro, que também à filha ia apresentar seus sentimentos de pesar e comiseração, mas sequer teve tempo de declinar o próprio nome antes que ela se desvencilhasse dele e fosse adiante, sem se desculpar. Solange, em compensação, e em parte como se quisesse desfazer a impressão daquele abalroamento, veio cumprimentar Teodoro, distinta, bonita, chorosa mas em termos, com decoro, e embora sem agradecer diretamente as flores — o que não seria de bom-tom, pois coroas são endereçadas *soi-disant* ao defunto, pensou Teodoro — declarou-se comovida com as atenções do Serviço.

— Eu ainda não tinha podido, minha senhora — disse Teodoro —, trazer eu mesmo minhas condolências, mas logo que soube da perda que sofreram a senhora e seus filhos, agravada pela maneira tão súbita por que ocorreu, pedi ao Xavier, amigo comum, que sempre me aproximou muito do seu marido, que pusesse nossa repartição às suas ordens, minha senhora.

— Ah, Dr. Teodoro, o Xavier, amigo nosso quase de infância, certamente de adolescência, tem sido, desde que encontrei Basílio morto, nosso... nosso anjo da guarda, nosso apoio e arrimo. Em nome dele, do afeto dele por nós e da amizade que unia ele ao Basílio, mas em nome do Serviço também, o Xavier nos tirou dos ombros e das mãos todas as canseiras que fazem o sofrimento que a gente sente ficar — qual tinha sido mesmo o termo usado pelo Xavier? pensou Solange — mesquinho, não é, se o senhor me entende, diluído num nevoeiro de providências, de medidas práticas: pois ele, o Xavier, se encarregou de tudo, encomendou, arrumou tudo, consolou, também, a todos nós.

Solange ainda falava, e Teodoro — que acabava de avistar Xavier, grave, meio encolhido ao pé do féretro — já perguntava a si mesmo, com sincero assombro, de que forma tinha Xavier conseguido se dedicar tão a fundo à sua faina fúnebre enquanto corria tanto, na realidade feito um doido, por dentro do Jardim Botânico, no encalço de Jaci, se arriscando a ir parar na cadeia e pondo em jogo o bom nome do Serviço? Ele nem gostava de pensar na reação que teriam as pessoas ali presentes, silenciosas, ou no máximo aos cochichos em torno do defunto, se soubessem que aquele homem solene e circunspecto tinha sido apanhado, horas atrás, de revólver na mão, imundo de lama, enxovalhado, em plena rua Jardim Botânico, contando, muito mal, aliás, uma história confusa, ou, pior ainda, quase se recusando a responder perguntas, como se desdenhasse esclarecer o que fazia ali e o que é que, arma em punho, estaria procurando, enquanto olhava para dentro do rio dos Macacos, ora no ponto em que some debaixo da rua, ora do outro lado, quando volta a correr a céu aberto?

— Xavier — disse Teodoro bem ao lado dele, junto do caixão e falando num murmúrio, como se na verdade estivesse, respeitosamente, velando o morto por um instante, depois de haver cumprimentado a viúva —, venha me ver, logo depois do enterro, porque sua situação, meu velho, piorou sensivelmente, você nem faz ideia, nem imagina.

— Já sei, imagino sim — respondeu Xavier também mal movendo os lábios —, os tais bêbados do botequim sem dúvida falaram e falaram, no depoimento, e devem ter transformado suposições implausíveis, absurdas, em...

— Não, Xavier, não se trata disso, ou apenas disso, quem dera, e sim, principalmente de que você foi avistado quando entrava no Jardim Botânico praticamente nas pegadas do Jaci, e quem viu você, logo depois de ter visto e até falado com Jaci, foi um tal Lidanor, a quem o Jaci, quando ia passando pelo portão, não longe da guarita...

— Sim, evidente — respondeu Xavier sem tirar os olhos do caixão, com o ar calmo e objetivo de quem opina sobre uma questão importante mas um tanto remota —, e esse rapaz, Lidanor, terá insinuado, ou corroborado insinuações já feitas, de que o Jaci, antes de cair no rio, foi envenenado, quando a verdade, fácil de provar, é que nem existe no Jardim o tal veneno a que eles se referem e que eles terão talvez visto citado em *Algumas plantas tóxicas do Brasil...* Não, não, o título é *Experiências fisiológicas com algumas plantas tóxicas* etc., um folheto antigo, desatualizado.

Teodoro olhou Xavier do fundo do que ele próprio tentaria definir depois como uma indignação estupefata, ou uma estupefação furibunda, já que, pelo visto e ao que tudo indicava, Xavier tinha simplesmente resolvido fazer graça e chiste à custa dele, Teodoro, em primeiro lugar, e no cenário de um enterro, em segundo, aliás enterro que havia recebido, por parte do mesmo e ininteligível Xavier, um tão desprendido desvelo! Apesar do local e da ocasião Teodoro temeu que fosse começar o esbravejar, para evitar que — tão grande era o calor de cólera que ia subindo do pescoço dele à cara — um ataque apoplético derrubasse ele ali, ao pé do esquife. Precisava dar vazão à ira e ao firme empenho de começar a sacudir Xavier pelos ombros, o que provavelmente teria feito, criando um tumulto, se, naquele exato momento, não se acercasse deles um rapazola, rosto sério, triste. Interrompendo o que dizia sobre o livro das plantas tóxicas Xavier — não como se não quisesse prosseguir diante de um estranho mas como que aliviado por abreviar uma explicação enfadonha — apresentou o rapaz como Naé, filho de Basílio, e, pedindo licença a Teodoro, foi ao encontro da viúva, que chamava ele por intermédio do filho.

Foi nesse momento que Teodoro — um pouco para se acalmar, para assentar os humores, como disse a si mesmo, enxugando a testa, mas logo depois a sangue-frio, calculando as vantagens que daí poderiam resultar para preservação da sua tranquilidade e do bom nome do Serviço — começou a achar que Xavier, que o comportamento de Xavier não podia ser considerado normal. Só um doido varrido, argumentou, chega à infantilidade de pretender explicar, sem mais nem menos, sem pé nem cabeça, que uma morte ocorrida por tiro ou afogamento, ou por ambas as causas, teria de fato ocorrido por assim dizer *antes* — Deus sabe como, por que razão — e mediante o uso, o emprego criminoso — sabe-se lá por quem — da substância de alguma planta tóxica do Brasil, mencionada num alfarrábio qualquer.

41

Quando viu, sem poder mais apelar para o refúgio de nenhuma dúvida, que o corpo depositado aos pés dela, na areia da beira da Lagoa, era mesmo o de Jaci, dona Carlotinha não só sentiu na boca um gosto de cinzas, como lembrou, com total clareza, todos os momentos e todos os recantos daquela quarta-feira de sua infância distante: ela menininha, distraída, olhando o teto da igreja, e de repente a cara vermelha do padre raivoso, novo na paróquia, resolvendo que com ele não tinha essa história de traçar uma cruzinha de cinza na testa de pecadores empedernidos como eram todos ali, sem exceção, todos da laia de Tamar — a única Tamar da Mangueira tinha se mudado fazia tempo para o Encantado mas ninguém teve coragem de perguntar nada ao padre —, e que a cinza da queima de palmas do domingo de Ramos, guardada num saco, na sacristia, ia ser colocada, isto sim, aos punhados, nas cabeças curvadas, e seu gosto chegaria também à boca de cada um, para não sair nunca mais. E os fiéis, danados da vida mas sem darem um pio, pelo menos enquanto ainda estavam à mercê do padre, ajoelhados, tinham se retirado cuspindo cinza, sacudindo a cabeça, passando a mão pelo cabelo ou pela carapinha, batendo na roupa para sacudir as cinzas, todos grisalhos, chateados, ela choramingando por causa, na boca, do gosto de cinza, que tinha saído completamente da boca dela desde que ela, ao chegar em casa, tinha tomado, servido pela mãe, na mesa da cozinha, café com leite e pão com manteiga.

Mas agora — vá alguém saber quando se confere uma profecia —, depois de tantos e tantos anos, o gosto de cinza voltava forte à boca de dona Carlotinha e talvez por isso, talvez devido ao travo das cinzas é que dona Carlotinha sentiu, olhando o corpo de Jaci, uma calma vasta de meter medo, mas que ao mesmo tempo apaziguava ela, dizendo que não havia razão de arrancar os cabelos cheios de cinza ou fazer um escarcéu de berros que acordasse todo o povo que ainda dormia, tão cedo de manhã, nos edifícios de apartamentos da Lagoa Rodrigo de Freitas, porque afinal de contas um rapaz de tanta beleza, como o Jaci, é claro que não podia prolongar por muito tempo sua passagem entre os vivos. A morte de Jaci doía nela, é evidente que doía, mas doía dentro daquela calmaria, assustadora mas calmaria, dentro daquele remanso tão fundo que nem demonstrava o fundo que tinha, doía como vai ver que também doía e latejava dentro da terra uma ferida aberta e exposta como era aquele lago de cujo ventre ela acabava de receber o corpo de Jaci.

Ao começar aquele dia que tanto ia mudar a vida dela, dela e de pelo menos mais duas, três pessoas que ali estavam, no cemitério, ao seu redor, Lila guardou menos a impressão dos seus próprios sentimentos do que dos sentimentos e das reações que observou nos outros, em Bárbara principalmente. Isso tinha sido uma estratégia instintiva, ela se disse depois, uma forma de defesa, um encolhimento dela diante da brutalidade da notícia trazida por uma estranha. Poucos dias depois — que dias, que nada! horas depois —, quando uma ligação muito mais forte entre ela e Bárbara já existia, ela ia perceber que, por covardia, tinha transformado em inveja de Bárbara, quase raiva em alguns momentos, a dor que evitava sentir e que em Bárbara chegou a assumir proporções de escândalo.

A reação de Naé à notícia trazida por dona Carlotinha — menos notícia, aliás, pensou Lila, do que uma espécie de estandarte que Carlotinha carregasse, de cartaz com a imagem do corpo deitado sem vida à beira da Lagoa — foi também covarde, semelhante à dela. Ele, por assim dizer, se refugiou na morte do pai, se fechou à morte nova, de Jaci, tão diferente, que solicitava, exigia um sofrimento de espécie desconhecida, ou pelo menos muito menos conhecida: um pai sempre se pode perder e chorar, é fácil, já que as referências emocionais a tal perda existem em número infinito e estão, por assim dizer, à disposição de qualquer pessoa interessada, em qualquer cultura, de qualquer latitude. E Naé, num sentido muito real, se aferrou, quer dizer, deitou ferro literalmente no caixão de Basílio: como era exatamente hora de colocar o caixão na carreta e de levar o morto à sepultura, ele, depois de ouvir dona Carlotinha, sem interromper o cerimonial, a rotina, meteu, como quem calça uma luva, a mão direita na alça esquerda da parte inferior do caixão como se enterrasse uma âncora na areia, e ali ficou, olhando em frente, a dor ciosamente trancada no peito. Foi de certa forma secundado e apoiado na sua postura por — este sim parecendo pairar acima de tudo e de todos, tão abúlico, incorpóreo, que Lila mal acreditava nas lembranças que tinha daquele homem como amante — Xavier, que tinha acabado de reaparecer no funeral e que segurou a alça do caixão oposta à de Naé.

Lila pouco tempo teve, de início, para considerações mais aprofundadas acerca do que via, pois no exato momento de se pôr o cortejo fúnebre em marcha, a mensageira — Lila viria a conhecer e criar depois uma relação boa com dona Carlotinha mas naquele instante, com seu xale verde e rosa e com a notícia da morte quase que inscrita nela, na sua pessoa, ela era feito uma aparição, uma enviada de outros mundos — ocupou a cena inteira e despertou Bárbara para a tragédia. Dona Carlotinha falou como falou, de forma tão dramática, porque sem dúvida estava, ela própria, debaixo de emoção muito grande, e ainda que falasse de forma discreta, coisa difícil para ela em qualquer circunstância, teria ainda assim o efeito devastador que teve sobre Bárbara. Na hora, e apesar de sentir também o impacto da notícia em si, pura e simples, Lila culpou dona Carlotinha de, digamos, um certo excesso, uma derramada exuberância, mais de palavras, felizmente, do que de gestos. Além dela própria, Lila, perto de Bárbara estavam Solange e Jacqueline, mas, sem vacilar, Carlotinha se dirigiu, certeira, de mão postas, a Bárbara:

— Vendo você, minha filha, eu sei, eu descubro e adivinho que você é, que você só podia ser Bárbara, e eu entendo — e passo por isso a sofrer ainda mais — que o Jaci, ao lado de você, podia ter permanecido muito mais tempo no mundo, entre os vivos, tanto tempo quanto você, sem a companhia dele mas pensando nele, há de permanecer, com a graça de Deus.

Lila soube de pronto que a notícia que Jacqueline aguardava e temia a respeito de Jaci estava dada, era aquela, a da morte, tanto assim que a madrinha, recuando de repente, como quem abre uma porta e esbarra num tufão, tinha quase cambaleado, sem fôlego, mas tinha aceito o que dizia Carlotinha como uma confirmação. Só Bárbara pareceu não entender o que ouvia, ou ser incapaz de concluir, daquilo que ouvia, o que também temia, ou talvez tenha apenas querido adiar, por um instante que fosse, a sua conclusão: olhando para Carlotinha sorriu uma sombra de sorriso, pois afinal de contas estavam num enterro, sorriu interrogativamente, digamos, como se faz para instigar o interlocutor a que explique melhor o que exprimiu com certa obscuridade.

— Bárbara, minha filha — disse Carlotinha —, estou falando no Jaci, que amava tanto você, e que acabo de deixar estendido na areia, na beira da Lagoa, ele que passou lá em casa ontem de noite, caminho de encontrar você e seu irmão, mas que, como quis Deus, quando eu cheguei, inda agora, na Lagoa, estava sendo tirado das águas e trazido até a margem pelos rapazes remadores, morto. Olhando agora você, e falando com você, eu quase sinto, minha filha, o Jaci sem vida nos meus braços e o horror que deve ter sentido aquele barco, carregando, como eu estou fazendo, na imaginação, desde aquele momento, o Jaci morto.

Foi então, pensou Lila, que aquele profundo desespero tomou conta de Bárbara, tomou, de fato, conta, é a expressão correta, ocupou Bárbara, se alojou nela, como se o desespero fosse uma aparição, um ente tenebroso — desses em que as pessoas educadas não acreditam mas que de repente pode aparecer numa sala de visitas, ou numa capela de cemitério — que, em algum canto, em alguma caverna morasse, sozinho, roendo as unhas e aguardando que uma pessoa fosse de súbito fendida pela dor para então, num bote, entrar, pela fenda, na carne viva, e ali morar enquanto pudesse manter a fenda aberta. Dona Carlotinha foi descrevendo a chegada de Jaci à praia, vigiado pelas garças, entre os remadores, nos braços do patrão do barco, e Bárbara começou, primeiro, a esfregar as mãos, devagar, depois seu corpo começou a ondular um pouco, feito um caniço na brisa, enquanto ela murmurava em voz mansa, magoada, "Jaci, Jaci", quase como se se queixasse a Jaci pelo sofrimento que causava nela. Depois aquele pio melancólico — moça interpretando pomba-rola, juriti viúva, em aula de improvisação teatral, pensou Lila, cruel — foi ficando mais exclamatório, "Jaci! Jaci!", como se aos poucos a verdade externa e relatada da morte de Jaci fosse se incorporando, realmente, a ela, a paixão e morte de Jaci, tal como descritas pela mulher do xale cor-de-rosa e verde, passando a se repetir, a doer de novo nos ossos, na carne dela.

Lila desmascarou depois, desmontou peça a peça, ao recapitular aqueles momentos, sua evasão à dor imediata graças à contemplação, até sarcástica, como no caso de Bárbara, do sofrimento dos outros, do comportamento dos demais. Solange, por exemplo, Lila viu que reparava com austero horror, e depois com indignação, a dor de Bárbara, como se fosse coisa indecente, obscena, tanto assim que ela, Solange, resolveu esquecer o doloroso abatimento que tinha demonstrado até então, a melancolia recatada.

— Bárbara — falou Solange de repente, áspera —, vá para o enterro desse moleque se você prefere, desse Jaci, mas não desrespeite com gritos e trejeitos a memória de seu pai e o bom nome de todos nós. Vá enterrar o Jaci antes que pensem que foi de desgosto com a filha que seu pai Basílio morreu. Saia, retire-se deste enterro ou cale a boca e venha comigo acompanhar o caixão.

A princípio, puxada pela mão por Solange, Bárbara chegou a sair do prédio das capelas para fora, mas foi pior a emenda do que o soneto, pensou Lila, pois dificilmente alguém conseguiria desviar os olhos de Bárbara com os cabelos em desalinho, chorando alto e repetindo "Jaci, Jaci" entre os túmulos como se um dos mil anjos de pedra do S. João Batista tivesse de repente criado vida e lágrimas. De súbito, e como se só então tivesse compreendido o que Solange tinha dito, Bárbara parou e respondeu:

— Ninguém há de me forçar a acompanhar um morto num caixão forrado de cetim e cheio de flores quando o meu Jaci está deitado na areia, à beira das águas, exposto ao vento, à chuva, até aos bichos, e cercado de pessoas que nem sabem quem ele foi, que nem ligam que Jaci esteja morto.

Lila teve durante um instante a impressão de que Solange ia segurar Bárbara, ia sacudir a filha, como uma criança perversa, e que se fosse preciso, se Bárbara resistisse, ia arrastar ela pelas pedras do calçamento do cemitério atrás do caixão, até a sepultura. Solange se deteve a um passo do desatino, a um triz do dramalhão, disciplinando, rígida, ao longo do corpo os braços que queriam castigar a filha meio ébria, tonta de dor, e, curvando a cabeça, começou a chorar baixinho, num lenço embolado na mão. Lila começou a expiar a ironia despeitada com que tinha, em vez de compartilhar dela, observado a dor quase uivante de Bárbara, quando ela deu corajosamente as costas à mãe — que chorava, distinta, no lenço, o marido morto que se afastava na carreta entre Naé e Xavier perfilados — e saiu, braço dado com Carlotinha, do cemitério.

Às duas se juntaram Lila e Jacqueline, e foram para o outro velório, de Jaci estendido na areia debaixo do céu escuro, uma pobre vela ardendo à sua cabeceira, um pequeno grupo de curiosos à sua volta, desocupados, quase distraídos e entediados mas esperando, esperando a chegada da família do morto, da ambulância do Pronto-socorro, do rabecão do necrotério, esperando para ver se alguma coisa acontecia, mas talvez, também, pensou Lila, imbuídos do vago saber de que os mortos devem ser velados, não devem, antes de enterrados, ficar sós. Quando as mulheres se aproximaram pisando a areia, indo ao corpo como quem sabe de quem é, como gente que sabe aonde vai, que procurou e achou, os populares se afastaram um pouco e tiveram sua recompensa, seu espetáculo, o prêmio de sua paciência e piedade quando, entre as mulheres, a mais moça se aproximou, se ajoelhou junto à cabeça do morto e, depois de, por alguma razão, soprar e apagar a vela fúnebre, beijou os lábios dele, enquanto a mais idosa das quatro se ajoelhava aos pés do morto, se benzia e rezava, os olhos fechados. No rosto de Jaci, no seu pescoço, no que se via do seu peito pela camisa aberta não havia qualquer sinal que fosse de tiros, de ferimentos a bala, os quais só foram localizados mais tarde, na autópsia, e, de imediato, a impressão que se tinha é de que alguma fera, algum animal selvagem havia acuado, pisado

Jaci, de tal forma o corpo guardava as marcas do embate contra os paredões de pedra e as eclusas que regulam o curso do riacho fora dos limites do Jardim.

A partir do momento em que se dedicaram as quatro mulheres a acompanhar o corpo, que tinha toda uma via-sacra a cumprir antes de ser finalmente, segundo a expressão usada pelas autoridades do Instituto Médico-legal, liberado, e entregue à madrinha, Lila só reprimiu o próprio pesar, o desespero que tinha escamoteado, por achar que, depois de usar a dor dos outros, podia conter durante mais algum tempo a sua. Podia chorar à vontade depois, mais tarde, quando estivesse só, liberada ela também: por enquanto podia dar assistência à dor silenciosa de Jacqueline, à dor palavrosa, às vezes quase recitativa de Carlotinha, e à de Bárbara, que ainda era sacudida, de tempos em tempos, por soluços, que pareciam quase independentes dela.

E afinal, não era sem tempo, chegou o momento de se despedirem, e Lila sentiu, e imaginou que também as outras, tal como ocorria com ela, sentiam, agora, que estava cumprida a dura faina de amor que haviam imposto a si mesmas, o alívio de se dizerem adeus, se separarem, se darem as costas, rumo, cada uma, à sua solidão, à sua dor individual e ao seu banho morno. Ou não era bem assim? Ou não seria, ainda, assim? Porque enquanto se afastavam Jacqueline e dona Carlotinha, cada uma para um lado, e enquanto ela própria procurava avistar um táxi, viu que, em Bárbara, parada, imóvel, olhando apática a rua, só os olhos pareciam fixos em alguma coisa significativa, provavelmente na imagem de Jaci morto, ou, quem sabe, do irrecuperável Jaci anterior — como ia Lila saber, ela que só queria chorar, sozinha e a seu gosto, dentro da banheira de água quente?

— Adeus, Lila — disse Bárbara —, eu... eu não vou para casa, não, já não.

— Como não vai, se você deve estar exausta, como estamos todas e você sem dúvida mais ainda, mais do que qualquer de nós, já que ninguém penou hoje mais do que você?

— É que eu... Daqui a pouco eu vou também, mas eu preciso pensar em...

— Não tem que pensar em nada e sim, apenas, em descansar, em botar as ideias em ordem, como se diz, tomar um banho quente, e eu vou levar você, deixar você em casa.

— Eu preciso pensar aonde vou, o que é que vou fazer da minha vida porque na minha casa, quer dizer, na casa que era a minha, não posso mais morar.

— Bárbara — disse Lila escondendo, ao acenar para um táxi, um assomo de ternura —, você vem comigo, vem para minha casa, que eu lá tenho tudo para você, as minhas roupas, que você pode usar, e mais tarde a gente vai à sua casa, hoje não, claro, amanhã, depois de amanhã, dentro de uma semana, para o mês, quando você quiser e achar que deve ir, mas agora você vem comigo, vamos.

Ao chegarem ao apartamento do Flamengo, Lila estava contente consigo mesma, vagamente suspeitando, por um lado, que Jaci se alegraria com ela, vendo ela doce, compreensiva, desenciumada em relação a Bárbara, e achando, por outro lado, que, graças à sua generosidade, acabava tendo em casa, em Bárbara, a pessoa mais impregnada de Jaci, a que mais tinha participado dele. Nesse estado de espírito é que foi, depois de sentar Bárbara na sala, à cozinha, para pôr a ferver a chaleira, para o chá, um chá reconfortante que pretendia servir forte e puro a Bárbara, ou com um pingo, uma nuvem de leite, se ela preferisse, e pão e alguma coisa que ainda devia ter na geladeira.

Lila nunca chegou exatamente a saber se a culpa foi da fina fatia de mar que se divisava pelo basculante da cozinha e que trouxe logo a ela — água e um pouco de sol — a lembrança de Jaci, se foi puramente o cansaço nervoso das últimas horas, se foi, afinal, o desarme do seu espírito que, depois de tanto despeito e inveja, começava a se curvar humilde diante de Bárbara, da mais amada e da que mais tinha amado: o fato é que, mal subiu debaixo da chaleira a chama esperta do gás, Lila foi sacudida pelo repentino choro, insuspeitado um segundo antes, que brotou num jorro dentro dela, fazendo soar sua vez não de gritar, é certo, mas de formular, de amoldar os soluços que sacudiam ela, dizendo também "Jaci, Jaci", repetindo "Jaci", as mãos apoiadas nas abas do fogão. Foi então que, sem ouvir de antemão os passos de Bárbara que entrava na cozinha, Lila sentiu os braços dela que se enfiavam nos seus, que envolviam pelas costas sua cintura, e se voltou para Bárbara chorando, cabeça baixa, chorando com abandono e confiança, como quem pede socorro. Depois levantou a cabeça e as duas se olharam, olhos nos olhos, se estreitaram bem, caras coladas, Lila sentindo a face quente contra a face de Bárbara, e assim se deixaram ficar, o coração batendo forte, seios contra seios, até que do bico da chaleira saísse o penacho de vapor da água que fervia.

42

Um minuto antes de fazer entrar Xavier, que, pela hora, já devia estar aguardando na antessala, Teodoro resumiu para si mesmo o arrazoado com que pretendia obrigar Xavier a, como se diz, abrir o jogo: ou bem Xavier assumia, sem disfarces, sua culpa, e nesse caso o Serviço ajudaria ele a provar, ou tentar provar, sua inocência, ou continuaria a se comportar como fraco do juízo, embaralhado das ideias, e nesse outro caso o Serviço, da mesma forma, trataria de provar que era um desequilibrado, que estava doido, e que seria internado no hospício ou manicômio judiciário, onde ficam exatamente os criminosos que, por sofrerem das faculdades mentais, não são responsáveis perante a lei. O ministro do Interior, falando a Teodoro em nome, como tinha feito questão de acentuar, do próprio governo do país, não havia poupado ninguém: "o inaudito caso do Jardim Botânico", como tinha dito, precisava ser solucionado com presteza e absoluta correção. O ministro naturalmente tinha esquecido de definir o que entendia por absoluta correção — disse a si mesmo Teodoro, com magoado sarcasmo —, mas presteza era um termo que dispensava maiores interpretações, isto é, o ministro esperava que o inaudito caso fosse resolvido antes de explodir nos meios de comunicação nacionais e, sobretudo, estrangeiros. Através dos tempos, o governo, injustamente como sempre, era, com maldade e com frequência, acusado dos piores crimes contra indígenas mas, bem ou mal, tinha conseguido, até então, justificar e até negar, com razoável facilidade, obscuros episódios ocorridos em matas impenetráveis. "Eu espero, meu caro Teodoro", tinha dito, com azedume, o ministro, "que o Serviço não vá, na sua gestão, inovar a ponto de nos acusarem da matança de índios em pleno Rio de Janeiro."

— Mande entrar o Sr. Xavier — disse Teodoro ao contínuo.

— Bem, o Sr. Xavier, ele mesmo, não está, Dr. Teodoro, quer dizer, não veio, ou mandou alguém dizer que não pôde vir.

— Como não veio? Como mandou dizer? Quem é que veio dizer?

— É que está aí uma senhora, não é mesmo, dizendo que, por doença do Sr. Xavier, veio no lugar dele.

Vai ver, pensou Teodoro, que o espertalhão mandou a Lila, que além de ser *affaire* dele é funcionária nossa, que andou se metendo aí no caso do Jaci também, e, vai daí, o Xavier, vendo se tira as castanhas do fogo com a mão do gato, aliás gata, me remeteu a Lila, uma gatinha, como se diz agora, que não é de se mandar para o bispo, mas comigo não, que mesmo a ela, por intermédio dela, dou o recado que tenho a dar.

— Mande entrar a moça — disse Teodoro, que, enquanto dava a ordem, tomava de um lápis e adotava, curvando a cabeça para uma folha de papel, a atitude do homem perdido no trabalho, esquecido de tudo.

Ao cabo de alguns segundos, que deixou transcorrer sabendo que Lila, transposta a porta, esperava de pé, provavelmente intimidada, que ele desse atenção a ela, Teodoro, depois de constatar que quem tinha entrado era Solange, se levantou aos poucos, desajeitado, tentando ser amável com certo atraso, procurando demonstrar à viúva sua cortesia e disposição de servir, tudo isso sem conseguir, de pronto, esconder sua surpresa.

— Desculpe, Dr. Teodoro, mas eu provavelmente me anunciei mal, ou o contínuo não entendeu bem, e vejo agora que...

— Por favor, dona Solange, eu é que me desculpo, por favor, sente-se e diga o que traz a senhora aqui, em que é que eu posso ser útil. A verdade é que como eu... eu esperava outra pessoa, quer dizer, o Xavier, e em seguida... Bem, fiquei a princípio surpreendido, mas sente-se, por favor, que eu sou todo ouvidos e a senhora tem, depois de seus abalos recentes, todas as prioridades, e, neste Serviço, todos os direitos.

— Para dizer a verdade — disse Solange, agradecendo com a cabeça —, eu não estou tomando o lugar de outro compromisso seu, não, pois vim de fato em nome de Xavier, ou, quase seria mais correto dizer, em nome do médico assistente do seu funcionário e amigo meu, amigo de meu finado marido, o Xavier. Para tornar logo mais claro o porquê de eu estar aqui, em vez dele: o Xavier está internado, Dr. Teodoro, numa casa de saúde em Botafogo, e eu vim pedir ao senhor, ao Serviço de um modo geral, que entrem o mais cedo possível em contato com o corpo médico do hospital porque o distúrbio mental do Xavier, segundo os médicos, é grave, estando ele, mesmo, na iminência de uma divisão absoluta de personalidade, como eles disseram, acrescentando que isso significa uma esquizofrenia sem volta.

Teodoro não conseguiria explicar exatamente o que sentia e o que pensava enquanto Solange falava nos médicos e nos sintomas de Xavier, mas uma coisa dizia a si mesmo, se sentando, se acomodando, quase se refestelando com gosto e conforto, como há muito não ocorria com ele, na cadeira, Mais para adiante, com vagar e critério, prometia a si mesmo descobrir de que modo a viúva do funcionário Basílio se havia transformado, da noite para o dia, na enfermeira do funcionário Xavier, ou que fim teria levado, na vida de Xavier, a Lila: o que valia constatar e apreciar, no momento, é que tudo indicava que dona Solange ia resolvendo com brilho, se é que já não havia resolvido, o medonho problema, o caso inaudito do Jardim Botânico.

— Não, que nada — disse Solange, agradecendo os graves cumprimentos de Teodoro —, não fiz mais do que minha obrigação de amiga ao atender aquele que foi o amigo de meu marido durante uma vida inteira, eu não fiz mais do que retribuir o que ele fez pelo Basílio e por mim. Sem Xavier, a morte brutal de Basílio teria provavelmente me levado *a mim,* Dr. Teodoro, à casa de saúde, e foi exatamente quando o Xavier, num esforço de amizade e dedicação hercúleo, como se diz, concentrou toda a sua força física e seus recursos de alma, ou energias psíquicas, como disseram os médicos, nesse nobre trabalho, que a mente dele, o equilíbrio mental dele, entrou em colapso. O Jaci, Dr. Teodoro — dos mortos não se diz mal, eu sei, mas é preciso não deixar, quando foram maus, que destruam os vivos —, um menino que mereceu cuidados de Xavier, e os seus também, estou ciente, e tanta dedicação e carinho deste Serviço, mas que era degenerado, sinto muito, imoral, lamento, como comprovei a duras penas em relação — isto é um segredo, Dr. Teodoro — a meus próprios filhos, o Jaci, como eu ia dizendo, penetrou no jardim da minha casa, quando, veja bem, velávamos Basílio. Para quê, Dr. Teodoro, eu pergunto? para quê, senão para roubar, ele que conhecia bem a casa e que nos sabia cegos de dor, feridos pela morte, mergulhados num funeral? E o Xavier, naturalmente, perdeu... como ele mesmo me disse... quem não perderia, Dr. Teodoro, a cabeça? E foi então que, na terrível perseguição ao ladrão e anormal degenerado, ligado à pior escória, membro da quadrilha, do bando a que se filia aquela mulher sinistra que veio ao enterro de Basílio toda vestida de rosa e verde, gente ligada, na praça Mauá, ao bicho e ao tóxico, foi então que Xavier, vendo que o bandido escapava...

Quase a ponto de puxar, em nome de Xavier, o gatilho, Solange hesitou um momento, e Teodoro, que escutava fascinado e que sentia crescer de segundo a segundo sua confiança no competentíssimo amor que dedicava a Xavier a mulher, perdão, viúva, de Basílio, aguardou, pronto para socorrer ela, se fosse necessário, que Solange acabasse a frase, e viu, para alegria sua, que ela transpunha galhardamente o obstáculo, e desfechava seu tiro com o acolchoamento de excelentes motivos.

— Ah, sim — disse Solange —, houve, naturalmente, a luta, é claro, e só quando percebeu que, se não disparasse, morria às mãos de Jaci é que o Xavier, quase pesaroso, como ele próprio me disse, um pouco como quem executa, em defesa própria e da sociedade, um cão raivoso, danado, atirou.

— Perfeito, dona Solange, admirável, seu relato, sua reconstituição dos fatos, admirável a fortaleza de ânimo com que a senhora, mesmo sofrendo, conta o pior, e permita que eu diga que, como a senhora sem dúvida não ignora, o perigo de ser o nosso Xavier incriminado, preso, talvez até condenado, residia no depoimento — ou melhor, história, já que o depoimento sequer chegou a haver —, declaração, digamos assim, desse rapaz que é o vigia, o da guarita, o...

— Ah, Dr. Teodoro, nem me fale nesse Lidanor, que andou arrastando a asa à minha filha Bárbara e que não merece sequer nossa atenção quando diz que o Xavier...

Teodoro interrompeu, com um gesto de mão, Solange, e se curvou sobre a mesa, em direção a ela, sentindo-se amigo, compadre, mais até, quase primo dessa mulher bela que, como um anjo do Senhor, era isso, *un ange du Seigneur,* ali estava para resolver seus problemas, suas dúvidas, seus dramas de chefe do Serviço.

— Um momento, dona Solange, minha cara amiga, se já posso falar assim, um momento que a senhora só conhece o *primeiro* depoimento, ou a tal declaração de que eu falava, feita pelo Lidanor, que apesar de estudante, não sei exatamente de quê, de Direito, acho, é um rapaz de notória estupidez e portanto se agarra à verdade — isto é, ao que ele julga que é verdade — como quem não tem outro recurso, o que torna ele extremamente perigoso, podendo até comprometer um inocente.

— Claro — disse Solange, esperando para ouvir mais —, entendo, perigoso, e muito.

— Para contar, em primeiro lugar, o fim da história, de modo a que a senhora possa acompanhar a história propriamente dita, deixe que eu adiante que o Lidanor já foi transferido para uma delegacia nossa em Diamantino, Mato Grosso, melhorando de vida, fique sabendo, ganhando um salário algumas vezes maior do que o que aqui recebia e podendo continuar seu curso de Direito por correspondência. Esse é o fim da história, como prometi à senhora, pois o meio dela, dona Solange, o miolo, é que a declaração inicial do Lidanor foi substituída pelo depoimento propriamente dito do Lidanor, o segundo, escrito, assinado e com firma reconhecida, no qual ele, por assim dizer, põe *les points sur les i,* os pontos nos is: ele descreve o que viu não como um idiota mas raciocinando, dona Solange, e acredite que podia ser a senhora falando, pois conta como avistou, em primeiro lugar, Jaci, entrando arteiro, sonso, na vila, isto é, na sua casa, na casa do finado e querido Basílio, e se retirando pouco depois, não mais cauteloso e sim, ao contrário, apressado, "assim feito quem está amedrontado, fugindo de alguma coisa, um tanto espavorido", segundo Lidanor, que viu, pouco depois, o Xavier, saindo da vila pelo portão, preocupado, apressado também, tanto assim que nem notou o aceno que ele, Lidanor, fez. Lidanor, por outras palavras, tinha estranhado a entrada sonsa, como disse, arteira — ele terá querido dizer sub-reptícia, mas duvido que conheça a palavra — na sua casa, na casa do finado, na hora do velório. Depois, quando viu o Xavier, "por assim dizer em perseguição ao Jaci", compreendeu, é o que ele alega, ou deduziu, como ele devia ter dito, que o Xavier ia exigir do Jaci uma explicação, pelo menos, já que ninguém salta muros para assistir a um funeral. Ele estava ciente, o Lidanor, de que Jaci frequentava a casa, mas sabia também do desaparecimento dele e do fato de que o Jaci não era mais, pelo menos tanto quanto antes, *persona grata* — é claro que o Lidanor não usou esta expressão — na casa da vila. Ora, se o Jaci voltava de repente, pulando muros feito um ladrão, numa noite de chuva, e de luto na família, era normal que o Xavier interpelasse ele, e ele próprio, Lidanor, quase saiu da guarita, com a disposição, a intenção de, textualmente, prestar ajuda ao Xavier.

Num gesto simpático, quase infantil, pensou Teodoro, quase de menina, Solange levantou as mãos como quem vai aplaudir, bater palmas, mas depois se limitou a tomar nas suas, por um momento, as mãos de Teodoro.

— Esplêndido — disse Solange —, louvado seja Deus, que cubra o senhor de bênçãos, esplêndido, porque isso, esse depoimento, põe no caso, no aspecto meramente policial do caso, um fecho, um ponto final.

— E há mais — disse Teodoro, entusiasmado, levantando-se e andando pela sala, sentindo nas mãos o calor das mãos dessa inspirada viúva e se sentindo, até mesmo, por sua inteligência e habilidade, abençoado por Deus, e por Solange —, há mais, ou *poderia* haver mais, se quiséssemos, se achássemos necessário e prudente: há um trecho do depoimento de Lidanor, em folha solta, que pode ser incluída ou descartada, sem prejuízo da paginação ou da inteligência do texto, em que ele garante que, ao passar pela guarita, Jaci estava armado, que ele, Lidanor, teria visto claramente o gesto com que Jaci, mal varou o portão, sacou a arma.

Diante de Solange, que, comovida, as faces rosadas, os olhos úmidos, se levantava, mãos juntas, agora, quase mãos postas, como que prestes a prorromper, pensou Teodoro, num hino, ou a virar um cântico ela própria, ele, sábio, cauteloso, falou, quase pedindo perdão:

— Um momento, dona Solange, isso, esse argumento da legítima defesa, esse revólver, foi por nós guardado para uma emergência, uma necessidade absoluta, irrecusável, e vou dizer por que: afirmação como essa do Lidanor poderia resultar no detestável sensacionalismo, impresso e televisivo, de uma dragagem desse canal fétido, esse rio dos Macacos, em busca de uma arma que o Jaci teria carregado consigo, quando se atirou no rio, já que não foi encontrada em nenhum canto do Jardim Botânico, percebe?

Solange, calma, bateu levemente com a cabeça, apenas sorrindo, e olhou Teodoro com uma expressão que a ele pareceu carregada de uma admiração intelectual reconfortante, desvanecedora.

— Só me resta acrescentar, antes que a senhora faça a pergunta, dona Solange, a justa pergunta, é que em relação aos dois bêbados do Café Sol da Ponte — um é bombeiro-eletricista, o outro um pequeno funcionário de banco, um caixa — eles nem ficaram sabendo quem era Xavier, que podia Xavier estar fazendo ali, e, pelo visto, embora mantenhamos os dois debaixo de discreta mas atenta vigilância, não têm meios, ou sequer imaginação, para ligar a figura de um homem com um revólver, visto no meio da rua, com o caso de um corpo que apareceu boiando na Lagoa, no dia seguinte.

Já agora confiante, falando com Solange como quem fala a um velho amigo, e amigo que, no caso, era quase um cúmplice, Teodoro entrou num assunto que não teria tido coragem de abordar, dez minutos antes.

— O que me preocupava, dona Solange, no caso inteiro — e com o caso nas suas mãos, fiquei, afinal, tranquilo —, era, por parte do Xavier, uma, por assim dizer, falta de colaboração, uma apatia, um incompreensível aborrecimento e enfado com o problema dele próprio, com o perigo que corria, a ponto dele me parecer, por vezes — de tão fútil em suas observações, por um lado, e tão confuso, também, por outro — um pouco... vacilante de juízo.

— Pode dizer a palavra, Dr. Teodoro, é essa mesmo, um doido, um doente mental, um homem, como dizem os médicos, abalado até as raízes, até os alicerces...

Ainda bem, pensou Teodoro, que essa esplêndida criatura, essa mulher apaixonada, já tinha internado no hospício, já tinha matriculado como louco e tirado de circulação, com atestado médico e tudo, aquele Xavier cada dia mais chato, mais insuportável, incompreensível, e que, com a graça de Deus, tinha não só, em boa hora, pirado, como pirado nos braços desse monumento de mulher.

— ... trata-se, ia falando Solange, de um homem, o Xavier, de uma infinita delicadeza de sentimentos, um homem que, como vi agora nos seus delírios, ama — e digo isso, Dr. Teodoro, emprego a palavra no seu mais amplo sentido de amizade, da capacidade que têm algumas pessoas, raras, de se dedicar ao próximo — com uma profundidade que a maioria dos outros nem sabe que existe. Nem os dedicados psicanalistas da casa de saúde, o Dr. Perdigão e a Dra.

Lucrécia, conseguiram de pronto entrar na alma do Xavier, desembaraçar a rede da sensibilidade dele, fina a mais não poder. Mas aos poucos deduziram, deslumbrados, que o Xavier, na pureza da alma dele, resumia a vida dele a um quadrado, um verde quadrado de grama, de árvores, de fontes, onde ele, afastados os animais e os malfeitores, ia viver para todo o sempre com a linda mulher com que, desde rapaz, nunca parou de sonhar. E foi em defesa desse verde palmo de terra, desse canto, disse o médico, em que o mais lindo sonho passado ia um dia se transformar no eterno, sempre verde presente, que Xavier tombou, ferido, não de morte, ferido na razão, na mente, no seu espírito de homem de muitas e fundas amizades mas de um amor só, um único, um...

— Sei, sei — disse Teodoro, se sentindo bastante íntimo de Solange não só para conter arroubos dela, que podiam ir longe demais, como para chegar ao ponto desejado —, mas o que é que os médicos acham, que diagnóstico fazem, a curto e a longo prazo?

— Olhe, Dr. Teodoro, não imagine que vou sair do assunto, muito pelo contrário, se eu mencionar uma amiga que tenho, uma estranha mulher, que sabe das coisas, como se diz, que enxerga longe, e, segundo ela, surgem enredos e enleios na nossa vida que não há como desfazer, desatar: formam nós que é preciso cortar. Xavier já está saindo das aflições dele, e, embora os médicos achem difícil que ele fique curado, inteiramente curado, ele já começou a cortar esse terrível nó cego na vida dele e vai saindo do caos em que se debatia. Não confunde mais, ou não confunde tanto os dois mortos do mesmo dia — Basílio, amigo dele, e Jaci, o inimigo, o corruptor —, assim como não me confunde mais, ou tanto, com Bárbara, minha filha, e não mistura, ou mistura menos, acontecimentos de anos e anos atrás, quando eu ainda era solteira, adolescente, quase uma menina, e Sílvio Caldas cantava muito aquela música da vitrine de cristal...

— Mas quer dizer — interrompeu de novo Teodoro —, que, segundo os médicos, curado, curado mesmo o Xavier não fica, não é assim, pelo menos durante muito tempo, e que um depoimento dele agora, ou a ideia de submeter o Xavier a um interrogatório policial, sistemático, com acareação, e...

— Infelizmente fora de questão, Dr. Teodoro — disse Solange com o triste, desolado ar de quem, por mais que não queira, reconhece a existência de enfermidade grave, quase incurável —, embora a gente saiba, eu e os médicos, que se o Serviço achar melhor, simplesmente, entregar Xavier à Polícia, ele terá de se apresentar, mas contra o parecer de todos os médicos do sanatório porque existe de fato o perigo daquele não regresso à saúde mental, jamais.

— Minha senhora — disse Teodoro —, permita, antes de mais nada, que beije a sua mão, e, *ça va sans dire,* me permita igualmente que o Serviço garanta à senhora que...

43

Naé estava andando pelas trilhas do Horto Florestal, à beira do rio dos Macacos, buscando, com alguma hesitação, a casinha que o Jaci tinha apontado um dia, a ele e Bárbara, como devendo ser a da tia, que Jaci então ainda não conhecia, de um amigo dele da Casa dos Expostos, dona Carlotinha. Ah, exclamou Naé, com um travo de tristeza, ele bem podia ter falado um instante com dona Carlotinha, no cemitério, mas estava paralisado, aceitando, dócil, manso, naquele momento da morte do pai, a entrada em cena da nova figura, Basílio-Xavier. A mãe, coitada, só faltava apresentar o Xavier — talvez até, no primeiro momento, por genuína gratidão, devido ao muito que o Xavier tinha feito desde a hora da tragédia, do encontro do cadáver na copa — como novo pai dele, novo marido dela. Depois, ao chegar a casa acompanhando Solange, tinha sofrido o segundo choque do dia: ele, a mãe e a empregada tratando de dar de novo à sala seu aspecto normal, isto é, pondo a mesa no lugar, e, ao redor da mesa, as cadeiras do velório, que continuavam encostadas à parede, varrendo o chão e escancarando janelas para afugentar o fedor de velas e de flores trancadas. Apesar de pouco afeito a trabalhos domésticos, Naé, ainda no seu empenho de proteger a mãe — arrimo de mãe viúva era uma expressão interessante, que ele tinha ouvido, ou lido não sabia bem onde, e anotado no seu diário — tinha até pegado, em cima de uma cadeira, o espanador largado ali pela empregada, pondo-se a tirar vagamente a poeira das pernas da mesa cujo tampo Solange limpava, esfregava, polia, para remover a cera escorrida dos círios enfiados nos tocheiros ou das velas de espermacete, mas Naé se afastou pouco depois, com o espanador, porque por mais que tentasse formar na cabeça imagens de lágrimas congeladas, que a mãe tentasse enxugar, só conseguia pensar em esperma frio, endurecido, do pai, o derradeiro, que a mãe raspava, transformava em pó e soprava para varrer depois, junto com o lixo do funeral.

Ainda bem que o telefone tinha tocado, a campainha estridente esgarçando, abrindo um rasgão no ar da sala, viciado, e Solange, mesmo ao preço de abalroar a empregada, que ia atender, se precipitou e chegou antes ao aparelho, atendeu, e logo a seguir, desapontada, colocou a mão no bocal para pedir a ele: "Fale você, Naé, que eu estou muito aflita, sem paciência, para aturar estranhos, quer dizer, gente de fora, mesmo que muito amiga." Era a Lila, ao telefone, com um recado de Bárbara para dar a Solange, mas a ele também, é claro — e Naé teve a impressão de que a Lila preferia, por sua vez, falar com ele, em lugar de falar com a mãe —, e o recado era que Bárbara — "não, Naé, pode ficar tranquilo que ela está muito bem" — ia ficar com ela, Lila, no apartamento dela, para dormir, sim, passar a noite, e depois, talvez mesmo amanhã, ia até lá, ver a mãe, conversar com ela. Ah, nem falando naquele instante com Lila e sabendo que, com

Jacqueline, Carlotinha, Bárbara, ela tinha ido à Lagoa, ao encontro de Jaci morto, nem naquele instante ele tinha tido ânimo, na frente da mãe, de sequer perguntar por Jaci, de falar nele, de saber dos pormenores de uma morte que só agora atormentava ele, quando pensava obsessivamente em Jaci, e quando, mesmo se desprezando, se insultando, se odiando, pensava, antes que esquecesse, em anotar, no diário, a comparação sinistra que tinha ocorrido a ele entre a cera seca das velas e o esperma do pai.

Estava dona Carlotinha no fundo do seu quintal, o que é o mesmo que dizer na margem do riacho, sentada numa rocha, passando um pano molhado no S. Jorge, do rabo do dragão à flecha do capacete — pois permanecia o guerreiro e santo meio enlameado desde a noite terrível do aguaceiro, já que ela, apesar da sua devoção, não tinha achado tempo para a lavagem —, quando viu de longe aquela figura de rapaz espigado e moreninho, aparecendo e desaparecendo no meio das árvores. Antes que os olhos dela descobrissem quem era, seu coração, batendo forte, pediu ao santo — que ela finalmente lavava como se fosse um filho — que permitisse, num milagre, que aquilo fosse uma visita de Jaci, e o santo havia de perceber que ela só pedia um milagre médio, uma visitinha, e não algum milagrão desaforado, de retorno e ressurreição. Ela própria admitiu, depois, que S. Jorge tinha feito o máximo que podia, nas suas circunstâncias de valoroso herói recentemente maltratado, desmoralizado pelas águas, pois o rapazola que se aproximava era o Naé, e mais do que Naé, pensou Carlotinha, só mesmo a Bárbara ainda poderia conter mais, reter mais no próprio corpo — feito uma corda de bandolim segurando um final de chorinho — o espírito de Jaci.

Sorriram um para o outro, sem dizer nada, enquanto Naé atravessava, por cima das pedras, o riacho, e foram andando, ainda em silêncio, até os fundos da casa, até o puxado. Ali Carlotinha colocou a mão no peitoril da janela e — um pouco, pensou Naé, feito guia de museu evocando uma história através de um item exposto — pronunciou a primeira frase da conversa:

— Aqui, nesta pedra da janela, o Jaci embrulhou uma das chaves dele no papel do meu pão, e desceu feito um peixe por este rio abaixo até sair na Lagoa.

É preciso não deixar que se firme este tom de conversa — pensou Naé, comovido a despeito de si mesmo — pois assim eu não chego a resultado nenhum, a nenhuma conclusão.

— Eu acho — disse dona Carlotinha —, e ninguém há de me tirar isso da cabeça, que o erro todo, dessa história inteira, é que quando resolveu não ir pro reformatório e veio certeiro pra cá, pra minha casa, tomou meu café e comeu meu bolinho de maconha, o Jaci devia ter ficado é aqui mesmo, quietinho: garanto que se tivesse sido assim ele ainda estava aqui hoje, conversando e tomando com a gente o café, que eu vou pegar lá dentro — ele está quentinho na garrafa térmica —, com bolo de maconha. Isto não quer dizer — cruz-credo, t'esconjuro, se afaste de mim tal ideia! — que ele fosse ficar socado aqui comigo, só comigo, sem correr os pastos com você, com sua irmã tão bonita, cruz-credo, egoísta assim não sou, mas o que não devia ter acontecido foi ele passar por aqui feito gato sobre brasas, sem tempo de firmar o tom da música, o enredo do desfile, direto pro rodamoinho das doidices do meu sobrinho Heleno, das Helenas, e quando a gente entra numa dança de S. Vito daquelas em geral só sai se for pra coisa pior ainda, feito, primeiro, o Dr. Faninho, e depois aquela madrinha do Jaci, Madalena arrependida, carregando o menino pra pensão dela, no Saracuruna ou lá como se chame, só pra perder o menino de vista numa noite de dilúvio: quem é que aguenta uma dose de azar assim, e um monte desse tamanho de gente lelé da cuca, meu filho, você me diga, por favor?

Apesar do seu juramento de objetividade, de não perder de vista o que queria e precisava saber, Naé não entendeu e perguntou como é que alguém que gostava tanto do Jaci, como dona Carlotinha, podia falar mal da madrinha, em quem Jaci pensava sem parar, todos os dias, mesmo quando ela estava longe dele?

— Pois é isso aí respondeu dona Carlotinha, enquanto a madrinha estava longe, protegendo o menino sem nem saber direito onde é que ele andava e como ia passando, tudo bem; mas chegou perto, foi o que se viu, deixou o Jaci desaparecer sem nem tentar salvar ele das águas, como fez minha Senhora do Rosário, que largou a companhia aí do S. Jorge e se afogou com ele, Jaci. Olhe, meu filho, gente que foi muito de altar e sacristia, padre e freira mesmo, e que depois não saiu pro terreiro, pra tenda, pro centro, é gente que só gosta mesmo, no fundo, no fundo, de jogar cinza na boca da gente, você marque o que estou lhe dizendo.

— Dona Carlotinha — disse Naé —, eu vim só fazer uma visita e...

— Já sei, estou falando pelos cotovelos, mas o que eu queria dizer, sabe, é que a tal madrinha do Jaci, que roubou ele das Helenas, nem se deu o trabalho de ficar conhecendo a cara do Dr. Faninho, que apareceu lá no Médico-legal, vendo se entrava para *ver* o Jaci, ver como ele era, e fui eu, eu que disse a ele...

— Dona Carlotinha.

— Sim.

— Quando a senhora, no dia em que desceu daqui e viu, quando chegou à Lagoa, o Jaci boiando, já morto: o povo, na rua, dizia o que a respeito daquilo? Falava o que, sobre o que teria acontecido? Imaginava que o corpo tinha vindo dar na Lagoa como, de que jeito? Eu sei que gente de um botequim das redondezas, chamado Café Sol da Ponte, veio até a rua, debaixo da chuvarada, em pleno dilúvio, como a senhora diz, porque tinha ouvido um tiro, o segundo tiro que atingiu o Jaci. A senhora ouviu falar nessa gente, nessas testemunhas, e no tiro que escutaram?

Dona Carlotinha sacudiu a cabeça, de um lado para outro, embora se concentrasse, tentando recordar mais do que tinha visto e ouvido, querendo ajudar.

— Eu vi o bolo de gente, na beira da Lagoa, e todo o mundo falando naquela conversa em que ninguém sabe nada direito e cada um dá seu palpite, cada um diz o que sabe e o que não sabe, e eu, como tinha certeza que o Jaci, depois de sair daqui de casa, tinha ido procurar você, sua irmã, fiquei logo nas minhas angústias, lutando e pelejando pra não imaginar o pior. Não... Não escutei nada assim como você pergunta, de quem podia ter atirado no pobrezinho, ou jogado ele no rio, no canal, e fiquei até achando depois que ali só quem sabia, o tempo todo, quem é que boiava na Lagoa…

— Sim? Quem a senhora acha que sabia?

— Aquelas garças, Naé, na rocha, no meio do capim, esticando o pescoço.

— Sei. Porque o crime, naturalmente, foi cometido dentro do Jardim Botânico, onde o Jaci foi visto entrando, pelo portão dos fundos da vila, e depois os tais frequentadores do Sol da Ponte viram…

— Não sei, não, não sei mesmo, só sei, nesse negócio de nomes e de quem é que fez o quê, que o Jaci saiu sozinho, na chuva, lá do tal motel no Saracuruna, quer dizer, lá dos braços dessa peste da madrinha dele, e quando foi visto de novo estava morto, flutuando dentro da Lagoa.

— Não — disse Naé brando, suave, mas segurando firme o braço de dona Carlotinha, olhando para ela, bem nos olhos —, não, não foi bem assim, porque antes de morrer o Jaci esteve *aqui,* onde nós estamos agora, dona Carlotinha, e só apareceu morto na Lagoa depois de ter comido aqui, na *sua* casa, o último pedaço de pão da *vida* dele.

Quase se arrependeu de — por solidariedade a Jaci, respeito e ternura por Jaci — defender a madrinha, porque Carlotinha desabou nos braços dele em prantos, recendendo, achou Naé, à terebintina que exalam as mangas nos dias quentes e calmos, e Naé pediu perdão a ela por estar ali fatigando e afligindo ela com perguntas e mais perguntas, mas é que era importante apurar quem era o culpado, alguém devia cuidar de descobrir quem tinha feito maldade tão grande.

— Olhe, meu filho — disse dona Carlotinha, fungando, assoando o nariz, enxugando os olhos —, se você quiser falar com ele, perguntar a ele mesmo, pode tentar.

— Com ele quem?

— O Jaci, que está aparecendo muito nas sessões espíritas do Centro da praça Mauá, onde, como a Helena me contou...

— Ah — disse Naé —, estou entendendo. Mas olhe, acho que isto não vale a pena, quer dizer, para saber o que eu quero não me parece que adiante, sabe, dona Carlotinha.

— Vai ver que você não acredita, não é, filho, e eu vou dizer a você uma coisa esquisita: eu acredito, acredito de verdade, mas, no caso do Jaci, eu sinto que é diferente e estou convencida que ele vai aparecer é por aqui mesmo, saído do mato, do rio, que ele não é espírito de dentro de casa, não, da gente invocar com luz baixa, mão em cima da mesa. As duas Helenas me garantiram que quem tem aparecido na sessão lá do Centro da praça é o Jaci mesmo, sem tirar nem pôr, mas aflito, escorrendo água, sujo de limo e de lodo, e que outro dia, depois que ele desapareceu, sem ter falado com ninguém, tinha deixado no chão uma poça d'água.

Foram andando de volta para a beira do rio, braços dados, e Carlotinha apontou a Naé, na sua gruta, o S. Jorge, que agora levantava nos ares um chamejante estandarte rubro, brandia, em riste, uma lança de areada prata e cavalgava um cavalo que era um lírio, de tão alvo.

— Eu hoje — disse dona Carlotinha — dei uma boa faxina aí no Ogum, que ainda não tinha se recuperado do dilúvio, e quando pedi a intercessão dele para ver o Jaci subindo da Lagoa, rio acima, até esta casa da Carlotinha, ele me despachou você, como um primeiro aviso de visita, e estou esperando e contando ver o Jaci hoje de noite. Sabe o que é que eu faço todos os dias, de noitinha, quando aparece no céu a primeira estrela? eu, assim feito quem arma um alçapão, boto uma bisnaga de pão ali na janela, no peitoril da janela.

Naé saiu da casa de dona Carlotinha para a rua Pacheco Leão, pensando em refazer o caminho que ela tinha feito até a Lagoa e pensando, sobretudo, em parar no Sol da Ponte e outros botequins dos arredores, já que ali, naquele canto simpático da beira do rio dos Macacos, dona Carlotinha era mesmo capaz de trazer o Jaci de volta para uma sessão espírita silvestre, um culto de bosque e mato, mas não ia contribuir em nada para o esclarecimento e punição do crime do Jardim.

— Meu maior problema prático — disse Jacqueline —, a partir da... dessa tragédia, foi decidir o que fazer com as dunas de lençóis e toalhas que aos poucos foram se acumulando à minha volta aqui em Saracuruna, a roupa de cama e de banheiro em geral, já que os móveis e utensílios foram, mal correu a notícia de que o motel ia fechar, objeto de grande interesse e disputa, e tanto recebi ofertas de dinheiro, principalmente para as geladeiras dos quartos e os aparelhos de ar condicionado, como pedidos de gente pobre atrás de uma cadeira, uma mesa de cabeceira. Mas o setor de rouparia e dormitório caiu debaixo de uma espécie de interdito que, pelo visto, atinge móveis e panos transviados.

Naé sorriu a Jacqueline, na sala que servia de escritório ao motel, sentados os dois entre caixotes, engradados, fardos de lona, em cada um dos quais a irmã Cordulina ia colocando rótulos com um endereço em S. Félix do Araguaia, aos cuidados do bispo Pedro Casaldáliga. Naé estava sentindo em Jacqueline — na descrição que ela fazia, com certa bizarria e faceirice, das dificuldades que enfrentava para liquidar aquela fase da sua vida ligada, até financiada pelo pecado — o valente esforço de não sobrecarregar os outros com as tristezas que sentia, mesmo sabendo que, no caso dele, por exemplo, essas tristezas eram compartilhadas irmãmente, eram dele também.

— Acabei — continuou Jacqueline —, concordando com irmã Cordulina, que sempre considerou o motel um estabelecimento condenável e que viu logo, na repulsa ao nosso guarda-roupa e nossa coleção de leitos, um comando, uma orientação superior para não apenas nos refugiarmos no Araguaia, como penitentes, como também para abrirmos, com nossas camas e lençóis recusados, um internato para menores abandonados, que foi o que imediatamente resolvemos fazer, eu, Cordulina ela própria, e um grupo de desativados: você já ouviu falar nos nossos desativados, não?

— Só sei vagamente quem são as pessoas que vivem e trabalham aqui — disse Naé —, mas sei que, no Araguaia, vão fazer uma sementeira, uma criação de Jacis, e eu gostaria, se me convidassem, de ir trabalhar lá nas férias, em troca de casa e comida.

— Você gostaria mesmo de vir? — perguntou Jacqueline interessada, alvoroçada. — Pois então venha, que o que vai dar força a Cordulina, a mim, ao nosso grupo, é a lembrança que ficou de Jaci na vida da gente, como na sua vida, Naé, a permanência dele entre nós.

— Eu estou quase de malas prontas para viajar — disse Naé —, e sou até capaz de viajar antes de vocês, mas, pelo menos de imediato, vou mais para oeste, ao centro de Mato Grosso, a uma cidadezinha chamada Diamantino, que, segundo as informações que consegui, gira ao redor de um antigo seminário de jesuítas.

— Sim, eu sei, hoje é lugar de romaria porque lá foi enterrado o padre Penido Burnier, assassinado em Ribeirão Bonito quando ia, acompanhando exatamente o bispo Casaldáliga, nosso amigo, em socorro de uma mulher que a Polícia espancava. Você vai lá para…

— Para falar com um rapaz chamado Lidanor, que costumava vir à nossa casa, meio namorado de Bárbara, meio namorado de Bernadete, minha namorada, e que foi a última pessoa que viu, ou pelo menos falou com Jaci ainda vivo.

Como Jacqueline ficasse em silêncio, olhos cheios d'água, Naé lembrou que ainda estava em carne viva, longe de sarar, a lembrança da morte de Jaci, e que ela talvez ainda não estivesse preparada para falar diretamente na morte, no assassinato, e Naé, tentando consolar Jacqueline, se dirigiu a ela, desastrado, pelo nome mais apropriado a colocar o próprio Jaci, de repente, ali, com os dois, entre os fardos e caixotes:

— Madrinha…

Jacqueline começou a chorar, honesta e livremente, sem dizer nada inteligível, ou nada dirigido a Naé, em resposta, falando, como se falasse consigo mesmo, numa criança que nasceu, num filho, sem dúvida relembrando o nascimento, no Araguaia, de Jaci, e afinal enxugou o rosto no lenço.

— Desculpe, madrinha — disse Naé —, vamos falar de outra coisa, ou me deixe conversar um pouco, antes de ir embora, com irmã Cordulina, que eu quero conhecer melhor, com seus outros companheiros.

Naé fez menção de se levantar, de interromper ali a conversa com Jacqueline, para não agravar o sofrimento da madrinha, e por surpreender em si mesmo uma dúvida, que já tinha sentido antes e que ameaçava crescer dentro dele, acerca da pureza, ou da exclusividade intencional que guiava a investigação que estava fazendo. Ele já tinha ido aos cafés e bares da rua Jardim Botânico, tinha se avistado com um absurdo Dr. Joviano, e tinha entrevista marcada com o tal Dr. Faninho, e Naé às vezes achava que essa pesquisa estava criando vida própria, uma paixão independente, que turvava sua saudade de Jaci. Uma turvação, e, no diário, Naé tinha observado que era como se outra bebida, escura, um vinho tinto, por exemplo, fosse pingando e corando a água de um copo, originalmente pura, de fonte, água que corria diretamente da dor que era a perda de Jaci. Quanto à tal bebida escura, o vinho...

— Deixo, meu filho, deixo — disse Jacqueline retendo Naé, segurando as mãos dele, para que não se levantasse —, vamos, mesmo, pedir que se sente aqui conosco a Cordulina, e quem mais você quiser, com a condição de não mudarmos de assunto, de falarmos no Jaci, na morte do Jaci, quero que todos aqui fiquem sabendo que você vai a Diamantino, e depois, se Deus quiser, vem ao nosso encontro em S. Félix. Vou escrever aos amigos que fiz, tantos anos atrás, entre os religiosos de Diamantino, para que recebam você e ajudem você. Eu tive, ou você me deu inda agora, uma grande alegria, tanto assim que me transportei, sem nem pensar, sem poder reagir, aos tempos descuidados da música, mas a música é o único labirinto em que eu me perco, entro nela e não encontro jeito de sair, falo, falo e acabo não dizendo a você o que eu queria e que é que sua romaria a Diamantino me dá grandes esperanças de que não vamos continuar permitindo tantas vitórias à imperfeição do bem. Cordulina!

Cordulina, que estava trabalhando, mas que, sem a menor dúvida, prestava atentos ouvidos ao que diziam Jacqueline e Naé, se aproximou, sorrindo, depois de largar a tesoura, os rótulos, o vidro de cola.

— Eu sei, Cordulina — disse Jacqueline —, que você, quando me vê chorando, fica com medo que eu desista da ideia do internato no Araguaia e cruze os braços para sempre, no que você, abaixando os olhos mas com voz firme, chama de "uma ineficácia de dar dó". Mas agora estou chorando de alegria, Cordulina, porque esse moço, Naé, por amor ao Jaci, vai a Diamantino, onde está crescendo uma música irmã daquela que diz que um menino nos nasceu, um filho nos foi dado, e seu nome, segundo o profeta, será conselheiro, príncipe da paz.

Olhos baixos mas voz firme, talvez sorrindo, talvez bem séria, Cordulina completou:

— Eficaz, eficaz, eficaz.

44

Era até mais espaçoso do que Lila imaginava — ou não era tão mesquinho — o quarto de empregada do apartamento, que, jamais ocupado, tinha virado belchior, depósito de sobras e objetos quebrados, bagulhos sem uso e bagunça em geral. A ventilação era abaixo da crítica — um mero palmo de veneziana no alto da porta — e o banheiro de proporções ridículas, mas, em compensação, quem ia dormir ali podia muito bem conservar aberta a porta, que dava para uma boa área, com tanque de lavar roupa, e certamente usaria o banheiro da casa. A única coisa, o único trambolho difícil de arredar do caminho, de tirar do quarto, era, ao pé da cama, aquela espécie de banca, ou mesa baixa, ou que diabo de móvel fosse, esquecido dela e que lá se plantava, espesso, atarracado, obstinado, tão coberto de velhos jornais e revistas empilhados em cima — além de um pote quebrado, de cerâmica, que ela vagamente tinha guardado para colar um dia, uma barraca de praia, um vetusto secador de cabelo e um gravador sem pilha — que era impossível saber o que era. Com disciplinados gestos de mal contida impaciência Lila primeiro foi atirando ao chão os papéis empoeirados e depois os destroços de móveis e aparelhos, pensando em pedir socorro ao zelador do prédio para a remoção não só daquele lixo acumulado por preguiça, mantido por inércia, adiado, como, provavelmente, da própria mesa ou banqueta que lhe servia de suporte, mas que, reveladas aos poucos, pelo desnudamento, sua natureza e forma, provou ser... uma quadrada arca, espaçosa, comprada não fazia tanto tempo assim. Lila, depois de abrir o fecho de ferro da arca, afinal reconhecida, levantou devagar, com a mão esquerda, a tampa, enquanto se debruçava para, com a mão livre, folhear as peças de roupa guardadas ali, só a de cima, um lençol, levemente amarelada, as demais perfeitas, limpas, desprendendo todas o cheiro proveniente dos sachês de alfazema, de patchuli.

Lila deixou aberta a tampa da arca e se sentou, recostada à parede, na cama, mirando os lençóis de casal — três lençóis? quatro? — ao mesmo tempo recapitulando as peças entrevistas no folheio e relembrando a ocasião, quase o dia da compra de cada uma: as camisolas com fita, com renda, as toalhas de mesa, de banho, de mão, as fronhas que tinham na barra um círculo debruado, azul-claro, vazio, onde eventualmente se bordariam as letras de um monograma. Apenas um vago recato — Lila se recordava — ou pudor, temor de ser piegas ou talvez, até, uma certa superstição, tinham impedido que ela mandasse logo bordar as iniciais. A pura verdade, no entanto, é que agora só com um consciente esforço mental, um ato de memória deliberado, dirigido, conseguia lembrar como lembrança sua, pessoal, que naqueles dias do seu auge de Nhã-Lilá, quando Xavier falava, sorrindo, nos longos, intermináveis enxovais do tempo das chácaras, ela quase tinha mandado bordar nos círculos de desmaiado azul, entrelaçadas, as letras X e L.

Lila tinha mergulhado na faxina de recuperar, para uso de Naé, o quarto de empregada — faxina que de repente desembocava nessa espécie de perplexa e quase cômica viagem ao passado por cima de uma estrada de lençóis virgens — a pedido de Bárbara, que morava com ela desde a morte de Jaci e que cada dia se preocupava mais com o que considerava ser o problema de Naé. Esse problema, dizia Lila a si mesma, era, isto sim, pelo menos em parte, de Bárbara: era a forma encontrada por Bárbara de, sem parar de pensar em Jaci, pensar nele através de outra pessoa e portanto com uma concentração menor, menos dolorosa. Basicamente, devia argumentar Bárbara, o problema de Naé era de solidão, ou melhor, de falta de Jaci, mas, com a finalidade instintiva de pensar menos exclusivamente em Jaci, Naé transformava esse problema em... dever a cumprir?... restabelecimento da justiça?... crime e castigo? Bárbara tinha acabado por pedir a Lila que convidasse Naé a ficar com as duas, no apartamento, até iniciar a famosa viagem que ia fazer a Mato Grosso, à cata de Lidanor, para que ele partisse com as ideias mais assentadas na cabeça, o que era difícil, senão impossível, enquanto o pobrezinho estivesse morando com os avós, submetido a um assédio cada vez mais despótico de Bernadete: indignado com o que considerava a frieza nada cavalheiresca do neto, o velho Elpídio ameaçava adotar Bernadete, como filha, para que ela passasse a morar com eles. Tanto quanto Naé, detestava essa ideia a avó, Emília, que já fazia desabridas referências ao miolo mole de Elpídio preso aos inocentes chamegos e ingênuas festinhas e dengues que recebia de uma terna e grata Sardete, cada dia mais rija, ruiva e constelada de sardas. Lila, rindo, fechando olhos e ouvidos — um índex em cada lobo de orelha —, ao escutar Bárbara pela segunda ou terceira vez tinha, afinal, concordado. "Ganhou, Bárbara, você ganhou, vamos convidar o Naé a se preparar e fortificar aqui, com a gente, antes de iniciar a expedição." Foi então que Bárbara, de forma um tanto enigmática, ou que pareceu enigmática a Lila, que, já pensando na arrumação do quarto, não estava inclinada a decifrar frases pouco claras, comentou: "Que bom, Lila, que você reconhece e entende que o complicado, em relação a Naé, é que ele está procurando Jaci longe, onde Jaci não está, ou entre pessoas em cuja companhia Jaci não ficaria, pelo menos durante muito tempo."

Lila se afastou da parede, em que havia se encostado, e baixou da cama em que se sentava para ficar de joelhos diante da arca, mergulhando as mãos nos tecidos frescos, novos que tinha comprado, dobrado, guardado e que agora nem lembrava mais que estivessem ali. Pensava ainda, e muito, naqueles panos e roupas quando Jaci tinha aparecido na vida dela e quando a ideia que ela formava de futuro tranquilo, de permanência, era um apartamento de tamanho razoável, talvez até uma casa, uma chácara em Jacarepaguá, por exemplo, onde ainda havia isso, ela sendo a dona, a Nhãnhã, Xavier o marido e Jaci o enteado, o filho... Lila sentiu uma tonteira, uma vertigem, não, disse a si mesma, de mal-estar, nada disso, mas uma sensação de queda num silencioso abismo de roupas alvas, nuvens sólidas como as avistadas do avião bem alto, e, cerrando os olhos, se apoiou na tampa aberta da arca, arriando ela de leve.

Um dos lençóis, ou das toalhas de mesa, tinha impedido, durante o quase desmaio de Lila, que se fechasse a arca, mantendo diante dos olhos dela uma fresta, e um escuro de horror anuviou de repente os olhos de Lila: a fresta, o interstício, o entreaberto da gaveta na penumbra, e ali, docemente luminoso, lustroso, o documento, a prova, o motivo do crime que Naé ia procurar no sertão de Mato Grosso e que ela viu agora com clareza, o nome que podia dar a Naé, sussurrar no ouvido dele, desde que ele não contasse o segredo, não machucasse para sempre, de forma irremediável, quem...

Lila sentiu — como no primeiro dia em que haviam de fato se encontrado — os braços de Bárbara que surpreendiam ela de novo, que envolviam ela pelas costas, pela cintura, e procurou — sem jeito e sem qualquer lógica, pois ali só havia roupa, tecidos — fechar a arca, como se ocultasse algum segredo, enquanto se voltava para ela.

— Bárbara...

— Não senhora — disse Naé —, sou eu, que segundo a referida Bárbara, que me trouxe até a porta do apartamento, vou ser convidado a residir aqui, como empregado, copeiro, chofer, mordomo de duas jovens.

Naé se deteve, sentindo em Lila um constrangimento, uma perturbação, como alguém, pensou ele, apanhado de surpresa, uma pessoa flagrada num momento secreto, particular, mas, na direção em que Lila olhava, quando surpreendida por ele, só viu a arca mal fechada, o lençol aparecendo.

— Desculpe, Lila — continuou Naé—, acho que eu devia ter me anunciado, chamado você, em vez de me deixar atrair pela sua nuca, creio que foi, pelos seus ombros, você aí tão quietinha, ajoelhada. Imagino que eu é que estou dando esse trabalho a você, de arrumadeira, e, por falar nisso, fico pensando na visita que fiz, nas minhas andanças, a Jacqueline.

— Sim? — disse Lila se levantando, satisfeita de poder dizer alguma coisa, de começar, talvez, uma conversa.

— Encontrei a Jacqueline não arrumando, feito você, um quarto, para um intruso, mas desarrumando e tratando de meter em malas e caixotes um hotel, ou motel inteiro, e enfrentando um problema especial, um tanto divertido, com roupa de cama e toalhas que, por terem servido a amores de passagem, ou de uma noite só, não estavam tendo aceitação, saída, problema que não ocorreria com seus lençóis, Lila. A Jacqueline está de malas prontas para voltar ao Araguaia e eu acho que vou ao encontro dela, na terra de Jaci, depois de ir a Diamantino.

Lila teve vontade de dizer a Naé que fosse para Diamantino, que fosse depois para o Araguaia, que viajasse muito, que ficasse por lá o mais tempo possível, o tempo necessário, na pior das hipóteses, para esquecer a meticulosidade de uma investigação que não ia levar a nada útil, proveitoso, uma vez que Xavier — o homem para quem, ou em cuja intenção ela havia comprado aquele enxoval — teria tido, para fazer o que fez, razões que a razão desconhecia e que, fosse como fosse, era melhor deixar ignoradas, visto que não conduziam a coisa nenhuma que não fosse decepção e talvez um sofrimento muito grande.

Mas não chegou a dizer nada do que pretendia, por não saber ainda como, exatamente, lidar com a descoberta que acabava de fazer e que Naé tinha por assim dizer interrompido com sua chegada, e resolveu, para não ficar imóvel e muda diante dele, dar instruções práticas, pedindo a Naé que arrumasse na cozinha, junto à porta, onde ficava o lixo, aqueles jornais e revistas, mais os cacos e o resto do entulho, enquanto ela tirava da arca roupa com que fazer, ali, a cama em que ele ia dormir, e só então, mais pelos olhos dele do que por lembrança dela, percebeu que estava por demais à vontade, de bermudas e com uma blusa levíssima em cima da pele, e que Naé, depois de obedecer e carregar para fora o entulho voltava ligeiro, e, a pretexto de ajudar ela a fazer a cama, esticar o lençol, enfiar o travesseiro na fronha, não tirava os olhos dos seios dela, e Lila, como não sabia o que dizer, ou se devia dizer o que sabia, e por pensar vagamente no que tinha falado Bárbara, de que não se devia procurar o Jaci longe, onde ele não se encontrava, ou no meio de gente em cuja companhia ele não gostaria de ficar, ou uma coisa assim, que Bárbara tinha dito falando exatamente em Naé, Lila deixou que ele aproximasse o rosto do rosto dela e depois, como era fatal, pois vinha vindo há muito tempo, acariciasse os seios dela. Finalmente, mal tinham acabado de fazer a cama, nela se deitaram, e, quando se perderam um no outro, Lila fez uma breve e confusa consideração a respeito do estranho destino daquelas roupas há tanto tempo colecionadas, esquecidas na arca, mas que, embora de uma forma inesperada, acabavam por cumprir, ainda assim, seu destino de enxoval de núpcias.

45

Ao receber um convite amável do Dr. Teodoro, que solicitava sua presença no gabinete dele, no Serviço, "para conversarem", Naé ficou lisonjeado, aliviado: essa entrevista que, porque metia nele um certo medo, ele estava adiando, deixando para o fim, era exatamente a que caía no colo dele. O fato de não ser forçado a pedir e marcar o encontro e sim, apenas, de aceitar o convite, ia facilitar o tom de uma conversa que não podia deixar de ser penosa, ou de ter seu lado penoso, em primeiro lugar porque o Dr. Teodoro, chefe do Serviço, devia estar mais do que informado, enfronhado até as orelhas no crime medonho que cabia a ele, Naé, elucidar. Severo, inquiridor, duro se necessário, Naé pretendia extrair o máximo do Dr. Teodoro, que estaria na defensiva, cioso como era da intangibilidade do sacrossanto Serviço, "cheio de não me toques em relação a tudo que diga respeito à repartição dele", tinha dito Lila, que achava mesmo que uma das razões de Naé estar sendo convocado era que o Teodoro sabia que ele, remexendo céus e terras e se avistando até com funcionários subalternos do Jardim Botânico, ainda não tinha ido ao chefão, ao papa, ao Dr. Teodoro.

Lila... A confiança que Naé sentia em si mesmo se evaporou quando pensou em Lila. Não, muito até pelo contrário que, como mulher, Lila — os dois entre aqueles belos lençóis que ela retirava de uma arca aparentemente sem fundo — não estivesse fazendo a ele um bem enorme. No entanto, como amiga e como pessoa que tinha, da mesma maneira que ele e Bárbara, amado Jaci, ela parecia duvidar, descrer da forma que havia tomado nele esse amor, a de investigar, severo, procurar o criminoso e seu motivo, para afinal expor o crime e o criminoso: como se, mesmo sem dizer, ela reprovasse aquilo que ele só temia se se transformasse, nas mãos dele, em pura investigação, em exercício de... de quê? Por outro lado, seria talvez ingênuo, da parte dele, perder de vista que Lila, noiva que tinha sido, e amante, de Xavier, e amorosa, depois, de Jaci, tivesse medo agora de apurar, de discriminar, de desembaraçar essas emaranhadas relações Lila-Xavier, Lila-Jaci, Xavier-Lila, Xavier-Solange, Lila-Bárbara, Naé-Lila, Lila...

— Eu pedi a você que viesse aqui, meu filho — e permita que eu chame filho ao filho de um querido amigo que tanta falta nos faz —, por ter sabido do seu interesse, que é também o meu, como pessoa e como responsável pelo Serviço, em averiguar, ou talvez simplesmente entender melhor as circunstâncias da morte de Jaci Deodato, esse Jaci que nós, como Serviço, criamos, educamos, e cujo fim nos dói profundamente. Houve, no caso, um desperdício de esforço nosso — e de dedicação também, claro, de carinho — e uma lamentável falha em nossa vigilância: como você, tão bem quanto eu, sabe, o Jaci, foragido, foi, ao ser descoberto pela madrinha dele, desnecessariamente escondido, sequestrado, para, em seguida, morrer.

— Às mãos — disse Naé —, ao que tudo indica, do tutor dele, guardião, representante do Serviço.

— Em primeiro lugar, ninguém sabe o que realmente aconteceu e como aconteceu, e isso torna temerária uma afirmação categórica como a sua, meu filho, principalmente se levarmos em conta a saúde mental de… do… da pessoa que você incrimina e contra quem não existem provas concludentes ou testemunhos decisivos.

— Eu, por exemplo, Dr. Teodoro, pretendo ir ao encontro — a duzentos quilômetros ao norte de Cuiabá, no lugarejo de Diamantino, para onde foi deslocada — de uma testemunha fundamental, que se não presenciou o crime propriamente dito, viu entrar no Jardim Botânico, uma depois do outro, a caça e o caçador. Antes de deixar o Rio, Lidanor, a testemunha de que estou falando, não foi acareado com populares que viram Xavier sair do Jardim na altura da antiga Ponte de Tábuas — o que reconstituiria, pelas duas pontas, todo o caminho de Xavier por dentro do Jardim —, mas eu, por exemplo, me avistei com um deles, que trabalha no Jóquei, numa agência bancária, e se chama…

— Eu sei, meu filho, sei que você, com uma diligência extraordinária e infinitas paciências, tem conseguido reunir e conjugar pormenores e personagens que já formam uma trama, um enredo tão bem costurado que, iniciando nossa conversa e por pura curiosidade minha em relação ao filho de um amigo, eu gostaria de, sem querer inverter os papéis, pois é você quem investiga, fazer uma pergunta a você.

— Uai — sorriu Naé, se sentindo firme na sela, capaz de qualquer concessão —, fale, Dr. Teodoro, que fui chamado para uma conversa, uma troca de ideias, e não para fazer uma conferência.

— Trata-se do seguinte: você pretende — além de, naturalmente, elucidar um crime, descobrir a verdade, pelo que ela vale em si, e a verdade vale sempre muito, é claro — escrever um livro sobre Jaci Deodato, e para isso estende e aprofunda tantas notas e apontamentos?

Quando, terminada pouco depois a entrevista, ele saiu do gabinete, Naé se congratulou consigo mesmo por ter mantido, ao ouvir a pergunta, perfeita compostura, dando de ombros, sorrindo ligeiramente, como um esgrimista que concede que foi tocado mas mal sentiu o florete do adversário. Por dentro, no entanto, tinha se sentido pilhado, apanhado, como se o Dr. Teodoro, descobrindo na cabeça dele, Naé, uma claraboia que ele próprio ignorava que existisse, tivesse se debruçado e visto lá dentro um livro que Naé também ignorava que estivesse lá mas que agora sentia, inchando, feito um bulbo, ou, mais prosaicamente, latejando, intumescido, na matéria mole do seu cérebro, feito um tumor.

— Bem, Dr. Teodoro — disse Naé depois de sorrir e encolher os ombros —, é bom o senhor ter em mente, como homem direito que é e como chefe do Serviço em que, não se pode negar, surgiram e cresceram, feito um tumor, digamos, os antecedentes do crime, que o criminoso, que eu pretendo denunciar, continua à solta.

— À solta, se você me permite, não é bem o caso, já que aquele que você chama de criminoso está internado num sanatório de doenças mentais, e aí, por assim dizer, não me meto, ou me limito a ouvir os que sabem mais do que eu: converse com os médicos, Naé, o que eu já fiz e, que eu saiba, nas suas extensas pesquisas, você ainda não fez. Um momento, não me interrompa ainda: deve ter feito esse mesmo tipo de exercício mental, e eu gostaria que você prestasse atenção ao meu, que você visse tudo o que eu vejo no caso, e assim, desde já, você guarda, para cotejo, minha visão dessa história cheia de lances e possibilidades como… como um romance. Eu reconheço, admito, ratifico, se você quiser, a impressão de que é muito ruim, do ponto de vista do suspeito, do indiciado, a *affaire* (é feminino, em francês, *affaire,* apesar de masculinizarmos a palavra quando a usamos, tomada do inglês, em português), o caso da morte de Jaci Deodato. Os fatos, as peripécias — se a palavra não for um tanto frívola — do crime perpetrado no Jardim deserto e positivamente alagado apontam um dedo acusatório ao pobre do — digamos logo o nome — Xavier. Mas repare, não perca de vista que, além disso, além — se é isso que você deseja ouvir, ou que nós devemos reconhecer — da culpabilidade de Xavier, tudo mais é uma névoa, um *brouillard,* um espelho embaciado. Afastada a hipótese — que não faz nenhum sentido — de que o Xavier tivesse um motivo abstrato para matar Jaci Deodato, temos que admitir que o motivo, a razão do crime, foi uma pessoa, de carne e osso, e sabemos de sobra quem eram as pessoas ao redor de Xavier, um mero punhado de pessoas, a começar, digamos, pela Lila, vindo depois sua mãe, dona Solange, Basílio, seu falecido pai, sua irmã, você, Naé, eu… Mais alguém, que pudesse levar Xavier a um desvario criminoso, e, depois, à própria loucura, ao hospício? Pouco provável, você há de concordar, ou altamente improvável. O motivo teria sido a Lila, que foi noiva dele e de quem, ao que sei, Xavier andava um tanto afastado, arrufado? Aliás, ao que me consta, a vítima, o rapaz, Jaci Deodato, embora eu só tenha vindo a saber disto em dias recentes, se situaria, além de ser forte de sedução, insinuante — outra informação que só obtive tardiamente — num reino intermediário, ou duplo, capaz de estragos sentimentais em uns e outras, ou vice-versa. Assim sendo, e a partir, como vimos, de Lila como suspeita de ser o objeto, o motivo do desvario de amor e morte do nosso Xavier, vemos que se abre diante de nós um majestoso leque de possíveis suspeitos e suspeitas entre as pessoas que cercavam o Xavier. *Cherchez...* Lembro, em tempo, que se os moços de hoje sabem algo do idioma inglês, abriram mão do francês, mas mesmo assim essa expressão me parece bastante vulgar para continuar na memória de todos: *cherchez la femme,* dizem os franceses quando uma situação enigmática envolve um homem e tolda os acontecimentos à sua volta. Aqui, jogando como jogamos em dois tabuleiros, podemos agir na base do *cherchez la femme,* sem porém nos espantarmos de, no lugar da dama, *trouver un homme.*

Uma surda impaciência, quase raivosa, tinha começado a arder em Naé, porque, por acaso mas provavelmente por pura e maldosa intenção e picuinha, esse Dr. Teodoro, depois de falar em livro, até em romance, tinha começado agora a praticamente imitar uma novela policial perto do desfecho, sugerindo pistas, mostrando pegadas, que em seguida se desfaziam, protelando desmascaramentos, propondo, e, em seguida, desprestigiando soluções, trazendo pessoas ao primeiro plano para, em seguida, dissolver tudo, de novo, na sombra.

— ...sua irmã, Bárbara, tão linda, tão menina-e-moça, e dona Solange, também tão linda, moça-e-mulher, poderíamos dizer, ou, admitindo aqui, sem desejo de chiste, é claro, mas para argumentar, seu pai, pois haveria até — se levássemos a extremos a investigação de todos e cada um daqueles que cercavam Xavier — quem questionasse, no instante em que ocorreu, a morte do meu querido e pranteado amigo, seu pai, Basílio.

— Enfarte, Dr. Teodoro, é enfarte — disse Naé ainda contido, segurando a cólera —, mas o Lidanor, por exemplo, não saiu de cena por morte e sim, simplesmente, porque foi retirado da sua guarita no Jardim e mandado para este cu de judas aqui — e Naé apontou o mapa do Brasil Central estirado debaixo do vidro — que eu estava olhando, enquanto o senhor falava, para onde eu vou e de onde espero que o Lidanor não seja transferido antes da minha chegada. Há um assassino à solta, Dr. Teodoro, e ainda que a gente não saiba, ou não saiba ainda, por enquanto, que razões levaram ele a matar uma criatura doce e boa, indefesa como Jaci, sabemos que matou, e quando, e onde. E agora, passe bem. Eu sinto muito não saber nenhuma graçola em francês para me despedir à altura do seu espírito e da sua inteligência.

Teodoro se sentiu de súbito cansado, deprimido, quase estupefato de haver encaminhado a conversa para o tom meio chistoso, e, como dizia o Naé, recheado de graçolas em francês quando sua boa intenção inicial era fazer Naé desistir de uma investigação que ele sem dúvida podia levar a bom porto, para desgraça do Serviço, mas da qual, como pessoa, como filho, iria se arrepender, só podia se arrepender.

— Antes de você sair, Naé, me desculpe minha falta de tato, que me levou a esquecer que você está sofrendo de maneira muito viva essa tragédia toda, desculpe e aceite, como atenuante, que em grande parte eu quis — desajeitadamente, reconheço — poupar a você minha visão nua e crua dessa história, que agora dou, e que é a seguinte: não tenho a menor dúvida de que você saberá pôr de pé, em seus pormenores, o que aconteceu, o crime, passo a passo, mas nem você — preste bem atenção — será capaz de desvendar o mistério da motivação de Xavier para matar Jaci. Os médicos da casa de saúde não sabem e o mais provável é que Xavier, que ficou doido, não saiba também. Assim sendo, nada indica que dona Solange, sua mãe, tenha levado Xavier a matar o Jaci, nada, mas sua mãe, o que é também a pura verdade, passou a fazer questão de aceitar Xavier como ele é, de aguentar, Naé, ao lado dele, as consequências do que ele fez.

— Sei, sei — disse Naé —, agradeço a dica desta última informação, e, de um modo geral, agradeço a oportunidade que agora encontro de me despedir com pelo menos algum francês, felicitando o senhor, que *cherchou la femme* e encontrou — oh, quem diria — minha mãe. Obrigado, e, mais uma vez, passe bem, mas pode ficar sabendo que já tenho o laudo do Instituto Médico-legal sobre a morte de Jaci, vou reunir todos os depoimentos e vou exigir a reconstituição, pela Polícia, no próprio Jardim, do crime, que começa na guarita do Lidanor e acaba na Ponte de Tábuas.

— Combine, então, com sua mãe, que está resolvida, logo que Xavier tiver alta — foi ela própria quem me disse, quando veio aqui para me pedir que convocasse você para esta conversa que estamos encerrando — a levar o Xavier para a casa dela, para morar com ela na casa dela, a casa de vocês. Assim sendo, a reconstituição da noite do crime, ou o cortejo para essa reconstituição, digamos, será formado e sairá de lá, porque o crime, a falarmos com rigor, começa na casa da vila e não na guarita do Lidanor. Pense nisso, meu filho, e adeus.

46

Apesar de inquieta, preocupada, sem conseguir tirar da cabeça renitentes preocupações de ordem material, um tanto irritantes por condizerem pouco, ou mal, com sua atual condição de viúva prestes a, como se diz, convolar segundas núpcias (posição que faz supor um razoável pé-de-meia guardado do primeiro leito e um segundo cônjuge, como também se diz, desafogado), Solange arrumou, para a vinda de Xavier, que acabava de ter alta na casa de saúde, a casa da vila. Arrumava sem exageros, para não dar a impressão meio ridícula de donzela que aguarda visita do prometido esfregando álcool nos espelhos e pondo panos de renda embaixo dos jarros de flor, e sim com sereno carinho de mulher casada, e bem-casada, que espera, de torna-viagem, o marido, caixeiro-viajante ou embarcadiço. No quarto "das crianças", como ainda dizia até agora ao pensar em Bárbara e Naé, não havia tocado, ou, por outras palavras, como se ambos continuassem morando ali, havia feito as camas, espanado os livros amontoados na mesa de cabeceira e até dado corda — travando o alarme — nos dois despertadores, tudo isso para provar, antes de mais nada a si mesma, que não tinha expulsado ninguém de casa. Pela parte que a ela tocava, nada havia que justificasse a decisão de Naé, se mudando para a casa dos sogros dela, ou, menos ainda, a de Bárbara, que, depois de dar aquele escândalo no cemitério, sequer tinha voltado para casa: assim sendo, paciência que afinal de contas a vida era a dela e para que essa vida fosse possível tinha esperado a bagatela de quinze anos.

Solange só não contava — apesar de desejar, com fervor, que ela ocorresse, e de já ter ido duas vezes a Mãe Cabinda para apressar a cura de Xavier — com a alta dele na casa de saúde, tão inesperada, repentina, quando ele continuava doente, confuso, às vezes incapaz, ainda, de fixar para sempre a pessoa fundamental da vida dele, que era ela: Xavier não podia estar no seu correto juízo enquanto olhasse, às vezes, para ela, Solange, e — como se estivesse olhando, através dela, para Deus sabe o quê, ou vendo ela num desses espelhos que deformam caras — dissesse, meio abobado: "Bárbara", o que não tinha o menor cabimento.

Os médicos, porém, insistiram, não, é claro, em dizer que Xavier estaria curado, ou inteiramente normal — e, suspirou o Dr. Perdigão, quem, depois da lei da incerteza, de Heisenberg, ousaria falar na perfeita normalidade de alguém? —, mas podia ter alta, sair, morar em sua própria casa, se mantendo em contato com o sanatório, com os médicos, uma vez por semana, por exemplo, ou mais, caso fosse necessário.

A caminho da casa de saúde, Solange, intrigada, recordava os primeiros dias de Xavier sob tratamento, tão promissores, quando os médicos haviam identificado o verde tabuleiro em que ele situava seu próprio destino, mas em pouco tempo Xavier tinha começado a ficar trocista, sardônico e zombeteiro, dado a acessos de riso, comunicando, afinal, que tinha feito o diagnóstico dos métodos da casa de saúde: era uma tolice, disse, os médicos tentarem restabelecer a ordem em cabeças que eram tabuleiros de pedras misturadas, embaralhadas, partindo do princípio de que todo o mundo tinha um desenho igual a compor, ou recompor. E os médicos, sorrindo, ainda benevolentes, cumprimentavam Xavier pela fluência de raciocínio e de palavra, mas achavam — e disseram a Solange — que no fundo Xavier queria escapar às misérias e aflições corriqueiras, comuns, repelindo, com vigor, qualquer ideia de, como dizia, um "desenho igual", e, por isso mesmo, para se fazer diferente, nunca, jamais, em tempo algum, mencionava seu pai ou mãe, se escondendo por trás, ou debaixo das saias da indefectível tia Lavínia, elaborada, como imagem, ao ponto extravagante de, na lembrança de Xavier, usar os cabelos enrolados para dentro, feito um adorno de coluna jônica.

Solange levou Xavier para casa e só aos poucos conseguiu apurar — pouco entre os médicos, bastante mais ouvindo, de Teodoro, a descrição da última reunião do corpo médico do sanatório em torno de Xavier — o que é que tinha realmente acontecido. Teodoro, aliás, ao ser informado, logo que começaram a ocorrer, dos acessos de riso de Xavier, aparentemente incontroláveis, lembrou de histórias contadas pelos membros do Serviço que tinham trazido Xavier do mato, depois do crime, e coçou a cabeça, pensando — o que teve o cuidado de não dizer com tanta crueza a Solange — que, ao contrário do que havia pensado na época, Xavier provavelmente já tinha feito, naquela primeira ocasião, uma incursão pelas terras que escapam ao império das virtudes fundamentalmente francesas, da *raison* e da *clarté*. E, como contou a Solange, ficou um tanto preocupado, inquieto, quando o sanatório convidou ele, como chefe do Serviço que tinha assumido, desde a internação, as despesas hospitalares de Xavier, para ouvir a gravação daquilo que Perdigão e Lucrécia consideravam, no tratamento, o instante, disse Perdigão, da catarse, ou, como disse Lucrécia, o *breakthrough*: Xavier, no meio de uma das sessões de análise, tinha de repente se lembrado "de uma cena terrível" da sua infância, como teria dito, pálido, voz rouca, e não mais com seu ar de costume, indiferente, ou sardônico. Segundo ambos os médicos, Xavier, na sua sofrida confissão — que se estendia, longa, pormenorizada — provava, sem que nem de longe fosse essa sua intenção, que a irrupção do arcaico da espécie no fortuito da vida do indivíduo demonstra a ilusão, a falta de base de qualquer conceito de culpabilidade.

No entanto — segundo ainda Teodoro que pareceu a Solange inexplicavelmente divertido, quase frívolo, ao rememorar o incidente — Xavier, ao que tudo indicava, tinha feito gorar, no ovo, a monografia a ser publicada acerca do caso dele: durante a audição, na sua própria voz, da nebulosa mas terrível história, teve um acesso de riso "que eu classificaria como titânico", disse Teodoro. Para cúmulo, o riso de Xavier se alastrou, se comunicou, de forma também incontida, a dois médicos convidados, um dos quais chegou a puxar o lenço para enxugar as lágrimas. "O aborrecimento de Perdigão e Lucrécia foi visível", continuou Teodoro, "mas, ainda assim, controlados, sorrindo, lembraram aos demais que Xavier tinha custado muito a olhar para dentro dele mesmo e que agora, sem dúvida, recuava, negava, despistava, tentando dar o dito por não dito, transformando o terrível no risível. Eu tentei ajudar os médicos, remendar as coisas, alegando — acho, aliás, que judiciosamente — que agora compreendia por que os franceses, quando acometidos de uma crise de hilaridade, falam em *fou rire,* que seria, literalmente, o riso dos doidos, dos sem-razão, mas nem consegui restabelecer o ambiente anterior da sessão, tenso e erudito, nem impedir que o gravador fosse desligado. Desligaram o gravador da tomada na parede", sorriu Teodoro, "e, pouco depois, desligaram o nosso Xavier da casa de saúde."

47

Bárbara resistiu à ideia de que, afinal de contas, podia ser, em vez de Naé chegando tarde, um ladrão, um assaltante, e que continuar dormindo, ou pelo menos de olhos fechados como se não estivesse ouvindo ruído nenhum, era no mínimo tolo, imprudente, embora — ela justificava — não tivesse noção do que fazer diante do possível assaltante, a não ser gritar, acordar Lila, esperar que o vizinho ouvisse. Sua teimosia em não acordar de todo, qualquer que fosse o risco de permanecer deitada, se devia à convicção de que o sonho ia ficar com ela, ou o fim do sonho, que talvez estivesse perdurando porque ela se agarrava a ele, isto é, a Jaci, os dois no ar, naquela copa de palmeira em que Jaci tinha se escondido, mas menos como se estivessem na copa do que como se fossem, eles próprios, a copa, ou talvez — era difícil a certeza — como se, chegados lá, os dois, o tronco de palmeira, cumprida sua missão, tivesse sumido, por falta de uso. Se continuasse de olhos fechados Bárbara sabia que aos poucos recuperava o tronco, ou melhor, o sonho, desde a raiz, desde o começo, quando ela, chegando ao Jardim, tinha visto de longe Jaci deitado na relva — exatamente como ela se deitava ali, na cama de Lila —, mas ele não parecia acordar com a aproximação dela e sim, ao contrário, para decepção e aborrecimento dela, ia subindo no ar, confortável, descuidado, braços ao longo do corpo, mas é claro que o sono dele não podia ser tão de pedra assim, de que Jaci, em parte, estava era implicando com ela, tanto assim que a mão direita dele pendeu de repente no ar — como a dela, agora, na beira da cama — e Bárbara, na ponta do pé, teve ainda tempo de segurar a mão de Jaci e subiu, subiram os dois, ao longo das palmeiras, esquecidos de tudo, praticamente enrolados um no outro, e...

Ah, graças a Deus Lila tinha se levantado da cama, saído do quarto, e só podia ser o Naé — já que a Lila não gritava, como é natural que se faça diante de um ladrão, de um assaltante —, e daqui a pouco ela também, Bárbara, ia falar com Naé para contar que tinha estado no Horto, encontrando, ao voltar, na relva, Jaci adormecido, e que os dois, num verde colchão de brisa debaixo do qual ia crescendo uma palmeira, devagar, tinham, sem qualquer exagero, logo que se ergueram no ar, caído em estado do gozo, um gozo semelhante em tudo ao que já conheciam nos braços um do outro, é claro, até aí nada de novo, mas que não acabava nunca, sem fim, bastando que, como ela fazia agora, os olhos de ambos se mantivessem fechados, enquanto...

Lila tinha percebido, passados poucos instantes, que Bárbara não ia se deixar despertar pelo ruído, ou que, sensatamente convencida de que só podia ser o Naé chegando, não ia se abalar, não ia se mexer. Aliás, disse Lila a si mesma, se eu estou me abalando, me mexendo e levantando não é por achar que esse barulho não provém de Naé chegando e sim porque desejo que seja isto mesmo e que o Naé me conte onde andou até estas horas, onde jantou, o que é que havia nas ruas de tão interessante. Lila tinha vestido, por cima da camisola, um roupãozinho leve e ajeitado um pouco os cabelos, e sua intenção era esperar, sem dizer nada, só olhando Naé e sorrindo, que, com aquela maneira muito dele, animada, ele começasse a desfiar o novelo das peripécias do dia, os últimos lances da investigação, disposta a intervir se Naé chegasse demasiado perto de onde não devia. Mas Lila percebeu logo, ao ver Naé sentado em sua cama do quarto de empregada, cotovelos nos joelhos, cabeça apoiada nas mãos, que ele devia estar vindo de alguma aventura diferente, má, a menos que houvesse, exatamente, chegado à conclusão lógica que ela temia, indesejável. Fosse como fosse, o melhor, em lugar de fazer perguntas ali, de procurar descobrir alguma novidade de supetão, era levar para a mesa da sala a garrafa térmica de café, pão, queijo, e propor a Naé que se sentassem e conversassem, em voz baixa, para não despertar Bárbara ou incomodar algum vizinho de sono precário.

— Lila — disse Naé, testa enrugada de preocupação, sorvendo o café —, minha conversa com Teodoro foi difícil, penosa, para dizer o mínimo.

— Penosa? Como assim? Ele... tratou você mal? Não vai me dizer que você ficou chateado demais com as ironiazinhas dele, as frases em francês.

— Quem me dera que fosse só isso. Quando eu digo penosa estou principalmente pensando em mim, quer dizer, no meu papel, na maneira como a conversa me atingiu. Teodoro acha, Lila... Ou talvez eu deva dizer que ele sabe, o Teodoro *sabe,* ou pensa que sabe, e me disse.

— Sabe o quê? O motivo? Ah, isso, Naé, você também *sabe* que, a esse respeito, as opiniões podem variar a mais não poder. Como sabe? O que é que ele sabe?

— Ele sabe, Lila, e me fez saber — talvez, isso eu concedo, para me atrapalhar, me perturbar, e prejudicar minhas investigações — que eu, na realidade, estou não em busca do que é verdadeiro por querer apurar, até o fim, o crime que feriu a todos nós, ou não estou só com esse propósito, movido apenas pela sede de justiça, digamos. O Teodoro me disse, tranquilamente, que eu estou, no fundo, é tomando notas para escrever um livro.

Lila, a xícara de café a meio caminho da boca, ficou parada, olhando Naé.

— Você está entendendo o que ele quis dizer, não é, o impacto calculado, que ele armou, para me colocar diante do que há de interesseiro, de mesquinho, de menor no meu plano, ou em mim mesmo? Mas não vá você pensar — com seu espanto, e seu café esfriando na xícara segura pela alça — que eu, na hora, me defendi, protestei, como quem foi apanhado em flagrante, ou que, depois, quando saí de lá, abandonei as investigações que tinha programado, e comecei a andar a esmo pelas ruas, nada disso. Não permiti que nada saísse do seu lugar por causa do que ouvi do Teodoro, e que deixei passar encolhendo os ombros, como quem mal compreendeu o que ouviu. Fui, como tinha combinado, ao encontro do bancário — tal de Edmilson, já meu amigo — que viu o Xavier saltando, revólver na mão, a cerca do Jardim Botânico, jantamos juntos a meu convite, como eu tinha proposto a ele, bebericamos umas cervejas, ora no Bar Ponte de Tábuas ora no Sol, sempre, como quem não quer, de olho nos caras que entravam, nos que se limitavam a olhar de fora, nos que passavam pela calçada. O Edmilson tem absoluta certeza de que está cansado de conhecer de vista um dos caras que, ao mesmo tempo que ele, apareceu na rua, logo depois de se ouvir o tiro, e que, de olho arregalado, viu o Xavier vigiando a saída do rio dos Macacos. O Edmilson garante que, com paciência, a gente, mais dia, menos dia, esbarra nele, nesse outro cara, por ali. Mas o que me parece definitivo, livro ou não livro, para deixar o Teodoro em maus lençóis, é um dos garçons noturnos do Ponte de Tábuas, esse bastante conhecido — de papo assim entre freguês e garçom — do Edmilson. Pois o garçom entrou subitamente de férias, isto é — segundo o Edmilson e eu acho que sem a menor dúvida —, foi forçado pelo patrão a ficar em casa, porque sabe demais, viu demais, e se apresentou, na própria noite do crime, à delegacia da Major Rubens Vaz para contar o que viu, Lila. Eu estive com o Edmilson na delegacia, querendo examinar o livro de ocorrências, mas o delegado engrolou uma porção de avisos e indiretas sobre bêbados ou desordeiros, que perturbam a Polícia no meio da noite e depois mandam gente deles conferir o que é mesmo que eles declararam, ou inventaram: você entende, Lila, para intimidar a gente, para me impedir de descobrir a verdade. O patrão do garçom — eu e o Edmilson estamos mais do que convencidos — levou grana *de alguém,* do Serviço, ao que tudo indica, pra tirar o rapaz de circulação e impedir nosso trabalho, porque o tal garçom é gente boa, rapaz direito, que não só agiu rápido, obedecendo à consciência dele, como demonstrou disposição de se chatear. Ele foi à Polícia e tudo, o que mostra como, humilde de origem e de pouca educação, o cara tem caráter, e uma personalidade interessante, digna de estudo.

Aqui, interrompendo de chofre a torrente de informações, Naé se deteve, alisou os cabelos com a mão, empurrou para o meio da mesa a xícara de café.

— Claro — disse Lila de repente, quase a troco de nada, achando que Naé achava que ela devia ter dito alguma coisa —, uma pessoa direita, o garçom, e além disso...

— Além disso você sentiu, como eu, que nesse caminho — ou descaminho, como tenho a impressão que se diz de uma situação como esta — eu acabo, sem sombra de dúvida, restabelecendo um por um todos os fatos da noite do crime, e até a psicologia do garçom em questão, sem, no entanto, como é fundamental, expor até o osso e o caroço o motivo, a razão do crime. A verdade — e garanto que era nisso que você pensava enquanto me escutava aí, paciente — é que o Xavier agiu como quem foi encarregado de executar uma sentença de morte, na pessoa de Jaci, foi chamado, em pleno velório de meu pai, para supliciar o Jaci, feito um carrasco que abandona qualquer função social de que esteja participando quando convocado ao patíbulo, para exercer o ofício. Ora, nem preciso dizer que é absurda, carente de qualquer verossimilhança, disparada, essa versão exterior do crime, que parece coisa de filme modernoso, desses sem pé nem cabeça. Me ajude, Lila, por favor, mas não, não me interrompa ainda senão você não me dá ajuda nenhuma, ao contrário, peço ajuda no sentido de fazer você olhar para dentro de você mesma, você que, segundo o Teodoro, é um veio a explorar, noiva e amante que foi do Xavier: você acha possível que o Xavier estivesse se desforrando porque o Jaci teria, por assim dizer, ousado conquistar você — conquistar não, tomar você, sem nem pensar muito nisso, aposto, como me tomou de Bernadete, como tomou Bárbara do vigia Lidanor, que agora, se sentindo talvez meio vingado de Jaci, dá de ombros à noite do crime, enquanto contempla, sem qualquer interesse, as relíquias dos mártires de Jacqueline — e assim ferido os brios de homem dele?

— Escute, Naé, e, sem falar tão alto assim, por favor, não deixe de levar em conta que, por outro lado…

— Eu sei, eu levo em conta, eu falo baixo e antecipo, como você ia dizendo, que, por outro lado, o próprio Xavier já tinha se afastado de você, e, fosse ou não fosse a princípio por algum ciúme, ou despeito, já parecia realmente interessado em minha mãe. Eu creio até — vendo as coisas como dá para ver agora — que a mãe provavelmente há bastante tempo gostava do Xavier, em parte, me parece, por se sentir cansada das *affaires* — o Teodoro garante que é assim que é correto —, das infidelidades de meu pai, que nunca eram nada de muito sério mas, todas somadas, haviam de, mesmo sem ameaçar a estabilidade matrimonial, levar a velha Solange a lamentar alguma escolha melhor que pudesse ter feito nos tempos em que era linda, linda de verdade, assim que nem Bárbara. Nessas alturas, em dias recentes, e diante de uma Solange ainda bem bonita — desejável, atraente, eu reconheço, apesar das limitações e preconceitos de uma visão de filho — aparece, reaparece, tisnado de sóis selvagens, como num velho romance de aventuras, Xavier, que Solange tinha conhecido mocinha, quase menina ainda, nos tempos de um retrato que vi outro dia num álbum, entre os guardados do pai.

— Ah, sim — disse Lila —, na praia, um grupo, eu sei, a roupa de banho inteiriça, não é, maiô? Mas não acho que seja, do ponto de vista das caras, um retrato muito bom, de muita parecença, ou por outro lado...

— Praia? Que praia, Lila? Estou falando num retrato de recepção ou baile de formatura, acho, não sei de quem, do Xavier, do pai, não sei, os rapazes de terno e gravata, as moças de vestido claro, num salão.

— Ah, então é outra coisa, esquece, eu tenho ouvido eles falarem tanto na praia do Leme, no banho de mar, mas a verdade é que mudaram muito, sei lá, Xavier, sua mãe.

— Sei, lógico — disse Naé, impaciente —, as pessoas mudam, mas voltando a esse retrato, do álbum: no momento em que eu vi a mãe, vestidinho branco meio armado — é organdi que se chama a fazenda, não é? talvez seja melhor verificar isso —, tão moça e linda, achei, deduzi, quase, que se o Jaci tivesse conhecido a mãe assim, naquele tempo, com aquele vestido de organdi, ele teria, palavra de honra... Ou, vendo a situação pelo outro lado, ela, Solange, não teria tido uma atitude hostil em relação ao Jaci, quando mais não fosse porque o Jaci não ia permitir, não ia dar tempo, ele ia, assim como fez com Bárbara...

— Ô, Naé — disse Lila, rindo mas afetando também impaciência —, agora, sim, você começou a fiar um enredo, não, uma obra de imaginação, não é verdade? Confesse, vamos. Um romance abarcando gerações.

— Se você — respondeu Naé, contido e digno — está tomando o partido, embarcando na canoa e nas teses do Dr.

Teodoro, você se engana, redondamente, porque eu estava, preciso, objetivo, eliminando falsas pistas para chegar à pista irrecusável: sobre a mãe, Jaci não exerceu a menor sedução, o que derruba conclusões que pudéssemos ficar tentados a tirar da estranha confusão que o Xavier doido estabelece entre a morte de Jaci e a de meu pai, de quem, afinal de contas, era velho amigo.

— Mas não vá esquecer, Naé, entre suas deduções, induções e conclusões, que seu pai me disse, ele próprio, que andava exasperado com o Xavier, a quem tinha pedido que se afastasse da casa, de vocês, de todos, em suma, da família.

— Sim, estou sabendo, estou levando em conta esse dado que, submetido a uma espiral de elucubrações, poderia até resultar na conclusão de que o pai foi eliminado pelo Xavier, o que não aconteceu, mas não poderia jamais, dentro do mínimo respeito a um raciocínio lógico, conduzir, como conduziu, ao assassinato de Jaci pelo Xavier. A menos que, em lances rocambolescos, construíssemos uma Solange tão indignada com o Jaci, com as relações do Jaci comigo, com Bárbara, que, para proteger a virtude dos cachorrinhos, dos filhotes, rugisse feito uma leoa no ouvido do Xavier, pedindo sangue.

— Naé, por favor, vamos dormir, descansar um pouco. E se você quer saber, antes de encerrarmos a conversa, o que *eu* penso dessa história — na qual, pela parte que me toca, separo a dor causada pela morte de Jaci, que há de ficar comigo até o dia da *minha* morte, do mistério em que ela ficou envolvida — é que, com a loucura de Xavier, o crime ficou sem chance de explicação. Pode ser que o Xavier fique bom da cabeça e você consiga meter ele na cadeia, mas o *motivo*, Naé, acho que até ele ignora, o motivo foi o acesso de loucura, você não acha, não conclui? Por mais que a gente fale, como você tem feito e está fazendo, por mais que você percorra e esquadrinhe os chamados veios a explorar, você...

— Bárbara, Bárbara — disse Naé —, vá chamar Bárbara que eu preciso, nós precisamos falar com ela, Bárbara que foi, depois de Jaci ele próprio, baleado, asfixiado entre as paredes de um rio murado, a maior vítima, porque foi a mais amada, mais do que eu, do que você ou as Helenas, talvez até do que a madrinha. Você sabe que há tempos, antes mesmo do Jaci aparecer na vida da gente, Bárbara me contou um dia, achando graça, que o Xavier, a gente não tinha a menor ideia de que ele gostasse da mãe, claro, quando se despedia dela, Bárbara, quando dava nela um beijo de adeus, se encostava nela, sem chamar a atenção de ninguém, naturalmente, sempre duro, numa ereção, numa evidente...

— Olha aqui, Naé, eu não vou acordar Bárbara coisa nenhuma, para ouvir essas tolices, e, se você continuar assim, não quero nem imaginar que espécie de livro vai sair daí, dos seus apontamentos e meditações. Ereção de homem que toma um drinque, Naé, e se encosta, na hora de dar boa-noite, numa mocinha linda e gostosa como Bárbara, francamente, isso é puro entusiasmo e homenagem de garanhão, porque o Xavier, afinal de contas, era, na cama, parceiro de muito respeito, tome nota, por mais que ele agora seja mau-caráter, assassino, doido, pode ficar sabendo.

— Me perdoe, Lila, por favor, não me interprete mal nem me queira mal, e eu bem sei que, nesse tempo, ele era seu noivo, seu amante, e eu fui relembrar logo uma coisa que... Bem, na realidade não pode querer dizer tanto assim e você me desculpe, mas é que no meio de hipóteses e mais hipóteses a gente, mal examina uma, nova, imagina logo que descobriu a pólvora, achou a resposta. Vamos dormir, você tem razão, descansar, mas outro dia, juro, uns três dias atrás, acordei chorando, porque fui acordando aos poucos, vindo não sei de que sonho, de que lembrança, e pensando que só nós sabemos como era, como foi o Jaci, e que depende de nós as pessoas terem pelo menos uma ideia do que é que ele representou, de como foi ele, vivo, tão vivo e lindo. Acho que por isso é que eu me esforço por descobrir como e por que ele morreu. Você tem razão, vamos descansar que o dia vem raiando e não vou esclarecer nada acordando Bárbara a esta hora, falando com Bárbara madrugada afora.

Na porta da sala apareceu, então, Bárbara, sorrindo, se espreguiçando.

— O dia está despontando — disse Bárbara —, e eu estava mesmo querendo dizer a você, Naé, e a você, Lila, você que ainda não conhece as amoreiras do Horto, que elas estão roxas de fruta e que não há hora melhor para ir ao Horto do que quando, como o Naé ia dizendo, o dia vem raiando.

Lila recusou o convite de Bárbara, em parte porque realmente estava, como alegou, cansada, depois da conversa com Naé, em parte por sentir, sem que soubesse definir como, que, se alguém podia desviar Naé de um rumo ruim, malsão, esse alguém era Bárbara. Ela, Lila, podia calar Naé durante algum tempo, entre os lençóis do enxoval, nas fronhas sem monograma, ou entrar em fatigantes debates com ele, como esse, que Bárbara acabava de encerrar. A influência de Bárbara era outra coisa, eram mistérios diferentes, ou era apenas — para não começarmos a querer costurar nuvens, disse Lila a si mesma — uma influência que saía dela, e não do que dissesse ou pensasse, e por isso mesmo, como há pouco lembrava Naé, tinha sido Bárbara a mais amada, só que, e isso era melhor Naé não ficar sabendo, por mais de uma pessoa, e ninguém melhor do que Bárbara para, sem dizer nada — soubesse ela ou não aquilo que Lila sabia —, preservar para Naé o Jaci que os dois tinham amado. Ou os três, sorriu Lila, lembrando que, outro dia, quando, nua, distraída, ia do banheiro para o quarto de Naé, tinha parado, um pouco sem jeito, mãos nos seios, ao encontrar Bárbara no caminho, e Bárbara tinha dito, dando um beijo no ombro dela:

— Jaci disse às Helenas, que passaram a frase ao Naé, que ele não se bastava, nem de longe, nem se completava em mais uma pessoa, somente, e sim, pelo menos, em mais duas, e se assim era com ele, que dizer de nós.

Por uma questão de hábito, ou para rever, na sua inteireza, antigos caminhos tantas vezes trilhados, Bárbara e Naé resolveram chegar ao Horto pelas alamedas do Jardim e chegar ao Jardim pela vila onde tinham morado e crescido. Naé — no único momento de toda a manhã em que ficou sério, quase feio, e ameaçou retomar, com Bárbara, o assunto das investigações — teve a tentação de entrar na casa "para ter uma conversa com a mãe, principalmente agora que Xavier já põe sua cabeça de doido, ou ex-doido, no travesseiro do pai", mas Bárbara empurrou ele vila adentro, rumo ao Jardim, dizendo que aquilo não eram horas de se bater em casa de ninguém, nem na casa da mãe. Foram subindo a ruela quando, da varanda da última casa, viram surgir o velho que acordava antes da criação para despertar, nas gaiolas, os passarinhos mais preguiçosos, e foi num açodamento, com um melro pousado na fina cabeleira branca, que o velho fez sua saudação:

— Aurora! Aurora!

— Bárbara — disse Bárbara, sorrindo.

— Bárbara de nome, eu sei, me lembro, filha da dona Solange e do falecido Basílio, mas Aurora para mim, e entre os passarinhos da casa, porque você costumava passar cedinho por aqui, levantando a mão sem dizer nada, para não fazer barulho na rua adormecida, ou acenando com uma fruta. Espere aqui um instante.

O velho correu até dentro da casa, o bico do melro fendendo os ares na cabeça dele, e voltou pouco depois com goiabas para Bárbara e Naé, goiabas e bênçãos, distribuindo e espalhando tanto as frutas quanto as bênçãos com gestos largos e curvaturas, um tanto dançarino, o melro, impassível, mas com certo enfado, esperando que cessasse tamanho alvoroço em hora tão matinal.

Era aquela a primeira vez que Bárbara e Naé penetravam juntos no Jardim depois da morte de Jaci, e Naé, imaginando que pensamentos tristes estariam — feito nuvens escuras, tocadas de vento — desfilando pela lembrança dela, se deteve quando Bárbara apontou um tabuleiro de verde grama que se estendia ao pé da aleia das palmeiras imperiais.

— Foi aqui — disse Bárbara —, que nós nos amamos, eu e Jaci.

— Quando? — perguntou Naé, quase vendo, por trás da fronte de Bárbara, a lenta procissão das nuvens pesadas de melancolia.

— Hoje, ainda agora: quando cheguei à sala onde você tomava café com a Lila, eu acabava de sair dos braços dele e dessa cama verde aí, onde nos amávamos, e que subiu, comigo e com ele, até a coroa das palmeiras e mais alto ainda, depois.

— Um sonho bonito — disse Naé —, lindo.

— Hum — sorriu Bárbara, brejeira, balançando a cabeça, em dúvida —, eu acordei tão... tão chovida, aguada e regada. Acho que sonho dá no máximo um orvalho, um sereno.

O sol nascente dourava apenas palmeiras e sumaúmas, lá no alto, deixando o chão ainda escuro, úmido, quando, no fim da aleia Frei Leandro, surgiu hesitante — como se, surpreendida por Bárbara e Naé, quando mal regressava ao pedestal, tratasse de ficar quieta, o que se espera de qualquer estátua — Eco.

— A mão direita da Eco, repare — disse Bárbara —, está ainda erguida e a roupa dela meio amarfanhada: vai ver que ela subiu também nos ares e se dissolveu de paixão, aposto.

Quando chegaram, de mãos dadas, ao rio dos Macacos, Naé, ao contrário do que tinha imaginado antes, não desviou com horror os olhos do rio dissimulado, ralinho agora, mínimo, e que no entanto, na noite do dilúvio e da morte, tinha sacudido com fúria e carregado por baixo da rua e pelas frestas das comportas o corpo de Jaci. Não calculou, como também tinha imaginado fazer, a que altura do curso do rio, entre Eco e o muro, Xavier teria desfechado o primeiro, e a seguir o segundo tiro: não que alguma esperança restasse de encontrar, nessa altura, pistas e vestígios, mas para que, na hora dos confrontos e das encenações, ele pudesse, implacável, dedo em riste, pondo de novo a doer e latejar a hora do crime — especificar minúcias, dizendo que Xavier, a sessenta metros da estátua, ou defronte do trigésimo pau-mulato…

Mas Bárbara seguia, caminho do Horto, o curso do riacho, e Naé ia pela mão da irmã, os dois pisando o chão de flor de jambo, cor-de-rosa, que prenunciava em tom claro o chão de amoras, que buscavam, para lá do aqueduto, das margaridas, dos flamboyants, e quando avistaram a folhagem densa das amoreiras avistaram também — samburá enfiado no braço, cheio de amoras — dona Carlotinha, que, ao ver Bárbara e Naé correu para eles e se abraçou com os dois, derramando amoras do samburá.

— Ah, eu era capaz de jurar que ia ver as pessoas que tinham que saber do que se passou esta noite, na minha casa, na minha janela. Você contou a Bárbara, não contou, Naé, que eu estava deixando todas as noites na janela, feito mamão e alpiste numa arapuca, o pão do Jaci? Pois hoje de manhã, Bárbara, meu anjo, só estava no peitoril da janela, embrulhado no papel cinzento, um pedaço do pão que eu tinha deixado, pedaço com a mesma forma, do mesmo jeito, igualzinho, igualzinho ao que o Jaci deixou quando passou por aqui aquela noite da chuva, caminho da Lagoa.

Bárbara abaixou a cabeça para encostar o rosto no pescoço de dona Carlotinha e ali — pensou Naé quando quis descrever a cena mais tarde — se deixou chorar, ou foi chorada, não chorou, seus ombros continuaram imóveis, sua postura permaneceu tranquila, enquanto as lágrimas deslizavam pelo rosto dela, como pelas folhas de uma planta, e Naé só não colheu com a ponta do dedo o choro de Bárbara para verificar por estar certo, mesmo sem a prova, de que, como água de rega que era, não continha sal.

48

"A reconstituição do crime", escreveu Naé no diário, "não é mais necessária, ou, a bem da verdade, nem é mais possível, já que o Xavier jogou uma derradeira cartada tão certeira e magistral (verificar no dicionário se *magistral* é exatamente o que eu estou pensando, quer dizer, de mestre, cartada de mestre) que, na hora, me fez quase duvidar da *loucura* dele. Sufocou, como se diz, no berço, antes mesmo que começasse, o processo a que teria de responder mas que dependia ainda de providências minhas, e, antes de mais nada, da viagem que eu já tinha convencido Bárbara a fazer comigo, no rasto de Lidanor, que não passa, na melhor das hipóteses, de um pulha (verifiquei *pulha* e confere: descreve bem o tipo em questão), mas que acho que amou de verdade e provavelmente (quem não?) ama ainda Bárbara. Não duvido que o Lidanor, a mim, falando comigo, mentisse e reforçasse mentiras prévias, até para erigir defesas futuras, pois o Dr. Teodoro deve ter informado a ele que descobri sérias hipocrisias e até cruas falsidades no depoimento que ele prestou, com vistas a progresso e melhoria financeira nos escalões do Serviço. Mas diante da lindeza de sempre, e da gravidade angélica (quase escrevi gravidade *jacística*) de Bárbara quando toca no assunto da morte de Jaci, pouco tempo resistiriam as barricadas de Lidanor, e, na brecha aberta, eu entraria, para transformar Lidanor em aliado, pois é claro que eu não desejava mal nenhum ao pulha, querendo apenas denunciar e punir Xavier. Em segundo lugar (ou talvez *antes* de empreender a viagem) eu pretendia ligar o caso da busca da arma do crime, que Xavier ainda tinha na mão quando saiu do Jardim e que não foi mais encontrada, ao caso, a criar, da arma do *outro* crime, o primeiro, cometido na floresta, pois (esta seria talvez *rainha* cartada magistral e acabo de verificar que magistral é aquilo mesmo, vem do latim *magister*) segundo suspeitas que a Lila me confiou no primeiro momento (depois, não sei por que, ficou um tanto arredia em relação ao assunto) Xavier possuiria ainda o revólver dos seus dias de mateiro e sertanista, o qual, portanto, teria eliminado Jaci *também*. (Antes que eu me esqueça: julgo ver em minha maneira de escrever uma tendência, ou cacoete, a usar com frequência parênteses e grifos. Entendo que uns e outros, principalmente os parênteses, podem criar um certo suspense, um charme, um discurso, como se diz, sincopado, mas podem, por outro lado, chatear o leitor, tirando a fluência do texto. Comparar com bons livros.)

"Seja como for, e como eu comecei a considerar de início, o Xavier precipitou tudo isso água abaixo, matando não dois e sim *todos* os coelhos com uma cajadada só, aplicada (digo isso sem qualquer intenção de humor) nele próprio, talvez, repito, um pouco por cálculo. Estou certo de que, quando tive com a mãe, na nossa antiga casa, dias atrás, a dura conversa sobre a reconstituição que eu pretendia armar, do crime, o Xavier, na varanda, nos escutava com ar de quem não prestava atenção a nada (olhando no chão uma fila de formigas transportando folhas) mas provavelmente de ouvido atento e orelha em pé. Jamais saberemos (era mesmo um homem de segredos) se a ideia da reconstituição do crime exerceu alguma influência na sua decisão final ou se, uma vez mais, como teria ocorrido no caso da morte de Jaci, a decisão foi puro resultado de genuínos germes destruidores, e finalmente autodestruidores, da loucura dele: o fato é que Xavier se suicidou em pleno Jardim, sendo encontrado ao pé da jaqueira de frei Leandro, o vidrinho de veneno na mão esquerda, já morto e rígido, a outra mão como se apontasse a alameda que tem também o nome do frade. (Saber dos psiquiatras da casa de saúde, para o caso de querer escrever a respeito, com que frequência loucos atentam contra a própria vida, principalmente a ponto de preparar, como tudo indica que o Xavier fez, o próprio veneno usado.)

"A Lila foi prontamente convocada pelo Dr. Teodoro, logo que se soube do suicídio, e acompanhou minha mãe com a mesma dedicação e desvelo com que o Xavier fez o mesmo, quando morreu meu pai. Além disso, a Lila me convenceu a, sem qualquer reserva, correr ao encontro da mãe, no mais puro espírito de amor, de carinho, o que eu fiz, aliás, chorando muito, felizmente, e com a maior sinceridade, pois sentia pena da mãe, pelo que tem sofrido ultimamente, chegando mesmo a pedir perdão a ela por haver, no correr da minha investigação, aumentado aflições dela, sobretudo com meu plano de reconstituição do crime. A mãe chorou muito tempo no meu ombro, dizendo que tinha sido sempre fiel a meu pai ('em vida dele só fui dele', repetia) mas tinha, não ia negar, guardado um rabicho (gíria antiga, da mocidade dela) pelo Xavier e que certos nós (a mãe falou comovida, tumultuada, mas os nós a que se referiu são certamente da vida em geral e não do rabicho) só cortados, pois não cedem, não desmancham, não desatam. Quanto ao resto, ela completou, soluçante, o que nos compete, neste mundo, fazer, é nos amarmos uns aos outros e nos perdoarmos, em lugar de alimentar e avivar ódios, e eu disse que sim, concordei, beijei a mãe e pedi perdão a ela, mas sem dizer de quê, pois em sã consciência não tenho de que me arrepender no caso do Xavier, que na morte, ou na escolha que fez da hora da morte, foi pelo menos dissimulado, dúbio. Ele é bem capaz de ter pensado no efeito que produziria o quadro composto, por um lado, pela jaqueira de frei Leandro, com o buraco no ventre, o dreno de cano plástico, e, por outro lado, por ele, estirado no chão, fulminado pelo veneno, quadro que bem poderia servir de ponto final a alguma história que alguém escrevesse (eu não) macabra, de mau gosto.

"Antes que me esqueça, creio que seria possível a alguém de talento (não eu) marginalizar, reduzir o Xavier a um papel de carrasco e suicida, colocando o centro do livro, concentrando a história a escrever, no Jaci, nele, em Bárbara, e um pouco — me disfarçando bastante — em mim, quem sabe. Talvez fosse até preferível a forma de um poema, que poderia acabar com o Jaci se nutrindo do pão no peitoril da janela e deixando, como lembrança e paga, uma chave, uma pequena chave de ouro, um ouro vivo e quente... (Não, medonho. Cortar ideia infeliz da chave de ouro.) O fato é que eu comprovo agora quanto me repugnava e me tolhia a ideia de um livro que, a gente quisesse ou não, acabaria por promover o Xavier (devido ao crime e à elucidação do crime) a uma espécie de herói, ou anti-herói, herói-vilão da narrativa, em prosa ou verso. Com a morte dele e a impossibilidade de testar com ele, diretamente, as hipóteses concernentes ao *motivo*, vejo que o Xavier, fosse ou não essa sua intenção, recua ao fundo do quadro (assim como o Edmilson, a quem eu preciso telefonar, não esquecer dele) como uma espécie de maníaco, de fatalidade sem pé nem cabeça (feito uma rocha que se desprende e rola montanha abaixo) na vida do luminoso herói, Jaci... e, é claro, na *nossa* vida.

"Assim também, em lugar de empreender a projetada viagem a Diamantino, devemos ir agora, Bárbara, eu, e se puder se livrar um tempo do Museu, a Lila, em visita à Jacqueline, no Araguaia, onde investigaremos, para dar plena base biográfica ao livro, as circunstâncias do nascimento (verificar se *inconha*, como o Jaci falava, existe como palavra e se existe ainda o tabu referente às frutas ou espigas Filipinas etc.) e dos primeiros tempos de vida de Jaci.

"E, para encerrar definitivamente o assunto Xavier: vale lembrar (já que pintei o quadro sinistro do homem com um frasquinho de veneno na mão deitado ao pé de uma jaqueira com um dreno no tronco) que quando nós três, Bárbara, Lila, eu, cercávamos a mãe, cada um porfiando e se revezando para que ela tivesse, o tempo todo, todo o consolo e conforto possíveis, a mãe, provavelmente querendo dar, depois de muitos acessos de choro convulso, incontido, uma certa impressão de calma e domínio de si mesma, nos disse, quase em tom de conversa, que o Xavier estava sempre por apurar, nunca chegando a fazer, o nome do pintor que tinha pintado, num grande quadro, o lago de frei Leandro, e a

Lila, embora não soubesse qual dos dois pintores era, disse que sim, que lembrava também a curiosidade do Xavier em descobrir se se tratava de Manet ou Monet (eu pedi à Lila, depois, para me soletrar os nomes, mas é melhor eu verificar), e nós todos nos olhamos um pouco sem graça, pois ninguém sabia, ou estava interessado, a não ser para sermos atenciosos com a mãe, mas afinal entrou pelo portão grande do Jardim o rabecão que levou o Xavier embora."

Leblon, 7 de novembro de 1984.

ESTUDO CRÍTICO

Callado e a "vocação empenhada" do romance brasileiro[1]

Ligia Chiappini
Crítica literária

Embora se alimente de episódios quase coetâneos, muitos deles tratados em reportagens do autor, a ficção de Antonio Callado transcende o fato para sondar a verdade, por uma interpretação ousada, irreverente e atual. E consegue tratar de forma nova um velho problema da literatura brasileira: sua "vocação empenhada",[2] para usar a expressão consagrada de Antonio Candido. Uma ficção que pretende servir ao conhecimento e à descoberta do país. Mas o resgate dessa tradição do romance empenhado ou engajado se realiza aqui com um refinamento que não compromete a comunicação e com um caráter documental que não perde de vista a complexidade da vida e da literatura. Busca difícil, que

---

[1] Este texto é a adaptação do Capítulo IV do livro de Ligia Chiappini, intitulado *Antonio Callado e os longes da pátria* (São Paulo: Expressão Popular, 2010).

[2] Essa expressão, utilizada para caracterizar o romance brasileiro a partir do Romantismo, é de Antonio Candido em seu livro clássico *Formação da literatura brasileira*, de 1959.

termina dando numa obra desigual, mas, por isso mesmo, interessante e rica.

O jornalismo e suas viagens proporcionam ao escritor experiências das mais cosmopolitas às mais regionais e provincianas. A experiência decisiva do jovem intelectual, adaptado à vida londrina, a quase transformação do brasileiro em europeu refinado (que falava perfeitamente o inglês e havia se casado com uma inglesa) afinaram-lhe paradoxalmente a sensibilidade e abriram-lhe os olhos para, segundo suas próprias palavras em uma entrevista, "ver essas coisas que o brasileiro raramente vê".[3] É assim que ele explica seu profundo interesse pelo Brasil no final de sua temporada europeia, quando começou a ler tudo o que se referia ao país, projetando já suas futuras viagens a lugares muito distantes do centro onde vivia.

Da obra de Antonio Callado, em seu conjunto, transparece um projeto que se poderia chamar de alencariano, na medida em que seus romances tentam sondar os avessos da história brasileira, aproveitando, para tanto, junto com os modelos narrativos europeus (sobretudo do romance francês e do inglês), os brasileiros que tentaram, como Alencar, interpretar o Brasil como uma nação possível, embora ainda em formação. A ficção como tentativa de revelar, conhecer e dar a conhecer nosso país constitui o projeto dos românticos e é, ainda, o projeto de Callado, que, como Gonçalves Dias, Graça Aranha e Oswald de Andrade, redescobre o Brasil. Conforme ele próprio nos conta em vários depoimentos, os

---

[3] Cf. entrevista concedida à autora e publicada em: *Antonio Callado, literatura comentada* (São Paulo: Abril Cultural, 1982. p. 9).

seis anos que viveu na Inglaterra foram, em grande parte, responsáveis pelo seu projeto de trabalho (e, de certa forma, também de vida) na volta. As viagens, as reportagens, o teatro e o romance servem, daí para frente, a um verdadeiro mapeamento do país: do Rio de Janeiro a Congonhas do Campo; desta a Juazeiro da Bahia; da Bahia a Pernambuco; de Olinda e Recife ao Xingu; do Xingu a Corumbá, com algumas escapadas fronteira afora, para o contexto mais amplo da América Latina.

Obcecado pelo deslumbramento da redescoberta do Brasil, seu projeto é fazer um novo retrato do país, o que o aproxima de Alencar, depois da atualização feita por Paulo Prado e Mário de Andrade, e o converte numa espécie de novo "eco de nossos bosques e florestas", designação que Alencar usava para referir-se à poesia de Gonçalves Dias. Não faltam aí nem sequer os motivos da canção do exílio — o sabiá e a palmeira —, retomados conscientemente em *Sempreviva*. Tampouco falta a figura central do Romanismo — o índio —, que aparece em *Quarup* e reaparece em *A expedição Montaigne* e em *Concerto carioca*. E, nessa viagem pelos trópicos, vamos recompondo diferentes Brasis, pelo cheiro e pela cor, pelos sons característicos, pela fauna e pela flora.

Mesmo nos livros posteriores a *Quarup*, nos quais se pode ler um grande ceticismo em relação aos destinos do Brasil, permanece o deslumbramento pela exuberância da nossa natureza e as potencialidades criadoras do nosso povo mestiço. Vista em bloco, a obra ficcional de Antonio Callado é uma espécie de reiterada "canção de exílio", ainda que às vezes pelo avesso, como em *Sempreviva*, em que o herói,

Vasco ou Quinho — o "Involuntário da Pátria" —, é um exilado em terra própria. O localismo ostensivo, que ainda amarra esse escritor às origens do romance brasileiro, de uma literatura e de um país em busca da própria identidade (e até mesmo a certo regionalismo, nos primeiros romances), tem sua contrapartida universalizante, desde *Assunção de Salviano*, transcendendo fronteiras e alcançando "os grandes problemas da vida e da morte, da pureza e da corrupção, da incredulidade e da fé", como já assinalava Tristão de Athayde, seu primeiro crítico. Aliás, do mergulho no local e no histórico é que resulta a concretização desses temas universais. Assim, pelo confronto das classes sociais em luta no Nordeste, chega-se à temática mais geral da exploração do homem pelo homem e das centelhas de revolta que periodicamente acendem fogueiras entre os dominados. Pela história individual do padre Nando, tematiza-se a situação geral da Igreja, dos padres e do intelectual que se debatem entre dois mundos. Pela sondagem da consciência de torturadores brasileiros, chega-se a esboçar uma espécie de tratado da maldade, que nos faz vislumbrar os abismos de todos nós.

O contato do jornalista-viajante com nossas misérias e nossas grandezas sensibiliza-o cada vez mais para a "dureza da vida concreta do povo espoliado",[4] que, presente em suas reportagens sobre o Nordeste e na luta dos camponeses pela terra e pelo pão, reaparece em seus romances. Em alguns deles, esse povo não é mais do que uma sombra, cada vez

---

[4] Cf. Arrigucci Jr., Davi. *Achados e perdidos*: ensaios de crítica. São Paulo: Polis, 1979. p. 64.

mais distante do intelectual revolucionário e do escritor, angustiado justamente com sua ausência sistemática do cenário político e das decisões capitais da nossa história.

O tratamento do nordestino pobre (em *Quarup* e *Assunção de Salviano*) ou de um pequeno comerciante de uma provinciana cidade de Minas Gerais (*A madona de cedro*) parece aproximar o escritor daqueles autores românticos que, como o polêmico Franklin Távora, defendiam o deslocamento da nossa literatura do centro litorâneo e urbano para regiões mais afastadas e subdesenvolvidas. Contudo, em Callado, isso não se manifesta como opção unilateral, mas como evidência da tensão. O caminho da reportagem à ficção feito pelo autor de *Quarup* pode ser comparado ao caminho da visão externa à do drama de Canudos, percorrido por Euclides da Cunha em sua grande obra dilacerada e trágica: *Os sertões*. Da mesma forma aqui, guardadas as diferenças, o esforço do intelectual, formado nos centros mais avançados, para entender o universo cultural do Brasil subdesenvolvido acaba sendo simultaneamente um esforço para indagar das raízes de sua própria ambiguidade como intelectual refinado em terra de "bárbaros".

No caso da abordagem do índio, as trajetórias do padre Nando e de *Quarup* são exemplares como a conversão euclidiana. Documenta-se aí a passagem do interesse livresco e do enfoque romântico, que o levam, no início, a idealizar o Xingu como um paraíso terrestre, à vivência dos problemas reais do índio, contaminado pelo branco e em processo de extinção. Nando termina chegando a um indianismo novo, em que o índio é tratado sem nenhuma idealização.

Mas Callado não só revela a miséria do índio. Aponta também, a partir de uma vida mais próxima à natureza, para valores que poderiam resgatar as perdas da civilização corrupta. Desencanto e utopia, eis aí uma contradição dialética, evidente em *Quarup*, e uma constante nos livros do escritor, nos quais a repressão, a tortura, a dominação e a morte aparecem sempre contrapostas à imagem da vitalidade, do amor e da liberdade, simbolizados geralmente por elementos naturais: a água, as orquídeas, o sol, que travam uma luta circular com a noite, os subterrâneos e as catacumbas.

É a dimensão mítica e transcendente que faz Salviano ascender aos céus (ao menos na boca do povo), em *Assunção de Salviano*; é ela que faz Delfino recuperar a calma e o amor depois da penitência, em *A madona de cedro*; é ela que permite, apesar de todas as prisões, as desaparições e as mortes com que a ditadura de 1964 reprimiu os revolucionários, que, no final de *Quarup*, Nando e Manuel Tropeiro partam para o sertão em busca da guerrilha, e que o já debilitado Quinho, de *Sempreviva*, ao morrer, uma vez cumprida sua vingança, se reencontre com Lucinda, a namorada morta dez anos antes nos porões do DOI-Codi.[5] Retomada na figura de Jupira e de Herinha, ambas também parentas da terra e das águas, Lucinda é uma espécie de símbolo dos "nervos rotos", mas ainda vivos da América Latina (alusão à epígrafe de *Sempreviva*, tirada de um poema de César Vallejo).

Essa ambivalência acha-se no próprio título do romance de 1967. O quarup é uma festa por meio da qual, ritualmente,

---

[5] Organização repressiva paramilitar da ditadura.

os índios revivem o tempo sagrado da criação. Em meio a danças, lutas e um grande banquete, os mortos regressam à vida, encarnados em troncos de madeira (kuarup ou quarup) que, ao final, são lançados na água. O ritual fortalece e renova a tribo, que tira dele novo alento, transformando a morte em vida.

Bar Don Juan, *Reflexos do baile* e *Sempreviva* retomam as andanças do padre Nando tentando retratar os diferentes Brasis (das guerrilhas, dos sequestros, do submundo de torturadores e torturados). O que sempre se busca são alternativas para "o atoleiro em que o Brasil se meteu", mesmo que, cada vez mais, de forma desesperançada, com a ironia minando a epopeia e desvelando machadianamente o quixotesco das utopias alencarianas. E essa busca se amplia no confronto passado-presente, interior-centro, no caso do desconcertante *Concerto carioca*. Ou, finalmente, quando se estende à América Latina, com seus eternos problemas, incluindo a terrível integração perversa que ocorreu com a "Operação Condor", nos anos 1970 (como aparece em *Sempreviva*), e, cem anos antes, com a "Tríplice Aliança" (rememorada obsessivamente por Facundo, personagem central em *Memórias de Aldenham House*).

A ironia existente já em *Assunção de Salviano* e *A madona de cedro* — ainda comedida e, portanto, mínima — vai crescendo a partir de *Quarup*, até explodir na sátira de *A expedição Montaigne*, que parece encerrar o ciclo antes referido.

Nesse romance, um jornalista, de nome Vicentino Beirão, arrasta consigo pouco mais de uma dúzia de índios (já aculturados, mas fingindo selvageria para corresponder ao gosto desse chefe meio maluco) e Ipavu, índio camaiurá, tuberculoso, recém-saído do reformatório de Crenaque, em Resplendor, Minas Gerais. O objetivo da insólita expedição, que tem como mascote um busto do filósofo Montaigne (um dos principais criadores da imagem do bom selvagem na Europa), é "levantar em guerra de guerrilha as tribos indígenas contra os brancos que se apossaram do território" desde a chegada de Cabral, que é descrita como um verdadeiro estupro da terra de Iracema.

Depois de várias peripécias e de sucessivas perdas no labirinto de enganosos rios, conseguem chegar à aldeia camaiurá, levados pelo rio Tuatuari. A longa viagem, na verdade, conduz à morte. Vicentino Beirão, febril e semidesfalecido, é empurrado por Ipavu para dentro da gaiola do seu gavião Uiruçu, companheiro de infância com quem foge logo a seguir. O pajé Ieropé, já velho e desmoralizado, incapaz de curar os doentes desde que os remédios brancos foram introduzidos na aldeia, tendo saído de sua cabana pouco depois da fuga de Ipavu, e vendo o jornalista enjaulado, vislumbra aí a possibilidade de recuperar o seu prestígio de mediador entre os homens e os deuses, "recosturando o céu e a terra" e trazendo de volta o tempo em que suas ervas e fumaças eram eficazes. Porque, para ele, Vicentino Beirão é Karl von den Steinen renascido. Trata-se do antropólogo alemão que fez a primeira expedição ao Xingu em 1884, aqui chamado de Fodestaine.

Enquanto isso, a tuberculose, que estivera corroendo as forças de Ipavu durante toda a travessia, completa sua obra e o indiozinho também morre, reintegrando-se na cultura indígena por meio de um ritual fúnebre: a canoa que se afasta com seu corpo, rio afora, conduzida pelo gavião de penacho.

Como na maior parte dos romances de Callado, o desenlace é insólito e nos agrada na medida em que surpreende. No entanto, o grande prazer da leitura está em seguir o desenrolar da história, o contraponto das perspectivas alternadas, a escrita que nos empolga e nos faz ler tudo de um fôlego só, provocando ao mesmo tempo a expectativa do romance policial, o riso da comédia, a piedade e o terror da tragédia.

Anti-herói paródico, Vicentino Beirão é Nando, Quinho e tantos heroicos revolucionários dos romances anteriores. A dimensão utópica desaparece, persistindo somente de forma negativa, na amargura de um mundo fora dos eixos: nossa tragicomédia exposta.

A vertente machadiana, cética e irônica, que combinava tão bem com o lado Alencar de Callado (aparecendo em outros romances só quando o narrador se distanciava para olhar exaustivamente e sem piedade a miséria dos heróis e a pobreza das utopias em seus mundos infernais), agora ganha o primeiro plano, intensificando a caricatura.

A expedição Montaigne parece resumir um ciclo de modo tal que, depois dela, é como se Callado trabalhasse com resíduos. Ainda apegado ao tema do índio — tema pelo qual ele reconhece um interesse do avô, que também gostava de tratar desse assunto —, o escritor volta a ele em seu penúltimo romance — *Concerto carioca* —, mas, dessa vez, caracterizado por uma problemática histórico-social mais ampla.

A tentativa de *Concerto carioca* é, como o próprio nome aponta, a de concentrar em um cenário urbano a ficção previamente desenhada pela viagem aos confins do Brasil. Entretanto, até isso é ambíguo, já que o Jardim Botânico, onde transcorre a maior parte da ação, é uma espécie de minifloresta que enquadra e anima de modo mítico, com suas árvores e riachos, a figura de Jaci, o indiozinho (agora citadino) vítima de Javier, o assassino um tanto psicopata, no qual poderíamos ler o símbolo tanto dos colonizadores de ontem quanto dos depredadores da vida e da natureza de hoje, de dentro e de fora da América Latina, tornando a exterminar os índios, agora transplantados para a cidade. Ettore Finazzi Agrò[6] leu *Concerto carioca* como um concerto desafinado, um conjunto de sequências inconsequentes e de pessoas fora do lugar, umbral, paralisia e atoleiro, em um presente que arrasta o passado, feito de falta e remorso, em analogia com o ritmo desafinado da nossa existência descompassada. O mesmo atoleiro que nos obriga a arrancarnos da lama pelos próprios cabelos, tarefa hercúlea que o próprio Callado sempre invocava, aludindo a sério aos contos do célebre barão de Münchhausen.[7]

Nesse livro, ainda bebendo nas fontes de sua própria vida (a infância passada no Jardim Botânico e o descobrimento

---

[6] Cf. Nos limiares do tempo. A imagem do Brasil em *Concerto carioca*. In: Chiappini, Ligia; Dimas, Antonio; Zilly, Berthold (Org.). *Brasil, país do passado?*. São Paulo: Edusp/Boitempo, 2010.

[7] Personagem de *As aventuras do celebérrimo barão de Münchhausen*, escrito pelo alemão Gottfried August Bürger em 1786 e publicado no Brasil com tradução de Carlos Jansen (Rio de Janeiro: Laemmert, 1851). A análise da tensão temporal em *Concerto carioca*, no livro citado na nota 1, segue de perto a leitura de Finazzi Agrò (2000, p. 137).

do índio pelo menino, aprofundado anos depois pelo repórter adulto), o escritor retoma também outro tema que lhe é familiar: a temível potencialidade das pessoas. Segundo seu próprio depoimento, isso se confunde com a tarefa do romance, que é levar a pessoa ao extremo daquilo que poderia ser: "Então, você pode acreditar em uma prostituta que é quase uma santa no final do livro, como em um santo que resulta em um canalha da pior categoria."[8] Ao longo de toda a obra, essa dimensão, que poderíamos chamar de "a pesquisa do mal no homem, na mulher, na sociedade", aparece nos momentos em que os demônios se soltam.

Concerto carioca opta por se introduzir nas vertentes pessoais da maldade e toma partido, decisivamente, pelo mito, deixando, dessa vez, a história como um distante pano de fundo. Ao debilitar-se o plano histórico e social, rompe-se aquele equilíbrio entre o particular e o geral, o contingente e o transcendente, que permitiu a *Quarup* perdurar. O resultado, embora reúna acertos e achados, é um romance no qual o próprio narrador (personificado em um menino) parece perceber um equívoco: o de destacar como herói quem deveria ser um vilão secundário e diminuir a figura central do indiozinho, tornada paradoxalmente mais abstrata.

Em todo caso, isso talvez seja mesmo o remate de um ciclo e o começo de outro, de um livro ambíguo que traz o novo latente. Finalmente, Callado chega de volta onde começou, redescobrindo o país e a si mesmo no confronto

---

[8] Entrevista concedida à autora e publicada em *Antonio Callado, literatura comentada* (São Paulo: Abril, 1982. p. 9).

com seus irmãos latino-americanos e nossos meios-pais europeus, a partir da experiência da viagem, da vivência de guerras externas e internas e das prisões em velhas e novas ditaduras. Londres durante a guerra e o ambiente da BBC são aí tematizados, lançando mão novamente de um recurso que sempre foi efetivo em suas obras: os mecanismos de surpresa e suspense dos romances policiais e de espionagem. Aqui vai mais longe, pois tenta compreender o Brasil tentando entendê-lo na América do Sul, e esta, em suas tensas relações com a Europa.

A história é narrada do ponto de vista de um jornalista brasileiro que vai para Londres, fugindo à ditadura de Getúlio Vargas, na década de 1940, e lá encontra outros companheiros latino-americanos, uma chileno-irlandesa, um paraguaio, um boliviano e um venezuelano. Estes, por sua vez, fugiram do arbítrio da polícia política em seus respectivos países. O confronto deles entre si e de todos juntos com os ingleses, no dia a dia de uma agência da BBC especialmente voltada para a América Latina, acaba denunciando tanto os bárbaros crimes latino-americanos do passado e do presente quanto o envolvimento das nossas elites com os criminosos de colarinho branco da supercivilizada Inglaterra. Não apenas denuncia, mas também expõe parodicamente os preconceitos e estereótipos dos ingleses sobre os latino-americanos e vice-versa.

Vinte anos depois dos sucessos de *Memórias de Aldenham House*, que se prolongam num Paraguai e num Brasil só aparentemente democratizados, o narrador (ex-representante brasileiro na BBC, como fora o próprio Callado) escreve suas memórias, novamente na prisão. Nesse caso, ampliando o ciclo, o território e a viagem, circulamos pela Inglaterra e França para chegar ao Paraguai, passando pela prisão ditatorial em que o narrador escreve sua história, uma história de outras ditaduras e de perseguições a líderes de esquerda menos ou mais desesperados, menos ou mais vitimizados, mas igualmente vencidos pela prepotência do autoritarismo tradicional na América Latina.

Callado rememora aí sua experiência de duas ditaduras e de duas pós-ditaduras; a experiência dos exilados que se foram e dos que voltaram para contar, tentando recuperar a face oculta da civilizada Inglaterra, que Facundo acusa e que talvez esteja muito mais próxima do Paraguai e, por que não, do Brasil, ou pelo menos de certo Brasil: aquele tanto mais visível quanto mais se encena a sua entrada plena na modernidade pós-moderna.

PERFIL DO AUTOR

O senhor das letras

Eric Nepomuceno
Escritor

Antonio Callado era conhecido, entre tantas outras coisas, pela sua elegância. Nelson Rodrigues dizia que ele era "o único inglês da vida real". Além da elegância, Callado também era conhecido pelo seu humor ágil, fino e certeiro. Sabia escolher os vinhos com severa paixão e agradecer as bondades de uma mesa generosa. E dos pistaches, claro. Afinal, haverá neste mundo alguém capaz de ignorar as qualidades essenciais de um pistache?

Pois Callado sabia disso tudo e de muito mais.

Tinha as longas caminhadas pela praia do Leblon. Ele, sempre tão elegante, nos dias mais tórridos enfrentava o sol com um chapeuzinho branco na cabeça, e eram três, quatro quilômetros numa caminhada puxada: estava escrevendo. Caminhava falando consigo mesmo: caminhava escrevendo. Vivendo. Porque Callado foi desses escritores que escreviam o que tinham vivido, ou dos que vivem o que vão escrever algum dia.

Era um homem de fala mansa, suave, firme. Só se alterava quando falava das mazelas do Brasil e dos vazios do mundo daquele fim de século passado. Indignava-se contra a injustiça, a miséria, os abismos sociais que faziam — e em boa medida ainda fazem — do Brasil um país de desiguais. Suas opiniões, nesse tema, eram de suave mas certeira e efetiva contundência. E mais: Callado dizia o que pensava, e o que pensava era sempre muito bem sedimentado. Eram palavras de uma lucidez cristalina.

Dizia que, ao longo do tempo, sua maneira de ver o mundo e a vida teve muitas mudanças, mas algumas — as essenciais — permaneceram intactas. "Sou e sempre fui um homem de esquerda", dizia ele. "Nunca me filiei a nenhum partido, a nenhuma organização, mas sempre soube qual era o meu rumo, o meu caminho." Permaneceu, até o fim, fiel, absolutamente fiel, ao seu pensamento. "Sempre fui um homem que crê no socialismo", assegurava ele.

Morava com Ana Arruda no apartamento de cobertura de um prédio baixo e discreto de uma rua tranquila do Leblon. O apartamento tinha dois andares. No de cima, um terraço mostrava o morro Dois Irmãos, a Pedra da Gávea e o mar que se estende do Leblon até o Arpoador. Da janela do quarto que ele usava como estúdio, aparecia esse mesmo mar, com toda a sua beleza intocável e sem fim.

O apartamento tinha móveis de um conforto antigo. Deixava nos visitantes a sensação de que Callado e Ana viviam desde sempre escudados numa atmosfera cálida. Havia um belo retrato dele pintado por seu amigo Cândido Portinari, de quem Callado havia escrito uma biografia. Aliás, escrita enquanto Portinari pintava seu retrato. Uma curiosa troca de impressões entre os dois, cada um usando suas ferramentas de trabalho para descrever o outro.

Havia também, no apartamento, dois grandes e bons óleos pintados por outro amigo, Carlos Scliar.

Callado sempre manteve uma rígida e prudente distância dos computadores. Escrevia em sua máquina Erika, alemã e robusta, até o dia em que ela não deu mais. Foi substituída por uma Olivetti, que usou até o fim da vida.

Na verdade, ele começava seus livros escrevendo à mão. Dizia que a literatura, para ele, estava muito ligada ao rascunho. Ou seja, ao texto lentamente trabalhado, o papel diante dos olhos, as correções que se sucediam. Só quando o texto adquiria certa consistência ele ia para a máquina de escrever.

Jamais falava do que estava escrevendo quando trabalhava num livro novo. A alguns amigos, soltava migalhas da história, poeira de informação. Dizia que um escritor está sempre trabalhando num livro, mesmo quando não está escrevendo. E, quando termina um livro, já tem outro na cabeça, mesmo que não perceba.

Era um escritor consagrado, um senhor das letras. Mas ainda assim carregava a dúvida de não ter feito o livro que queria. "A gente sente, quando está no começo da carreira, que algum dia fará um grande livro. O grande livro. Depois, acha que não conseguiu ainda, mas que está chegando perto. E, mais tarde, chega-se a uma altura em que até mesmo essa sensação começa a fraquejar...", dizia com certa névoa encobrindo seu rosto.

Levou essa dúvida até o fim — apesar de ter escrito grandes livros.

Foi também um jornalista especialmente ativo e rigoroso. Escrevia com os dez dedos, como corresponde aos profissionais de velha e boa cepa. E foi como jornalista que ele girou o mundo e fez de tudo um pouco, de correspondente de guerra na BBC britânica a testemunha do surgimento do Parque Nacional do Xingu, passando pela experiência definitiva de ter sido o único jornalista brasileiro, e um dos poucos, pouquíssimos ocidentais a entrar no então Vietnã do Norte em plena guerra desatada pelos Estados Unidos.

A carreira de jornalista ocupou a vaga que deveria ter sido de advogado. Diploma em direito, Callado tinha. Mas nunca exerceu o ofício. Começou a escrever em jornal em 1937 e enfrentou o dia a dia das redações até 1969. Soube estar, ou soube ser abençoado pela estrela da sorte: esteve sempre no lugar certo e na hora certa. Em 1948, por exemplo, estava cobrindo a 9ª Conferência Pan-americana em Bogotá quando explodiu a mais formidável rebelião popular ocorrida até então na Colômbia e uma das mais decisivas para a história contemporânea da América Latina, o Bogotazo. Tão formidável que marcou para sempre a vida de um jovem estudante de direito que tinha ido de Havana, um grandalhão chamado Fidel Castro, e que também acompanhou tudo aquilo de perto.

Houve um dia, em 1969, em que ele escreveu ao então diretor do *Jornal do Brasil* uma carta de demissão. Havia um motivo, alheio à vontade dos dois: a ditadura dos generais havia decidido cassar os direitos políticos de Antonio Callado pelo período de dez anos e explicitamente proibia que ele exercesse o ofício que desde 1937 garantia seu sustento. Foi preciso esperar até 1993 para voltar ao jornalismo, já não mais como repórter ou redator, mas como um articulista de texto refinado e com visão certeira das coisas.

Até o fim, Callado manteve, reforçada, sua perplexidade com os rumos do Brasil, com as mazelas da injustiça social.

E até o fim abandonou qualquer otimismo e manteve acesa sua ira mais solene.

Sonhou ver uma reforma agrária que não aconteceu, sonhou com um dia não ver mais os milhões de brasileiros abandonados à própria sorte e à própria miséria. Era imensa sua indignação diante do Brasil ameaçado, espoliado, dizimado, um país injusto e que muitas vezes parecia, para ele, sem remédio. Às vezes dizia, com amargura, que duvidava que algum dia o Brasil deixaria de ser um país de segunda para se tornar um país de primeira. E o que faria essa diferença? "A educação", assegurava. "A escola. A formação de uma consciência, de uma noção de ter direito. Trabalho, emprego, justiça. Ou seja: o básico. Uma espécie de decência nacional. Porque já não é mais possível continuar convivendo com essa injustiça social, com esse egoísmo."

Sua capacidade de se indignar com aquele Brasil permaneceu intocada até o fim. Tinha, quando falava do que via, um brilho especial, uma espécie de luz que é própria dos que não se resignam.

Desde aquele 1997 em que Antonio Callado foi-se embora para sempre, muita coisa mudou neste país. Mas quem conheceu aquele homem elegante e indignado, que mereceu de Hélio Pellegrino a classificação de "um doce radical", sabe que ele continuaria insatisfeito, exigindo mais. Exigindo escolas, empregos, terras para quem não tem. Lutando, à sua maneira e com suas armas, para poder um dia abrir os olhos e ver um país de primeira classe. E tendo dúvidas, apesar de ser o senhor das letras, se algum dia faria, enfim, o livro que queria — e sem perceber que já tinha feito, que já tinha escrito grandes livros, definitivos livros.

Este livro foi impresso no
SISTEMA DIGITAL INSTANT DUPLEX
DA DIVISÃO GRÁFICA DA DISTRIBUIDORA RECORD
Rua Argentina, 171 – Rio de Janeiro, RJ
para a
EDITORA JOSÉ OLYMPIO LTDA.
em outubro de 2014

*

82º aniversário desta Casa de livros, fundada em 29.11.1931